ullstein

ROBERTA GREGORIO

Die kleine Eismanufaktur in Amalfi

Roman

Ullstein

Besuchen Sie uns im Internet:
www.ullstein.de

Wir verpflichten uns zu Nachhaltigkeit
- Klimaneutrales Produkt
- Papiere aus nachhaltiger Waldwirtschaft
- ullstein.de/nachhaltigkeit

MIX
Papier
FSC® C083411

Originalausgabe im Ullstein Taschenbuch
1. Auflage Juni 2021

Umschlaggestaltung: zero-media.net, München
Titelabbildung: © FinePic®, München
Gesetzt aus der Quadraat Pro powered by pepyrus.com
Druck und Bindearbeiten: CPI books GmbH, Leck
ISBN 978-3-548-06445-1

Prolog

»Kannst du nicht wie alle anderen deinen Urlaub verbringen, Livia?« Nonna Filippa sah sie tadelnd an.

Livia zog die Schultern hoch. Dann legte sie das Messer weg und ging in der Küche auf und ab. Durfte man nicht mal kochen, wenn man Ferien hatte?

»Geh ans Meer, lies ein Buch, nimm ein Bad, sieh fern, aber, um Himmels willen, lass mich in Frieden kochen! Du machst mich ganz wirr im Kopf, wenn du die ganze Zeit um mich herumschwirrst!«

»Tue ich gar nicht!«, protestierte Livia empört.

Filippa zog die Augenbrauen hoch und stemmte die Hand in die Hüfte.

Livia prustete genervt.

Was war das überhaupt für eine Idee gewesen? Sie wollte gar keinen Urlaub machen. Und schon gar nicht zwei Wochen lang. Doch dann hatten ihr Papà und ihre Mamma darauf bestanden, und Nonna hatte begeistert in die Hände geklatscht. Es war beschlossene Sache gewesen, noch bevor Livia die Möglichkeit gehabt hatte, zu protestieren.

Tag drei der freien Zeit war gerade erst angebrochen,

und Livia hatte das Gefühl, unter Strom zu stehen. Sie hatte auf nichts Lust, außer darauf, in ihr Eiscafé zu gehen, um – wie immer – zu arbeiten. Sie fühlte sich wie auf Entzug.

Wieder seufzte Livia so verzweifelt, dass es wie das Wimmern eines kranken Tieres klang.

Ans Meer? Na gut, dann würde sie eben ans Meer gehen!

Sie packte ihre Badesachen zusammen und verließ das Haus, doch als sie in der Nähe der Gelateria war, an der sie vorbeimusste, um zum Strand zu gelangen, wurde sie davon angezogen wie von einem Magneten.

Sollte sie es wagen und nur kurz nach dem Rechten sehen?

Ihre Füße warteten erst gar nicht auf das Okay ihrer Gedanken, sondern trugen sie bereits in Richtung Eiscafé.

Die Hintertür war offen, und sie würde wirklich nur Hallo sagen und dann ihren Urlaub genießen. Versprochen!

Livia klopfte nicht an, sie ging direkt ins Eislabor. Ihr Vater stand am Arbeitstisch, mit dem Rücken zu ihr.

»Buongiorno, Pa …« Der Rest blieb ihr in der Kehle stecken, denn ihr Vater schien zu keuchen. Bei genauerem Hinsehen bemerkte sie auch, dass er sich am Arbeitstisch festhielt. Er wandte sich nicht zu ihr um. Und das war noch ungewöhnlicher. Sie lebten und arbeiteten in Symbiose. Das, was sie verband, war unbeschreiblich stark. Dennoch drehte er sich nicht zu ihr um.

Augenblicke später hob er wie von Schmerz gequält den Rücken und fiel zu Boden. Einfach so. Wie ein Sack Kartoffeln. Das Geräusch war schrecklich endgültig.

Livia handelte wie in Trance und merkte erst kurze Zeit

später, dass sie sofort neben ihm kniete und instinktiv seine Atmung und seinen Puls prüfte. Sie musste wohl geschrien haben, denn schon bald standen Menschen um sie herum. Sie machte die Herzmassage, sie blies ihm ihren Atem in die Lunge. Und sie dachte bei sich: Wenn ich mir einen Tod für ihn hätte aussuchen können, dann hätte ich diesen gewählt: in meinen Armen, umgeben von seinem geliebten Eis.

Dann spürte sie eine Hand auf ihrem Rücken. Die Berührung war nicht fest oder gar schmerzhaft. Ganz im Gegenteil, dennoch veranlasste sie Livia dazu, sich umzudrehen. Sie sah eine bekannte Uniform, einen Schnurrbart und warme Augen, die eine beruhigende Wirkung auf sie hatten.

Kapitel 1

»Wieso denn Bitterschokolade, sag mir, perché?«
»Weil der Kaffee die Papillen auf der Zunge fast ein bisschen betäubt, Livi, capisci?«
»Und Schokolade weckt sie wieder auf?«
Er lacht und nickt dann. »Ja. So kann man es sagen.«

(Eissorte *Dolcezza di caffè con cioccolato fondente*, zum ersten Mal hergestellt in der *Artigiani del Gelato* im Mai 1992)

Livia schlug die Augen auf und fragte sich, was sie geweckt haben mochte: das Kreischen der Möwen, das vom nahe gelegenen Meer zu ihr gelangte, oder doch der Kaffeeduft, der aus der Küche ihrer Nachbarin kommen musste. Die gute Patrizia schlief schlecht, wie Livia wusste – nein, wie eigentlich jeder wusste, der sich lange genug mit der alten Dame unterhielt. Livia schnupperte und rechnete sich aus, dass der einladende und unvergleichliche Geruch es ungehindert aus Patrizias Küche und dann wieder hinein in ihr Schlafzimmer geschafft hatte. Streng genommen kein großes Kunststück, denn sie lebten in einer typisch italienischen Gasse, wo die Häuser so eng aneinandergebaut waren, dass kaum ein Blatt zwischen sie und die Nachbarn passte. Für viele mochte diese Bauweise vielleicht beklemmend sein, nicht aber für Livia, die ausgesprochen gerne hier mitten in Amalfi mit ihrer nonna Filippa lebte.

Livia gähnte und streckte sich. Die Sonne war noch nicht aufgegangen, es konnte also kaum später als halb sechs sein, doch war es für sie Zeit, aufzustehen. Leise kroch sie also aus dem Bett, um Filippa nicht zu wecken, die, im Gegensatz zu Patrizia, sehr gut und lange im Schlafzimmer nebenan schlief, ging ins Bad, zog sich an und verließ das Haus. Die Via Lorenzo d'Amalfi war noch menschenleer, und man hörte die Möwen weithin kreischen. Im Laufe des Tages würden sie sich etwas zurückziehen, um erst bei Sonnenuntergang wieder ihre eleganten Runden zu drehen.

Wenig später betrat Livia eilig den antiken Palazzo und genoss weiterhin die Ruhe, die so früh am Morgen auch hier noch herrschte. Die Stille im Eingangsbereich aus hellem Marmor, der durch die hohen Decken etwas geradezu Majestätisches ausstrahlte, war angenehm, ebenso die dezente Kühle, die gegenüber der sommerlichen Temperatur draußen wohltuend war. Livia liebte jeden Winkel des *Palazzo La Fontana*, der sich in privilegierter Lage gleich zu Füßen des Amalfi-Doms befand. Hier war sie aufgewachsen, hier hatte sie fast jeden Tag verbracht, seit sie denken konnte.

»Buongiorno, Signorina Livia!«, hörte sie leise, aber deutlich.

Die Stimme erkannte sie sofort, noch bevor sie sah, zu wem sie gehörte: Es war Andrea, der Pförtner, der seinen

Dienst antrat. Er gehörte zum Palazzo wie das Meer zur Küste. Er kam aus der Hotelhalle in den Eingangsbereich, während sie diesen nutzte, um zur Hintertür ihrer Gelateria zu gelangen. Der Palazzo beherbergte, neben dem Traditionshotel *La Fontana*, verschiedene kleine Geschäfte, die allesamt auf die Piazza gerichtet waren, auf der sich ein Brunnen – also eine Fontana – befand. Der Palazzo war eine kleine Welt für sich. Eine große Familie fast. Das spürten wohl auch die unzähligen Touristen, die Jahr für Jahr im Hotel logierten, genauso wie die vielen Kunden der Geschäfte, die sich bunt und pittoresk aneinanderreihten. Denn wer einmal im Urlaub in die Welt des *La Fontana* eingetaucht war, der kam auch wieder. Irgendwann. Und selbst wenn es erst nach zwanzig oder dreißig Jahren passierte.

»Andrea, buongiorno!«, rief sie und winkte ihm im Vorbeigehen zu.

Er lächelte – das vermutete Livia eher, denn Andreas breiter Schnurrbart bedeckte seine Lippen –, dann hob er die Kappe seiner Uniform und machte einen Diener. Galant wie immer. Auf Andrea war Verlass. Ebenso auf seine Augen, die gleichzeitig Wärme, Freundlichkeit, Verständnis und Stärke ausstrahlten. Sie kannte diese Augen, wusste, wie beruhigend sie wirken konnten, wenn es darauf ankam.

»Viel Arbeit?«, fragte er höflich.

Livia tippelte im Rückwärtsgang durch den Flur, damit sie den Blickkontakt zu ihm nicht verlor und trotzdem weitergehen konnte. Sie hob ihre Arme seitlich, wobei ihre Tasche, die sie stets über die Schulter hängte, mit einem Ruck in ihre Armbeuge fiel. »Wie immer«, bestätigte sie.

Er hob den Daumen und winkte, dann ging er leise pfeifend weiter zu seinem Arbeitsplatz draußen gleich rechts neben der schweren Eingangstür aus Glas. Livia wusste, dass er geduldig und charmant jeden einzelnen Gast begrüßen würde. Sie wusste auch, dass die Gäste ihn teilweise gar nicht wahrnahmen, was sie wirklich schade fand. Wer Andrea nicht kannte, der verpasste viel.

Während sie sich der Hintertür zu ihrer Gelateria näherte, kramte sie schon in der Tasche nach dem Schlüssel, fand ihn natürlich erst, nachdem sie die Hoffnung schon beinahe aufgegeben hatte. Sie beschloss mal wieder, Ordnung in ihrer Handtasche zu schaffen. Irgendwann würde sie bestimmt auch die Zeit dafür finden. Doch war das mit der Ordnung so eine Sache. Man fing an, in der Tasche aufzuräumen, dann plötzlich fand man, dass auch der Schrank das mal wieder nötig hätte, und kaum hatte man kurz nicht aufgepasst, war man versucht, das ganze Leben auf den Kopf zu stellen. Und dazu war Livia nicht bereit.

Sie schob die unbequemen Gedanken von sich, schloss auf, betrat ihr Reich und atmete tief ein. Obwohl sie tagtäglich hier arbeitete, machte ihr Herz immer wieder einen Sprung, wenn sie morgens in das Eislabor kam. Es war sicherlich nicht für alle Menschen so, dass sie voller Freude an die Arbeit gingen. Deshalb war Livia umso glücklicher, sich mit dem, was sie wirklich gut konnte und noch mehr liebte, ihren Lebensunterhalt verdienen zu können. Eis – Gelato – war ihre Welt, und sie war stolze Besitzerin der ältesten Eismanufaktur Amalfis. *Artigiani del Gelato*, so hieß ihr Laden schon immer, seit die Großeltern ihn eröffnet hatten. Der einfache Schriftzug über dem Eingang stand für Leidenschaft, Professionalität und Tradition. Auf Livias Schultern lastete die Verantwortung, die Eismanufaktur erfolgreich in die Zukunft zu tragen. Sie spürte diese Last jedoch kaum. Je mehr sie produzierte, umso glücklicher war sie, obwohl sie mit der Arbeit kaum nachkam. In letzter Zeit war es für sie regelrecht unmöglich geworden, ein Privatleben zu haben. Das lag daran, dass das Geschäft gut lief, besser noch als die Jahre zuvor. Vor einigen Monaten hatte ein Fernsehteam in Amalfi gefilmt, und es hatte ausgerechnet sie, Livia Lucibello, vor die Kamera geholt, damit sie über ihre Eismanufaktur sprechen konnte. Das Geschäft hatte danach einen bombastischen Aufschwung erlebt. Und ihre kleinen Eismaschinen, die ... nun ja ... nicht mehr die neuesten waren und in vielen Phasen der Herstellung manuell betätigt werden mussten, brummten und surrten und schafften es kaum, die Massen an Eis zu produzieren, die ihre Gäste verschlangen. Neue, größere Eismaschinen kaufen? Ja, das war natürlich naheliegend. Aber die Gaggia-Maschinen waren ihre Partner, ihre Engel, ihre Helfer. Sie hing daran. Weil ihr Papà sie gekauft und jeden Tag benutzt und beinahe verehrt hatte. Und allein deshalb schon waren sie für sie mehr wert als ein ganzer Sack Diamanten. Es stand also nicht zur Diskussion, sie zu ersetzen, auch weil sie eine Eismanufaktur und keine Eisindustrie betrieb. Den Unterschied schmeckte man! Deshalb legte Livia eine Frühschicht ein, und dann eine Spätschicht, und sie machte eigentlich den ganzen lieben Tag lang nichts anderes, als Zutaten in die Maschinen zu geben, darauf zu achten, dass alles geregelt ablief, und dann die cremige, kalte Eismasse in die Behälter zu füllen. Sie machte das natürlich alles selbst. Nie im Leben hätte sie jemand anderen an die Eisproduktion gelassen. No! Selbst der Gedanke daran ließ sie den Kopf schütteln. Sie würde das schon schaffen. Schließlich war sie eine Lucibello!

Sie blickte sich im Labor um, das weiß gefliest und überschaubar groß, aber sauber und gut durchorganisiert war. Alles, wie ihr Papà es ihr beigebracht hatte. Wenn ihr Privatleben auch manchmal keiner Ordnung zu folgen schien, hier in der *Artigiani del Gelato* lief alles streng nach Plan. Und mit ganz viel Herz.

»Livia? Bist du da drin?«

Erschrocken blickte Livia auf und rieb sich die Hände an der Schürze ab. Augenrollend nahm sie zur Kenntnis, dass man der Schürze jetzt sehr deutlich ansah, an welcher Geschmacksrichtung sie bis eben noch gearbeitet hatte. Vor ihr standen die letzten gefüllten Eisbehälter, die es in den begehbaren Kühlraum zu verfrachten galt.

»Ja, bin ich! Komm rein«, rief sie und hob zwei Behälter *Fragola e basilico* hoch. Sie ächzte dabei. Es waren immerhin zehn Liter Eis.

Die Tür öffnete sich, das hübsche Gesicht ihrer Freundin und Geschäftsnachbarin Carolina wurde sichtbar. »Pausa?«

Livia nickte erschöpft. Carolina packte mit an, sodass das Eis schnell verstaut wurde. Livia legte die Schürze weg und ließ sich von ihrer Freundin aus dem Labor führen. Livia hatte noch nichts gegessen oder getrunken, dabei hatte sie schon vier Stunden Eisproduktion hinter sich. Eine kurze Auszeit war dringend nötig.

Carolina hakte sich bei ihr unter. »Ich weiß, du hörst das nicht gerne, aber du arbeitest wirklich zu viel.«

Livia gab einen ungeduldigen Laut von sich. Auf eine Predigt hatte sie keine Lust. Deshalb grummelte sie weiter und ging den Eingangsbereich entlang, der die Stille vom Morgen längst hinter sich gelassen hatte. Carolina erwartete offensichtlich auch keine Antwort. Sie schob Livia durch die schwere Glastür nach draußen, wo ihr nicht nur Hitze, sondern auch Stimmengewirr und das Plätschern des Brunnens entgegenschlugen. Die Sonne war so hell, dass Livia blinzeln musste. Instinktiv griff sie an ihre Schulter, doch es hing keine Tasche daran. Sie hatte sie im Eislabor vergessen. Ihre Sonnenbrille war in der Tasche.

»Nimm meine«, bot Carolina an, die oft die Gabe hatte, Livia auch ohne Worte zu verstehen. Die Freundin zog die Sonnenbrille aus ihrem dunkelblonden lockigen Haar und gab sie ihr.

Livia setzte sie auf, nickte Andrea zu, der kurz seine Kappe hob und ihr zuzwinkerte. Dann erst erreichte sie der übliche amalfitanische Trubel so richtig, und sie ließ sich endlich darauf ein.

Es war Sommer, alle genossen die Sonne, Amalfi zeigte sich von der besten Seite. Es stimmte alles, wie in einem perfekt inszenierten Film: die herrlichen Gebäude, das fantastische Licht, die Touristen, heitere Stimmen, die in Sprachen der ganzen Welt redeten, das Meer und die unbeschreiblich schöne schroffe Küste. Das, was Livia sah, war die amalfitanische Realität, der amalfitanische Alltag, und sie verliebte sich jeden Tag neu in ihn.

»Du siehst schon besser aus«, fand auch Carolina, die den Arm hob und winkte. Ihre gemeinsame Freundin Diletta kam ihnen entgegen. Das Trio der drei Geschäftsinhaberinnen der Läden links von der gläsernen Eingangstür des Palazzo war komplett.

Diletta, die mit ihrer olivfarbenen Haut und ihrem glatten schwarzen Haar eine richtige Schönheit war, umarmte erst Livia, dann Carolina und gab jeweils ein Küsschen auf die Wange. Livia merkte nicht zum ersten Mal, dass sie nicht unterschiedlicher hätten sein können. Doch es verband sie viel mehr als Äußerlichkeiten. Sie hatten gemeinsame und sehr ähnliche Kindheitserinnerungen, waren sie doch Seite an Seite in ihren Läden, die zuvor ihren Großeltern und dann ihren Eltern gehört hatten, aufgewachsen.

»Na, ihr zwei Hübschen? Wollen wir uns beeilen? Ich fürchte, wir bekommen bei Sal sonst keinen Tisch mehr«, begrüßte Diletta sie.

Caffè bei Sal, das war Tradition, das war die Chance, sich ein bisschen Zeit für sich, für ihre Freundschaft zu nehmen, was ihnen enorm wichtig war, da sie alle drei Vollzeit arbeiteten. Livia war zwar Single, aber Carolina hatte – nach einer unglücklich geendeten Beziehung – seit ein paar Monaten wieder einen Freund, und Diletta war verheiratet. Da war die Zeit zu dritt knapp bemessen.

Livia ließ sich vom heiteren Geschnatter ihrer Freundinnen einlullen und dachte an den Morgen zurück, an dem Patrizias Kaffeeduft sie vermutlich geweckt hatte. Ihre Zunge fühlte sich plötzlich ganz schwer an. Mamma mia, jetzt brauchte sie aber ganz dringend Koffein!

Kapitel 2

»Blumen kann man essen?« Sie reißt vor Erstaunen die Augen auf.

»Nur die Schönsten, Livi, und nicht zu viele davon. Gerade so viele, dass der Duft sanft in die Nase steigt. Wie ein Hauch, oder eher eine Ahnung, capisci? Also, auf keinen Fall mit Wucht.«

Sie nickt, als wäre das eh klar.

(*Bouquet di rose con mandorle*, zum ersten Mal hergestellt in der *Artigiani del Gelato* im Mai 1994)

Livia lehnte sich zurück, schloss die Augen. Es fühlte sich an, als würde die Sonne ihr Gesicht streicheln. Sanft und warm. Sie atmete den Geruch des nahe gelegenen Meeres ein, und er vermischte sich ungewohnt und doch so erfrischend mit dem Geschmack, den der eben erst getrunkene Espresso auf ihrer Zunge hinterlassen hatte. Sie öffnete die Augen wieder, hielt ihre Wange aber noch immer in die Sonne. Ihr war nach Schnurren zumute. Stattdessen seufzte sie.

So ließ es sich aushalten ...

Diletta und Carolina unterhielten sich, aber Livia hörte nicht richtig hin. Das Gespräch ihrer Freundinnen plätscherte an ihr vorbei, und Livia stellte sich vor, dass es den Touristen auch so ging, wenn sie nach Amalfi kamen. Dass sie ihre Seele baumeln lassen konnten, wo Sonne, Meer und Sorglosigkeit sich trafen. Sie fand diesen Gedanken wundervoll und blickte sich vorsichtig um, versuchte, an den Gesichtern der Tischnachbarn zu erkennen, ob es ihnen genauso ging wie ihr. Sie sah Caffè trinkende Paare, Cornetti knabbernde Kinder, und ja, sie alle hatten etwas gemeinsam: Sie sahen entspannt und glücklich aus. Das machte Livia unerwartet stolz. Stolz auf ihre Heimat, auf ihr Eis und auf das, was ihr kleiner Küstenort, in dem sie schon immer lebte und bis an ihr Lebensende leben wollte, mit den Besuchern anstellte.

»Ich wüsste ja zu gerne, was du schon wieder denkst ...« Carolina mischte sich vorsichtig in ihre Gedanken ein und rüttelte Livia mit ihrer Frage auf.

Livia machte nur eine wegwerfende Handbewegung. Manchmal war es einfacher, ihre Überlegungen nicht mit ihren Freundinnen zu teilen, denn nicht immer konnten Carolina und Diletta ihr folgen. Sie waren viel bodenständiger und ganz deutlich weniger verträumt. Das waren Eigenschaften, die Livia besonders an den beiden schätzte, denn sie brachten sie oft genug auf den Boden der Tatsachen zurück, was sie manchmal dringend brauchte. Sie ergänzten sich hervorragend und kamen sich daher nur selten ernsthaft in die Quere, was dazu führte, dass sie praktisch nie stritten.

»Hast du dir die Sache überlegt? Mit Rino, dem Blogger?«, wollte Diletta nun ganz neugierig von ihr wissen.

Rino war seit Tagen Dilettas Hauptthema. Sie hatte sich in diese Idee verrannt, Livia mit Rino bekannt zu machen, weil er zufällig ein ehemaliger Schulkamerad von Dilettas Mann Ezio war und weil Livia zufällig total gerne Rinos Artikel las. Das Genre interessierte sie natürlich besonders, da er – zufällig – Foodblogger war. Livia mochte es, sich seine Bilder auf Instagram anzuschauen, weil er in der benachbarten Hafenstadt Salerno lebte und am liebsten aus der Region berichtete.

Das war aber auch schon alles.

Da jedoch sowohl Diletta als auch Carolina – aus welchem Grund auch immer – glaubten, Livia unbedingt verkuppeln zu müssen, war Rino zu ihrem neuen Ziel geworden. Diletta strich sich eine lange schwarze Haarsträhne hinter das Ohr, was ihr bezauberndes Gesicht nur noch besser zur Geltung brachte, und sah sie durchdringend an.

»Bringt es etwas, wenn ich dir sage, dass ich kein Interesse habe?«, fragte Livia, obwohl sie die Antwort eigentlich schon kannte. Denn ihre Freundinnen ließen sich nur selten von ihren Ideen abbringen.

»Du könntest ihn doch mal treffen. Einfach so. Um über deine Gelateria zu sprechen«, schlug Carolina vor, die gerade mit einem kleinen Löffel Zucker aus ihrem Tässchen kratzte, der sich wohl abgesetzt hatte. Carolina gab immer zu viel Zucker in den Kaffee, nämlich eineinhalb Päckchen. Livia bekam schon vom Zusehen Karies.

»Er hat sicher schon genug zu tun und bestimmt keine Zeit«, gab Livia, in einem letzten Versuch, sich aus der Sache herauszuziehen, zu bedenken. Denn wenn sie eines nicht mochte, dann waren es Dates, die als geschäftliche Treffen verkleidet waren.

»Doch!«, sagte Diletta.

Und das machte Livia stutzig. »Du hast das schon in die Wege geleitet?«

Diletta wandte den Blick ab und schaute auf ihre Fingernägel.

»Spring über deinen Schatten, Livi. Ihr habt so viel gemeinsam. Außerdem kommt dabei wieder Werbung für deine *Artigiani del Gelato* heraus. Schaden wird das keinem, nicht wahr, obwohl du auch so schon ganz viel zu tun hast«, sprang Carolina, die ihr Tässchen nun abgestellt hatte, ihrer Freundin bei.

Livia zog die Schultern hoch. »Ja, Werbung ist natürlich immer gut. Irgendwann nehme ich mir für ihn Zeit, okay?« Sie wollte das nervige Thema so schnell wie möglich vom Tisch haben.

»Irgendwann ... so nächste Woche?«, erkundigte sich Diletta scheinheilig und mit halb zugekniffenen Augen.

Livia legte müde ihr Gesicht in die Hände und massierte sich die Schläfen. »Wann?«

»Er kommt nächsten Montag, wenn es recht ist.«

»Va bene. Gut. In Ordnung. Aber, ragazze, das ist das letzte Mal, dass ich bei so einem Unsinn mitmache. Ich bin

Single. Ja und? Ich habe so viel zu arbeiten, dass ein Partner mich jetzt nur ablenken würde. Es geht mir gut. Wirklich. Ihr müsst euch nicht dauernd um mich Sorgen machen.« Sie liebte ihre Freundinnen, sehr sogar, aber das musste aufhören. Diese ewigen Verkupplungsversuche stressten sie mittlerweile.

Livia blickte von Diletta zu Carolina und dann wieder zurück. Beide nickten schuldbewusst. Und Livia entspannte sich sofort wieder. Meine Güte, dann würde sie diesen Rino halt kennenlernen. Und gleichzeitig auch ihre Nonna Filippa glücklich machen, die es ebenfalls nicht gerne sah, dass Livia keinen Freund hatte. Als wäre es das einzig Wichtige, einen Mann zu haben ... Diese Idee war veraltet und – ganz ehrlich – doof, und Livia wusste sehr wohl, dass eigentlich weder ihre Freundinnen noch ihre Nonna derartig überholte Ansichten hatten. Ihr war klar, dass sie sich um sie Sorgen machten wegen der Sache mit ihrem Papà. Sie wollten Livia ablenken, auf andere Gedanken bringen. Aber sie brauchte ihre Zeit. Sie musste verarbeiten, was an diesem verhassten Tag passiert war, der schon fast ein Jahr zurücklag. Livia wusste nicht, wie lange es noch dauern würde und ob es überhaupt Heilung für sie gab.

»Ragazze, die Pflicht ruft, fürchte ich.« Carolinas zögerliche Stimme kam Livia gerade recht. Sie wollte jetzt ganz sicher nicht in eine traurige Stimmung geraten. Andererseits schaffte Livia es nicht, gleich aufzustehen. Noch nicht, wenngleich die Pflicht tatsächlich schon sehr laut rief. Dilettas abfälliges Schnaufen machte es auch nicht besser.

Wie lang saßen sie eigentlich schon hier im *Sal sul mare*?

Livia warf einen Blick auf die kleine Armbanduhr, die Filippa ihr zum Abitur geschenkt hatte. Sie zuckte unmerklich zusammen. Schon zwanzig Minuten. Das war deutlich zu lang, also erhob sie sich mit einem Ruck. Der leichte Sommerrock, den sie trug, fiel dabei schwungvoll über ihre Beine und raschelte leise.

Sal kam auf ihren Tisch zu. Er versteckte etwas hinter seinem Rücken. Immer überraschte er sie mit Kleinigkeiten. Der quirlige Barbesitzer ließ es sich nicht nehmen, Livia und ihre Freundinnen höchstpersönlich zu verabschieden – und das jeden Tag, selbst bei vollem Haus, was eigentlich rund um die Uhr der Fall war. Seine Bar war zweifellos eine der beliebtesten Amalfis und befand sich im *Palazzo Sant'Andrea*, gleich links vom *Palazzo La Fontana*. Bei Sal gab es morgens Caffè und Cornetti, mittags Erfrischungsgetränke und Snacks, abends Cocktails, Aperitivi und Wein, nachts wieder warme Cornetti. Und dann ging es wieder von vorne los. Livia war schon als Teenie Stammgast bei ihm gewesen. Seit damals hatte sie sich sehr verändert, Sal hingegen nicht. Er schien nicht zu altern.

»Müsst ihr zurück an die Arbeit, bellezze?«, fragte er gewohnt charmant und mit einem Augenzwinkern.

»Ja, leider«, kam es wie aus einem Munde.

Hinter seinem Rücken holte er drei betörend duftende, wunderschöne rote Rosen hervor. Er reichte jeder eine. Livia drückte ihm einen Kuss auf die Wange und dann ihre Nase in die samtweiche Blüte. Traumhaft.

Sal faltete die Hände, lugte zu ihren Geschäften, auf die man von seiner Bar aus bequem schauen konnte, und nickte. »Ja. Dann wünsche ich euch gutes Gelingen, Bellezze. Wir Amalfitaner müssen zusammenhalten und immer für unsere Gäste da sein. Sie haben es verdient, hier bei uns die beste Zeit ihres Lebens zu verbringen.«

Carolina kicherte. »Du bist morgens immer so philosophisch, Sal«, nahm sie ihn auf den Arm.

Er lachte und tat verlegen. Was alles nur Show war. Das gehörte mit zum Paket Sal. Ebenso sein dichtes schwarzes Haar, das er links gescheitelt trug, seine kleine braune Schürze, sein weißes Hemd und seine schwarze Hose. So sah er jeden Tag aus. Im Sommer wie im Winter.

Sie verabschiedeten sich von ihm ohne weiteres großes Tamtam. Am nächsten Morgen würden sie sich ohnehin wiedersehen. Und dann am Tag darauf. Und immer wieder.

Livia ging mit ihren Freundinnen zurück zum *Palazzo La Fontana*. Der Weg war kurz, dennoch mussten sie unzähligen Touristen ausweichen, die zielsicher auf den Dom zugingen, der über eine prächtige Treppe zu erreichen war. Die Stufen gingen von der Piazzetta aus, auf der sich sowohl der *Palazzo La Fontana* als auch der *Palazzo Sant'Andrea* befanden. Hier spielte sich das Leben in Amalfi ab.

Und wie hübsch sie waren, ihre drei Läden. Livia bestaunte sie gerne, wie sie so einladend, geschäftig und fröhlich nebeneinanderlagen und den perfekten Rahmen für diese wichtige Piazza boten. Carolinas *Cartiera Cavaliere*, eine Papeterie – natürlich mit Produkten aus Amalfi-Papier –, hatte den Laden gleich links neben dem Haupteingang des Palazzo eingenommen. Die Frontseite, die größtenteils aus Schaufenstern bestand, hatte Carolina attraktiv und gekonnt in Szene gesetzt, sodass man schon von außen Lust darauf bekam, die Cartiera zu besuchen: feinstes Briefpapier, dicke Blöcke, wundervolle Notizhefte befanden sich im Laden und in der Auslage. Rechts und links vor der Ladentür waren zwei große Kartenständer positioniert, an denen sich immerzu Menschentrauben bildeten. Ein Traum für alle Fans von hochwertigen Schreibwaren.

Dilettas *Casa del Limone* war ein einziger, belebend duftender gelber Fleck. Wo das Auge auch hinreichte, alles war mit Zitronen bestückt, geschmückt oder bemalt. Marmelade, Kekse, Cremes, Kerzen, Seifen, Schnäpse, Stoffe, Schürzen, Keramik und, und, und, allesamt rigoros aus Amalfi-Zitronen hergestellt oder mit der etwas lang gezogenen, großen Zitrusfrucht dekoriert.

Livia liebte die Läden ihrer Freundinnen. Am meisten aber liebte sie ihre Eismanufaktur, die sich wunderbar zwischen Cartiera und Casa fügte und von allen den kleinsten Ladenraum aufwies, denn das muntere Treiben lief an den fünfzehn kleinen Tischen ab, die unter großen Sonnenschirmen *vor* der Gelateria aufgereiht waren.

Zwar hatten sie Mitarbeiter, aber sie waren alle drei am liebsten selbst in ihren Läden.

»Ran an die Arbeit?«, fragte Livia also, als sie endlich vor dem *Palazzo La Fontana* standen.

Sie nickten sich zu und taten das, was sie am besten konnten: Menschen aus aller Welt mit ihren Spezialitäten glücklich machen.

Kapitel 3

»Wieso machen wir unser *Gelato al limone* denn nicht auch mal interessanter? Mit Pfefferminz, zum Beispiel. Hm? Was denkst du, Papà?« Sie pustet sich eine Haarsträhne aus dem Gesicht und wischt sich die Hände an der viel zu großen Schürze ab. Eine Angewohnheit, die ihr Papà immer belächelt.

Er nimmt eine Zitrone aus der hölzernen Kiste und hält sie ihr unter die Nase. Livia atmet tief ein. Der Zitrusduft strömt prickelnd und frisch in ihre Nase.

»Nein.« Livia schüttelt den Kopf. »Zitrone ist eine Primadonna. Zitrone muss allein bleiben.«

Er nickt und fährt ihr mit der Hand über den Kopf.

(*Limone d'Amalfi*, September 1995)

Livias Gelateria schloss, im Gegensatz zu den anderen Geschäften im Palazzo, die sich in den heißesten Stunden des Tages eine Siesta gönnten, nachmittags nicht. Es hatte sich so eingebürgert, dass Nonna Filippa ihr in dieser Zeit, in der es auch in der *Artigiani del Gelato* etwas ruhiger wurde, das Mittagessen brachte. Livia hatte sie nie darum gebeten, denn sie wollte Nonna möglichst nicht zur Last fallen. Aber ihre Großmutter hatte sich nicht davon abhalten lassen. Und so war das gemeinsame Mittagessen zu einer schönen Routine geworden, die beide zufriedenstellte und glücklich machte. Livia liebte ihre etwas eigene, manchmal dickköpfige, aber herzliche Nonna sehr. Sie hatten schon immer bei ihr gelebt. Das Haus war groß und Wohnraum in der Innenstadt von Amalfi rar. Früher hatten Livias Eltern und ihre Schwester auch bei Filippa gewohnt. Doch Livias Schwester war Apothekerin geworden, und verheiratet war sie inzwischen auch. Sie arbeitete in Salerno, und knapp einen Monat nach Papàs Tod war ihre Mutter auch in die Stadt gezogen, um Livias Nichte zu hüten. Alle waren zufrieden mit dieser Lösung, obwohl Livia sie manchmal vermisste, was ein bisschen übertrieben war, da Salerno nur einen Katzensprung entfernt lag. Doch schafften sie es im Alltag immer seltener, sich zu sehen.

Livia hatte schon gedeckt. Nonna mochte den ersten Tisch rechts unter dem Sonnenschirm am liebsten, und so war das *ihr* Tisch geworden. Livia setzte sich, blickte interessiert auf die Kunden, beobachtete ihre Bedienung Elvira, wie sie geschickt die hohen Eisbecher auf den Tabletts jonglierte. Es war angenehm unter den Sonnenschirmen, die Blumen, die Livia rundherum in die Blumenkästen gepflanzt hatte, sorgten für Farbe und Heiterkeit und schienen mit den bunten Eissorten um die Wette zu strahlen, die auch von hier aus in der Eistheke zu sehen waren.

»Signorina Livia, störe ich?«

Livia drehte sich um und sah in Andreas Gesicht. Er war leicht verschwitzt, sah müde aus. Sie begriff nicht, wie lang seine Schichten dauerten, denn er war meist, wenn überhaupt möglich, noch länger im Palazzo als sie. Und eigentlich musste er die Rente wohl schon erreicht haben. Sie fragte sich, warum er noch arbeitete.

»Aber, nein, Andrea. Du störst selbstverständlich nicht. Möchtest du dich kurz setzen? Ich hole dir gerne ein Glas, wenn du auch etwas trinken willst.« Sie zeigte auf ihr Wasserglas, das in Anbetracht der Hitze einladend kalt beschlagen war.

Andrea überlegte, wägte ab, nahm dann aber entschlossen die Kappe ab, lockerte sein Hemd etwas und setzte sich zu ihr. »Ganz kurz nur. Grazie.«

Ihr war danach, ihre Hand über seine zu legen. Livia kannte ihn schon seit Ewigkeiten, und doch wurde ihr bewusst, dass sie so wenig über ihn wusste.

»Hier. Trink. Prego.« Sie reichte ihm kurzerhand ihr unangetastetes Glas. Tatsächlich nahm er einen tiefen Schluck, stellte es dann andächtig wieder ab. Und Andrea durchlebte fast eine Verwandlung. Er legte sein Pförtnerdasein ab und war einfach nur Andrea, ein nicht mehr ganz junger Mann, der nachmittags in Amalfi in einer Gelateria saß. Livia fand es spannend, diese Metamorphose mitzuerleben.

Livia ertappte sich dabei, gerne mehr davon sehen zu wollen. Mehr vom privaten Andrea.

»Ich habe dir noch nie gedankt, Andrea, oder?«

Sein Blick verriet ihr, dass er sofort wusste, was sie

meinte. Doch er hob die Hand, und seine Augen wurden wieder warm und verständnisvoll, und Livia fragte sich, wie viel diese Augen wohl schon gesehen hatten.

»Ich bitte Sie! Sie müssen mir doch nicht danken.«

Da war sie ganz anderer Meinung. Sie erinnerte sich an alles. An jede seiner kleinen, so bedeutsamen Gesten, als er ihr bei Papàs Tod beigestanden hatte. Alles hatte sich eingebrannt in ihr Gehirn, in ihre Seele. Deshalb duzte sie ihn schon lange, weil er ihr so vertraut und sie ihm so dankbar war. Andersherum schaffte Andrea es nicht, das Sie sein zu lassen, obwohl sie ihm das Du schon öfter angeboten hatte. Aber so war Andrea allen seinen Mitmenschen gegenüber: höflich, zuvorkommend, galant.

»Kommt die Signora Filippa denn bald?«, fragte er endlich.

Sie sah ihm an, dass diese Frage ihn nicht wenig Überwindung gekostet hatte. Livia merkte, wie ihre Lippen sich zu einem Lächeln verziehen wollten. Doch sie zwang sich, es zu unterlassen. Sie wollte nicht, dass er sich von ihr ausgelacht fühlte. Sie hatte schon gemerkt, dass er sich in ihre Nonna verguckt hatte. Er fragte ab und an nach ihr, gewollt beifällig. So gewollt, dass es natürlich erst recht anders rüberkam.

Livia nickte also und antwortete nur: »Ja. Sie sollte bald da sein.«

Andrea räusperte sich. Danach war es plötzlich so still, dass man das Plätschern des Wassers vom nahe gelegenen Brunnen hörte. Als wäre die Zeit stehen geblieben.

»Ich bin mir nicht sicher, ob ich es wagen kann. Meinen Sie, ich kann?«

Livia tat noch nicht einmal so, als hätte sie nicht verstanden, um was es ging. Sie fand es unglaublich mutig von ihm, endlich über seine Schwärmerei für Filippa zu sprechen. Da wollte sie es ihm sicher nicht unnötig schwer machen. Die Wahrheit war aber, dass sie ihre Nonna in dieser Hinsicht nur schwer einschätzen konnte. Sie wusste, dass sie sich kannten, wie sich alle Bewohner Amalfis kannten. Sie hatte mehrmals miterlebt, wie sie sich freundlich, aber reserviert grüßten. Filippa war sicherlich eine leidenschaftliche Frau, die gerne Liebesfilme sah, aber Livia glaubte kaum, dass Nonna diese Leidenschaft mit einem Mann ausleben wollte. Doch konnte sie das hundertprozentig ausschließen? Also zog sie die Schultern hoch. Sie wollte Andrea weder ermutigen noch entmutigen. »Ich muss ehrlich sagen, ich weiß es nicht.«

»Nun, ich werde es gewiss selbst herausfinden. Doch wollte ich Sie, wenn es Ihnen recht ist, um Erlaubnis bitten, Ihrer Großmutter, wie soll ich sagen, offiziell den Hof zu machen.«

Es war wirklich schwierig, bei diesen Worten nicht zu lachen, doch sie konnte es sich gerade so verkneifen. Sie merkte aber, dass es sich nicht wie auslachen anfühlte, was sich da anbahnte, sondern eher wie ein nervöses Lachen. Wie war sie bitte in die Rolle der Anstandsdame geraten?

Zum Glück kam es nicht so weit, dass sie auf Andreas Frage antworten musste. Filippa war da. Andrea sprang sofort auf und nahm ihr den Korb ab, aus dem es appetitanregend duftete.

»Buongiorno, Signora Filippa!«, grüßte Andrea sie. Er war kein bisschen verlegen, sondern eher entzückt, wie Livia amüsiert feststellte.

»Buongiorno, Andrea.« Filippa erwiderte den Gruß. Sehr viel weniger entzückt, aber äußerst höflich und mit einem Lächeln.

Livia beobachtete die beiden still, und ihr Herz hüpfte vor Freude und Aufregung. Das war besser als im Film. Sie versuchte, ihre Nonna mit anderen Augen zu sehen, also nicht als Großmutter, sondern als Frau, an der ein Mann wie Andrea Interesse haben konnte. Filippa sah wie gewöhnlich blendend aus. Sie achtete sehr auf ihr Aussehen, trug ihr silbernes Haar kinnlang mit einem langen Pony, den sie locker seitlich hinter das Ohr steckte. Nonna war dezent geschminkt, und ihre blauen Augen, die Livia glücklicherweise von ihr geerbt hatte, leuchteten heute ganz besonders. Wie immer trug Filippa einen langen Rock und eine luftige Bluse, die sie mit einem Gürtel in Form gebracht hatte. Dadurch wurde ihre schmale Taille schön betont. Ja, Nonna Filippa, knapp fünfundsiebzig Jahre alt, war attraktiv. Und plötzlich verstand Livia Andrea. Filippa war eine Frau, in die man sich leicht verlieben konnte, das erkannte Livia erst jetzt.

»Die Bluse steht Ihnen ausgesprochen gut, Signora Filippa«, wagte Andrea sich noch einen Schritt weiter vor.

Filippa sah überrascht auf und blickte in das Gesicht

des Pförtners, als hätte sie ihn jetzt erst richtig bemerkt. »Danke«, sagte sie knapp. Es klang fast wie eine Frage.

Livia hielt vor Aufregung den Atem an.

»Nun, ich möchte Sie nicht länger stören. Buon appetito«, sagte er, stellte den Korb ab, setzte seine Kappe auf und ging, nachdem er sich mit einem Winken verabschiedet hatte.

Nonna Filippa setzte sich, aber man sah ihr an, dass sie etwas verwirrt war. »Stimmt etwas nicht mit meiner Bluse?«, fragte sie und blickte irritiert an sich herab, nahm dann aber entschlossen die ersten Behälter aus dem Korb und reihte sie auf dem kleinen Tisch auf, so gut es bei so wenig Platz ging. Livia war hungrig, ihr Magen knurrte beim Anblick der Leckereien.

»Mit deiner Bluse ist alles in Ordnung. Ich denke, Andrea wollte dir einfach nur ein Kompliment machen.«

Beim Wort »Kompliment« blinzelte Filippa so heftig, als sei ihr ein Insekt ins Auge geflogen. »Warum sollte er das?« Es klang sehr, sehr entrüstet, wie sie das fragte.

»Weil du eine wunderschöne Frau bist und er ein schlauer, vielleicht sogar verliebter Mann«, deutete Livia an und stibitzte sich ein Stück Brot.

Filippa schüttelte den Kopf und wedelte aufgebracht mit der Hand. »Hör bitte mit dem Unsinn auf, ja?« Dann öffnete sie so vehement einen ihrer Behälter, dass der Meeresfrüchtesalat, der sich darin befand, halb auf dem Tisch landete. Die geviertelte Zitrone hingegen, die obendrauf gelegen hatte, traf es deutlich schlechter – sie landete mit einem

Platsch auf dem Boden. »Jetzt hat er mich ganz aus der Fassung gebracht«, flüsterte Filippa.

»Das sehe ich …« Die Reaktion war ungewohnt, so viel stand fest. Livia fragte sich aber, ob Andrea Filippa vielleicht auch nicht gleichgültig war. Denn Gleichgültigkeit sah anders aus.

»Was gibt es da zu grinsen?«, fragte Filippa sie pikiert und schob den Meeresfrüchtesalat kurzerhand wieder mit dem Löffel in den Behälter.

Dass Livia gegrinst hatte, war ihr nicht bewusst gewesen. »Ach, Nonna, lass uns einfach essen, hm?«, versuchte sie, die Situation etwas zu entschärfen.

»Ja. Ja. Essen. Das sollten wir tun.« Geschäftig kümmerte sich Filippa darum, allerhand Leckereien auf Livias Teller zu schaufeln. Livia wagte es nicht, ihr zu helfen oder ihr gar zu sagen, dass sie eigentlich mehr als genug auf dem Teller hatte. Am Ende bekam sie in dieser seltsamen Stimmung noch einen Klaps auf die Finger.

Sie kamen während ihres Mittagessens nicht mehr auf Andreas Kompliment zu sprechen. Aber Livia nahm sich vor, dranzubleiben. Nur ganz vorsichtig. Denn Filippa und Andrea als Paar … diese Vorstellung war zu schön und greifbar, um sie einfach so zu vergessen.

Nach dem gemeinsamen Essen räumten Livia und Filippa das Geschirr zurück in den Korb. Noch war es verhältnismäßig ruhig in der *Artigiani del Gelato*. Touristen war es jetzt zu warm. Am liebsten waren sie zu dieser Uhrzeit entweder im Wasser oder in ihren Hotelzimmern. Livia war bei dem Gedanken, dass Filippa bei der Hitze und mit der schweren Tasche allein zurück nach Hause ging, nicht wohl.

»Ich begleite dich noch schnell«, bot sie daher an.

»Kannst du denn hier weg?« Filippa blickte sich um.

»Auf jeden Fall. Elvira und das Personal an der Theke haben alles im Griff.«

»Na gut. Dann nehme ich dein Angebot sehr gerne an.«

Nonna Filippa hakte sich bei ihr unter, Livia nahm den Korb, und sie gingen los.

»Viel zu jung …«, sagte Filippa leise, als sie am Sant'Andrea-Brunnen vorbeiliefen, den Livia ganz besonders liebte. Nonna Filippa brauchte nicht extra dazuzusagen, dass sie Andrea meinte mit ihrer Bemerkung. Livia zog es auch vor, nichts darauf zu erwidern. Stattdessen lächelte sie. Es war etwas in Bewegung gekommen, und das war gut.

Kapitel 4

Sie steckt den Löffel in den Mund und schließt entzückt die Augen. »Das schmeckt so lecker!«

»Danke. Also, cremig genug? Nicht zu süß?«

Sie formt mit ihrem kleinen Daumen und Zeigefinger ein Perfekt-Zeichen und nimmt noch mehr *Cioccolato* aus dem Becher. Das ist wirklich das beste Eis, das sie jemals probiert hat – vielleicht sogar ihre absolute Lieblingssorte. Sie sagt es ihrem Papà.

»Leg dich noch nicht fest, Livi. Wenn man einmal sein Lieblingseis gefunden hat, wird kein anderes jemals seinen Platz einnehmen können.«

(*Cioccolato*, März 1997)

Ein paar Wochen zuvor in Norditalien

»Hättest du den blöden Meeresfrüchtesalat nicht einfach mit aufs Menü setzen lassen können?« Antonietta knallte die Autotür zu und sah ihn anklagend an.

Mario hasste es, wenn seine Verlobte sich so aufführte – und das tat sie in letzter Zeit oft. Er schob es auf den Stress, den sie mit den Hochzeitsvorbereitungen hatte. Doch er konnte kein Mitleid empfinden, schließlich hatte sie ein großes Fest gewollt, obwohl sie anfangs ganz seiner Meinung gewesen war und nur im engsten Kreis heiraten wollte.

»Ich soll also etwas aufs Menü setzen lassen, auf das ich, wie du sehr genau weißt, allergisch bin? Findest du das nicht irgendwie ... total bescheuert?«

Er passte sehr gut darauf auf, nicht laut oder aufbrausend oder gar wütend zu werden. Wie das sonst enden würde, wusste er nur zu genau, nämlich in einem riesigen Streit. Er würde auf der Couch schlafen, und am nächsten Morgen würde Antonietta ihn um Entschuldigung bitten, und er würde so tun müssen, als hätte ihn ihr Verhalten nicht verletzt. No, grazie, darauf konnte er verzichten. Ihm war es deutlich lieber, Probleme durch vernünftige Gespräche zu lösen.

»Du musst die Meeresfrüchte doch nicht essen«, erwiderte sie schnippisch.

Mario atmete durch, startete den Motor und fuhr von dem großen Parkplatz des gigantischen Hotels, in dem sie ihre Hochzeit feiern würden. Er blickte zu Antonietta, aber sie hatte ihren Kopf von ihm abgewandt und schaute demonstrativ aus dem Autofenster. Es überraschte Mario, wie weh ihm ihre ablehnende Haltung noch immer tat, obwohl er wusste, dass sie sich nur hinter ihrer Verschlossenheit versteckte, um ihr Ziel leichter zu erreichen.

»Du möchtest also von mir, dass ich mich mit einem

Menü einverstanden erkläre, das ich aber zum Teil nicht essen kann? Bei meiner eigenen Hochzeit?« Er wollte, dass sie selbst hörte, wie absurd das war, was sie von ihm verlangte.

Doch sie zog nur die Schultern hoch. »Ist doch eh immer so, dass das Hochzeitspaar fast nichts isst.«

Er räusperte sich. »Vielleicht geht es mir auch ein bisschen ums Prinzip«, gab er zu und fädelte sich vorsichtig in den Verkehr ein.

»Oh. Das wäre ja nichts Neues.«

Sein Kopf schnellte zu ihr herüber. »Was meinst du damit?«

»Ich meine damit, dass du prinzipiell gegen vieles bist, was ich, zum Beispiel, gerne für unsere Hochzeit hätte.«

»Du oder deine steinreiche Mutter?« Mario schloss ganz kurz die Augen. Es war nicht seine Absicht gewesen, Antoniettas Mutter zu erwähnen. Er wusste, dass er seine Schwiegermutter sowohl direkt als auch indirekt meiden musste, wenn er mit seiner zukünftigen Frau auskommen wollte. Aber er hatte es sich nicht verkneifen können. Seine Bemerkung war nämlich sehr, sehr nahe an der Wahrheit dran. Das wusste er, und das wusste Antonietta.

»Meine steinreiche Mutter, wie du sie nennst, zahlt immerhin die ganze Hochzeit, weil du es mit fünfunddreißig noch immer nicht hinbekommst, ordentlich zu verdienen«, motzte sie ihn jetzt an.

Dann wurde es totenstill im Auto.

»Es tut mir leid«, fügte sie sofort leise hinzu und legte ihre Hand auf sein Bein. Für einen kurzen Moment war er versucht, sie abzuschütteln.

Mario strengte sich an, einfach nur zu atmen, nicht daran zu denken, was sie eben gesagt hatte. Er konzentrierte sich aufs Fahren und blendete sogar die Wärme aus, die ihre Berührung auf seinem Bein hinterließ. Damals, vor sieben Jahren, als er Antonietta kennengelernt hatte, hatte er sich in ihre positive Ausstrahlung und ihre Herzensgüte verliebt. Sie hatten beide in ihrer Freizeit freiwillig im Tierheim ausgeholfen und die Hunde ausgeführt. Dabei hatten sie sich kennengelernt und sich mit einem ganz großen Knall unsterblich ineinander verliebt. Sie hatte ihr Praktikum in einer Anwaltskanzlei angefangen und er seines in einem Autohaus, sofort nach der Uni, als sie gerade mal Mitte zwanzig gewesen waren. Inzwischen hatte Antonietta ihre eigene Kanzlei, während Mario noch immer im Autohaus arbeitete. Als Verkäufer. Es war nicht so, dass er keine Ambitionen hatte, wie Antonietta immer wieder behauptete. Er liebte es einfach, Autos zu verkaufen, er wollte gar nichts anderes tun. War das so schlimm?

Antonietta griff nach ihrem Handy. Es interessierte ihn wenig, mit wem sie jetzt sprechen wollte. Allerdings ließ es sich nicht vermeiden, dass er mitbekam, wie sie im Hotel anrief und irgendwem mitteilte, dass nichts mehr am Menü verändert werden würde. Also, keine Meeresfrüchte.

»Anto, mir ist vollkommen egal, was auf dem Menü stehen wird, verstehst du? Es ist mir nicht wichtig. Willst du Meeresfrüchte? Dann sei es drum. Aber lass nicht zu, dass deine Mutter sich zwischen uns stellt.«

Sie streichelte sein Bein. »Ich habe das vorhin nicht so gemeint.«

»Ich weiß …«

Doch es reichte nicht, dass sie hinterher behauptete, es nicht so gemeint zu haben. Es tat weh, wenn sie ihn behandelte wie den letzten Loser. Manchmal schien sie zu vergessen, dass auch er Gefühle hatte. Manchmal schien sie zu vergessen, dass er nicht ihrer Mutter gefallen wollte, sondern ihr. Nur ihr. Und manchmal machte es ihm höllische Angst, wenn er merkte, wie ähnlich Antonietta ihrer Mutter wurde. Jeden Tag ein bisschen mehr.

Er sehnte sich nach der sorglosen jungen Frau, die mit ihm die Hunde ausgeführt hatte, die am meisten Zuwendung gebraucht hatten. Sie hatten immer zusammen versucht, den Tieren die passenden Spitznamen zu geben. Er konnte sich noch sehr gut an Titanic, einen riesigen schwarzen verzottelten Mischling, erinnern, der eine große Narbe rechts am Kopf gehabt hatte. Undenkbar, Antonietta heute für so etwas begeistern zu können wie die Namensfindung für ramponierte Hunde. Er vermisste ihre nie enden wollenden Gespräche über Träume und Sehnsüchte, über Wünsche und Vorstellungen. Antonietta hatte, vielleicht durch ihren Beruf bedingt, anscheinend die Fähigkeit verloren, zu träumen. Er schüttelte sich. Wie trostlos war das?

»Ist dir kalt?«, fragte sie fürsorglich. Sie fuhr ihm immerzu über das Bein, und die Wärme begann, ihn zu erreichen. »Ich liebe dich«, sagte sie.

Er brachte im Moment beim besten Willen kein »Ich dich auch« über die Lippen. Sie schien auch keine Antwort zu erwarten. So gut kannte sie ihn zumindest.

»Lass uns an den See fahren«, schlug sie in plötzlicher Begeisterung vor.

»Musst du nicht zurück in die Kanzlei?«

Sie hatten den Termin im Hotel so geschoben, dass sie es noch rechtzeitig schaffte, ihren wichtigen Klienten zu treffen, der ihr jedes Jahr mehrere Tausender garantierte.

»Ach, Mancoletti kann auch mal warten, oder?«

Mario traute seinen Ohren kaum. »Ist das dein Ernst?«

»Ja!«, erwiderte sie entschlossen. »Du bist mir wichtiger als alles.« Sie hauchte ihm einen Kuss auf die Wange, und er bekam eine angenehme Gänsehaut.

»Anto, sag mal, erinnerst du dich noch an Titanic?« Es war ihm auf einmal unbeschreiblich wichtig, diese Erinnerung mit ihr zu teilen.

»Den Film?«

Mario schüttelte den Kopf und verbarg dahinter seine Enttäuschung. Dann aber argumentierte er rational mit sich selbst und erkannte, dass diese Assoziation natürlich naheliegender war als jede andere Option. »Ich meine den Hund.«

»Welchen Hund?«

Er blickte kurz zu ihr und versuchte, ihre Mimik zu lesen. Ihr Ausdruck war völlig neutral. Nein, sie versuchte nicht, ihn auf den Arm zu nehmen. Sie hatte Titanic wirklich vergessen.

»Nicht so wichtig«, wiegelte er ab. Doch es blieb ein bitterer Nachgeschmack, den er lange nicht loswurde.

Wenig später spazierte er, nachdem sie das Auto auf dem

Parkplatz in der Via Sant'Elia abgestellt hatten, Arm in Arm mit Antonietta in Richtung Piazza Cavour, wo sie schon viele romantische Abende erlebt hatten. Der Comer See war wundervoll so kurz vor dem Sonnenuntergang. Die angelegten Boote schaukelten leicht, als befänden sie sich auf dem Meer. Sie blieben stehen, um sich das Spektakel besser ansehen zu können. Antonietta lehnte sich an ihn, seufzte. Er legte seine Hand in ihren Nacken und massierte sie leicht, so wie sie es mochte.

»Er hatte eine dicke Narbe am Kopf«, flüsterte sie ihm irgendwann leise ins Ohr.

»Hm?« Er war sich nicht sicher, sie verstanden zu haben.

»Wir sind oft mit ihm Gassi gegangen. Es war so ein Riese, schwarz.«

Ihre Worte ließen ein warmes Gefühl sich in seiner Brust ausbreiten. Sie hatte den Hund nicht vergessen, sie hatte ihre erste gemeinsame Zeit zusammen nicht vergessen. Wie wichtig ihm das war, konnte er nicht in Worte fassen, deshalb schwieg er lieber. Ja, er war so ein Mensch: Entweder, er sagte es richtig, oder er sagte es gar nicht. Er wusste, dass diese Eigenschaft es manchmal schwierig machte, ihn zu verstehen. Er war nicht perfekt. Aber wer war das schon?

Sie drehte sich vorsichtig in seine Richtung, stellte sich vor ihn, umarmte ihn fest, hob den Kopf und legte sanft ihre Lippen auf seine. Er schloss die Augen und erwiderte ihren Kuss innig, bemerkte aber trotzdem, dass neben ihnen ein kleines Kind zu Boden fiel und anfing zu weinen, woraufhin die Eltern herbeieilten. Der Kuss nahm ihn nicht komplett ein, nicht wie früher. Aber jetzt war nicht der Moment, um sich nach dem Grund zu fragen. Mario schob es auf ihren Streit. Nachtragend war er eigentlich nicht, offensichtlich hatten ihre Worte ihn diesmal aber tiefer verletzt als sonst. Sie schien nicht zu bemerken, was in ihm vorging. Und das war auch besser so, denn sie legte ihren Kopf auf seine Brust und schmiegte sich verliebt und vertrauensvoll an ihn. Es fühlte sich gut an. Ihr Haar roch wie immer nach Pfirsich.

Sie löste sich vorsichtig von ihm. »Lass uns noch ein bisschen spazieren.«

Die Piazza Cavour war gut besucht, der Frühling schenkte ihnen wundervolle warme Tage und laue Abende, die schon nach Sommer rochen. Antonietta hatte seine Hand genommen, und er ließ sich gerne führen. Sie mussten einigen Paaren ausweichen, denen es wohl ähnlich ging wie ihnen. Mario fragte sich, ob auch andere Paare so oft stritten wie sie. Vor Antonietta hatte er nur eine feste Freundin gehabt, mit der er drei Jahre zusammen gewesen war. Sie hatten sich getrennt, weil die Gefühle erloschen waren. Gestritten hatten sie nur selten. Mit Anto war das anders. Sie stritten oft, meistens, wenn ihre Mutter irgendwie im Spiel war. Mario kam einfach nicht mit ihr zurecht. Er fand sie arrogant und anmaßend.

»Woran denkst du? Dein Gesicht hat sich verdunkelt«, wollte Antonietta wissen.

Sie standen vor einer Gelateria. »An nichts«, gab er vor.

»Ich habe Lust auf Eis«, stellte sie fest. »Ich glaube, ich hole mir eins.«

»Ja, mach, ich warte hier.« Er mochte Eis nicht besonders.

»Okay. Wird nicht lange dauern.«

Er zwinkerte ihr aufmunternd zu und lehnte sich an eine Hauswand. Es war irgendwie kein guter Tag, und er wurde das ungute Gefühl nicht los, das sich während der Autofahrt eingestellt hatte.

Sie kam mit einer riesigen Waffel mit Schokoladeneis zurück. Er musste lächeln, sie sah so jung und frei von allen Sorgen aus. Sie hatte die Maske der unerbittlichen Anwältin abgelegt.

So mochte er sie am liebsten.

Das war seine Anto.

Sie küsste ihn wieder. Ihre Lippen waren aufregend kalt. Er schmeckte die Schokolade.

»Sicher, dass du kein Eis magst?«, fragte sie ihn provokativ.

»Wenn du es mir so verabreichst, kann ich meine Abneigung dagegen gerne noch mal überdenken.«

Sie lachte und küsste ihn erneut, und sein Herz schloss Frieden mit diesem seltsamen Tag, denn er wusste wieder ganz genau, warum er mit dieser Frau zusammen war.

Kapitel 5

Sie beißt genüsslich in einen kleinen roten Apfel, der ein bisschen wie zusammengedrückt erscheint. »Machen wir damit Eis?«, will sie wissen.

»Certamente. Es ist ja nicht so, als ob wir jemals anderes täten«, stellt er lachend fest.

Dann liest sie, was auf der Holzkiste steht, in der sich die intensiv duftenden Früchte befinden. Melannurca, provenienza Eboli, also ganz aus der Nähe, wie sie weiß. Sie beginnt zu verstehen, dass ihr Papà Wert darauf legt, nur Zutaten aus der Gegend für sein Eis zu verwenden. Sie weiß noch nicht, warum, aber sie beschließt, diese Tatsache unbedingt im Hinterkopf zu behalten.

(*Artigiani del Gelato*, Juli 1998)

»Bist du aufgeregt?«

Livia stellte ihr Tässchen ab und leckte sich über die Oberlippe, um Sals Espresso bis zum letzten noch so kleinen Tröpfchen auszukosten. Obwohl sie sich anstrengte, kam sie nicht darauf, was Diletta mit ihrer Frage meinen könnte. »Aufgeregt?«, hakte sie deshalb nach.

Carolina half ihr auf die Sprünge. »Na, wegen Rino. Morgen. Schon vergessen?«

Livia fuhr sich durch ihr kurzes schwarzes Haar und lachte. »Total. Ich hatte gar nicht mehr daran gedacht«, gab sie zu.

Diletta und Carolina lachten mit. Nicht ohne dabei – wie auch immer sie das anstellten – mit den Augen zu rollen.

»Du bist ein hoffnungsloser Fall«, stellte Diletta fest.

»Sag ich doch!«, bestätigte Livia nickend.

Sal kam auf den Tisch zu, sein Scheitel war ein bisschen unordentlich, was er zu fühlen schien, denn er brachte ihn mit geübtem Handgriff sofort in Ordnung. Er nahm sich einen Stuhl vom Nebentisch, setzte sich unaufgefordert zu ihnen und stellte einen kleinen Teller vor ihnen ab.

»Melannurca-Kekse. Ganz neu im Sortiment. Probiert mal. Ich finde sie toll«, bot er an.

Livia, Carolina und Diletta griffen gleichzeitig nach den Keksen und kicherten, weil sofort ein liebevolles Gerangel entstand.

»Sal, du hast mal wieder die Raubtiere in uns geweckt«, sagte Livia.

Er lachte auch, was bei ihm immer seltsam aussah, da er stets versuchte, die Oberlippe gesenkt zu halten, um einen kleinen Schönheitsfehler – eine fehlende Ecke am Schneidezahn – zu verbergen. »Das sehe ich.«

»Die sind ja supergut!«, fand Diletta schmatzend. »Wo hast du die her? Gibt es die auch mit Zitronenfüllung?«

War ja klar. Diletta hatte nur Zitronen im Kopf. Instinktiv war sie immer auf der Suche nach neuen Artikeln, die sie ins Sortiment aufnehmen konnte, wie Livia wusste.

»Buonissimi!«, schwärmte auch Carolina.

Und Sal war sichtlich stolz auf sich. »Ich habe da eine kleine Pasticceria in Salerno entdeckt ...«

Livia hörte nicht mehr richtig hin. Es reifte eine Idee in ihrem Kopf, der sie folgen musste. Der Annurca-Apfel, aus dem die Keksfüllung bestand, war besonders aromatisch, also keine einfache Geschmacksrichtung. Dennoch hatte auch ihre Gelateria Melannurca-Eis. Die Äpfel wuchsen und gediehen in ihrer Region besonders gut, weshalb Livias Vater vor langer Zeit angefangen hatte, ein Melannurca-Gelato herzustellen. Livia hatte nie daran gezweifelt, dass der Apfel mit seinem starken Eigengeschmack das Zeug hatte, allein zu bestehen. Doch jetzt, in Kombination mit dem Keks ...

Sie unterbrach ihre Gedanken, denn Sal verabschiedete sich von ihnen.

»Ich hätte ja gerne noch welche gehabt ...«, schwärmte Diletta sehnsüchtig.

Das ließ Livia aufhorchen. War das ein Anzeichen von Heißhunger? Diletta versuchte seit knapp einem Jahr, schwanger zu werden. Sie war bereit, ihr Mann Ezio – ein überzeugter Familienmensch – sowieso. Nur wollte es einfach nicht klappen. Oder vielleicht doch? Livia wagte es nicht, zu fragen, also tauschte sie einen Blick mit Carolina aus, die – das sah Livia ihr an der Nasenspitze an – denselben Verdacht hatte.

Diletta wurde aufmerksam. »Was ist?«, fragte sie grübelnd. Dann gab sie sich selbst eine Antwort. »Ach so, nein, ich bin noch immer nicht schwanger.« Sie sagte es mit einem Lachen, doch ihre Augen waren nicht annähernd so fröhlich, wie ihre Stimme das glauben lassen wollte.

»Tesoro, das klappt sicher bald!«, versicherte Carolina.

Diletta nickte dann auch betont überzeugt. Dann hielt sie aber inne. »Was, wenn nicht?«

Diese einzige, fast verzweifelte Frage übertönte das bunte Treiben auf Amalfis Piazza und noch lange, nachdem man sie gar nicht mehr hören konnte.

Es passierte nicht oft, dass sie alle drei gleichzeitig sprachlos waren. Doch das war so ein Moment.

»Wenn nicht, dann gibt es andere Optionen«, sagte Livia aber dann und legte eine Hand auf die ihrer Freundin. Diletta wollte jetzt ganz sicher nicht hören, dass sie sich in Geduld üben musste und die Sache ganz entspannt angehen sollte, und, und, und. Das wusste sie alles schon selbst. »Und ich werde dich, sollte es jemals so weit kommen, auf allen Wegen begleiten, die du einschlagen möchtest.«

»Ich auch«, pflichtete Carolina ihr bei. »Immer zusammen, egal, was passiert.«

Diletta wurde ein bisschen emotional. Das erkannte Livia an den Augen ihrer Freundin, die sich zu röten begannen. Deshalb stand sie auf und beugte sich zu ihr hinunter, um sie fest zu umarmen. Am Kratzen des Stuhls über den Pflasterstein erkannte Livia, dass Carolina es ihr nachtat.

»Was würde ich nur ohne euch machen?«, fragte Diletta ganz gerührt.

Livia löste sich von ihr und hob die Schultern. »Keine Ahnung, vermutlich würdest du deinen armen Mann so sehr stressen, dass er gar nicht mehr vom Meer zurückkommen würde.« Ezio war Fischer und verbrachte so schon den Großteil seiner Tage auf dem Fischkutter seiner Famiglia.

Diletta lachte. »Ja, wahrscheinlich.«

»Oh, sieh mal, die Signora Filippa!«, rief Carolina, die Livias Nonna entdeckt hatte und ihr schon zuwinkte.

»Nonna?«, rief Livia laut. Filippa hörte sie und kam auf sie zu. Mit einem riesigen Blumenstrauß auf dem Arm.

»Die sind aber schön!«, schwärmte Carolina und grüßte Nonna mit einem Kuss auf die Wange.

»Wem gehören die denn?«, erkundigte sich Livia. Blumen gab es bei ihnen nur selten. Schade eigentlich. Sie waren wirklich wundervoll und dufteten himmlisch. Livia war nicht geübt darin, aber man erkannte auch als Laie, dass der Strauß ganz schön teuer gewesen sein musste.

»Niemandem gehören sie«, erklärte Nonna geschäftig, und Livia sah, wie ihre Freundinnen erstaunt die Augenbrauen hoben. Auch Livia war überrascht über diese Antwort. Na, eine Erklärung musste es geben, und die wollte Livia herausfinden.

»Und du trägst heute einfach so Blumen spazieren, die niemandem gehören?«

Filippa stampfte mit dem Fuß auf. »Ich trage sie nicht spazieren, ich trage sie zurück zum Geschäft.«

»Warum tust du das?«

»Weil ich sie nicht will.«

»Ach, Nonna, jetzt sag doch endlich, was Sache ist!«

Filippa war manchmal so anstrengend.

»Die Blumen wurden geliefert. Und ich bringe sie zurück. Basta.«

Soso. Daher wehte also der Wind. »Sind sie etwa von Andrea?«

Darauf antwortete Nonna nicht.

Diletta und Carolina begannen zu grinsen.

»Findest du deine Reaktion nicht ein wenig übertrieben?«, fragte Livia jetzt sehr viel sanfter und leiser. »Er will doch nur nett sein.« Sie mochte Andrea und wollte das auch gar nicht verbergen.

»Ja, nett sein ... und derweil wäre Patrizia fast aus dem Fenster gefallen, als die Blumen geliefert wurden. Ein gefundenes Fressen für die alte Tratschtante.«

Patrizia und Filippa waren nicht gerade beste Freundinnen.

»Patrizia ist einsam, das weißt du genau.«

Einen Augenblick war Nonna still. Einsamkeit, das war so ein Thema, das bestimmt auch sie beschäftigte.

»Andrea könnte dein Mittel gegen die Einsamkeit werden. Behalte die Blumen, Nonna. Das rate ich dir wirklich sehr. Er ist ein guter Mensch«, sagte Livia mit Nachdruck.

Filippa schloss die Augen kurz und seufzte. Wieder stampfte sie mit dem Fuß auf. »Na gut. Dann behalte ich sie eben.«

Livia glaubte kaum, was sie da eben gehört hatte. Das war eine große Sache, wenn Nonna auf ihren Ratschlag hören wollte. Filippa hatte ihren eigenen Kopf, sie machte selten das, was man von ihr erwartete.

»Aber wenn ich etwas gegen die Einsamkeit tun soll, dann musst du es auch. Ich werde nicht ewig leben, und das Eis wird nicht all deine Sehnsüchte stillen können, mein Herz.«

Filippa tauchte ihr Gesicht in die Blumen, roch daran, lächelte und ging, nachdem sie sich verabschiedet hatte.

Livia blieb etwas verdattert zurück.

»Filippa ist so weise«, bemerkte Diletta fast schwärmerisch.

Ja, weise war sie. Und direkt, manchmal sogar zu direkt.

Livia dachte am Abend noch immer über die Worte ihrer Nonna nach. Nach einer Weile im Eislabor aber begannen sie, die Kontur und die Ernsthaftigkeit und all ihre Wahrheit zu verlieren. Einsamkeit. Hier bei ihren Eismaschinen kaum vorstellbar. Einsamkeit war hier nur ein abstrakter Begriff, der ihr keine Angst machte. Um ganz auf andere Gedanken zu kommen, konzentrierte sie sich wieder auf den Annurca-Apfel und ihre Idee. Sie begann geübt, die Früchte zu schälen und nach und nach in den Mixer zu füllen. Das war immer der erste Schritt bei der Eisherstellung mit Fruchtgeschmack. Sie verzichtete auf künstliche Aromen, in ihrem Eis war echtes Obst, und das schmeckte man natürlich. Darauf war sie stolz. Die Produktion mit natürlichen Zutaten kostete sie zwar einiges mehr, aber es gab für sie keine akzeptable Alternative. Routiniert pürierte sie also die Äpfel und atmete deren herrlich frischen und aromatischen Duft ein, den sie sehr liebte. Der Duft erinnerte sie an träge Nachmittage in diesem Labor, mit dem wichtigsten Mann ihres

Lebens, ihrem Papà, der ihr alles beigebracht hatte, was sie über Eis wusste. Er hatte auch den Kontakt zu dem kleinen Betrieb in Tramonti hergestellt, von dem sie noch heute frische Milch und Sahne bezog. Sie füllte die richtige Menge davon in die Eismaschine, gab Zucker und Eiweiß dazu und erst ganz zum Schluss die pürierten Annurca-Äpfel. Dann betätigte sie die Maschine, die sachte und leise brummend begann, die Masse durchzurühren und zu kühlen. Das Geräusch erfüllte Livia und machte ihren Kopf wieder frei. Frei für neue Gedanken, die sie jetzt, in diesem Zustand inneren Friedens, auch gerne zuließ.

Rino war zum Beispiel so ein Thema, mit dem sie sich beschäftigen musste. Sie würde ihn morgen sehen, ganz ohne Erwartungen. Diletta und Carolina hatten Vorstellungen, Hoffnungen. Livia hingegen nicht. Es war nur ein Treffen. Sie kannte nur seine Arbeit, ihn persönlich nicht, und bisher hatte ihr nichts gefehlt. Sie vermisste es nicht, ihn nicht zu kennen.

Einsamkeit. Da war es wieder, dieses Wort. Patrizia, ihre schrullige Nachbarin, war einsam, ja. Ihre Art von Einsamkeit war Livia ein Begriff. Es war zerrende, zerstörerische Einsamkeit. Livia verspürte sie nicht. Das hing aber bestimmt auch vom Alter ab. Oder aber man spürte die Einsamkeit mehr, wenn man zuvor die Zweisamkeit gekannt hatte. Livia hatte ab und an Beziehungen gehabt. Vor allem mit Touristen. Das war einfacher. Touristen waren irgendwann weg, und man hatte deshalb keine Verpflichtungen. Also, alles ganz weit weg von trauter Zweisamkeit.

Livia prüfte die Konsistenz der Eismasse und fand, dass

sie jetzt genau richtig war, um Crumble-Stücke dazuzugeben. Das war ihre neue Idee, um die Geschmacksrichtung ein bisschen aufzupeppen. Sie schaute den grob zerbröselten Keksen dabei zu, wie sie im noch nicht ganz festen Eis versanken, dann startete sie die Eismaschine erneut und ließ sie noch genau eine Minute laufen.

So, das musste reichen.

Das Gefühl sagte ihr, dass es sehr viel später war als sonst. Es war ein besonders arbeitsreicher Tag gewesen, an dem sie neben der Eisproduktion noch zig weitere Aufgaben übernommen hatte, die so anfielen, wenn man Geschäftsinhaberin war. Sie hatte beim größten Andrang Eisbecher ausgewaschen, kurz selbst serviert und sogar ein bisschen Buchhaltung gemacht. Und am Ende des Tages noch ihre neue Eissorte hergestellt.

»Du bist verrückt«, sagte sie zu sich selbst und begann aufzuräumen. Da war es schon weit nach Mitternacht.

Als sie das Eislabor verließ, war es kurz vor zwei Uhr nachts. Der Palazzo war noch stiller als morgens, aber auch im Freien schlug ihr nicht der übliche Trubel entgegen. Amalfi hatte einen Gang heruntergeschaltet. Livia überkam eine bleierne Müdigkeit. Sie wollte nicht nachrechnen, wie viele Stunden sie gearbeitet hatte. Ihre Augen brannten, und sie war sich plötzlich nicht sicher, es bis nach Hause zu schaffen. Erschöpft lehnte sie sich an den Sant'Andrea-Brunnen. Ihre Beine hatten sich in Gips verwandelt. Sie musste sich setzen. Die Stufen rundherum, die zum Brunnen führten, waren nicht gerade einladend nach einem Tag Tourismus in der Hochsaison, aber für einen Augenblick war es in Ordnung. Sie würde sich wohl kaum eine Krankheit einfangen.

»Mamma mia, ihr bringt mich gerade um«, sagte sie leise zu ihren Füßen und streifte eine Sandale ab, um sich die Zehen zu massieren. »Das tut gut!«

»Sprechen Sie mit mir?«

Vor Schreck ließ Livia die Sandale fallen, sofort bedeckte sie ihre Beine mit dem Rock. Verwirrt blickte sie zur Statue des heiligen Andreas hoch, die das typische x-förmige Kreuz auf dem Rücken trug. Die Statue befand sich auf einem Sockel, exakt in der Mitte des Brunnens. Sie kannte diesen Sant'Andrea bestens, doch hatte er bisher noch nie zu ihr gesprochen.

Als sie schon glaubte, sich die Stimme nur eingebildet zu haben, entdeckte sie einen Menschen, der um die Ecke lugte. Wie peinlich! Sie hatte den Mann nicht bemerkt, er war vom Brunnenrand verdeckt gewesen und somit unbemerkter Zeuge ihrer Selbstgespräche geworden.

»Nein. Ich fürchte, ich habe gerade mit mir selbst geredet«, gab sie daher zu und lehnte sich an den kühlen Brunnen.

Er hatte den Anstand, nichts darauf zu erwidern. Aber er rückte etwas näher. Livia fühlte sich nicht von ihm gestört, denn er wirkte sehr bedacht in seinen Bewegungen und vorsichtig, sie nicht zu erschrecken.

»Können Sie auch nicht schlafen? Meine Güte, die Hitze ist unerträglich. Ist das immer so in Amalfi?«

Offensichtlich konnte er sie mit der gleichen Leichtigkeit als Bewohnerin Amalfis einordnen, genauso wie sie ihn als Norditaliener klassifizierte, der seinen Urlaub in ihrem Heimatort verbrachte.

»Eigentlich sind amalfitanische Nächte angenehm, sternenklar und romantisch. Wollen Sie ein Eis? Wegen der Hitze, meine ich. Die *Artigiani del Gelato* drüben gehört mir. Nicht, dass Sie jetzt glauben, dass ich irgendwo einbrechen will.« Das sprach sie laut aus. Im Stillen fragte sie sich jedoch, ob sie jetzt komplett verrückt geworden war. Wie konnte sie einen wildfremden Mann mitten in der Nacht auf ein Eis einladen? Vielleicht, weil es sich so anfühlte, als sei er gar nicht wildfremd, war ihre stille Antwort.

Kapitel 6

Sie verbringen schon wieder den ganzen Nachmittag im Eislabor, probieren, produzieren. Produzieren, probieren.

»Gut!«, sagt er. »Wenn meine offizielle Eis-Verkosterin zufrieden ist, dann ist alles benissimo.«

»Eis-Verkosterin?« Sie reißt überrascht die Augen auf.

»Genau. Jeder braucht einen Eis-Verkoster, dem er blind vertrauen kann, und ich habe dich.«

Sie ist so stolz, dass sie beinahe weinen muss.

(*Artigiani del Gelato*, Juni 1999)

»Klinge ich wie eine Irre? Wenn ja, dann möchte ich zu meiner Verteidigung sagen, dass ich heute den ganzen Tag Eis hergestellt habe und nicht mehr ganz bei Sinnen zu sein scheine.«

Er lachte. Doch, er tat es tatsächlich. Und wie durch Magie verwandelte sich die überschaubare Piazza Duomo im hübschen Städtchen Amalfi in einen noch fabelhafteren Ort, der vor Livias Augen geradezu erstrahlte. Für sie sah alles plötzlich viel schöner aus, wahrscheinlich, weil sie wie geblendet war. Der Mann hatte eine Ausstrahlung, die sie komplett von den Socken riss. Dabei tat er nichts Besonderes, außer neben ihr zu sitzen und ihr zuzuhören.

»Ich mag kein Eis«, sagte er etwas zerknirscht. Als täte es ihm leid, ihre Einladung ablehnen zu müssen.

Jetzt lachte sie. Dann merkte sie erst, dass er keine Miene verzog. »Sie meinen das wirklich ernst?« Es lag so etwas wie eine schockierte Erkenntnis in ihrer Stimme.

Er hob beide Arme seitlich und nickte ergeben. »Ja, ich stoße mit meiner Abneigung gegen Eis immer wieder auf Unverständnis, aber ich kann nur wiederholen, dass ich es leider nicht mag. Tut mir leid.« Nun war er amüsiert.

Sie war sich noch immer nicht sicher, ob er sie nicht doch auf den Arm nahm. Sie war noch niemandem begegnet, der sich nicht auf ein Eis einladen lassen wollte.

»Vielleicht haben Sie einfach noch nicht die richtige Geschmacksrichtung erwischt?«, grübelte sie laut und befreite ihre Beine wieder ein Stück weit vom Rock. Es war wirklich verdammt heiß. Weder die leichte Meeresbrise noch der Mond brachten Abkühlung. Es war eine dieser Nächte, die sich unerträglich anfühlten, als wäre die Luft heiße Flüssigkeit, die sich über alle ergoss.

»Das schließe ich aus.« Er schüttelte den Kopf, wobei sein etwas zu langes, gelocktes Haar ihm in die Stirn fiel.

»Stimmt irgendwas mit Ihnen nicht?« Erschrocken bedeckte Livia ihren Mund mit der Hand. »Das war jetzt unhöflich von mir, mi perdoni.« Eigentlich hatte sie witzig klingen wollen. Na, der Versuch war wohl danebengegangen.

»Nein, nein. Keine Sorge, ich verstehe Ihre Frage. Ich

schätze, ich bin einfach nur das Kind geblieben, das früher von den Eltern immer riesige Eistüten bekam, aus denen das ganze geschmolzene Eis floss, ohne jemals daran geleckt zu haben. Ich kann mich an das klebrige Gefühl erinnern und daran, dass ich mir immer nur dringend die Hände waschen wollte.«

»Ernsthaft? Ein frühkindliches Eis-Trauma also?«

»Keine Ahnung. Diese Geschichte erzähle ich nur gerne, wenn mir jemand nicht glaubt, dass ich es einfach nicht mag.« Er lächelte sie freundlich an und lehnte sich dann entspannt an den Brunnen.

Livia überlegte. Spielte das Universum gerade mit ihnen? Es kam ihr nicht wie ein möglicher Zufall vor, dass ausgerechnet sie als Eismacherin mitten in der Nacht jemanden traf, der kein Eis mochte. Vielleicht war es Bestimmung, denn anders als erwartet schreckte sie diese Tatsache nicht ab, sondern machte sie nur noch neugieriger.

»Was, wenn ich Sie trotzdem bitten würde, eine neue Eissorte zu probieren, die ich erst vor ein paar Stunden zum ersten Mal gemacht habe?« Diese Frage kam ihr so selbstverständlich über die Lippen, als würde sie den Mann schon ewig kennen. Sie blickte zu ihm, versuchte, seine Körperhaltung zu deuten. Sofort schossen ihr Fragen durch den Kopf. Wer war er? Was war seine Geschichte? War es wirklich nur die Hitze, die ihn mitten in der Nacht an den Brunnen geführt hatte?

»Tja, es gibt etwas, das ich noch weniger mag als Eis, und das ist Unhöflichkeit. Demnach könnte ich Ihre Einladung nicht ein weiteres Mal ausschlagen, denn das wäre wirklich unverschämt von mir.« Er zog die Füße bis zu seinem Po, verschränkte die Arme über seinen Knien und legte den Kopf seitlich darauf. Aufmerksam sah er sie an.

»Dann los!« Voller Tatendrang stand sie auf, hüpfte dabei umständlich auf einem Bein, um gleichzeitig die Sandale anzuziehen.

»Jetzt gleich?« Auch er stand nun auf und fuhr sich durch die Locken.

»Natürlich! Kommen Sie!« Sie war tatsächlich versucht, seine Hand zu nehmen. Sie spürte eine Vertrautheit, die in dieser Form und so schnell nach dem ersten Kennenlernen fehl am Platz wirkte. Also ließ sie es. Doch er folgte ihr trotzdem vertrauensvoll.

»Haben Sie einen Hund?«, fragte sie ihn übergangslos. Sie hatte Lust auf ein unverfängliches Gespräch mit ihm, und weil irgendetwas an ihm an einen treuen Hund erinnerte, hatte sie, ohne nachzudenken, die Frage ausgesprochen.

Er blieb abrupt stehen, sodass sie zurücklaufen musste, um wieder auf einer Höhe mit ihm zu sein.

»Jetzt bin ich Ihnen doch zu nahe getreten«, stellte sie fest und wollte sich am liebsten die Zunge abbeißen. Sie stand gerade neben sich, so viel war klar.

Er wiegelte ab, wedelte mit den Händen. »Warum fragen Sie gerade nach einem Hund und nicht«, er zog die Schultern hoch, »beispielsweise nach einer Katze, einem Wellensittich oder einer Schildkröte?«

»Das hat keinen besonderen Grund«, versuchte sie zu erklären, »Sie sehen nur wie jemand aus, der einen Hund haben könnte.«

Er sah sie einen Moment lang so intensiv an, dass Livia schlucken musste. Das gedimmte Licht aus dem *Palazzo La Fontana* erleuchtete sein Gesicht gerade stark genug, um zu erkennen, dass seine dunklen Augen sehr ausdrucksvoll waren. Sie mochte dunkle Augen, weil sie einen Kontrast zu ihren eigenen hellen bildeten. Er schaute zuerst weg, sie löste sich von der Anziehungskraft, die er auf sie ausübte, und ging auf die schwere Glastür zu, die nie geschlossen wurde. Eine weitere Glastür führte vom Eingangsbereich in die Hotelhalle. Er folgte ihr, und sie fragte sich, wo der Mann schlief, aber sie wagte es nach dem letzten missglückten Versuch eines lockeren Gesprächs nicht, ihn darauf anzusprechen.

»Also, ich habe gar kein Haustier«, erklärte er leise. Livia wusste, wie einschüchternd der Eingangsbereich des Palazzo wirken konnte, deshalb sprach er wohl nicht laut. »Ich wollte aber tatsächlich lange einen Hund, nur hat das nie geklappt.«

»Ich mag Hunde sehr«, erklärte sie. »Ich lebe aber mit meiner Nonna zusammen, die kategorisch gegen Tiere ist.«

Sie hatten gerade die Tür zum Hintereingang der Gelateria erreicht. Livia schloss auf. Dann bekam sie plötzlich Angst vor ihrer eigenen Courage, die jetzt eher wie Leichtsinn aussah. Sie wusste rein gar nichts über diesen Mann. Und doch betrat sie gerade mit ihm den Ort, der ihr die Welt bedeutete. Sie betätigte den Lichtschalter und stellte sich an den verchromten Arbeitstisch, bevor sie es sich vernünftigerweise anders überlegen konnte.

Die Augen des Mannes schossen hin und her. Livia merkte, wie er versuchte, alles, was er sah, in sich aufzunehmen. Es gelang ihm nicht gleich.

»Wow«, sagte er bewundernd. »Ein echter Blick hinter die Kulissen …«

Es gefiel ihr, wie er das gesagt hatte.

»Das sind Eismaschinen, oder? Ich hatte mir die immer größer vorgestellt.«

Sie nickte. »Ja, die industriellen Maschinen sind auch deutlich größer. Wir sind aber eine Eismanufaktur. Ich mache noch gerne alles auf die alte Art und Weise.«

»So viel echtes Obst …«, bemerkte er auch und zeigte auf die Kisten, die Livia lieber nicht in der Kühlzelle aufbewahrte, weil sie fand, dass die Frische dabei teilweise verloren ging. Also kaufte sie lieber weniger, dafür aber immer frisch.

»Was dachten Sie denn, wie man Eis macht? Mit falschem Obst?«, amüsierte sie sich.

»Um ehrlich zu sein, hatte ich mir nie Gedanken darüber gemacht.«

»Womit dann auch erklärt wäre, warum Sie kein Eis mögen.«

Seine Lippen verzogen sich zu einem Lächeln. »Sie wollten, dass ich eine neue Sorte probiere?«

Livia legte ihre Tasche auf den Arbeitstisch, nahm einen Eisbecher aus dem Regal und einen großen Eisspatel aus einer Schublade, legte sie auf den Tisch und ging dann zum

Kühlraum, wo sie die Schalen mit dem Melannurca Crumble vorhin abgestellt hatte. Sie fröstelte bei der Minustemperatur und zuckte gleichzeitig zusammen, als sie merkte, dass er ihr gefolgt war.

»Hier lässt es sich aushalten«, fand er und zitterte aufgrund der Kälte kein bisschen, sofern Livia das erkennen konnte.

»Sie können gerne hier schlafen. Morgen früh taue ich Sie dann wieder auf.«

Er lachte wieder, und Livia hatte nicht geahnt, wie schön es war, jemanden zum Lachen zu bringen.

»Ich mag Ihren Humor!«, sagte er.

»Schön. Jetzt müssen Sie nur auch noch mein Eis mögen.«

»Wissen Sie was? Ich kann es gerade gar nicht erwarten, es zu probieren. Bei Ihnen hier ist alles so sauber, einladend und ordentlich verstaut. Sehen Sie sich nur diese Eisbehälter an. Ich wette, sie sind alphabetisch geordnet. Habe ich recht?«

Sie räusperte sich. »Chronologisch.«

»Ha!«, sagte er und zeigte mit dem Zeigefinger auf sie. Er tat geradezu so, als hätte er sie bei einer Schandtat erwischt.

Livia hob den Eisbehälter von der Ablage. »Und jetzt raus hier, sonst holen wir uns noch den Tod.«

Er folgte ihr und schloss die Tür. Sie achtete darauf, ob er es auch richtig machte.

»Kontrollfreak?«

»Nur wenn jemand den Schließmechanismus meines

sauteuren Kühlraums, in dem ich Eis im Wert von fast tausend Euro aufbewahre, nicht so gut kennt wie ich.«

»Und ich Depp habe in Gold investiert ...«, konterte er bitterernst.

Sie rollte mit den Augen, obwohl sie ihn ebenfalls witzig fand. Sie mochte seine Art, die ihre Müdigkeit irgendwie weggeblasen hatte. Livia wusste zwar, dass es mitten in der Nacht war, vom Gefühl her hätte es aber auch Mittag sein können. Endlich stellte sie die Eisschale ab, zog vorsichtig am Lebensmittelpapier, das an der nun komplett erkalteten Eismasse klebte. Es ließ sich jedoch problemlos lösen. Obwohl es gefroren war, wehte ihr der aromatische Duft des Annurca-Apfels entgegen. Man sah auch die dicken Crumble-Stückchen. Livia war ziemlich stolz auf sich.

»Das sieht wie nichts aus, was ich bisher in einer Gelateria gesehen habe«, bemerkte er und legte beide Hände auf den Tisch, um sich abzustützen.

Wie natürlich er sich im Eislabor bewegte ... Livia nahm es verwundert zur Kenntnis.

»Das ist gut. In dieser Branche muss man die Balance zwischen Tradition und Innovation halten, sonst ist man verloren.«

»Darüber hatte ich nie nachgedacht. Für mich gibt es *Fiordilatte*, *Cioccolato* und *Limone*. Mehr kenne ich nicht.«

»Ja. Und damit macht man sicher nichts falsch. Aber was, wenn ein Gast zu mir kommt, der total gerne *Gusto Puffo*, diese giftblaue Schlumpf-Geschmacksrichtung, mag? Kein Eismacher kann es sich leisten, seine Gäste nicht zufriedenzustellen. Also biete ich oft Novitäten an, die ich aber mit meinem Gewissen vereinbaren kann.«

»Und das hier ist so eine Novität? Wie viele Schlümpfe mussten dafür dran glauben?«

Livia schaufelte etwas Eis in den Becher und brachte die Schale wieder zurück in die Kühlung, wobei sie ihm antwortete. »Ich verwende keine Puffi, sondern Magie.«

»Das dachte ich mir schon, dass Sie zaubern können.« Er stand wieder an der Tür zum Kühlraum, folgte ihr überallhin.

»Sagen Sie es aber niemandem weiter!«

Der Mann kreuzte beide Finger über dem Mund und schloss schon wieder die Tür hinter ihr, als sie draußen war. Natürlich beobachtete sie erneut, ob er alles richtig machte.

»Kontrollfreak.« Diesmal war es eine Feststellung, und sie widersprach ihm nicht.

»So. Jetzt sind Sie dran. Probieren Sie!« Livia schob ihm den Eisbecher zu und legte ihm einen Löffel dazu.

Er griff danach, sie beobachtete ihn dabei, und es fühlte sich aufregend an, zu wissen, dass er ihr Eis essen würde. Seine Hand war schön und feingliedrig, jede Bewegung zeigte eine sich spannende Sehne unter seiner Haut. Endlich tauchte er den Löffel in den Becher.

Livia musste schlucken.

Sie beobachtete, wie er erst das Eis langsam schmelzen ließ und dann den Crumble zerbiss, der schön knusprig geblieben zu sein schien. Er nahm mehr davon, sagte aber nichts, sah sie auch nicht an, konzentrierte sich nur auf den Geschmack.

Schließlich legte er den Löffel weg und stellte den leeren Becher daneben. Er schaute sie nicht an, als er schließlich sprach: »Das war richtig gut. Danke dafür. Jetzt muss ich aber wirklich gehen.« Er hob die Hand zum Gruß und ging ohne einen weiteren Blick.

Livia war so perplex von der unerwarteten Wendung, dass sie ein paar Sekunden, vielleicht auch Minuten, nichts sagen, geschweige denn sich bewegen konnte. Irgendwann gab sie sich einen Ruck, packte alles weg, damit sie ihr Labor in ein paar Stunden wieder schön aufgeräumt vorfinden würde.

Als sie die Tür schloss, um nach Hause zu gehen, hatte sie den Mann vom Brunnen schon wieder so weit aus ihren Gedanken entfernt, dass sie sich ernsthaft fragte, ob sie sich alles nur eingebildet hatte.

Kapitel 7

So viel Aufregung heute. Und der Kragen des neuen T-Shirts kratzt, aber das ist nicht so schlimm. Auch Papà sieht etwas steif aus, mit Hemd und Krawatte. Er ist nervös, das spürt sie. Es ist auch ein großer Tag. Ein Journalist kommt, um ihm Fragen über die Gelateria zu stellen.

»Sag ihm, wie sehr wir unser Eis lieben«, schlug sie ihrem Papà vor.

»Das ist eine gute Idee, Livi!«

(*Artigiani del Gelato*, Mai 2000, kurz vor dem Interview für das Lifestyle-Magazin »Salernitani«)

Livia verschlief am nächsten Morgen. Das passierte ihr nicht oft. Nach der ersten Schrecksekunde legte sie den Kopf wieder auf das Kissen und beruhigte ihren Herzschlag. Sie fand es bedenklich, dass sie sofort ein Bild vor Augen hatte: das Gesicht des Mannes am Brunnen, von dem sie nicht einmal den Namen kannte.

Sie schob es aber schnell beiseite. Sie verbuchte die bizarre Nacht als ein einmaliges Treffen unter sonderbaren

Umständen. Nichts anderes konnte es sein. Sie wusste ja nichts über ihn. Außer, dass ihr Geist, ihre Sinne, ja, vielleicht sogar ihr Körper stark auf ihn reagiert hatten. Auch das passierte ihr nicht oft.

Da sie schon am Vorabend genug Eisvorräte für den Tag angelegt hatte, befand sie, es heute langsam angehen lassen zu können. Also stand sie in aller Ruhe auf, zog ihre Hausschuhe an und stieg die Treppe hinunter, um sich in der Küche etwas zu trinken zu holen. Patrizias Kaffeeduft hatte sie diesmal wohl verpasst. In Filippas Küche duftete es aber auch, nur nicht nach Kaffee.

»Machst du Kuchen, Nonna?«, erkundigte sich Livia mit knurrendem Magen. Filippa saß am Küchentisch, halb verdeckt von Andreas gigantischem Blumenstrauß, den sie in eine große Vase gestellt hatte, und blätterte in einer Zeitschrift.

»Buongiorno, Livi. Ich hatte gerade überlegt, dich zu wecken ...« Sie ließ den Satz ein bisschen in der Schwebe. »Ja, ich hatte Lust auf Marmorkuchen. Ich weiß auch nicht, kennst du das, wenn du Heißhunger auf etwas bekommst, das du gerade nicht dahast?«

Livia nickte. »Kenne ich.« Sie nahm sich einen Saft aus dem Kühlschrank.

»Ein paar Minuten muss er noch im Ofen bleiben. Wenn du so lange warten kannst, dann bekommst du gleich eine dicke, warme Scheibe, ja?«

Livia setzte sich, trank den Saft direkt aus der Flasche. Wenn sie es sich recht überlegte, hatten sie sich schon lange nicht mehr einfach so unterhalten. Livia hatte immer Eile, und Nonna war kein aufdringlicher Typ, der um Aufmerksamkeit bettelte. Erst in diesem Moment merkte Livia, dass es ihr um die viele verpasste gemeinsame Zeit leidtat.

»Das wäre toll, Nonna. Ich muss heute nicht so früh wie sonst in die Gelateria. Außerdem kommt ein Blogger aus Salerno, um mit mir über Eis zu sprechen. Ich möchte mich ein bisschen darauf vorbereiten, verstehst du?« Zwar hatte sie das nicht so geplant, wenn sie aber schon verschlafen hatte, dann wollte sie das Beste draus machen.

»Eis, Eis, Eis. Tesoro mio, vergiss nicht, dass Eis schmilzt. Fülle dein Leben auch mit anderen schönen Dingen aus.«

Das sagte Nonna oft. Livia fragte sich, ob es bei ihr so gewesen war. Filippa hatte die Gelateria ja in erster Generation geführt. War sie nach der Eismacherei in ein großes Loch gefallen? Falls das so gewesen war, dann hatte Livia nie etwas davon mitbekommen. Gefragt hatte sie Nonna auch nie explizit danach. Es hatte sich für Livia immer angefühlt wie ein Tabu. Doch vielleicht war der Moment gekommen. »Warum sagst du das eigentlich immer? Bist du nicht zufrieden mit deinem Leben?«

Überrascht blickte Nonna auf. Sie schob die Blumenvase beiseite. »Ich könnte mir kein schöneres Leben vorstellen als hier mit dir, Livi. Daran darfst du nie zweifeln. Aber ich hatte in deinem Alter schon einen Ehemann und zwei Kinder, die mein Leben bereichert haben. Ich weiß, du denkst jetzt, dass du nichts dergleichen brauchst, dass dein Leben schon von Gelati erfüllt ist, dass es nur wichtig ist, dass du das tust, was du liebst. Doch ich wünsche mir für dich die Wärme, die nur eine menschliche Umarmung dir schenken kann. Du bist so reizend und voller Leben, aber manchmal habe ich den Eindruck, dass du es nicht voll auskosten möchtest.«

Livia ließ die Worte auf sich wirken. Sie drangen viel tiefer, als ihr lieb war. So tief, dass sie es nicht wagte, ihnen bis ans Ende zu folgen. »Tust du es, Nonna, kostest du es voll aus?«

»Ich habe mein Leben so gelebt, wie ich es wollte.« Sie stand auf und drehte den Ofen aus, zog die Küchenhandschuhe mit den grellgelben Zitronen an, die Livia ihr bei Diletta gekauft hatte, und nahm den betörend duftenden Kuchen heraus. Livias Magen knurrte wieder laut.

»Hast du gemerkt, dass du in der Vergangenheit gesprochen hast? Gerade so, als wäre dein Leben vorbei?«

Filippa hielt inne, nahm aber dann die Handschuhe ab und steckte sie in die Schublade. »Vielleicht, weil es so ist«, überlegte sie laut.

»Das ist aber jetzt Unsinn«, fand Livia. »Dir stehen noch alle Wege offen.«

»Spielst du jetzt auf Andrea an?«

»Ja. Auch. Aber nicht nur.«

Filippa setzte sich, erschien plötzlich erschöpft. »Mamma mia, also, Andrea ... ich meine, hast du ihn denn schon einmal als Mann gesehen und nicht als Pförtner? Er steht da schon seit Ewigkeiten an der Tür, und ich fürchte, ich habe ihn immer übersehen. Er ist ein guter Mensch, aber wie kann das sein? Wie kann das sein, dass er mich nett findet?«

»Vielleicht, weil er *dich* sehr wohl gesehen hat. Als Frau, als Menschen. Und er findet dich übrigens mehr als nett.«

Filippa schüttelte den Kopf so heftig, dass ihr langer Pony ihr in die Stirn fiel. Doch sie schien amüsiert. Und das war ein schönes Bild.

»Nonna, ich muss gleich los. Der Blogger kommt bald.«

»Was ist mit dem Kuchen?«

»Schneidest du mir ein Stück ab, während ich dusche?«

»Va bene!«

»Grazie!« Livia drückte ihr einen Kuss auf die Wange.

»Du, Livi?«

»Hm?«

»Blogger? Was ist das jetzt noch mal genau?«

Eigentlich trug Livia fast nie Schuhe mit Absatz. Für die Gassen von Amalfi mit seinen Anhöhen und die Pflastersteine der Piazze war bequemes Schuhwerk eindeutig besser geeignet. Aber heute war genauso wenig ein normaler Tag, wie die Nacht davor keine normale Nacht gewesen war. Livia versuchte, nicht an den Fremden zu denken, doch als sie am mit Touristen belegten Sant'Andrea-Brunnen vorbeikam, suchte sie instinktiv in der Menge nach dem Lockenkopf, der sie so unverhofft und nachhaltig aus der Ruhe gebracht hatte.

Natürlich keine Spur von ihm. Mit großer Wahrscheinlichkeit würde sie den Mann, der kein Eis mochte, nie wiedersehen. Damit musste sie sich abfinden.

Livia stand schon fast vor dem Palazzo und sah, dass die Gelateria gerappelt voll war. Elvira, ihre Bedienung, hatte zusammen mit dem Rest des Personals alle Hände voll zu tun. Sofort bedauerte Livia es, nicht wie gewohnt schon eine Frühschicht eingelegt zu haben, um bei dem ersten großen Andrang der Gäste mithelfen zu können. Doch Elvira, die ihren besorgten Blick gespürt zu haben schien, hob fröhlich den Daumen in ihre Richtung und sah nicht gestresst oder wie unter Druck aus.

»Hey, Livia!«, hörte sie jemanden rufen.

Es war Carolina, die sie aufgeregt zu sich winkte. Livia ging auf sie zu.

Carolina gab ihr einen Kuss auf die Wange, reichte ihr gleich darauf eine Glückwunschkarte, die offensichtlich aus der Cartiera stammte. »Hier, für dich!«

Diletta gesellte sich zu ihnen. Sie umarmten sich kurz. Auch sie gab Livia etwas: ein Fläschchen mit Zitronenöl.

»Habe ich heute Geburtstag?« Die Frage war von Livia zwar witzig gemeint, aber anders konnte sie sich Karte und Fläschchen nicht erklären.

Diletta schüttelte den Kopf und lachte. »Wir wollen dir nur viel Glück für das Treffen mit Rino wünschen!«

Das war typisch für ihre Freundinnen, ein simples Treffen derart aufzubauschen, dass selbst Livia anfing, so etwas wie nervöse Vorfreude zu spüren. Sie sah sich ihre Freundinnen an: die hübsche, energiegeladene Diletta und die etwas sanftere, romantische Carolina. Sie konnte nicht anders, als zu lächeln.

»Was würde ich nur ohne euch tun?« Sie hielt sich Fläschchen und Karte ans Herz. »Grazie, amiche mie!«

Sie standen alle drei im Schatten des antiken Palazzo,

der wie wohlwollend auf sie herabzublicken schien. Ihre Freundschaft war wertvoll und gab Livia viel Geborgenheit, die sie nicht missen wollte.

»Ich muss los«, sagte Livia schließlich. Kurz war sie versucht, Diletta und Carolina vom mysteriösen Mann vom Brunnen zu erzählen. Doch dann fand sie, dass es nichts zu erzählen gab. Also verabschiedeten sie sich voneinander, nachdem sie versprochen hatte, später bei ihnen vorbeizuschauen.

Livia hatte jedoch erst dieses Treffen mit Rino hinter sich zu bringen. Da sie aber ihre Tasche loswerden wollte, beschloss sie, sie im Eislabor abzulegen und kurz in der Gelateria nach dem Rechten zu sehen.

An der großen Glastür stand, wie immer, Andrea, der ihr freundlich zunickte. Das schien Livia aber heute nicht genug. Sie blieb bei ihm stehen.

»Buongiorno. Die Blumen sind wunderschön, Andrea. Der Strauß steht bei uns auf dem Küchentisch«, wollte sie ihn wissen lassen.

Und er wurde tatsächlich rot, was an ihm verwirrend jung aussah. »Schön, dass ich der Signora Filippa eine Freude bereiten konnte.«

»Das hast du. Nonna ist einfach nur ... etwas vorsichtig. Gefreut hat sie sich, sie zeigt es nur nicht so gut.«

»Das verstehe ich. Ich bin geduldig, keine Sorge.«

Sie lächelte ihm zu, ihr war aber eher nach einer Umarmung, weil sie sich plötzlich fragte, wie lange er schon etwas für Nonna empfand. Etwa schon seit Jahren? Dann musste das Leben für ihn aber eine Tortur gewesen sein. Sie stellte sich vor, wie es gewesen sein musste, Filippa jeden Tag zu sehen und sie heimlich zu lieben, während sie glücklich verheiratet war. Das klang nach Leid und Schmerz.

»Ich wünsche dir einen schönen Tag, Andrea.«

Er nickte erfreut. »Grazie, Signorina Livia. Ebenfalls.«

Livia ließ sich von ihm die Glastür aufhalten und betrat den Palazzo. Sie ging den Eingangsbereich entlang und nahm am Rande wahr, dass etwas anders war als sonst. Also ging sie noch einmal zurück, doch noch immer war ihr nicht klar, was sich verändert haben mochte. Sie blickte sich eine Weile um, bis es klick machte.

Blumen!

Jemand hatte große, prächtige Blumenvasen aufgestellt. Drei auf jeder Seite. Da der Eingangsbereich enorm war, fielen die Vasen nicht sofort auf, aber sie waren mindestens einen Meter groß, plus die Blumen. Wundervoll! Wer wohl dafür zuständig war? Man wusste nicht viel über die Besitzer des Palazzo. Die Ladenräume waren schon vor Generationen von den Ladeninhabern gekauft worden. Das Hotel und das restliche Gebäude aber nicht. Eine Gesellschaft kümmerte sich um die Instandhaltung und die Formalitäten. In Amalfi wurde darüber gemunkelt, dass es einen alleinigen Besitzer gab. Livia hatte immer einen reichen Scheich im Kopf gehabt. Ob wohl der imaginäre Scheich sich das mit den Blumen ausgedacht hatte?

Livia ging gedankenverloren weiter, öffnete das Labor, verstaute ihre Tasche in einem Schränkchen und ging den kleinen Flur entlang, der Labor und Eisdiele trennte. Sie vergaß dabei augenblicklich den Scheich, denn eine lange

Schlange hatte sich am Straßenverkauf gebildet. Livia wusch sich die Hände, griff wahllos nach einer Schürze und grüßte das Personal, dann stellte sie sich mit hinter die Eistheke, lächelte den nächsten wartenden Kunden an, bevor sie komplett im Eisverkauf versank.

Nach Minuten, vielleicht aber auch Stunden, war ein Kunde an der Reihe, der sie kurz stutzen ließ. Sie hatte den Eindruck, ihn zu kennen, aber der Eindruck verflüchtigte sich schnell.

»Prego«, sagte sie also aufmunternd.

Der Kunde lächelte sehr freundlich, und Livia stufte ihn instinktiv und ohne jeglichen Hintergedanken als attraktiv, aber nicht aufregend ein.

Er zögerte einen Augenblick lang. Dann bestellte er aber sein Eis. »*Cioccolato e Limone*, per favore.«

Sofort analysierte Livia seine Wahl. Er hatte die Bestseller ihrer *Artigiani del Gelato* ausgesucht. Gute Wahl.

Sie schaufelte ihm die ausgesuchten Sorten in die knusprige Waffel und reichte sie ihm. »Sono due Euro.«

Er bezahlte. »Sind Sie Livia?«, fragte er dann ganz unvermittelt und leckte am *Cioccolato*, das schon zu tröpfeln begann. Aus welchem Grund auch immer sah der Mann interessiert und teilweise amüsiert aus.

Das irritierte Livia wie auch das Eis, das noch weitertröpfelte und viel zu schnell schmolz, was sicherlich an der Hitze lag, aber vielleicht auch am Herstellungsvorgang. Hatte sie irgendetwas falsch gemacht?

Sie konzentrierte sich wieder auf den Mann und merkte,

wie ihre Augen zu Schlitzen wurden, so intensiv sah sie ihn an. Wer wollte das von ihr wissen, ob sie Livia sei?

Dann fiel es ihr siedend heiß ein. Das musste Rino, der Blogger, sein.

Und sie hatte ihn komplett vergessen.

Kapitel 8

»Was, wenn wir einfach ganz viele einfrieren, damit wir das ganze Jahr über welche haben?«, schlägt sie vor und steckt eine Erdbeere in den Mund.

Er rümpft die Nase. »Keine Kompromisse. Wenn es eine Frucht nicht das ganze Jahr über gibt, dann gibt es bei uns das Eis eben auch nur saisonbedingt.«

»Na gut. Dann *Fragola* nur von Mai bis höchstens August!«

(Unterhaltung über die Eissorte *Fragola*, Mai 2002)

Ein paar Wochen zuvor in Norditalien

Mario zuckte zusammen, er war wohl im Liegestuhl auf dem Balkon eingenickt. Er liebte es, an seinem freien Tag abzuschalten, und vor allem schlief er gerne, weil er während der Woche immer früh rausmusste.

»Amore, du kannst doch jetzt nicht schlafen. Wir müssen los«, bemerkte Antonietta tadelnd. »Sag nicht, dass du es vergessen hast!«

Los? Wohin noch gleich? Er musste seine Gedanken ordnen, gähnte aber zunächst ausgiebig. Dann fiel es ihm ein: Mittagessen mit der Schwiegermutter Loretta. Er schloss wieder die Augen. »Ich muss doch nur das Hemd anziehen, dann bin ich fertig. Du kannst ganz beruhigt sein.« Demonstrativ erhob er sich, ging an ihr vorbei direkt ins Schlafzimmer zum Kleiderschrank.

Antonietta beobachtete ihn, an den Türrahmen gelehnt, stand sie da, mit verschränkten Armen. Das nervte ihn selbstverständlich. Doch ließ er sie einfach machen. Er hatte sich geschworen, diesen Tag ohne Streitereien durchzustehen.

Nein, er war nicht begeistert, Zeit mit seiner Schwiegermutter verbringen zu müssen. Erst kürzlich hatten Mario und Antonietta sich jedoch zusammengesetzt, um über das angespannte Verhältnis zwischen ihm und Loretta zu sprechen. Antonietta hatte sich geöffnet und ihm gebeichtet, wie belastend sie es fand, zwischen den Stühlen zu sitzen. Sie hatte erklärt, dass sie Harmonie in ihrem Leben brauchte, um wirklich glücklich zu sein. Sie hatte sich an ihn gekuschelt und wie ein kleines liebebedürftiges Mädchen darum gebeten, dass er es doch bitte wenigstens versuchen solle, mit ihrer Mutter zurechtzukommen. Ihretwillen. Ihre Bitte hatte viel in ihm bewegt, denn er hatte schon immer einen ausgeprägten Beschützerinstinkt gehabt.

Und nun stand er im Schlafzimmer und dachte noch immer, dass er sich bemühen wollte, Harmonie für Antonietta, aber auch für sich selbst anzustreben.

»Kannst du bitte das neue Hemd anziehen? Das Hellblaue?«, fragte sie und knetete ihre Hände dabei.

Mario blickte an sich hinab. Er war gerade dabei, das graue Hemd zuzuknöpfen. Es passte super zur Jeans, wie er fand. Oder was stimmte nicht damit? Doch er zog es vor, einfach das zu tun, was seine zukünftige Frau sich wünschte. Über so eine Lappalie wie die Farbe seiner Anziehsachen wollte er nun wirklich nicht diskutieren.

»Klar!«, sagte er deshalb nur und wechselte schnell das Hemd. Danach ging er ins Bad, um sich die Zähne zu putzen. Antonietta stellte sich auch hier in die Tür. Mario kam sich langsam vor wie ein Kindergartenkind, das von seiner Mami nicht aus den Augen gelassen wurde.

Unaufgefordert betrat nun auch Antonietta das Bad, holte irgendetwas aus einer Schublade und stellte sich dann hinter ihn. Mario spülte den Mund aus, erhob sich aus der gebückten Haltung, die er eingenommen hatte, und blickte über den Spiegel in ihr Gesicht.

Sie hielt eine Bürste in der Hand. »Darf ich?«, fragte sie vorsichtig und begann, ohne auf eine Antwort zu warten, ihn zu kämmen. Es ziepte fürchterlich.

»Anto, eher geht die Bürste kaputt, als dass du es damit durch meine Locken schaffst«, versuchte er, sich witzig zu geben. Doch sie machte unbeirrt weiter und bearbeitete seine Haare dann mit Gel, was er hasste.

Das Resultat war so lächerlich, dass er tatsächlich lachen musste. »Ich hoffe, du wirst deiner Mutter auch beichten, dass wir wegen dir zu spät kommen und nicht wegen mir.«

Sie schaute nervös auf die Uhr. »Wir schaffen das rechtzeitig. Komm, lass uns gehen.«

Sie meinte das ernst? Das konnte sich Mario kaum vorstellen. Er zeigte auf seine Haare. »Ich kann so unmöglich raus. Lass mich kurz den Kopf unter den Wasserhahn halten.«

»Nein, bitte, ich mag es so.« Sie hielt ihn leicht an der Hand fest, mit der er bereits das Hemd wieder aufknöpfen wollte.

»Seit wann das denn? Du liebst meine Locken doch, das sagst du zumindest immer, vor allem dann, wenn du deine Hände darin vergräbst. Das bist doch du, oder?« Er hörte, wie er zu laut wurde, und schaltete sofort einen Gang herunter. »Das kann dir nicht wirklich wichtig sein, oder, dass ich aussehe wie von einer Kuh geleckt?«

»Du siehst gut aus, und wir gehen jetzt, okay? Bitte!«

Er seufzte, aber eigentlich war ihm danach, mit der Faust direkt in den Spiegel zu hauen. Wahrscheinlich war es wieder Loretta gewesen, die über seine wilden Locken gelästert hatte, und das Töchterchen kuschte, tat, was die Mutter befahl.

Das war zum Kotzen, wie er fand.

Doch es ging jetzt nur in die eine Richtung: Antonietta würde in etwa einem Monat seine Frau werden. Er konnte nur inständig hoffen, dass Loretta sich weitgehend aus ihrem Leben, aus ihrer neuen kleinen Familie heraushalten würde.

Das Restaurant war schick, erschien aber entspannt. Nicht

gewollt hip, aber dennoch sauteuer. Das erkannte Mario auf den ersten Blick. Er war hier noch nie essen gewesen, er mochte es eher einfach. Man sah dem Restaurant auf jeden Fall an, dass Loretta es ausgesucht hatte. Der Tisch, an den sie geführt wurden, ließ darauf schließen, dass die Kellner bereits wussten, wie hoch ihr Trinkgeld sein würde, denn sie hatten den exklusivsten Blick auf den Comer See.

»Schön hier«, schwärmte Antonietta, während sie sich setzte. Mario rückte ihr den Stuhl zurecht.

»Ja, ich mag es sehr. Sie haben den besten Fisch der Stadt«, antwortete Loretta. »Magst du es auch?«, fragte sie nun direkt Mario.

»Ja, es ist wirklich toll. Ich werde Anto sicher öfter hierher ausführen. Danke für den Tipp.«

»Keine Ursache. Jederzeit gerne. Nehmt ihr auch einen Aperitif? Prosecco? Campari? Aperol?« Loretta winkte bereits mit ihrer gewohnten Selbstsicherheit den Kellner herbei. Mario erkannte den bewundernden Blick des Kellners und verstand ihn. Loretta war eine beeindruckende Frau. Abgesehen von ihrer sehr klassischen Schönheit, waren ihre Selbstsicherheit und Souveränität sicher anziehend. Erst wenn man begriff, dass die ausgeprägteste Charaktereigenschaft dieser Frau Arroganz war, fiel die Bewunderung in sich zusammen wie ein Kartenhaus.

»Prego, Signora?«, flötete der Kellner, ein grau melierter Maître, dem sicher niemand mehr erklären musste, wie man mit einer Frau wie Loretta am besten umging.

»Tre prosecchi, per favore«, bestellte sie, ohne sich bei Antonietta oder Mario zu erkundigen, ob sie nicht etwas anderes wollten. Sie ging, wie sehr oft, davon aus, dass alle nach ihrer Pfeife tanzten. Und Mario war kurz versucht, zu rebellieren, den Kellner zurückzurufen und statt Prosecco ein schlichtes Bier zu bestellen. Doch er konnte sich gerade noch beherrschen.

»Dann erzählt doch mal, wie läuft es mit den Hochzeitsvorbereitungen?« Loretta faltete die Hände zusammen, zeigte dabei mindestens zwei Diamanten, soweit Mario das beurteilen konnte, und sah interessiert von ihm zu Antonietta.

»Ich muss eigentlich nächste Woche nur noch das Kleid zum letzten Mal anprobieren, mit der Floristin sprechen und die Farbe der Schleifen für die Blumen in der Kirche aussuchen. Also, es ist fast geschafft.«

»Du machst alles so toll, mein Schatz. Ich bin stolz auf dich«, sagte Loretta und legte die Hand auf die ihrer Tochter.

»Ohne die Hilfe der Hochzeitsplanerin, die du mir empfohlen hast, wäre ich aufgeschmissen«, wiegelte Antonietta ab.

»Und meine Hilfe beschränkt sich ja eher auf ein simples Ja oder Nein, wenn Anto mich ab und an mal was fragt«, brachte Mario sich in das Gespräch ein. Immerhin war er ja auch Teil dieser Hochzeit – sogar ein wichtiger.

Seine zukünftige Ehefrau wusste, wie er es meinte, und lachte auch prompt. Eisig war dann eher Lorettas Reaktion. Das war er aber von ihr gewöhnt, daher nahm er zwar davon Notiz, machte sich aber keine weiteren Sorgen.

Doch nach einigen Augenblicken fragte seine Schwiegermutter in spe ihn direkt: »Und wieso genau bist du so desinteressiert an deiner eigenen Hochzeit, mein Lieber?«

»Oh, das bin ich ganz und gar nicht. Ich kann nur einfach nicht so viel mit Dekoration und Farben und Tischdecken und Blumen und Kuchen anfangen. Anto liebt das alles hingegen sehr, daher lasse ich ihr die Freude.«

»Meinst du nicht, dass sie sich einen Mann wünscht, der sie in all ihren Entscheidungen unterstützt?«

»Tue ich das nicht, hm, Anto?« Er fragte seine Verlobte.

»Na ja, manchmal tust du es, manchmal nicht. Zum Beispiel neulich, als ich wegen des Kindermenüs mit dir sprechen wollte, hast du jegliche Entscheidung mir überlassen. Dabei geht es noch nicht mal um Kinder meiner Verwandten, sondern deiner.«

Er rollte innerlich mit den Augen. »Meine Verwandten, deine Verwandten? Meinst du das ernst?«

Antonietta senkte den Blick.

»Apropos Verwandte, deine Eltern wollen also wirklich nicht bei mir im Haus schlafen?«, mischte sich Loretta wieder ins Gespräch ein. Mario kam ursprünglich aus Rom, seine Familie würde für die Hochzeit anreisen.

Um Gottes willen, nein, niemals, schoss es ihm durch den Kopf. Seine engste Familie bestand aus ganz einfachen, liebenswerten Menschen, die sich im Hause der Eiskönigin unglücklich und unwohl fühlen würden. Er hatte sie noch nicht mal gefragt, als das Thema aufgekommen war, sondern gleich selbst beschlossen, für sie Zimmer im Hotel zu buchen. »Danke nochmals für das Angebot, aber machen

Sie sich keine Umstände. Es ist einfach bequemer für alle, wenn meine Familie gleich im Hotel schlafen kann.«

Loretta hob theatralisch die Hände. »Das verstehe ich natürlich«, gab sie vor, und er wettete, dass sie insgeheim sehr glücklich darüber war, niemandem seiner Leute die Türen ihres Hauses öffnen zu müssen.

Der Prosecco kam. Er nippte nur daran. Loretta bestellte für alle, was Mario in diesem Moment nur am Rande wahrnahm und deshalb nicht beanstandete. Er spürte eine innere Unruhe, die ihm auf den Magen schlug. Da nützte es auch nichts, dass Antonietta ihre Hand auf seinen Arm legte, wie um zu beweisen, dass sie zusammengehörten.

Sie musste es ihm anders zeigen ... Wie, das wusste er im Moment nicht. Er beschloss, sich nicht mehr aktiv am Gespräch zwischen den zwei Frauen zu beteiligen, sondern nur zuzuhören, und so verging die Zeit irgendwie, bis das Essen endlich da war.

Der Maître versicherte sich persönlich, dass sie auch das bekamen, was Loretta bestellt hatte, er flatterte lange genug um ihren Tisch herum, bis er sicher war, in seinen Bemühungen gesehen worden zu sein, dann ließ er sie wieder allein mit ihren stark und einladend duftenden Gerichten. Es erschien Mario so, als war alles frisch und perfekt zubereitet. Er aß auch alles auf, sogar die Nachspeise, ein Törtchen mit frischen Erdbeeren.

»So, und nun kommen wir zum Grund dieses Treffens«, kündigte Loretta so wichtig an, dass Mario, an dem das bisherige Gespräch der zwei Frauen eher vorbeigegangen war, ebenfalls aufhorchte. Sie zog einen Umschlag aus ihrer Tasche und überreichte ihn ihrer Tochter. Antonietta nahm ihn überrascht an und blickte kurz zu ihm. »Nun mach schon auf!«, forderte Loretta sie auf.

Antonietta riss fast ehrfürchtig das Papier auf und zog eine hübsch verzierte Karte heraus. Mario sah nicht, was draufstand, aber er war kein bisschen überrascht, als seine Verlobte so entzückt und laut aufschrie, dass ein paar weitere Restaurantgäste sich neugierig nach ihnen umdrehten.

»Mio Dio, sieh mal, Mario! Mamma hat eine Hochzeitsreise für uns gebucht. Die Malediven ... kannst du das glauben?« Ihre Stimme war ein einziges Crescendo. Mario fühlte sich wie mit kaltem Wasser übergossen.

»Wir haben schon eine Reise, Anto«, erinnerte er sie. Sie hatten bereits vor Wochen ihre Traumreise gebucht, die er von seinem Ersparten bezahlt hatte. Als Hochzeitsgeschenk für seine zukünftige Ehefrau.

»Die können wir doch sicher verschieben.«

Mario merkte, wie Antonietta endlich von ihrer Wolke des unbändigen Enthusiasmus herunterkam.

»Ich verschiebe gar nichts. Wir haben unsere Flitterwochen gemeinsam geplant, wir freuen uns schon so lange drauf ...« Seine Worte klangen verzweifelt, viel zu verzweifelt.

»Fein. Dann geben wir Mammas Geschenk eben zurück«, fauchte sie und knallte die Karte heftig auf den Tisch. So heftig, dass ihr Weinglas umfiel, was das Zeichen für den Maître war, sich zu nähern, um das Malheur, so gut es ging, zu beseitigen.

»Ich wollte keinen Unfrieden stiften«, erwähnte Loretta

geknickt. »Ich werde mich im Reisebüro sofort nach den Stornierungsmöglichkeiten erkundigen.«

Mario verwettete seinen Kopf darauf, dass sie innerlich gerade einen heiteren Tanz veranstaltete, weil sie es zum wiederholten Male geschafft hatte, dass Antonietta ihre Partei ergriff und nicht seine.

Doch für Mario war die Frage inzwischen eine ganz andere: Wollte Mario eine Frau heiraten, die sich so ausnahmslos von ihrer Mutter beeinflussen ließ und der seine Wünsche offenbar völlig egal waren?

Kapitel 9

»Falls mal ein Gast kommt, Livi, der wegen der Eissorten unsicher ist, dann empfiehl immer zwei gusti, die perfekt zusammenpassen, ja?«, riet er.

»Du meinst, so etwas wie *Fragola e Panna*, oder *Cioccolato e Nocciola*?«

»Ja, genau. So ein Paar fürs Leben.«

(September 2003)

»Mio Dio, mio Dio, mio Dio! Sie sind Rino, oder?« Livia vermied es, auf die Uhr zu schauen. Die Situation war ihr so schon peinlich genug, auch ohne zu wissen, wie lange er wohl schon auf sie wartete.

»Keine Sorge, ich habe die Zeit dazu genutzt, Sie und Ihre Gelateria zu beobachten«, erklärte er lächelnd und schleckend. »Traumhaft. Sie haben eine richtige Oase im Herzen von Amalfi erschaffen. Hier sorgt das Eis für eine unglaubliche Wohlfühlstimmung, von der man augenblicklich angesteckt wird.«

Livia merkte, wie sie zu allem Überfluss rot wurde. »Machen Sie mir nicht auch noch Komplimente. Ich fühle mich so schuldig«, betonte sie und legte die Eisschaufel und ihre Schürze weg, nachdem sie dem Personal Bescheid gesagt hatte, dass es wieder ohne sie auskommen musste. Dann verließ sie den Bereich hinter der Theke, um ihren Gast endlich ordentlich willkommen zu heißen. Sie spürte neugierige Blicke, nicht nur vom Personal, sondern auch von den Gästen. Livia wusste, wie das ablief. In Amalfi wurde man ganz schnell romantisch. Sie konnte sich schon vorstellen, wie sie jetzt alle dachten, dass sie gerade ihren Traumprinzen getroffen hatte. Wenn sie nur wüssten, dass sie ihn praktisch versetzt hatte und er gar nicht ihr Prinz war.

Sie ging auf ihn zu und reichte ihm die Hand, was sich umständlicher gestaltete als gedacht, da er zwar die Eistüte schnell in die andere Hand nahm, die Schokolade aber trotzdem ihre Spuren darauf hinterlassen hatte und er sich erst abputzen musste. Was war nur mit ihrem *Cioccolato* los?

»Also, ich bin Livia Lucibello, Besitzerin der *Artigiani del Gelato* von Amalfi«, erklärte sie betont wichtig in der Hoffnung, er möge verstehen, dass sie zur allgemeinen Aufheiterung beitragen wollte.

»Und ich bin Rino Mazzetti, Foodblogger aus Leidenschaft«, gab er sympathisch zurück.

Livia begann zu entspannen. Er schien tatsächlich nicht böse auf sie zu sein, obwohl sie unabsichtlich unhöflich zu ihm gewesen war, indem sie ihn hatte warten lassen. »Ich weiß, ich folge Ihnen schon lange.«

Er biss genüsslich in die Waffel. Livia nahm zur Kenntnis, dass er ein schneller Eisesser war. Das fand sie gut, denn auch sie war eine von der Sorte.

»Ja, Ezio hat so etwas erwähnt ...«, gab er vage zurück und steckte den letzten Rest Eistüte in den Mund.

Livia wollte hoffen, dass Dilettas Mann nicht zu dick aufgetragen hatte. Er hatte es zum Beispiel auch nicht so mit Größeneinheiten und Zeitangaben. Bei Ezio konnte ein Drei-Kilo-Fisch gut mal dreißig wiegen. Sie zweifelte also nicht daran, dass er aus einem ganz normalen *dem Blogger folgen* mindestens eine *unbändige Leidenschaft* gemacht hatte. Die hegte sie nämlich eigentlich nur für ihr Gelato, ihren Laden und ihre Heimat.

In Amalfi war es wieder sommerlich heiß, und der Tag schrie geradezu danach, sich mit einer Kugel Eis in den perfekten Sommertag zu verwandeln. Livia mochte diese Tage, das quirlige Treiben, das Stimmengewirr. Sie liebte es, wenn ihre Gelateria aus allen Nähten platzte, und heute war alles so, wie es sein sollte: Die fünfzehn kleinen Tische, die vor dem Eiscafé sonnengeschützt und von Blumen umgeben aufgereiht waren, waren alle besetzt, Elvira und weitere zwei Bedienungen schickten sich freundlich an, allen Gästen schnell und ordentlich ihr Eis zu bringen. Im überschaubaren Innenbereich, der beim kompletten Öffnen der verschiebbaren Glastüren eins wurde mit der Terrasse, herrschte zwar wegen des Straßenverkaufs Hektik, aber alles lief geregelt ab. Livia fand, dass die farbenfrohen Vietri-Keramikfliesen mit den Eissorten in der Theke und den Blumen an den Tischen ein heiteres Zusammenspiel bildeten und eine gute Stimmung verbreiteten. Livia bemerkte, dass es unbequem wurde, sich so mit Rino zu unterhalten, da sie immer wieder Platz für anstehende Gäste schaffen mussten. »Haben Sie Lust, schnell etwas mit mir zu trinken, bevor wir uns über meinen Laden unterhalten? So als Entschuldigung meinerseits?«

»Nur, wenn wir uns duzen.«

Es kribbelte angenehm in ihrem Magen, und sie nickte lachend. Sie nahm etwas Kleingeld aus der Kasse. »Komm, wir besuchen Sal«, sagte sie dann, und im Gänsemarsch gingen sie gemeinsam vom Straßenverkauf der Gelateria an den Tischen vorbei auf die Piazza.

Als sie wieder nebeneinandergehen konnten, schien ihnen die Sonne ins Gesicht. Das war so angenehm, dass Livia kurz die Augen schloss. Als sie sie wieder öffnete, blickte sie direkt in Rinos grinsendes Gesicht. Er sah gut aus, wenn er auch nicht zu der Sorte Mann gehörte, nach dem man sich sofort umdrehen würde. Rino war aber auf jeden Fall interessant.

»Sag mal, kann es sein, dass ich dich schon auf Dilettas und Ezios Hochzeit gesehen haben könnte?«, fragte er, sichtlich um ein unverfängliches Gespräch bemüht.

»Oh. Vermutlich schon. Ich war jedenfalls da. Wie auch dreihundert weitere Gäste.«

»Ja, das war ein Riesenfest.«

Sie wichen einer Gruppe Japanern aus und waren auf Höhe des Sant'Andrea-Brunnens, an dem Livia auch jetzt nicht vorbeilaufen konnte, ohne an den Mann mit den Locken zu denken. Sie schüttelte den Gedanken aber ab und konzentrierte sich wieder auf Rino, der am Brunnen stehen geblieben war und mit seinem Handy ein Foto schoss. Er nahm die Gelateria vom Brunnen aus auf.

»Ich finde den Blickwinkel von hier aus toll«, erklärte er.

»Ich mag es, wie perfekt du Momente einfangen kannst«, gab Livia zurück. Sein Instagram-Profil war eine Wucht. Er war gut darin, die wahre Schönheit zu zeigen, und sie war jetzt schon gespannt, wie ihre Gelateria auf seinem Profil wohl aussehen würde.

»Oh, danke. Ich habe in den Jahren sicher dazugelernt. Dafür mag ich dein Eis. Du machst ja alles selbst, nicht wahr?«

»Ja. So ziemlich alles«, bestätigte sie nickend. Sie schaute auf ihre Füße, an denen sie Sandalen mit Absatz trug, die bei jedem Schritt *klack-klack* machten. Sie war verlegen, weil sie so etwas wie Bewunderung in seiner Stimme gehört hatte. Livia fühlte sich aber nicht wie jemand, der bewundernswert war. Sie war einfach nur eine Frau, die ihren Job zufällig sehr liebte.

»Du hattest einen guten Lehrer, nehme ich an.«

Da war er, der Moment, an dem sie über ihren Papà sprechen musste. Es kostete sie immer noch Überwindung. Es tat zu weh. Sie räusperte sich. »Den besten.«

Daran, wie vorsichtig Rino sich an das Thema heranschlich, merkte sie, dass er vom tragischen Tod ihres Vaters wusste. Es hatte in allen lokalen Zeitungen gestanden. Vermutlich hatten auch Ezio oder Diletta darüber erzählt. Wie auch immer, es war ja kein Geheimnis, obwohl sie es sich manchmal wünschte. Geheimnisse waren nämlich etwas sehr Persönliches. Genau wie ihr Schmerz.

Zum Glück mussten sie das Gespräch unterbrechen, da sie sich gerade an den Stufen zum Dom befanden, von denen eine laut schnatternde Schar Touristen herabstieg.

»Geht das hier jeden Tag so zu?«, erkundigte sich Rino ehrlich interessiert, als sie vom Lärm weit weg genug waren. »Ich meine, kann man auf so engem Raum wirklich gut leben mit Horden von Touristen?« Er zeigte mit beiden Armen rund um sich herum.

Es störte Livia ein bisschen, dass es etwas abwertend klang.

»Wir leben hier ja alle vom Tourismus.«

Er machte einsichtige Bewegungen mit dem Kopf. »Da hast du wohl recht ...«

Sie fanden einen freien Tisch und setzten sich. Das war wie Magie bei Sal: Sobald sie saß, fiel jegliche Anspannung von ihr ab. Sie streckte unter dem Tisch die Füße von sich. Sal ließ auch nicht lange auf sich warten. Wie er das immer machte, sie so schnell zu entdecken?

»Carissima, come stai? Wo sind deine Freundinnen heute?« Sal beäugte Rino interessiert, aber er war immer sehr diskret, wusste genau, wann er eine persönliche Frage stellen konnte und wann nicht.

»Carolina und Diletta kommen vielleicht noch.« Sie zog die Schultern hoch. »Bringst du mir eine Orangina? Und irgendetwas zum Knabbern?«

»Sehr gerne, mia cara. Und was darf's für Sie sein?«, fragte Sal Rino.

»Dasselbe, per favore.«

Sal nickte, als hätte Rino eine besonders gute Wahl getroffen, und entfernte sich geschäftig, wobei sein Kopf hin und her schoss, um eventuell weitere, nach ihm rufende Gäste bedienen zu können.

Livia hing ihren Gedanken nach und glaubte, es müsste wohl in ihrer Teeniezeit gewesen sein, dass sie das letzte Mal mit einem männlichen Gegenüber hier gesessen hatte. Alle anderen Männer hatte sie nie hierhin mitgebracht. Kein Wunder also, dass Sal neugierig geschaut hatte.

Rino sah nicht so aus, als störte es ihn, dass sie nichts sagte. Er hatte seine Sonnenbrille aufgesetzt, die zuvor in einem offenen Knopfloch seines Poloshirts gehangen hatte, und ließ sich die Sonne ins Gesicht scheinen. Die Sonne gehörte zu Amalfi wie der berühmte Dom. Das Städtchen und der gelbe Ball am Himmel waren wie ungleiche Schwestern, die auf eine komplementäre Schönheit hinarbeiteten.

»Kommst du oft nach Amalfi?«, fragte Livia schließlich, um nicht unhöflich zu erscheinen. Immerhin war Rino ja hier, um mit ihr zu sprechen.

Er zog die Schultern hoch. »Nicht so oft, wie ich es gerne hätte. Ich muss gestehen, mich stresst die Parkplatzsuche hier unglaublich.«

Ja, Parkplätze waren tatsächlich ein großes, oft sehr teures Problem. Deshalb nickte sie verständnisvoll. Sie selbst fuhr, wenn sie mal irgendwohin musste, mit der alten Vespa ihres Vaters, die bei Nonna Filippa stand.

»Amalfi ist nichts für bequeme Menschen. Das Privileg, hier zu sein, muss man sich verdienen.« Sie wollte witzig klingen, doch ihre Stimme war unbeabsichtigt ernst.

»Ja. Das hast du schön gesagt. Darf ich den Satz verwenden? In Anführungsstrichen, natürlich.«

Sie wollte schon lachen, als sie merkte, dass er es ernst meinte. »Selbstverständlich!«, antwortete sie deshalb nickend.

Rino tippte schnell etwas in sein Handy und sah sie dann wieder an. »Bist du denn ab und an in Salerno?«, wollte er jetzt wissen.

Sal brachte die Getränke, Erdnüsse, Chips, Taralli und Oliven, sogar kleine, runde Pizzette. Knabberzeug, das locker für fünf Leute reichen würde. Aber so war er: Lieber zu viel als zu wenig, war seine Devise. Livia lächelte ihm dankend zu, und Sal lächelte zurück. Schief, wie immer.

»In Salerno? Eigentlich nicht, obwohl meine Mutter und meine Schwester dort leben. Leider sehe ich die beiden nicht so oft, was ich sehr bedauere. Fünfundzwanzig Kilometer, die manchmal unüberwindbar erscheinen können«, erklärte sie und wunderte sich gleichzeitig, warum sie Rino gegenüber ihre Mutter und ihre Schwester erwähnt hatte. Ihr Verhältnis zu den beiden war ein Thema, das sie mit ihm nicht unbedingt besprechen wollte.

»Vor allem, wenn man so viel arbeitet wie du, nehme ich an.«

»Ja, das ist das größte Problem, da hast du ganz recht. Aber ich denke einfach, dass ich hier in Amalfi alles habe, was mich glücklich macht.« So weit wollte sie Rino eigentlich nicht an sich heranlassen, aber auch der letzte Satz war ihr unüberlegt herausgerutscht. Doch als sie ihn ausgesprochen hatte, merkte sie, dass es stimmte. Livia nippte am Erfrischungsgetränk und genoss den fruchtig-frischen Orangengeschmack, der sie immer an die Sommer ihrer Kindheit erinnerte. Ein Gefühl, das sie manchmal vermisste.

»Wie ist das eigentlich, im Schatten des eigenen Vaters zu arbeiten und vermutlich dauernd mit ihm verglichen zu werden?«

Livia schluckte die Flüssigkeit, die sie eben noch im Mund gehabt hatte, herunter. Ihre Kehle fühlte sich trotzdem so trocken an wie die Wüste.

Im Schatten? Ganz falsch. Mit nur einer Frage hatte Rino dieses Kennenlernen kaputt gemacht. Was ging ihn das überhaupt an? Sie hatte Fragen wie »Welche Eissorte verkauft sich am besten?« oder »Verrätst du mir ein Geheimrezept?« erwartet. Wieso war er so interessiert an ihrem Vater?

»Tut mir leid. Ich bin dir zu nahe getreten«, stellte er fest.

Deutlich zu nahe, setzte sie stumm hinzu.

»Weißt du, ich mag es, wenn ich merke, dass sich in einem Ristorante oder einer Bar oder einer Gelateria die Persönlichkeit der Besitzer widerspiegelt«, erklärte er.

»Oh, verstehe. Und das bemängelst du bei mir? *Artigiani del Gelato* trägt also nicht meine persönliche Note? Und das hast du wann bemerkt? In der halben Stunde, die du mir beim Arbeiten zugesehen hast?« Sie versuchte, sachlich und nett zu bleiben, aber es fiel ihr schwer. Sie kannte Rino nicht mal wirklich. Sie fand auch, dass ihre Stimme nicht halb so beleidigt klang, wie sie in Wirklichkeit war. Wie konnte er es wagen?

»Ich glaube einfach nur, dass du gut genug bist, mit deinen eigenen Flügeln zu fliegen. Ich wette zum Beispiel, dass die Eisbecher aus Glas noch die gleichen sind, die dein Vater gekauft hat.«

Sehr poetisch, oder eher anmaßend.

Livia räusperte sich. »Vielen Dank für den ... Tipp.« Und, ja, die Eisbecher waren noch die alten von ihrem Papà, aber das musste Rino nun wirklich nicht von ihr hören.

»Gern geschehen!«

Rino sah zufrieden mit sich aus. Innerlich verdrehte Livia die Augen.

Und dann stellte er auch wirklich die Art von Fragen, die sie erwartet hatte. Je mehr es nur um Eis ging, desto besser fand sie zu dem Gefühl von Sicherheit zurück, das sie zuvor gehabt hatte.

Während sie Rino also vom neuen *Melannurca con crumble* erzählte, lenkte eine Bewegung sie ab, die sich gerade noch in ihrem Blickwinkel befand. Es war, als hätte sie endlich etwas bemerkt, nach dem sie unbewusst gesucht hatte. Eine schwarze Locke, eine Haltung.

»Rino, würdest du mich kurz entschuldigen?«, bat sie nahezu atemlos.

Er nickte, und sie sprang auf, die Gestalt noch immer im Visier, trotz des Touristen-Trubels.

Der Mann, der Mann, der Mann vom Sant'Andrea-Brunnen, pochte es durch ihren Kopf. Sie lief ihm nach, weil sie nicht anders konnte, weil ihr Unterbewusstsein die Steuerung übernommen hatte.

Sie erreichte ihn, tippte ihm leicht auf die Schulter. Er blieb stehen und drehte sich mit einem fragenden Blick um.

Dann zeigte das schöne Gesicht eine ganze Serie von Regungen: zuerst ein Erkennen, gleich darauf ein freudiges Strahlen – kurz nur –, dann so etwas wie ein Ertappt-worden-Sein. Es folgte ein nervöser Blick rundum, als hätte er Angst, von jemandem gesehen zu werden.

Livia hielt sich daran fest, dass seine ersten spontanen Reaktionen genau die gewesen waren, die sie sich gewünscht hatte. »Hallo. Ich habe Sie gesehen und ...«, begann sie.

Ja, und was? Sie wusste plötzlich nicht, was sie sagen sollte. Sie konnte ja kaum beichten, dass sie, als sie ihn entdeckt hatte, so freudig überrascht gewesen war, dass sie beinahe die Erdnuss ausgespuckt hätte, an der sie geknabbert hatte. Sie hatte an ihn gedacht, mehr, als ihr lieb war, irgendwo unter der Oberfläche, tief. Ganz tief, wo immer alles steckte, was einen wirklich bewegen konnte.

Er sagte nichts, aber er berührte sie leicht an der Schulter. Seine Haut auf ihrer Haut, mitten in Amalfi, umgeben von unzähligen Menschen, die alle ein Ziel zu haben schienen. Leider nahm er die Hand gleich wieder weg, die Wärme blieb aber noch eine Weile.

»Ich habe Sie auch gesehen, heute, beim Eisverkauf.«

»Oh.« Ihr Gehirn war plötzlich leer. Sie hatte es nicht gemerkt.

»Also ich ... muss jetzt los.« Er sah sie entschuldigend an.

»Natürlich, ich wollte Sie nicht aufhalten.« Sie hob beide Hände und kam sich ziemlich dumm vor.

Er verabschiedete sich flüchtig, und sie kam sich noch

dümmer vor. Doch dann blieb er stehen, drehte sich um und zwinkerte ihr lächelnd zu.

Für sie war das ein Zeichen, wenn sie auch nicht wusste, wofür.

Kapitel 10

Eisbecher *Nocciola di Giffoni*

3 Kugeln Haselnusseis (aus Giffoni)
Bitterschokoladensoße
Panna montata
Halbe karamellisierte Haselnüsse auf der gesüßten Schlagsahne

(Neuer Eisbecher, April 2004)

»Und wie ging es dann weiter?«, wollte Carolina wissen.

Livia arbeitete im Labor am Haselnusseis, während Carolina und Diletta, die bereits Feierabend hatten, ihr auf dem Arbeitstisch sitzend dabei zusahen. Sie hatten sie natürlich mit Fragen über Rino bombardiert. Livia bemühte sich, sie alle ehrlich zu beantworten, während sie selbst ganz andere Fragen plagten, zum Beispiel, wieso sie noch immer an den Mann vom Brunnen dachte. Sie war wieder versucht, ihren Freundinnen von ihm zu erzählen, aber sie war sich sicher, dass die beiden dann gleich etwas ganz Großes daraus machen würden, was es nicht war. Also ließ sie sich lieber über Rino ausquetschen und schüttete weiter Zucker in die Eismaschinen, während sie zum wiederholten Male erzählte, dass er nach dem unangenehmen Moment, in dem er quasi behauptet hatte, dass ihrer Gelateria ihre persönliche Note fehlte, tatsächlich nur die Fragen gestellt hatte, die sie erwartete. Zutaten, Lieblingseis und so weiter.

Diletta knetete die Hände. So wie Livia ihre Freundin kannte, hatte sie jetzt so große Schuldgefühle, dass sie vermutlich die ganze Nacht über nicht schlafen würde.

»Jetzt mach dir mal keine Sorgen, Diletta. So schlimm war es nun auch wieder nicht«, wiegelte Livia also ab. »Ich fand es nur so unerwartet persönlich, verstehst du?«

»Das verstehe ich absolut. Und ich denke, dass ich vielleicht nicht so unschuldig daran bin.«

Das ließ Livia jetzt doch aufhorchen. Sie schaute Diletta an und hielt kurz im Arbeitsvorgang inne, damit sie bei der Eisproduktion keinen Mist baute.

»Was hast du schon wieder angestellt?«, wollte jetzt auch Carolina tadelnd wissen.

Diletta trat sehr oft ins Fettnäpfchen. Sie war immer so sehr versucht, alles richtig zu machen, dass sie am Ende vieles eben *nicht* richtig machte.

»Ich könnte eventuell erwähnt haben, dass ich mir für dich jemanden wünsche, der dir zu verstehen gibt, dass deine Trauer um deinen Vater dich nicht in deiner Arbeit beeinflussen sollte.«

Livia pfefferte ihren Löffel in die Spüle und rollte mit den Augen.

»Ist es so schlimm, dass ich mich an die Rezepte meines

Vaters halte? Wieso sollte ich irgendetwas daran ändern, wenn das Eis doch perfekt schmeckt? Das hat alles kein bisschen mit Trauer zu tun. Außerdem habe ich erst diese Woche eine völlig neue Sorte ausprobiert.«

Carolina legte beruhigend einen Arm auf ihre Schulter und streichelte sie leicht.

Diletta war ganz klein geworden und wagte es kaum, sie anzublicken. Doch sie sagte trotzdem etwas: »Es ist nur so, dass du so traurig wirkst, seit dein Vater gestorben ist, fast so, als sei auch ein Teil von dir mit ihm gegangen. Ich will nur, dass du glücklich bist. Und ich weiß nicht, wie gesund das ist, dass du jeden Tag an den Ort zurückkehrst, an dem du ihn hast sterben sehen.«

Livia fiel in sich zusammen.

Sie *war* verdammt noch mal traurig, und, ja, ein Stück von ihr war an dem Tag auch gestorben. War das so verkehrt, dass sie Zeit brauchte, um sich davon zu erholen?

»Mach dir doch nicht immer Sorgen um mich. Ich bin genau dort, wo ich sein will, und genau mit den Personen, die ich um mich haben will.«

»Versprichst du mir, dass du dir eine Auszeit nimmst, wenn dir das hier alles zu viel wird? Hm?«

Diletta war an sie herangetreten und streckte die Arme nach ihr aus.

»Dieses Versprechen würde auch mich beruhigen«, erklärte Carolina, die jetzt ihren Arm direkt um Livias Schulter gelegt hatte.

»Wenn ich euch das verspreche, lasst ihr mich dann in Ruhe arbeiten, ihr zwei Nervensägen?«

Beide nickten.

»Na, dann verspreche ich es halt.«

»Gruppenumarmung!«, forderte Carolina.

Livia ließ sich von ihren Freundinnen umarmen. Sie drückten sie, wie immer bei Gruppenumarmungen, ganz fest und wollten sie bald gar nicht loslassen.

»Ich habe dich so lieb!«, sagte Diletta leise.

»Ich dich auch!«, pflichtete Carolina ihr bei.

Und Livia, die ganz plötzlich wie von einer niederschmetternden Erschöpfung heimgesucht wurde, wurde ganz sentimental und schniefte, und ihre Freundinnen drückten sie nur noch fester. Livia erkannte, dass sie es gar nicht schlecht hatte. Diese zwei Frauen machten sich Sorgen und waren für sie da, ebenso Nonna Filippa, im Notfall natürlich auch ihre Mutter und Schwester. Viel mehr brauchte sie also nicht.

»Genug jetzt. Ich bekomme ja gar keine Luft mehr!«, schimpfte Livia und schob die beiden sanft weg.

Carolina kicherte. »Du hast Glück, ich muss jetzt nämlich wirklich gehen. Aldo wartet schon auf mich.«

»Dann mach schnell. So einen wie Aldo lässt man nicht warten!«

Carolina nickte wissend, schwang ihre langen dunkelblonden Locken über die Schulter und verabschiedete sich.

Diletta blieb einen Augenblick länger. »Bist du noch böse auf mich?«

Livia schüttelte den Kopf. »Nein, natürlich nicht.«

Wie könnte sie? Diletta hatte sie zusammen mit Carolina aufgepäppelt und zurück ins Leben geholt, als sie in ihrer

Trauer zu versinken drohte. Das wog mehr als alle kleinen Ausrutscher ihrer Freundin.

Diletta griff nach ihrem Handy in der Hosentasche, das eine eingegangene Nachricht signalisiert hatte. »Oh. Wenn man vom Teufel spricht …«

»Aldo schreibt dir?«

»Doch nicht Aldo, du Dummerchen. Rino.«

»Echt? Und was schreibt er?« Die Neugier gewann hundert zu null.

»Habe mich wie ein Idiot benommen. Verrätst du mir Livias Nummer? Will mich entschuldigen«, las Diletta laut vor. »Darf ich?«

Livia lehnte sich an den Arbeitstisch und überlegte. Sie dachte an das ganze Gespräch mit Rino und ließ dabei den Moment aus, an dem er ihren Vater erwähnt hatte. Abgesehen davon war er eigentlich ganz nett gewesen. Wieso sollte sie ihm nicht die Chance geben, sich zu entschuldigen? Sie mochte seinen Blog. Und Rino selbst war auch nicht so übel. »Na gut. Meinetwegen«, willigte sie also ein.

Diletta gab die Nummer weiter, entschuldigte sich noch unzählige Male bei ihr und versprach, sich nicht mehr in ihr Leben einzumischen.

»Ach, misch dich ruhig weiter ein. Das hast du die letzten dreißig Jahre schon getan, und ohne wäre mein Leben sicher nur halb so … interessant«, gab Livia zu.

»Du bist mir wirklich wichtig, Livi!«

»Du mir doch auch!«

Und das stimmte.

Diletta wurde kurz still. »Hast du eigentlich mal wieder

Lust, mit Aldo und Carolina, mir und Ezio zu Abend zu essen?«

»So als fünftes Rad am Wagen?« Livia lachte.

Auch Diletta lachte. »Das bist du nicht, wirst es auch nie sein. Nein, ich meinte eher, um Aldo etwas besser kennenzulernen. Er ist jetzt schon ein paar Monate mit Carolina zusammen, und wir wissen so wenig über ihn, findest du nicht?«

»Von mir aus, gerne.«

Carolina war sehr lange mit Livias Cousin Bernardo zusammen gewesen. Sie hatten sich getrennt, als Bernardo eine Stelle im Ausland angenommen hatte. Er hatte sie gebeten, mitzukommen. Sie hatte sich – natürlich – für Amalfi, ihr Leben und ihren Laden entschieden. Doch sie hatte sehr unter der Trennung gelitten. So sehr, dass Livia und Diletta sich ernsthaft Sorgen um sie gemacht hatten. Doch dann war Aldo am Horizont erschienen. Aldo, ein Konditor aus dem Nachbarort Maiori. Aldo, der sie plötzlich wieder zum Lachen gebracht und ihr Herz gewonnen hatte.

»Gut. Dann organisiere ich das. Und wenn du magst – also wirklich nur, wenn du dich damit wohlfühlst –, könnte ich Rino mit einladen. Ohne jeglichen Hintergedanken. Also wirklich nur, um die Gruppe ... harmonischer zu gestalten.«

»Diletta, ich glaube, du musst jetzt nach Hause«, sagte Livia nur. Ihr war der Gedanke, Rino erneut zu treffen, zwar nicht unangenehm. Sie glaubte einfach nur, dass Diletta zu viel in sein vermutlich rein professionelles Interesse an ihr hineininterpretierte.

»Darf ich also?«

»Nee. Du darfst jetzt erst mal gar nichts außer Rino meine Nummer geben. Es wird sich dann schon zeigen, ob ein gemeinsames Abendessen drin ist. Va bene? Und vielleicht solltest du deine romantische Aufmerksamkeit eher auf Nonna Filippa lenken …«, deutete Livia an.

Diletta biss natürlich sofort an. »Wie meinst du das?« Sie machte ganz große Augen.

»Ich meine, dass sie beginnt, die Sache mit Andrea als Möglichkeit in Betracht zu ziehen.«

»Das ist nicht dein Ernst!«

»Doch!«

Dilettas Augen blitzten vor Interesse und Neugier. »Mio Dio. Das wäre *so* romantisch!«

Livia lachte. »Ja. Und die beiden verdienen es, glücklich zu sein, oder?«

Diletta kratzte sich am Kopf. »Wieso fühlt es sich trotzdem so an, als gäbe es ein Aber?« Sie nahm sich einen Pappbecher und einen kleinen Plastiklöffel und ließ sich wortlos etwas *Nocciola di Giffoni* von Livia geben, das sie gerade in Behälter füllte.

»Nonna ist sehr vorsichtig. Sie macht sich zu viele Sorgen, um das Gerede von Patrizia, um den Altersunterschied, und, und, und.«

»Dann müssen wir etwas tun, um ein bisschen nachzuhelfen.«

»No, no. Wir beobachten nur aus sicherer Distanz.«

Etwas widerwillig, aber einsichtig aß Diletta ihr Eis auf,

verabschiedete sich dann aber mit einem Küsschen auf die Wange.

Livia blieb also allein zurück, räumte ein bisschen auf und setzte sich dann mit einem Hüpfer auf den Arbeitstisch. Sie fischte ihr Handy aus der Handtasche. Es war still um sie herum, nur am Verkauf vorne in der Gelateria, die noch bis Mitternacht offen hatte, um die Spaziergänger und die nächtlichen Eisbecher-Esser zu bedienen, waren Stimmen zu hören. Bis jetzt keine Nachricht von Rino.

Kapitel 11

Sie gähnt laut. »Gehen wir heim, Papà?«

»Geh du schon vor, du musst morgen zur Schule. Ich schließe ab und spaziere dann noch eine Weile an der Promenade entlang, va bene?«

(Oktober 2005)

Die Nacht war klar, der Himmel unendlich und voller dicker, funkelnder Sterne, die den Eindruck erweckten, man könnte mühelos nach ihnen greifen. Livia hatte nach der Arbeit, es war mal wieder spät geworden, beschlossen, an der Standpromenade spazieren zu gehen. Amalfi schlief in diesen Sommernächten noch weniger als New York, und die Küste bis nach Salerno und weiter zeigte sich mit unzähligen Lichtern von einer so charmanten Seite, dass Livia vor Entzücken seufzte. Sie konnte das Meer riechen und fast ein bisschen auf der Haut spüren. Amalfi verwandelte die Urlauber, machte die Menschen mit ihrer einzigartigen Schönheit auch ein Stück weit schöner. Im Herzen schöner. Das wollte Livia zumindest glauben.

Livia war an diesem Abend sehr mit sich selbst im Einklang. Sie dachte über ihr Leben, ihr Handeln nach und fand, dass sie viele ihrer Ziele bereits erreicht hatte, was sich sehr gut anfühlte. Sie hielt kurz inne, als sie am Pier angelangt war, denn sie konnte jetzt entweder über die Hafenmole bummeln oder – noch weiter die Straße entlang – zum Marina-Grande-Strand. Doch dann ließ sie die Idee mit dem Strand lieber fallen, denn sie wusste aus Erfahrung, dass sich zu dieser Uhrzeit dort meist verliebte Pärchen aufhielten. Den Anblick ersparte sie sich. Also stieg sie die Stufen der Hafenmole empor, die wie ein Arm ins Meer reichte, und spazierte weiter. Am Ende der Mole befand sich die Anlegestelle für den Katamaran, der entweder nach Capri oder Ischia übersetzte, nach Salerno fuhr oder nach Sorrent. Egal, für welches Ziel man sich von Amalfis Hafen aus entschied, wirklich etwas falsch machen konnte man bei der Auswahl nicht. Sie befanden sich am wohl schönsten Punkt des Mittelmeerraums, wo die Konzentration an traumhaften Landschaften so groß war, dass man sie unmöglich verfehlen konnte. Es gab eine Stelle auf der kurvenreichen Straße der Amalfiküste, wo zwölf blaue Wegweiser mit weißer Aufschrift in verschiedene Richtungen zeigten. Die Namen auf den Schildern waren so famos, dass Reisende oft daneben stehen blieben, um die geballte Schönheit in Lettern einzufangen. Praiano, Positano, Meta di Sorrento, Sorrento, Napoli, Amalfi, Minori, Maiori, Ravello, Cetara, Vietri, Salerno. *Bumm.* Livia fand, die Ortsnamen klangen wie enthusiastische Paukenschläge oder verheißungsvolle Versprechen. Und dann stellte man sich die Frage: Wohin zuerst?

Livia lächelte, fühlte sich dabei ein bisschen wie die kleinen Wellen, die man außerhalb des Hafens ausmachen konnte.

»Schlaflos in Amalfi. Vielleicht sollten wir einen Film drehen.«

Livia schrak zusammen, drehte sich um, sah die Locken, dann die strahlend weißen Zähne.

»Ich wollte Sie nicht erschrecken. Schon wieder.« Er hob abwehrend und gleichzeitig entschuldigend die Arme, machte einen Schritt zurück. Der Mann vom Brunnen.

»Meine Schuld. Ich war mit den Gedanken ganz woanders.« Ihr Herz beruhigte sich etwas, ratterte aber immer noch zügig weiter. Er hatte eine seltsame Wirkung auf sie, mit seinen zugleich forschenden und warmen, ruhigen Augen; mit seiner unkomplizierten Art, die ihr unerklärlich vertraut erschien.

»Amalfi ist klein, wir laufen uns ständig über den Weg«, stellte er fest.

»Scheint so.« Er verwirrte sie, auf eine aufregende Weise, die sich anfühlte wie eine chemische Reaktion, der sie sich nicht entziehen konnte.

»Ich habe heute an Ihr Eis gedacht.«

»Tatsächlich?«

»Ja. Es war gut.«

Sie liefen gemeinsam weiter auf der Hafenmole entlang, inmitten der anderen Menschen, die für Livia aber mehr und mehr an Kontur verloren. Sie entspannte und passte sich seinem Tempo an. »Das ist vermutlich das erste Kompliment, auf das ich mir etwas einbilde. Ich meine, es kommt immerhin von jemandem, der kein Eis mag. Wie läuft das jetzt, habe ich Sie umgestimmt? Werden Sie am Ende noch Stammkunde bei mir?«

Sein Lachen. Das Geräusch fuhr direkt in ihren Bauch, wo alles kribbelte. Sie hatte es vermisst, sich ein bisschen verliebt zu fühlen.

»Da muss ich Sie wohl enttäuschen. Ich mag Eis noch immer nicht besonders, aber ich hätte da eine Bitte: Würden Sie mir das Rezept verraten?«

»Damit Sie es teuer an meine Konkurrenz verkaufen? Niemals!«

»Sie sind wirklich witzig.« Er blieb stehen und sah sie aufmerksam und amüsiert an. Und seine Augen ... sie schienen tief in sie hineinzublicken, alles zu sehen, was sie vor dem Rest der Welt und vor sich selbst versteckte.

Ja, witzig war sie tatsächlich oft – immer dann, wenn sie nervös war. Aber das Thema wollte sie jetzt natürlich nicht vertiefen, deshalb zog sie die Schultern hoch und sagte nichts weiter dazu.

»Ich glaube, Sie müssen keine Konkurrenz fürchten. Sie haben es echt drauf.«

»Das können Sie doch gar nicht beurteilen, Sie haben keinen Vergleich.«

»Was Eis anbelangt, haben Sie wohl recht. Aber ich sehe, wie leidenschaftlich Sie sich reinhängen in das, was Sie tun.«

»Tut das nicht jeder, der etwas macht, an das er wirklich glaubt?«

»Nicht wie Sie, nein.« Er schüttelte den Kopf ganz entschieden.

Sie musste schlucken, denn er sagte das so überzeugend, dass sie selbst daran glaubte. »Sie bekommen mein Rezept, wenn Sie noch mal Eis von mir probieren.«

Seine Augen funkelten so schön, dass Livia vergaß, noch am Anfang ihres Spaziergangs von den Sternen geschwärmt zu haben. Er sah sie aus diesen Wahnsinnsaugen lange schweigend an und biss sich dabei ein paarmal auf die Unterlippe. Dann grinste er von einem Ohr zum anderen. Sie kam sich vor, als hätte sie gerade einen Test bestanden. Erleichtert lächelte auch sie. Und sie wusste zwar, dass sie an ihrem geliebten Meer von Amalfi stand, aber was um sie herum passierte, war gerade unwichtig. Dieser Mann war der schönste Mensch, den sie jemals gesehen hatte.

Dann geschah etwas, was den magischen Moment unterbrach. Zuerst verstand Livia nicht, was genau, denn er griff erschrocken in seine Hosentasche und zog ein Handy daraus hervor. Es summte und blinkte, und sein Gesicht verfinsterte sich. Augenblicklich war er ganz weit weg, für sie unerreichbar. Er schaute kurz zu ihr auf, doch er schien sie gar nicht mehr zu sehen. »Ich muss da ran. Es tut mir leid.« Er grüßte mit einem Winken und ließ sie tatsächlich stehen. Einfach so.

Livia war versucht, ihm hinterherzurennen, ihn festzuhalten, ihn zu stoppen, ihm zu sagen, dass … Ja, was eigentlich? Sie ließ den Kopf hängen, denn was konnte sie schon zu ihm sagen? Dass sie etwas für ihn empfand? Nachdem sie ihn ein paarmal kurz gesehen hatte? Was erwartete sie denn von ihm? Dass er ihr antwortete: »Gut, dass Sie das erwähnen. Mir geht es genauso, deshalb habe ich unsere Gespräche auch kurz und knapp gehalten und immer dann unterbrochen, wenn sie am interessantesten wurden. Weil Sie mir gefallen.«

Doch Livia kam nicht dazu, sich weiter zu bemitleiden, denn ein Geräusch ließ sie aufblicken. Etwas abgehetzt stand er wieder vor ihr, keine paar Sekunden, nachdem er quasi weggerannt war. Livias Atem ging plötzlich so schnell wie seiner, denn er sah sie aufrichtig und vielleicht sogar leidenschaftlich an – es war eine aufregende Mischung, die ihren Herzschlag nochmals beschleunigte. Zärtlich legte er eine Hand auf ihre Wange und fuhr mit den Fingerspitzen bis zum Haaransatz unter ihrem Ohr. Er näherte sich und küsste sie auf die andere Wange. »Wir sehen uns wieder, ja?« Er rückte etwas von ihr ab und sah sie erneut intensiv an. Sie nickte, mehr schaffte sie nicht, weil sie noch immer eine Gänsehaut im Nacken hatte, die sie seiner zärtlichen Berührung zu verdanken hatte. »Jetzt muss ich leider wirklich los«, sagte er und verschwand dann tatsächlich in der Nacht.

Livia berührte die Stelle an der Wange, auf die er sie geküsst hatte, und wünschte, irgendeinen Zauber aussprechen zu können, der ihr ermöglichte, das Gefühl ewig zu bewahren. Sie war verwirrt, doch sie konnte nicht leugnen, dass ihre Beine auf dem Weg zu Nonna Filippas Haus leicht zitterten, fast so, als wäre sie mächtig, richtig und ganz doll verliebt.

Andrea legte sich hin und gähnte laut. Er liebte es, bis zur

Erschöpfung zu arbeiten. Wobei ... konnte man wirklich Arbeit zu dem sagen, was er machte? Für ihn war es Lebensinhalt. Er konnte sich keinen Tag ohne seine Uniform vorstellen, ohne die vielen Gäste, deren Augen leuchteten, weil sie *seinen* Palazzo betraten. Er lächelte. Das Geheimnis seines Lebens. Wohlgehütet, ferngehalten von gierigen Menschen, die zweifellos versucht hätten, von seiner Stellung als Besitzer des *Palazzo La Fontana* mitsamt dem Hotel zu profitieren. Es glich einem Wunder, dass es ihm in einem kleinen Ort wie Amalfi gelungen war, seine Anonymität zu wahren.

Seine Eltern hatten ihm schon von klein auf beigebracht, seine privilegierte Position für sich zu behalten. Er war als einziger Erbe einer Stoffherstellerdynastie in der Toskana in einer wohlhabenden Familie aufgewachsen, doch abgesehen von einem großen Haus, hatten sich seine Eltern stets in einer bescheidenen, einfachen Lebensweise wohlgefühlt. Und Andrea war mit bodenständigen Werten groß geworden. Als junger Mann war er jedoch viel herumgekommen. Das Reisen war seine größte Leidenschaft gewesen. Mit seinen Eltern war er das erste Mal Ende der 50er-Jahre nach Amalfi gekommen, und seine Mutter hatte ihm erzählt, dass im Dom die Reliquien des heiligen Andreas lagen. Damals hatte ihn das sehr beeindruckt, ebenso das Hotel, in dem sie ein Zimmer genommen hatten. Amalfi war ihm im Herzen geblieben. So sehr, dass er als Erwachsener wieder dorthin zurückgekehrt war. Diesmal hatte er einen längeren Urlaub eingeplant und währenddessen erfahren, dass der Palazzo zum Verkauf stand. Er hatte tagelang beobachtet, wie viele Gäste dort ein und aus gingen. Dabei hatte er die hübsche kleine Gelateria entdeckt und Filippa zum ersten Mal gesehen. Es hatte ihn beeindruckt, mit welcher Hingabe sie Eis produzierte und verkaufte, Kinder großzog und sie ebenfalls für die Eisherstellung begeistern konnte. Sie war eine wunderschöne Frau, die ihn aber kaum wahrnahm, so sehr war sie auf ihre Familie, ihren Ehemann und ihr Eis konzentriert. Doch Andrea wollte in ihrer Nähe bleiben, dabei aber natürlich den respektvollen Abstand halten, den die Situation erforderte. Deshalb kaufte er das Gebäude und stellte sich als Pförtner an die Tür. Er hatte keinen genauen Plan gehabt, außer dem, in Filippas Nähe zu bleiben. Damals wusste er nicht, dass er sein ganzes Leben auf diese Weise verbringen würde. Doch er bedauerte nichts, keinen Augenblick seines Lebens, das in vielerlei Hinsicht erfüllt und schön war.

Er war zum Beispiel froh, Livia heranwachsen gesehen zu haben. Von allen Kindern war sie diejenige, die Filippa am ähnlichsten war. Sie hatten die gleiche aufopfernde Einstellung, die gleiche Schönheit, die gleiche Herzensgüte. Er hatte mit angesehen, wie Livia beinahe zerbrochen war, als sie ihren Papà nicht hatte retten können. Der Abend war in Andreas Erinnerung so klar, als wäre alles erst gestern passiert. Andrea wusste noch, dass ein Schrei ihn dazu veranlasst hatte, nach dem Rechten zu sehen. Als er gemerkt hatte, dass etwas in der *Artigiani del Gelato* passiert war, war ihm das Herz schwer geworden, und er hatte nicht zum ersten Mal festgestellt, dass die Lucibellos über die Jahre, fast unbemerkt, für ihn so etwas wie eine zweite Familie geworden waren, die er sehr liebte und um die er sich sorgte. Er hatte gebetet, dass niemandem etwas Ernstes zugestoßen sei. Doch etwas sagte ihm, dass das, was immer auch passiert sein mochte, schlimm war.

Andrea hatte sich den Weg zur Gelateria gebahnt und Livias Vater Domenico am Boden liegen sehen. Livia hatte verzweifelt eine Herzmassage gemacht, die aber nicht anzuschlagen schien. Ein Bild, das er niemals vergessen würde. Die Leblosigkeit von Domenicos Körper hatte so stark im Gegensatz zu Livias verzweifelten Versuchen gestanden, ihn am Leben zu halten. Nichts hatte genützt. Domenico war gegangen. Und das Einzige, das Andrea an diesem schrecklichen Abend hatte tun können, war, Livia zu zeigen, dass er da war, dass sie nicht allein war.

Andrea wusste bis heute nicht, ob ihm das gelungen war.

Manchmal fragte er sich auch, was ihn glauben ließ, Filippa könnte jemals in Betracht ziehen, ihn nicht nur als Pförtner des Palazzo, sondern auch als Mann zu sehen. Die Wahrheit war, dass er manchmal dachte, Signale von ihr zu erhalten. Kleine Gesten, die er als ehrliche Zuneigung deutete, die auch über eine normale Bekanntschaft hinausging. Ein freundliches Lächeln, ein Blick, eine zufällige Berührung. Kleinigkeiten, die sein Herz aufblühen ließen.

Die Blumen hatten ihr gefallen, das hatte sie ihm persönlich gesagt. Ja, sie war zu ihm an die Glastür gekommen und hatte sich bedankt. Das war für eine Frau wie Filippa, der es nicht leichtfiel, Gefühle zu zeigen, eine große Geste. Andrea wollte sie nicht bedrängen, aber er war bereit für den nächsten Schritt: Er würde Filippa besuchen. Das hatte er noch nie gewagt. Jetzt aber war es so weit. Er fühlte eine innere Kraft, die ihm sagte: jetzt oder nie. Er war nicht mehr der Jüngste, und er fand, er hatte lange genug auf sie gewartet. Andrea war bereit für ein Ja, aber auch für ein Nein. Auch wenn ein Nein für ihn bedeuten würde, dass es Zeit war, weiterzuziehen, also Amalfi und das *La Fontana* für immer zu verlassen, vielleicht sogar zu verkaufen. Er hatte sein halbes Leben in Amalfi verbracht, weil ihn die Liebe zu einer Frau, aber auch zum Palazzo erfüllt und er nichts vermisst hatte. Doch jetzt wollte er mehr, denn in seinem Safe wartete ein Ring darauf, am Finger der Frau zu stecken, die er liebte.

Er fürchtete den morgigen Tag einerseits, aber andererseits pochte sein Herz vor freudiger Erwartung. Seine Zeit war endlich gekommen.

Kapitel 12

Eisbecher *Il Sole d'Amalfi*

2 Kugeln Zitroneneis, 1 Kugel Meloneneis
Erdbeersoße
Panna montata
Karamellisierte Mandelsplitter auf der gesüßten Schlagsahne

(Neuer Eisbecher, März 2006)

Livia betrat am nächsten Morgen, nachdem sie zuerst die Obstlieferung abgewartet und dann ordentlich Meloneneis produziert hatte, Carolinas Cartiera. Wie immer, wenn sie ihre Freundin im Laden besuchte, fühlte Livia sich wie ein Schulmädchen, das beim Anblick der vielen Schreibwaren Augen in Herzchenform bekam. Sie nickte der Verkäuferin zu, die einem Kunden dabei half, den richtigen Block aus Amalfi-Papier auszusuchen, ging dann weiter zu Carolina, die gerade Lesezeichen nachfüllte.

Carolina hob den Blick. »Welch seltene Ehre. Buongiorno! Hast du dich verlaufen?«

»Haha.« Livia gab ihr ein Küsschen auf die Wange.

»Nein, ernsthaft. Muss ich mir Sorgen machen? Habe ich einen Geburtstag vergessen?« Carolina legte die Lesezeichen weg.

Sie hatte darauf angespielt, dass Livia immer Geburtstagskarten bei Carolina kaufte, wenn jemand aus ihrer Familie wieder um ein Jahr älter wurde. Sonst kam sie nicht oft in die Cartiera, da hatte Carolina schon recht. Livia war einfach zu beschäftigt. Vielleicht sollte sie endlich darüber nachdenken, sich Hilfe für die Eisproduktion zu suchen. Sie schauderte, weil allein der Gedanke schon ein ungutes Gefühl in ihr hervorrief. Sie hatte gerne die Kontrolle über jede Phase der Herstellung, so hatte sie es von ihrem Papà gelernt, und alles andere machte sie nervös.

»Hast du einen Augenblick Zeit?«

Livias Frage verwandelte Carolinas freundliches Gesicht in ein sorgenvolles.

»Selbst wenn ich keine Zeit hätte, würde ich sie mir nehmen. Das weißt du doch. Komm mit.« Carolina nahm Livias Hand, gab der Verkäuferin kurz Bescheid, dass sie ein paar Minuten nicht da sein würde, und ging voraus in das kleine Hinterzimmer, das als Lager, Büro und Rückzugsort fungierte. Dementsprechend sah es auch aus, doch war es trotzdem ein Ort, an dem Livia sich geborgen fühlte. Sie setzte sich müde auf einen Karton. Sie hatte schlecht geschlafen und war schon seit Stunden auf den Beinen. Das machte sich bemerkbar.

»Che succede? Was ist los?« Carolina fand auf dem mit Unterlagen überhäuften kleinen Schreibtisch Platz für eine

Pobacke, lehnte sich also gerade so daran und verschränkte die Arme vor der Brust. Ihr gelocktes Haar bildete einen interessanten Kontrast zu ihrem ernsten Gesicht.

»Eigentlich gar nichts, aber …«

»Aber?«

Wie sollte sie das in Worte packen? Wie konnte man zugeben, dass man sich in jemanden verliebt hatte, den man gar nicht kannte? »Ich könnte jemanden kennengelernt haben.« Besser bekam Livia es nicht hin.

Jetzt war Carolinas Blick ein einziges Fragezeichen. »Hm?« Die Freundin räusperte sich und sah sie herausfordernd an. »Geht das genauer?«

»Neulich, nach einer Spätschicht im Labor, habe ich mich einen Augenblick lang an den Brunnen draußen gesetzt, und da saß, auf der anderen Seite wohl, ein Mann, den ich gar nicht gesehen hatte.«

»Und?«

»Und ich habe mit ihm geredet, obwohl ich nicht sagen kann, dass ich ihn wirklich kennengelernt habe.«

Carolina schaute sie weiter sichtlich verwirrt an. »Eigentlich ist die Frage doch ganz einfach. Hast du, oder hast du nicht?«

»Ja, also … Wir haben geredet, und ich habe ihm ein Eis angeboten und habe ihn sogar mit ins Labor genommen. Aber ich weiß nicht mal, wie er heißt und woher er kommt.«

Carolina zog eine seltsame Grimasse. »Und er gefällt dir trotzdem?«

»Ich verstehe es ja auch nicht. Aber ich kann an gar nichts anderes mehr denken, obwohl ich ihn danach kaum mehr gesehen habe, außer zweimal, zufällig, und da hat er sich auch komisch verhalten.«

»Komisch wie ein Clown oder komisch wie ein Psychopath?«

Livia zog die Schultern hoch. »Vielleicht eher seltsam als komisch.«

»Oh.«

»Ja ... Aber er hat mich zum Abschied auf die Wange geküsst. Er ist extra noch mal zurückgekommen, und ich kann dir sagen, das war kein sehr freundschaftlicher Kuss. Ich habe noch immer Gänsehaut, wenn ich daran denke.«

Jetzt klatschte Carolina vor Begeisterung in die Hände. »Das ist *so* romantisch!«

»Ich hätte es nur gerne noch romantischer, doch komme ich nicht richtig an ihn ran. Was mache ich denn da am besten?«

»Weißt du, ich glaube, du musst es ihm einfach sagen, wenn du ihn so sehr magst.«

»Hast du keinen einfacheren Vorschlag?«

»So schwierig ist das gar nicht. Bei Aldo habe ich auch den ersten Schritt gemacht.«

»Aber ich kann ihn noch gar nicht richtig einschätzen.«

»Du musst schon ein bisschen was riskieren.« Carolina untermalte ihre These mit ausladenden Armbewegungen, die sich sehr knapp an Kartons, Papieren und Flaschen vorbeibewegten.

Livia seufzte. Vielleicht hatte ihre Freundin recht.

»Weißt du was?«, überlegte Carolina laut weiter. »Wir machen den Pizza-Abend mit Rino, Aldo, Diletta und Ezio, den wir uns überlegt hatten, einfach heute. Dann kommst du erstens mal wieder unter Leute, und zweitens wird dein mysteriöser Fremder dich einen Abend mal nicht so leicht finden, vielleicht geht ihm so ein Licht auf. Hm? Was meinst du?«

Rino, ja, mit dem hatte Livia ein bisschen geschrieben. Er hatte sich für seine unglücklich formulierten Fragen entschuldigt, sie hatte geantwortet, dass er sich keine Sorgen zu machen brauche. Das war aber auch alles.

Entschlossen stand Livia vom Karton auf. »Ja, das ist eine gute Idee!«, sagte sie. Nichts sprach gegen einen netten Abend unter Freunden. Und sie wollte sich ja nicht vor der Welt verschließen. Wenn der schöne Unbekannte sie dann zufällig mal nicht antreffen würde und sehen würde, dass sie auch noch an etwas anderes als an ihr Eis dachte, dann war eigentlich alles perfekt.

»Ja?« Carolina strahlte. »Dann organisiere ich das gleich und gebe dir Bescheid, wann und wo wir uns sehen. Okay?«

»Gut, ich freue mich.«

»Ich mich auch.«

»Danke, mia cara, fürs Zuhören.« Livia umarmte ihre Freundin.

»Jederzeit!« Carolina drückte fest zurück.

Livia verließ das Hinterzimmer und den Laden. Draußen atmete sie tief ein und aus. Carolina hatte ganz recht. Livia durfte nicht tatenlos auf den wunderschönen Fremden warten.

»Buongiorno, Signorina Livia«, hörte sie jemanden sagen.

Irritiert blickte sie sich um, sah aber nur einen unbekannten älteren Herrn, der sie erwartungsvoll anblickte.

»Andrea?« Sie musste blinzeln. Er sah so ungewohnt aus. Ungewohnt und vertraut zugleich. »Tut mir leid, ich musste zweimal hinsehen. Ohne Uniform und Schnurrbart habe ich dich nicht erkannt«, erklärte sie amüsiert.

»Zeit für Veränderungen«, sagte er und fuhr sich mit dem Daumen über die gar so nackte Oberlippe, wobei er aber nicht halb so sicher klang wie wahrscheinlich beabsichtigt. »Sieht es blöd aus?«, fragte er dann auch tatsächlich.

Livia blickte genauer hin. »Du siehst sehr, sehr schick aus. Das war eine wirklich gute Entscheidung.« Unter dem dicken Schnurrbart steckte ein attraktiver älterer Herr. Das hatte sie noch nie bemerkt.

»Kann ich es wagen, so zur Signora Filippa zu gehen?«

Sie tat so, als müsste sie ihn erneut genau betrachten. Ihr Herz zog sich vor Zuneigung zusammen. Es berührte sie, wie hilflos er in seinem ordentlichen Anzug und so herausgeputzt aussah. Andrea war ihr immer wie ein stiller Held vorgekommen, doch auch er schien, wie alle Superhelden, seine Superkräfte mit seiner Uniform abgelegt zu haben. Trotzdem antwortete sie: »Oh, na sicher doch. Sie wird schockiert, aber begeistert sein.« Davon war Livia überzeugt. Sie war allerdings ebenfalls davon überzeugt, dass Nonna das nicht unbedingt zeigen würde. Aber das war eine andere Geschichte. »Wie ist der Plan?«, wollte sie wissen.

»Ich werde sie einfach besuchen, und zwar jetzt gleich.«

»Tu das! Ich drücke die Daumen.«

»Danke. Ich werde berichten.«

»Ich freue mich drauf.«

Er zwinkerte ihr zu und war dabei, zu gehen, doch eines wollte sie noch von ihm wissen. »Andrea, darf ich dich noch etwas fragen?«

»Natürlich. Nur zu.«

»Warum gerade jetzt?« Diese Frage beschäftigte sie schon eine Weile. Nonna war schon seit fast fünf Jahren verwitwet. Er hätte doch schon viel eher damit beginnen können, ihr den Hof zu machen.

Er nickte, geradeso, als gäbe er ihren Gedanken recht. »Wissen Sie, liebe Signorina Livia, mit der Liebe ist es auch nicht anders als mit Ihrem Eis. Irgendwann reicht es nicht mehr, es sich nur durch die Vitrine anzuschauen. Irgendwann möchte man den größten, schönsten Eisbecher. Und mein Irgendwann ist jetzt.« Andrea drückte leicht ihren Arm, sah ihr tief in die Augen und ließ sie sprachlos zurück.

Andrea war ein Mann weniger Worte. Wenn er dann aber etwas sagte, dann traf er stets den Nagel auf den Kopf.

Sie schüttelte halb verblüfft und halb bewundernd den Kopf und wünschte sich sehr, ihre Nonna möge ihm komplett ihr Herz öffnen. Es passierte schließlich nicht alle Tage, dass man als Frau mit einem Eisbecher verglichen wurde.

Kapitel 13

»Buongiorno!«

»Buongiorno, Signora. Was kann ich für Sie tun?«

»Meine Tochter hat Geburtstag und möchte keinen Kuchen, sondern Eis für sich und ihre Freundinnen. Allerdings keine Eistorte, sondern eine ... nette, besondere Geschmacksrichtung, die es noch nicht gibt. Können Sie mir helfen?«

»Natürlich! Was mag sie denn besonders?«

»Am liebsten mag sie Erdbeeren.«

»Erdbeeren, sagen Sie? Dann lassen Sie mich mal machen ...«

(Auftragsarbeit, Juli 2006)

Panna, granelli croccanti e fragole (für 4 bis 6 Personen)

Für die Erdbeerkonfitüre

250 g Erdbeeren

100 g Zucker

Für die Streusel

300 g Mehl

150 g Butter
150 g Zucker
1 Prise Salz
Für das Sahneeis (für die Eismaschine)
170 g Sahne
370 g Vollmilch
140 g Zucker
1 Vanilleschote
Honig

Wenige Wochen zuvor im Norden

»Zum Geburtstag viel Glück, zum Geburtstag viel Glück, zum Geburtstag, lieber Mario, zum Geburtstag viel Glück!«

Mario betrat die Wohnung und ließ vor Schreck beinahe die Einkaufstüte fallen, die er trug. Er war keine zwanzig Minuten weg gewesen, nur kurz im Supermarkt gegenüber, und doch hatte ihre Wohnung sich in den Schauplatz einer Überraschungsparty verwandelt. Es war sein Geburtstag, eine Feier war aber eigentlich nicht geplant gewesen – zumindest nicht von ihm.

»Leute, danke! Wo kommt ihr denn alle so plötzlich her?«, fragte er verwundert in die Runde. Er entdeckte nach und nach seine liebsten Arbeitskollegen und Antoniettas Freunde, die schon lange auch zu seinen Freunden geworden waren. Sie standen alle zusammengepfercht hinter ihrem Esstisch, in der Mitte, stolz und vielleicht sogar ein bisschen gerührt, Antonietta, die die Überraschung so perfekt organisiert hatte, dass er nichts, aber auch gar nichts gemerkt hatte. Mario begann zu verstehen, dass der ach so dringende Einkauf, um den sie ihn ausdrücklich gebeten hatte, nur ein Vorwand gewesen war. Er grüßte nacheinander alle Gäste, die ihm Geschenke in die Hand drückten, freundschaftlich auf die Schulter klopften oder gratulierten, um dann bei Antonietta stehen zu bleiben, die ihn anstrahlte.

»Überraschung!«, sagte sie noch mal.

»Und was für eine! Danke, du Verrückte!« Er küsste sie auf die Nasenspitze.

»Bring doch erst mal die Tüte in die Küche, und dann komm, wir wollen auf dich anstoßen!«

»Kann ich es wagen? Ihr trinkt mir inzwischen nicht den ganzen Spumante weg?«, erkundigte er sich lachend.

Donato, der Arbeitskollege, der zu einem seiner besten Kumpel geworden war, lachte. »Du verträgst den doch nicht mal!«, neckte er ihn und spielte auf eine Weihnachtsfeier an, bei der Mario wirklich etwas zu viel Alkohol erwischt hatte, was so selten vorkam, dass man sich im Autohaus noch immer lachend davon erzählte. Die Legende des sich übergebenden Mario. Haha.

Mario schüttelte nur amüsiert den Kopf und brachte den Einkauf in die Küche. Er entdeckte dabei im Kühlschrank einen Karton, in dem sicherlich ein Kuchen steckte. Wie war er nur so blind gewesen, um nicht den leisesten Verdacht geschöpft zu haben? Diese Frage beunruhigte ihn kurz und heftig, denn entweder war er so wenig aufmerksam, dass er nicht mitbekam, was seine Verlobte beschäftigte, oder seine

Verlobte war einfach zu gut darin, Dinge vor ihm zu verbergen. Doch dann machte er entschlossen den Kühlschrank wieder zu und verließ die Küche.

Im Wohnzimmer standen Kollegen und Freunde in Grüppchen zusammen und unterhielten sich, während sie aus Bechern tranken und Knabberzeug aßen. Antonietta kam ihm entgegen, reichte auch ihm einen Becher.

»Danke«, sagte er und meinte damit alles, den Becher und die kleine Party.

»Du brauchst dich doch nicht dauernd zu bedanken. Das habe ich sehr gerne getan.«

Um ehrlich zu sein, hatten sie sich in den letzten Wochen mehr gestritten als geliebt, aber es lag wohl wirklich am Vorbereitungsstress. Ihre Hochzeit rückte immer näher, und Antonietta schien mit jedem Tag nervöser zu werden. Doch diese Geste mit der Geburtstagsfeier jetzt beruhigte Mario.

»Ich finde hingegen, dass man nicht oft genug Danke sagen kann.«

Sie lächelte. »Dann amüsiere dich endlich!«, sagte sie und schob ihn zum Tisch.

Die Feier war fast vorüber, nur Donato war noch da und eine Freundin von Antonietta, mit der sie sich in der Küche unterhielt.

Mario und Donato hatten es sich auf dem Balkon auf den Liegen gemütlich gemacht. Mario hatte einen Arm unter seinen Kopf geschoben und blickte in den Himmel, der nur vereinzelt Sterne zeigte.

»Also, wenn du mich fragst, ist sie nach wie vor sehr verliebt in dich«, sagte Donato leise.

Mario hatte sich, entgegen seiner sonstigen Art, Donato anvertraut. Es hatte zuletzt Momente für Mario gegeben, in denen er sogar die Hochzeit infrage gestellt hatte. Das war ihm sehr nahegegangen, sodass er jemanden gebraucht hatte, um sich seinen Kummer von der Seele zu reden. Donato wusste also Bescheid, was die letzten schlimmen Wochen mit Antonietta anbelangte.

Mario nickte leicht. Ja, dass sie ihn liebte, hatte er nie bezweifelt. Viel mehr, ob die Liebe reichte. Aber so genau wollte er das jetzt nicht mit seinem Kumpel erörtern. Es war ein schöner Nachmittag und Abend gewesen, viel zu schön, um ihn mit schwierigen Themen zu vermasseln.

»Meine Frau käme nie auf die Idee, mir eine Überraschungsfeier zu organisieren.« Donato lachte. »Ich bin schon froh, wenn sie meinen Geburtstag nicht ganz vergisst. Weißt du, irgendwann werden diese Dinge zu Nebensächlichkeiten. Irgendwann wird das Zurückzahlen des Darlehens wichtiger als der Jahrestag, verstehst du, was ich meine? Die Prioritäten sind einfach nicht mehr die gleichen. Das bedeutet nicht, dass man sich nicht mehr liebt, sondern einfach nur, dass man es sich nicht mehr jeden Tag beweisen muss.«

Mario bekam eine unangenehme Gänsehaut. Das war so ziemlich das Traurigste, was er jemals gehört hatte, aber er wusste, dass Donato recht hatte. Er wusste das auch von anderen Paaren, dass die Leidenschaft und die Frische und die Neugier, sich zu erkunden, nachließen und einer entspannten Routine Platz machten. Vielleicht war das die natürliche Entwicklung. Trotzdem wollte Mario nicht glauben, dass man sich wirklich damit zufriedengeben konnte. Er wollte das ganz sicher nicht für sich und Antonietta. Er wollte das Kribbeln und Herzklopfen und Leidenschaft und Liebe. Er wollte das ganze Paket, wenn nicht bis in alle Ewigkeit, dann zumindest eine lange, lange Zeit. War er töricht, wenn er sich nicht mit einer tristen Routine zufriedengeben wollte? War das alles Wunschdenken? Es machte ihm höllische Angst, an eine mögliche Zukunft zu denken, die er schon als Vision so sehr hasste und verabscheute.

»Ich möchte mehr, Donato.«

Donato nickte andächtig und nahm einen tiefen Schluck des kühlen Biers, das er erst vor ein paar Minuten geöffnet hatte. »Ja, das sehe ich. Aber, hey, du wirst es nicht bekommen. Deshalb gehen so viele Menschen fremd.«

»Du gehst nicht fremd«, stellte Mario fest.

»Nein, das tue ich nicht, weil ich verstanden habe, dass die Ehe das ist, was sie eben ist: ein sicherer Hafen.«

»Das klingt so trostlos, dass ich fast seekrank werde.«

Donato zog die Schultern hoch. »Wenn es nicht das ist, was du willst, dann solltest du dich niemals mit weniger zufriedengeben.«

Dem war nicht mehr viel hinzuzufügen, deshalb schwiegen sie eine ganze Weile. Denn Donato war einer, mit dem man auch einfach nur schweigen konnte. Erst als er gemächlich sein Bier ausgetrunken hatte, erhob er sich ächzend von der Liege und stellte die leere Flasche auf dem Tischchen ab.

»Es war ein guter Abend, aber jetzt muss ich los. Wir sehen uns bei der Arbeit.«

Auch Mario stand auf, bedankte sich und begleitete ihn zur Tür. Sie kamen nicht mehr auf das Thema »Ehe« zurück, aber es arbeitete noch weiter in Mario. So sehr, dass es wie ein Schatten über ihm hing. Auch später noch, als auch Antoniettas Freundin gegangen war und er gemeinsam mit seiner Verlobten aufräumte. Nachdem alles verstaut war, setzten sie sich beide auf die Couch. Vor ihm, auf dem Couchtisch, befanden sich alle Geschenke, die er erhalten hatte.

»Willst du sie denn gar nicht aufmachen?«, fragte Antonietta und legte ihre Beine über seine.

»Klar!« Er nahm das erste Päckchen, das von Donato stammte, und fand ein T-Shirt darin, das auch sein Freund hatte und das Mario so toll gefunden hatte.

»Das ist aber schön!«, fand Antonietta und hielt es hoch. »Donato ist wirklich ein guter Freund, oder?«

»Ja, das ist er!«

»Schön, dass du ihn als Trauzeugen ausgesucht hast.«

Nicht das Thema schon wieder! Antonietta hatte nie ein Geheimnis daraus gemacht, dass sie lieber den Mann ihrer Trauzeugin ausgesucht hätte. Aber in der Hinsicht war Mario unnachgiebig gewesen. Und so, wie sie das eben gesagt hatte, war Mario klar, dass sie Donato noch immer nicht wirklich akzeptiert hatte.

»Lass gut sein, Anto, ja? Das haben wir schon durchgekaut, oder?«

Sie hob abwehrend die Hände. »Ich meinte ja bloß ...«

Um vom Thema abzulenken, nahm Mario noch ein Geschenk vom Tisch, und dann noch eins und noch eins. Bücher, Parfüm, Konzertkarten, ein Gutschein, und, und, und. Mario stand auf, um das Geschenkpapier in den Karton zu werfen, den sie dann entsorgen würden, doch Antonietta hielt ihn auf. »Warte, meins fehlt noch!«, sagte sie und hielt ihn am T-Shirt fest.

Er drehte sich um, legte das zusammengeknüllte Papier zurück auf den Tisch. Sie hielt ihm ein kleines Päckchen entgegen. Er nahm es. »Oh. Du musst mir doch nicht auch noch etwas schenken, wenn du dich schon so sehr wegen der Überraschungsfeier bemüht hast.«

Sie verdrehte die Augen. »Natürlich muss ich dir etwas schenken, so wie ich dir immer etwas geschenkt habe und auch immer etwas schenken werde.«

Er legte keinen Wert auf ein Geschenk, das nicht, aber er mochte die Idee, dass sie sich um ihn bemühte und ihm eine Freude bereiten wollte. Das war schon etwas anderes als die von Donato beschriebene Situation mit seiner Frau, die seinen Geburtstag fast schon vergaß. Also nahm Mario das Päckchen, setzte sich wieder zu ihr und löste den Klebestreifen vorsichtig vom Papier, bis ein Schächtelchen zum Vorschein kam. Es sah aus wie eine Schmuckschachtel. Er öffnete es und fand darin eine feine schöne Goldkette mit Anhänger. Ein kleines goldenes M.

»Oh. Wie schön!« Er ließ sich das glänzende Material durch die Hand gleiten. »Womit habe ich denn dieses tolle Geschenk verdient?«

Sie nahm ihm den Schmuck aus der Hand und legte ihm

die Kette um. Er betrachtete, so gut es ging, den Anfangsbuchstaben seines Vornamens.

»Das M steht für Mario. Es steht aber auch für *mio* – meiner«, erklärte sie halb ernst, halb lachend.

»Weißt du was?«, fragte er und küsste sie. »Das war einer der besten Geburtstage seit langer Zeit. Und das habe ich nur dir zu verdanken.«

»Ich möchte jeden Tag deines Lebens zu einem der besten Tage machen.« Sie küsste ihn zurück.

Ja, er war tief drinnen ein Romantiker, denn sein Herz klopfte wild bei ihren Worten. Dio, sì, er wollte für die Frau an seiner Seite wichtig sein. Daran konnte nichts falsch sein.

Er schob sie zurück auf die Couch, zog ihre Beine hoch, sodass sie sich hinlegen konnte. Er legte sich über sie, hielt sein Gewicht mit den Armen, seine neue Kette baumelte von seinem Hals herab. Sie nahm den Anhänger zwischen die Finger. »Mio«, hauchte sie. Er küsste sie tief und leidenschaftlich, doch dann ließ er sachte von ihr ab und legte sich neben sie.

Die Nacht war lang, und er hatte noch viel mit ihr vor. Aber jetzt fiel ihm sehr unpassend ein, dass er noch kein Stück von seinem eigenen Geburtstagskuchen gehabt hatte.

»Sag mal, ist noch etwas von dem tollen Erdbeerkuchen mit Streusel und Sahne übrig?«

Sie kicherte und war so entspannt wie schon lange nicht mehr. »Na klar. Aber auch nur, weil ich dir etwas davon beiseitegelegt habe. Unsere Freunde sind ziemlich verfressen, wie ich heute bemerkt habe. Gut, dass unser Hochzeitsmenü aus fünf Gängen besteht.« Antonietta richtete sich auf, hüpfte über ihn hinweg und ging in die Küche. Mario starrte an die Decke, dann nahm er den Anhänger zwischen die Finger und dachte sich, dass er sich heute besonders geliebt und verliebt fühlte. Es war gut, dass er das ungute Gefühl der letzten Wochen endlich abschütteln konnte.

Antonietta kam zurück, mit einem voll beladenen Teller. Während sie auf ihn zukam, begann ihr Handy zu klingeln. Er bekam den Kuchen, dann ging sie ran.

»Ja, Mamma, was gibt es?«, wollte sie wissen.

Oh nein, Loretta! Die war die Einzige, die ihm jetzt die Laune verderben konnte. Er vermutete, dass es mal wieder um die Hochzeitsreise ging, und davon wollte er lieber nichts mitbekommen. Er ging mit seinem Teller nach draußen auf den Balkon. Loretta hatte Probleme mit der Rückgabe oder Umbuchung der Reise, die sie ihnen geschenkt hatte. Und sie versuchte permanent, ihre Tochter zu überreden, ihr Geschenk doch anzunehmen. Aber in diesem Punkt war Mario stur und ließ sich keinen Millimeter von seinem Entschluss und seinem Reiseziel abbringen, koste es, was es wolle.

Kapitel 14

Stracciatella al Cioccolato fondente

(Rezept für 1 kg Eis – Zubereitung in der Eismaschine)
600 ml Vollmilch
250 ml Sahne
1 Vanilleschote
100 g Bitterschokolade
250 g Zucker

(Eisrezept für zu Hause, Juni 2006)

»Fahr los, amore!«, sagte Diletta zu Ezio, als auch Livia ins Auto gestiegen war.

Sie hatten beschlossen, gemeinsam nach Salerno zu fahren, um dort Rino zu treffen und Pizza essen zu gehen. Er hatte ihr eine kurze Nachricht geschrieben und ihr mitgeteilt, dass er es kaum erwarten konnte, sie wiederzusehen. Rino hatte in einer Pizzeria reserviert, die Livia noch nicht kannte. Und sie freute sich auf den Abend, fragte sich auch, warum sie nicht öfter alle miteinander weggingen. Ja, sie waren mit ihren Läden beschäftigt, aber man konnte und musste Ausnahmen machen.

Ezio stellte leise Musik an, der Radiosender spielte italienische Sommerhits. Der Fahrtwind streichelte sanft Livias Gesicht. Sie saß hinten neben Carolina, die ihrerseits neben Aldo saß und mit ihm Händchen hielt. Aldo hatte den Nachmittag bei Carolina verbracht, sodass er gleich von Amalfi aus mitgefahren war und sie nicht noch in Maiori halten mussten, um ihn mitzunehmen. Carolinas Haar wirbelte durch den Fahrtwind und verlieh ihr ein fast mystisches Aussehen. Livia fand es noch immer ungewohnt, Carolina mit einem anderen Mann zu sehen, der nicht ihr Cousin Bernardo war. Die beiden waren so lange ein Paar gewesen, und alle – allen voran Livia – waren davon ausgegangen, dass Carolina und Bernardo zusammen sehr glücklich und alt werden würden. Doch dann hatte Bernardo beschlossen, Amalfi zu verlassen und im Ausland sein Glück zu versuchen. Es war auch für Livia ein großer Verlust gewesen, denn er hatte in ihrer Gelateria gearbeitet, bevor er gegangen war.

Carolina beugte sich zu Aldo und gab ihm einen Kuss auf die Wange. Und so ungewohnt es Livia vorkam, so war sie doch glücklich, ihre Freundin entspannt und verliebt zu erleben – egal, mit wem.

Livia blickte durch das offene Autofenster auf das Meer und auf die Lichter von Salerno. Wenn die Straße, die die Küste kurvenreich und spektakulär mit der Großstadt verband, es zuließ, wurde sogar der Blick auf den großen Hafen mit seinen Kreuzfahrtschiffen, Fischkuttern, Fähren und

Containern sichtbar. Die neue futuristische Hafenstation fügte sich auch harmonisch ins Bild. Der Verkehr war ziemlich dicht, sodass sie nur langsam vorankamen, aber Livia war es ganz recht. Sie wollte den Abend voll auskosten.

»Falls ihr einen aufgebrachten Bären zu hören glaubt, keine Sorge, es ist nur mein Magen. Ich habe einen solchen Hunger!«, beklagte Diletta sich.

»Ich auch«, pflichtete Livia ihr bei. »Mein Mittagessen war heute eher bescheiden.«

»Hat Filippa denn nichts gebracht?«, erkundigte Carolina sich neugierig und erklärte gleich darauf Aldo leise, dass es sich um Livias Nonna handelte.

Ein bisschen tat er Livia leid. Er musste viel lernen über all die Zusammenhänge, die bis weit in die Vergangenheit reichten. Aber er gab sein Bestes, und das machte ihn in Livias Augen gleich noch sympathischer.

»Doch, aber nicht so viel wie sonst. Sie hatte heute nämlich keine Zeit zum Kochen ...« Sie ließ den Satz absichtlich in der Schwebe.

»Wieso nicht? War sie beschäftigt?«, fragte Diletta auch gleich, was ein Grinsen in Livias Gesicht zauberte. Sie kannte ihre Freundinnen und wusste, dass sie beide unglaublich neugierig waren.

»Sie hatte Besuch, und da wurde die Zeit ein bisschen knapp«, erklärte Livia geheimnisvoll.

»Kannst du ›Besuch‹ etwas genauer definieren?«, bat Carolina ungeduldig.

»Andrea war da. Und ich habe ihn zufällig vorher gesehen. Er hatte sich sehr fein herausgeputzt, sogar seinen Schnurrbart abrasiert.«

Von Carolina und Diletta kam ein fast synchrones Kreischen.

»Welcher Andrea?«, fragte sogar Ezio neugierig, der sonst nichts für amalfitanischen Klatsch übrighatte. Diletta erklärte es ihm im Flüsterton.

»Mio Dio, heißt das, die zwei sind jetzt ein Paar?«, fragte Carolina entzückt.

Livia zog die Schultern hoch. »Nonna war nicht gerade bester Laune, als sie das Essen mittags zur Gelateria gebracht hat. Deshalb habe ich sie nicht darauf angesprochen. Irgendwann hat sie selbst erzählt und erst mal auf Andrea geschimpft, was ihm eingefallen sei, einfach so bei ihr aufzukreuzen. Sie hat berichtet, dass Patrizia nebenan beinahe die Augen aus dem Kopf gefallen wären, als sie ihn entdeckt hat. Aber ich bin trotzdem guter Hoffnung. Immerhin hat sie ihn hereingelassen.«

»Stimmt. Das ist zwar ein kleines, aber sehr positives Zeichen«, fand auch Diletta.

»Livi, du musst uns auf dem Laufenden halten! Aus den beiden muss einfach etwas werden. Ansonsten helfen wir irgendwie nach«, schlug Carolina vor.

»Ich glaube, das schaffen die beiden auch selbst«, befand Livia, die vor allem, was Herzensangelegenheiten anbelangte, lieber dem Schicksal seinen freien Lauf ließ. Aber vielleicht war sie deshalb noch allein und ihre Freundinnen liiert, überlegte sie.

»Manchmal braucht man an einer bestimmten Stelle

einfach nur einen Wegweiser«, meldete Aldo sich zu Wort und sah dabei seine Carolina so verliebt an, dass Livia ganz flau im Magen wurde. Liebe war doch etwas Schönes, stellte sie ein bisschen verwundert fest.

»Guter Vergleich, amico«, gab auch Ezio Aldo recht, der an diesem Abend ungewohnt gesprächig zu sein schien, denn er war mit Abstand der verschwiegenste Mensch, dem Livia je begegnet war. Diletta sagte immer, dass er zu viel Zeit auf dem Meer verbrachte. Auf dem Meer musste man schweigen, um die Sprache der Gewässer zu verstehen. Dort musste man lernen, sich nicht auf seine Stimme zu verlassen, weil Wellen sie mit lächerlicher Leichtigkeit übertönen konnten. Ezio war sich dessen wohl bewusst, denn er war sehr gut darin, zuzuhören, ob nun den Wellen oder anderen Menschen. Manchmal erschien er Livia mit seinen tief verankerten Werten wie ein Überbleibsel aus der Vergangenheit. Er war zum Beispiel sehr respektvoll und galant, rückte seiner Frau den Stuhl zurecht, half ihr ins Auto und wieder raus. Er glaubte auch an Freundschaft und Brüderlichkeit und würde niemals jemanden verraten, an dem ihm etwas lag. Livia war sehr glücklich für Diletta, den Weg ins Herz dieses Mannes gefunden zu haben. Er würde sie nie absichtlich verletzen, dessen war sich Livia absolut sicher. Und was konnte man sich Besseres für eine Freundin wünschen?

Inzwischen hatten sie Salerno erreicht, Ezio fand an der Strandpromenade einen Parkplatz, sodass sie nicht zu weit zur Fußgängerzone laufen mussten. Kaum waren sie aus dem Auto gestiegen, schon tauchten sie ein in die sommerliche Atmosphäre der Großstadt, die aber das Flair eines Küstenstädtchens nie ganz ablegte. Livia war zum ersten Mal nach dem Tod ihres Vaters aus, um Zeit mit ihren Freunden zu verbringen. Sie war dankbar dafür, schöne Momente erleben zu dürfen. Und dieser Abend versprach, ein wundervoller zu werden.

Livia, Carolina und Diletta ließen zu, dass Aldo und Ezio vorausgingen. Gemeinsam überquerten sie die stark befahrene Straße, die parallel zur Promenade verlief, auf der die Autos aber so dicht und zäh vorankamen, dass sie bequem hindurchgehen konnten. Eine weitere Seitenstraße führte sie gleich zur Piazza Flavio Gioia, wo sie Rino treffen sollten.

Die hübsche kreisförmige Piazza war rundherum mit antiken, nahtlos ineinander übergehenden Palazzi angelegt, in denen sich im Erdgeschoss verschiedene Restaurants, Bistros und Bars befanden. Tische und Stühle standen im Freien auf der Piazzetta, in deren Mitte sich ein Brunnen mit zwei Delfinen befand. Es war gerappelt voll. Stimmengewirr und Gelächter waren zu hören, ebenso sanfte Sommermusik.

»Ich liebe diese Piazza!«, schwärmte Carolina.

Livia fielen unzählige Weißt-du-noch-Geschichten ein. Gemeinsam mit Carolina hatte sie in Salerno die Oberschule besucht, und oft waren sie nach Schulschluss – bis zur Abfahrt des Schulbusses – in der Fußgängerzone, die von der Piazza über eine gebogene Treppe zu erreichen war, spazieren gewesen. Sie kannten sich hier also bestens aus. Es kam jedoch zu keinen Geschichten aus vergangenen Tagen, weil Livia Rino entdeckte, der sie ebenfalls bereits gesehen hatte, da er winkend auf sie zukam. Livia beobachtete mit einer seltsamen Spannung, wie er sie musterte. Sein Lächeln war offen und freundlich. Das große Herzklopfen blieb bei Livia zwar aus, aber sie konnte nicht leugnen, dass sie sich freute, ihn zu sehen. Keiner sprach es aus, keiner zeigte es allzu deutlich, aber irgendwo schwebte in der Luft, dass etwas zwischen ihr und Rino passieren könnte. Es fühlte sich an wie elektrische Energie, die dazu bereit war, sich zu entladen.

Rino grüßte alle per Handschlag, Livia war als Letzte dran, was sie nicht als unhöflich empfand, ganz im Gegenteil.

»Schön, euch alle zu sehen. Habt ihr Hunger mitgebracht?«, fragte er und steckte die Hände in die Hosentaschen seiner Jeans. Er wartete keine Antwort ab. »Kommt, ich zeige euch diese neue Pizzeria, die ich erst neulich entdeckt habe. Ich hoffe, sie gefällt euch genauso gut wie mir.«

Rino, Aldo und Ezio gingen ihnen wieder voraus, und Livia begann, mit ihren Freundinnen zu tuscheln.

»Also, ich finde ihn echt nett«, begann Diletta sofort. Natürlich war Rino gemeint, und natürlich wollte sie ihn Livia schmackhaft machen.

»Ja. Nett ist er wirklich. Er ist halt nur ... wie soll ich sagen ...?« Carolina suchte nach den richtigen Worten.

»Zu perfekt? Zu richtig? Zu nett?«, versuchte Livia zu helfen.

»Genau«, fand Carolina.

»Was bitte wäre daran falsch, einen perfekten, richtigen und netten Mann zu daten?«, wollte Diletta wissen.

Livia und Carolina kamen nicht dazu, die Frage zu beantworten, weil sie am Eingang eines Palazzo standen, dessen Eingangstür Rino gerade aufdrückte. Der Hauseingang sah so aus, wie man ihn sich in einem Mehrfamilienhaus vorstellte: viel Marmor, noch mehr Briefkästen, ein Kinderwagen und zwei Fahrräder.

»Wohnst du hier?«, wollte Aldo von Rino wissen.

»Schön wär's«, antwortete Rino lachend. »Kommt mit!«

Rino führte zu einer Tür mit Scheibe, auf der *Il Cortile – Pizza e Vino* stand. Er öffnete die Tür, und als wären sie durch ein magisches Fenster in eine Parallelwelt getreten, gelangten sie in einen reizenden Hinterhof, in dem Tische und Stühle standen, die fast alle besetzt waren. Ein Baldachin, der wohl als Sonnen- als auch Regenschutz fungierte, war voll mit kleinsten Lichtern, die einen Sternenhimmel vor Neid erblassen lassen konnten.

Das hier war die wohl hübscheste Pizzeria, die Livia jemals gesehen hatte. Der Hinterhof war umgeben von Palazzi, überall Fenster und Balkone. Doch statt das Bild zu stören, komplettierten die warmen Lichter aus den Wohnungen rundherum das Wohlfühl-Feeling.

Ein Kellner kam ihnen entgegen und führte sie an einen großen zentralen Tisch, nachdem Rino erklärt hatte, reserviert zu haben. Livia landete, natürlich überhaupt nicht zufällig, auf dem Stuhl neben Rino. Der Kellner brachte die Speisekarten mit rund dreißig verschiedenen Pizzen, nahm die Getränkebestellung auf, die – wie der Name der Pizzeria schon sagte – sehr weinig ausfiel.

»Eigentlich trinke ich zur Pizza ja lieber Bier«, bemerkte Aldo achselzuckend.

»Genau darin liegt die Stärke dieses Ladens: Hier fällt alles aus dem Rahmen«, erklärte Rino. »Ich finde die Wein-Idee sehr stark. Ein Chardonnay zur *Margherita* oder ein Amarone zur *Diavola*? Wieso nicht?«

Der Kellner brachte den Wein, und Diletta und Ezio, Carolina und Aldo begannen, sich untereinander zu unterhalten. Livia hatte einen kühlen Perlwein bestellt und nippte an ihrem Glas.

»Gefällt es dir hier?«, erkundigte sich Rino so fürsorglich, als gehöre die Pizzeria ihm.

»Sehr!«, sagte sie und hob ihr Glas seinem entgegen. Er ließ seines an ihres stoßen und blickte ihr dabei in die Augen. Kurz nur und gar nicht intim. Livia fand es trotzdem nett.

»Ich habe übrigens den Artikel fast fertig. Ich schicke ihn dir die nächsten Tage zur Ansicht, ja?«

»Ja. Mach das. Ich bin schon sehr gespannt.«

»Wie wäre es, wenn wir zwei mal allein weggehen würden?«

Livia rückte nach der unerwarteten Frage instinktiv ein Stück mit dem Oberkörper von ihm weg. Sie dachte an den Mann vom Brunnen und vermisste in dieser Situation mit Rino das gleiche aufregende Herzklopfen. Ein bisschen war sie wütend auf den Unbekannten, weil er ihr diesen Moment vermieste, der das Zeug hatte, einer der besten der letzten Monate zu werden. Alles stimmte: die geniale Pizzeria, der tolle Wein, bestimmt auch gleich die Pizza.

Nur der Mann nicht.

Und diese Gewissheit machte es schwierig für sie, den Rest des Abends voll auszukosten.

Auf der Heimfahrt, nach viel Wein und einer leckeren Pizza, war Livia selig und tief entspannt. Sie war müde und blickte in den Himmel, da das Meer im Dunkeln nicht viel mehr war als ein schwarzes Nichts. Der Himmel jedoch war gigantisch, der Mond nah und groß, fast greifbar. Er war so hell, dass er die Sterne mit seinem Leuchten unsichtbar machte. Ein Mond für Verliebte, überlegte sie sehnsuchtsvoll. Vielleicht war Eis doch nicht alles im Leben.

Carolina, die wieder neben ihr saß, schien ihre melancholische Stimmung zu spüren, denn sie legte ihr leicht eine Hand auf das Bein. »Alles in Ordnung, Livi?«, flüsterte sie und legte den Kopf an ihre Schulter.

Livi. So hatte auch ihr Vater sie immer genannt. Und mit aller Wucht machte sich die Trauer, die sie in guten Momenten inzwischen meistens im Griff hatte, dunkel und schwer in ihrem Herzen breit. Da reichte oft ein Wort, ein Geruch, ein Moment, um ihre Schutzmauern zusammenfallen zu lassen, als wären sie aus Papier. Sie riss sich aber dennoch zusammen, wusste gar nicht, wieso sie überhaupt so traurig geworden war. Es war doch ein toller Abend gewesen. »Ja, Caro, ich bin nur ein bisschen müde.«

»Wir sind gleich da, mia cara«, sagte Carolina noch immer leise in ihr Ohr.

Livia nickte, hatte aber gleichzeitig das Gefühl, nie wieder richtig irgendwo ankommen zu können.

In einem Punkt sollte Carolina aber recht behalten: Sie

kamen wirklich schnell wieder in Amalfi an. Sie hatten das Glück gehabt, gerade einen Moment erwischt zu haben, in dem die spektakuläre, aber sehr enge Küstenstraße nicht so dicht befahren war wie sonst immer im Sommer.

Ezio parkte am Hafen, und sie stiegen alle aus. Obwohl die Nacht ihre Show noch nicht beendet hatte, waren sie das Publikum, das den Saal vor dem offiziellen Ende verließ, denn sie alle mussten am nächsten Tag sehr früh an die Arbeit. Am frühesten Ezio, der schon vor Morgengrauen auf sein geliebtes Meer hinausfuhr.

Vom Hafen aus gingen sie gemeinsam über die großen antiken Pflastersteine an der kleinen, runden Piazza vorbei, die mit ihrem Brunnen und der Flavio-Gioia-Statue mittendrin besonders nachts sehr hübsch aussah. Sie wurde gekonnt beleuchtet, und das Wasserspiel erschien so, als befände sich der Seefahrer und Erfinder aus dem dreizehnten Jahrhundert noch immer auf offener See. Für die Amalfitaner gehörte der gute Flavio irgendwie zur Familie, obwohl er mit seinem grimmigen Blick wahrscheinlich kein guter Kamerad war.

Sie mussten unzähligen Touristen ausweichen, die trotz der späten Stunde noch immer fröhlich ihre Runden drehten, dann nahmen sie die erste Gasse, die Via Duca Mandrone I, von der aus sie direkt zur Piazza Duomo gelangten. Dort verabschiedeten sie sich voneinander, da jeder in eine andere Richtung musste.

Livia war nun allein inmitten von Menschen. Sie hasste dieses Gefühl. Während sie den Kopf senkte, um nach Hause zu gehen, richtete sie ihre Tasche, die wie immer über ihrer Schulter hing. Doch passte sie kurz nicht auf, und die Tasche landete mit einem dumpfen Geräusch auf dem Boden. Sie war dabei, sich zu bücken, als sie merkte, wie eine fremde Hand danach griff. Das konnte sie gerade gar nicht gebrauchen, dass ihr jemand die Tasche klaute. Doch alles spielte sich so schnell ab, dass sie nicht mal schreien konnte. Denn die Hand schnappte ihr die Tasche nicht weg, sondern reichte sie ihr.

»Gra …«, wollte sie sagen, kam aber nicht weit, weil sie plötzlich Locken sah und schöne Augen und ein so ausdrucksvolles blendendes Lächeln, dass ihr ganz schwindelig wurde vor Glück und Freude und Hitze und Kälte und Zittern. So schön die Pizzeria im Stadtzentrum von Salerno auch gewesen sein mochte, ein zufälliges Treffen mit diesem Mann, wenn auch im Stehen und zu später Stunde, war tausendmal schöner.

Ja, der Mann vom Brunnen. Er war real, er war da. Immer wieder da.

»Prego. Ich hoffe, es ist nichts zu Bruch gegangen.«

Sie nahm sie ihm ab, etwas verlegen und vorsichtig, trotzdem berührten sich ihre Finger kurz. Die Hitze war stärker als Amalfis Sonne um drei Uhr nachmittags.

»Ach, meine Tasche hat schon Schlimmeres überlebt.«

Er nickte, als wäre diese Aussage ihm eh schon klar gewesen. Dann räusperte er sich. »Ich habe Sie gesucht. Sie und Ihr Eis gehen mir nicht aus dem Kopf.«

»Aha, das bestärkt mich in meiner These, dass alle Eis mögen.« Livia war bemüht, sich witzig zu geben, denn er hatte gerade zugegeben, sie gesucht zu haben. Das war groß, und sie hatte das Bedürfnis, ihm sofort um den Hals zu fallen. Doch so richtig traute sie sich nicht.

Er lachte und warf den Kopf zurück, sodass ein goldenes Kettchen unter seinem sommerlichen Shirt sichtbar wurde. »So weit bin ich noch nicht, und das klingt jetzt vielleicht seltsam, aber können Sie mir erklären, wie man Stracciatella macht?«

»Stracciatella?«

»Ja. Mich interessiert, wie man die Schokoladenstücke hineinbekommt.«

»Das ist recht einfach. Man schüttet sie hinein.«

Tatsächlich war er so dreist und verdrehte übertrieben die Augen. »Das dachte ich mir schon. Geht es denn auch etwas genauer?«

Livia stemmte eine Hand in die Hüfte. Sie war sich nicht sicher, welches Spiel er hier trieb. Aber wenn er spielen wollte, dann zumindest nach ihren Regeln. »Ich verrate meine Rezepte niemandem, von dem ich nichts weiß, besonders nicht den Namen.«

»Sie glauben noch immer, dass ich von der Konkurrenz bin?«, fragte er augenzwinkernd. Dann zog er das Kettchen ganz aus seinem T-Shirt und nahm den Anhänger zwischen die Finger. »Hier ist der Anfangsbuchstabe meines Namens. Raten Sie doch einfach!« Er ließ den Anhänger fast triumphierend wieder los.

Livia kniff die Augen zusammen. Ein kleines M. Das konnte ja so schwer nicht sein.

Kapitel 15

»Träumst du manchmal vom Eis, Papà?«
»Ach, weißt du, Livi, ich lebe meinen Traum vom Eis, und das ist viel besser!«

(Fragen über Fragen, September 2006)

»Michele?«, fragte Livia, die angestrengt an Männernamen mit M dachte, während sie an der Seite des Mannes in Richtung Sant'Andrea-Brunnen schlenderte, als hätten sie das so besprochen, obwohl sie einfach nur planlos einen Fuß vor den anderen setzte.

»Ganz kalt«, sagte er kopfschüttelnd.

Sie überlegte weiter und schaute dabei auf die wunderschöne Beleuchtung der Kathedrale und des Brunnens. Amalfi übernahm – wie bei einem Theaterstück – die Rolle der Diva. »Manuele, Martino, Matteo?«, riet sie weiter.

»Nein, nein und nein.«

Sie erreichten den Brunnen und setzten sich in stummem Einvernehmen an ziemlich genau die Stelle, an der sie sich am ersten Abend getroffen hatten. Sie konnten auf die

Steintreppe des Doms, aber auch auf die drei nebeneinanderliegenden Läden von Livia, Carolina und Diletta blicken, selbst der Eingang des Palazzo war zu sehen. Dass Andrea nicht mehr Dienst hatte, registrierte Livia nur am Rande.

Livia nahm ihre Tasche ab und legte sie sich auf den Schoß. Sie sah den Mann mit M forschend an, als könnte sie an seinem Gesicht ablesen, wie er hieß. Doch in seinem Gesicht sah sie nicht seinen Namen, sondern eine gesunde Bräune, die nach viel Strand und Sonne aussah. Sie sah funkelnde Augen und ein entspanntes Lächeln. Sie sah dichte Wimpern, die sie so schön fand, dass sie fast seufzen musste. Sie sah feinste Fältchen um seine Augen, die sie liebend gerne mit dem Finger berührt hätte, oder, besser noch, mit den Lippen. Das alles zusammen lenkte sie so stark ab, dass sie sich schon bald anstrengen musste, um sich daran zu erinnern, was sie hier überhaupt machte.

Livia kannte seinen Namen nicht, aber sie wusste ganz sicher, dass er ihr Herz höherschlagen ließ. Irgendetwas an ihm machte ihn für sie unwiderstehlich. Vielleicht war einfach die Chemie dran schuld, wie immer, wenn man sich hoffnungslos und entgegen aller Vernunft verknallte. Livia wollte das gar nicht hinterfragen, sie nahm es so hin. Sie hatte im Leben gelernt, dass man nicht alles kontrollieren konnte. Dies war so eine Situation. Sie konnte das nicht steuern, was dieser Mann in ihr bewegte. Er war wie eine Welle, die sie trug und fast bis in den Himmel hob, rund und schwungvoll.

»Sie geben schon auf.« Keine Frage, eine Feststellung.

Sie musste sich konzentrieren, um seine Worte richtig

zu verstehen, denn gedanklich war sie noch immer auf der Welle. Tatsächlich musste sie sich räuspern, um zu sprechen.

»Ich gebe niemals auf.« Sie wunderte sich selbst, wie entschlossen dieser Satz klang, den sie ausgesprochen hatte.

Er sah ihr direkt ins Gesicht, in die Augen, und wandte den Blick noch immer nicht ab, als der Moment der Flüchtigkeit überschritten war. Sie sah Interesse, Neugier und noch etwas darin, das sie nicht identifizieren konnte. »Entschlossenheit muss belohnt werden«, fand er. »Deshalb gebe ich Ihnen einen kleinen Tipp.«

»Wie zuvorkommend.«

Sie sah, wie seine Mundwinkel in die Höhe schossen, und hatte dadurch die Bestätigung, dass er ihre Ironie nicht nur erkannte, sondern auch unterhaltsam fand. Das war gut. Ironie war nicht jedermanns Sache, doch Livia fand, dass das Leben ohne schier unerträglich sein konnte.

»Also, lassen Sie mich überlegen.« Er fasste sich mit einer Hand ans Kinn, schaute angestrengt in die Luft, sah sie dann wieder an. »Ich bin super und habe einen Bruder, der Luigi heißt.«

»Mario!«, sie schlug sich, ein bisschen enttäuscht von sich selbst, auf das Bein. Dass sie nicht allein darauf gekommen war, ärgerte sie.

»Mario. Genau.« Er nickte und legte gelassen die Arme auf seine Knie, sodass sie locker herunterhingen.

»Gestatten, mein Name ist …«

»… Livia Lucibello, ich weiß«, unterbrach er sie. »Das steht an Ihrer Ladentür«, erklärte er.

Klar, das war nicht schwer, herauszufinden. Sie fragte sich, ob sie sich trotzdem geschmeichelt fühlen konnte, dass er wusste, wie sie hieß, denn ja, der Name stand an der Tür, aber er hatte sich die Mühe gemacht, hinzugehen und ihn zu lesen. Das war das Gute daran. Sie streckte ihm die Hand entgegen. »Schön, Sie kennenzulernen, Mario«, verkündete sie ganz offiziell.

Und er spielte mit. »Freut mich! Und jetzt, wo wir uns richtig kennen, können wir uns vielleicht auch duzen?« Er hielt ihre Hand noch, und die Berührung weckte in Livia die Lust auf mehr davon.

»Auf jeden Fall.«

Es war kurz so still, als hätte Amalfi den Atem angehalten. Zu hören war vermutlich nur ihr Herzschlag, der ihr sicher bald den Brustkorb sprengen würde. Doch gleich darauf schob sich die Geräuschkulisse der Sommernacht wieder in den Vordergrund. Bedauerlicherweise ließ er ihre Hand jetzt los.

»Dann erzähl mal: Wie kommt es, dass eine Frau mit so viel Sonne im Herzen den ganzen Tag – und die halbe Nacht – eisige Süßspeisen herstellt?«

Sonne im Herzen? Woher wollte er das wissen? »Das kommt daher, weil die eisige Süßspeise, wie du so schön sagst, die Sonne in meinem Herzen nur noch mehr zum Scheinen bringt. Weißt du, ich wünschte, jeder könnte das Eis so sehen wie ich. Ich wünschte, jeder würde darin die gleiche unendliche Schönheit entdecken, die sich mir offenbart. Das würde zumindest einiges leichter machen.«

»Was denn zum Beispiel?« Er drehte sich jetzt komplett

in ihre Richtung und berührte mit seinem Knie fast ihr Bein. Sie glaubte, die Wärme seiner Haut bereits zu spüren, obwohl noch einige Zentimeter fehlten.

»Zum Beispiel den Umgang mit anderen Menschen. Man kann sich verdammt allein fühlen, wenn niemand diese Leidenschaft wirklich versteht oder sie zumindest nachempfinden kann. Ich möchte diese Leidenschaft nicht einen Tag missen. Wenn ich die Eismaschinen bediene, fühle ich mich vollkommen. Es gibt nichts Schöneres für mich als Eis.« Sie schüttete ihm quasi das Herz aus. Wie war das möglich? Livia spürte, dass sie errötete. Das waren sehr persönliche Gedanken, die sie nie zuvor ausgesprochen hatte.

Mario schien ihre Verlegenheit nicht zu bemerken, denn er sprach ganz ruhig weiter mit einer Stimme, die gleichzeitig warm und fest war. »Das klingt schön, wie du das sagst. Das klingt aber auch so, als hättest du in deinem Leben für nichts mehr Platz.«

»Dieser Schein trügt.«

»So? Dann willst du allen Ernstes behaupten, dass du Zeit für Freunde, für die Sonne und den Sommer hast? Und für Amore?«

»Ich arbeite viel, das ist wahr, aber ich nehme mir die Zeit für die wichtigen Dinge.« Livia versuchte, die Gänsehaut abzuschütteln, die sie beim Wort »Amore« bekommen hatte.

Er nickte und lehnte sich mit dem Rücken an den Beckenrand des Brunnens. »Manchmal geht es mehr ums Wollen als ums Können, nicht wahr?«

»Ja. Genau!«

»Gibt es auch etwas, was du *noch* willst?«

Dich, schoss es ihr durch den Kopf. Zum Glück gelang es ihr, das nicht laut auszusprechen. »Ich will ein bisschen Normalität, einen geregelten Tagesablauf. Darum kämpfe ich oft. Und was willst du?« Sie gab hier gerade eine ganze Menge von sich preis, und er blieb so mysteriös wie am ersten Abend.

Er zuckte mit den Achseln. »Ich dachte, ich wüsste es, aber im Moment weiß ich nur, dass ich gar nichts weiß.«

Sie beobachtete, wie er sich müde durchs Haar fuhr. Und diese Geste kam ihr unerklärlich vertraut vor.

»Ja. Das passiert öfter, als einem lieb ist, oder?« Sie gähnte verhalten, doch er merkte es trotzdem.

Er stand auf, streckte ihr die Hand entgegen, und sie griff danach. Er half ihr mit Schwung auf die Beine. »Du musst todmüde sein«, stellte er fest.

Wie sollte sie ihm das sagen, dass sie zwar tatsächlich müde, aber noch lange nicht bereit war, sich von ihm zu trennen? Woher sollte sie denn wissen, ob er nicht wieder von der Bildfläche verschwand?

Livia schob die Handtasche über ihre Schulter und suchte nach den richtigen Worten, um ihm auf irgendeine Weise ihre Gefühle anzuvertrauen, ohne dabei vollkommen ihr Gesicht und ihre Würde zu verlieren. Der Moment entglitt ihr aber so rasch, dass sie nicht mehr danach greifen konnte.

»Soll ich die Tasche tragen, hm? Sie sieht schwer aus«, bot er an.

»Begleitest du mich?«

Mario nickte, und sie standen sich stumm gegenüber, unter Amalfis nächtlichem Himmel, so nahe, dass sie seinen Atem auf ihrem Gesicht spürte. Ihr war danach, sich an ihn zu lehnen. Es verband sie etwas, doch konnte sie nicht hundertprozentig wissen, ob er das Gleiche fühlte.

Livia war übermannt von der romantischen Atmosphäre und seiner Nähe, von ihren Emotionen und von all dem, was Mario in ihr auslöste. Doch war sie auch seltsam verlegen, sodass sie nur stumm dastehen und ihn ansehen konnte.

»Du bist so schön heute Nacht, Livia. Ich kann meine Augen kaum von dir abwenden, weißt du das?«, sagte er dann leise und ließ nicht zu, dass der Blickkontakt zwischen ihnen unterbrochen wurde. »Du hast mich vollkommen in deinen Bann gezogen, und ich weiß nicht mal, wie du das angestellt hast.« Er zog dabei lächelnd die Schultern hoch.

Sie schluckte und überlegte angestrengt, was sie darauf erwidern konnte. Es fiel ihr aber schwer, einen logischen Gedanken zu formulieren, weil seine Lippen ihr noch nie so weich und schön geschwungen und einladend erschienen waren. Sie wollte ihn küssen, und allein schon die Vorstellung ließ sie kribbelnd erschaudern.

Er legte die Hand auf ihren Nacken und zog sie noch näher an sich. »Ich werde dich jetzt küssen«, sagte er ganz, ganz leise, sodass sie die Worte mehr spürte als hörte.

Ihre Augen schlossen sich ganz von selbst, und sie merkte gerade noch, dass sie den Mund leicht öffnete und ganz automatisch den Kopf etwas zur Seite legte. Und dann küsste Mario sie wirklich. Seine Lippen auf ihren waren wie ein ganz großer fantastischer Knall, der seine Schallwellen aber nicht nach draußen, sondern nach drinnen warf. Livias Nervenenden spielten verrückt und verursachten so etwas wie einen Kurzschluss, der sie vergessen ließ, wo sie sich befand. Es gab keine süßere und wundervollere Berührung. Ihre Lippen suchten und fanden sich wiederholt. Ihre Zungen berührten sich, neckten sich, bis der Atem sich beschleunigte, bis ihnen allmählich bewusst wurde, dass sie noch immer mitten in Amalfi standen. Mario löste sich vorsichtig von ihr.

»Das war wie *Cioccolato* mit süßer Sahne«, scherzte sie und gab ihm nun die Tasche, die er sich über die Schulter legte. Dann hob er den Arm und bot ihr an, sich unterzuhaken. Sie tat es und setzte noch einen drauf, indem sie sich mit der Wange an ihn lehnte – wie ein ganz normales Paar. Wieder gähnte Livia.

»Du gehörst ins Bett«, befand er.

Sie nickte müde und setzte nur ganz automatisch einen Fuß vor den anderen. Aber das war kein Problem, denn sie würde wahrscheinlich auch blind nach Hause finden. Bei jedem Schritt spürte sie, wie sich Marios Muskeln in seinem Arm anspannten und dann wieder entspannten. Sie roch einen Duft, sanft nur, wie der fast verflogene Hauch eines vor Stunden abgewaschenen Duschgels. Livia versuchte, diese Informationen festzuhalten, um sie nie wieder zu vergessen.

»Wann musst du denn morgen wieder raus?«, erkundigte er sich, während sie sich von der Piazza Duomo aus in die fast rund um die Uhr belebte Via Lorenzo D'Amalfi begaben, die mit ihren unzähligen Geschäften und den wunderschönen Hausfassaden eine weitere Attraktion des Städtchens darstellte. Wie auf Kommando schlugen die Glocken des nahe gelegenen Kirchturms des Doms, der eigentlich eine Kathedrale war, was die Amalfitaner aber nicht daran hinderte, sie als Dom zu bezeichnen, genau zweimal.

»In vier, höchstens fünf Stunden.«

Er löste seinen Arm von ihrem, legte ihn dann aber ganz um sie, zog sie noch näher an sich heran, sodass sie sich besser an ihn schmiegen konnte. Und es war ein bisschen so, als würde er sie tragen. So geborgen hatte sie sich schon seit Ewigkeiten nicht mehr gefühlt. Das letzte Mal wohl bei ihrem Vater, was zwar eine ganz andere Ebene gewesen war, und doch ... und doch passte der Vergleich seltsamerweise.
»Du bist eine kleine Heldin«, sagte er.

»Eine Gelati-Heldin?«

»Ja. So etwas in der Art wohl.«

Sie merkte, wie sie grinste. Von einem Ohr zum anderen. Ein größeres Kompliment hätte er ihr wohl kaum machen können.

Ihre Sandalen klapperten auf den Pflastersteinen der schönen Via, verursachten dabei aufklatschende Geräusche, die trotz der nächtlichen Movida gut zu hören waren. Ihr Herzschlag schien sich ihren Schritten anzupassen.

Als sie am Schuhladen der Muschettis ankamen, wies Livia Mario darauf hin, dass sie gleich da waren. Er nickte, als wäre in dieser Nacht alles selbstverständlich zwischen ihnen, fast als hätte sie jemand verzaubert.

An Nonnas Haus angekommen, blieb Livia stehen. Das war ihre Gasse. Sie sah auch nachts wundervoll aus, wie Livia fand, mit ihrer schönen nächtlichen Beleuchtung und ihren Palazzi, in denen teilweise Touristen ihren Urlaub verbrachten oder Einheimische, wie Livia, Filippa und Patrizia, das Privileg hatten, zu leben.

Mario stand neben ihr, blickte in den Himmel. »Hier sieht man die Sterne«, sagte er bewundernd.

Sie blickte hingegen nicht in den Himmel, den sie in seiner ganzen Pracht bereits kannte, nein, sie blickte auf Marios Hals. Sie beobachtete, wie sich Muskeln und Sehnen bewegten. In einer perfekten Romanze wäre das hier wohl die Szene gewesen, in der sie gemeinsam nach oben gegangen wären, um eine wunderbare Nacht voller Amore miteinander zu erleben. Doch war der Moment noch nicht erreicht.

»Von meinem Zimmer aus kann man das Meer leider nicht sehen«, berichtete sie heiser.

»Nein? Wahrscheinlich aber riechen, oder?«

»Oh, auf alle Fälle! Das kann man in Amalfi fast überall.«

»Du hast es schön hier!«

»Ich kann mich tatsächlich nicht beklagen. Wie ist es denn bei dir zu Hause?«

Livia war bewusst, dass er kaum von sich erzählte. Diese Frage gab ihm die Chance, sich ihr gegenüber zu öffnen, wenn er es denn wollte.

»Das kann man nicht vergleichen«, sagte er.

Livia schluckte, denn der Zauber war ein bisschen verflogen. Er wollte ihr nichts erzählen, das war gerade sehr offensichtlich.

»Gut, dann sollte ich jetzt vielleicht gehen«, erklärte sie.

Mario reichte ihr die Handtasche, die er sehr galant den ganzen Weg über für sie getragen hatte.

Sie standen sich wieder gegenüber, er fast einen Kopf größer als sie, und sie wurde mit jeder Sekunde, die verstrich, noch ein bisschen anlehnungsbedürftiger. Es war Zeit, sich zu verabschieden.

»Danke fürs Nach-Hause-Begleiten«, fing sie also an.

»Buonanotte.« Er drückte sie kurz fest an sich, ging dann ein paar Schritte zurück, ohne sich von ihr abzuwenden, und winkte.

Livia stieg die Stufen zur Haustür hoch und schlüpfte ins Haus, verliebt, selig, aber auch ein bisschen traurig, weil sie Mario bereits vermisste. Sie ging gedankenverloren in die Küche und erschrak so sehr, dass ihre Tasche erneut zu Boden fiel und ihr ein kleiner Schrei entfuhr.

»Mamma mia, Nonna, was machst du denn um diese Uhrzeit hier im Dunkeln in der Küche?« Filippa saß im Nachthemd am Küchentisch und hielt sich an einer Tasse fest, so erschien es. Nonna hatte, soweit sich Livia erinnerte, noch nie eine schlaflose Nacht verbracht. Selbst als Nonno und sogar als Livias Papà, also Filippas Sohn, gestorben war, hatte sie alle Nächte stets Schlaf gefunden, wenn auch weinend. Dass sie also nicht in ihrem Bett war, war mehr als besorgniserregend. Livia ging auf sie zu und legte ihr eine Hand auf die Schulter. Wie zierlich Filippa doch war ... Es machte Livia plötzlich eine Heidenangst, wie zerbrechlich ihre Nonna erschien.

»Es ging mir so gut, Livi, so, so gut. Ich hatte mein Gleichgewicht gefunden und fast Frieden geschlossen mit diesem Leben, das mir so viel genommen hat. Ich dachte, ich könnte in aller Ruhe den Rest meiner Tage verbringen, ohne mir den Kopf darüber zerbrechen zu müssen, was in aller Welt ein viel zu junger Mann in meinem Leben zu suchen hat. Noch dazu kenne ich ihn so lange, dass er irgendwie fast ein Familienmitglied geworden ist. Und das, obwohl ich nie mehr als ein Buongiorno mit ihm gewechselt habe, oder, Livi? So ist es doch?«

Livia zog sich einen Stuhl zurecht und blickte Nonna ins Gesicht, das nur vom einfallenden Licht der Straßenlaterne schwach erhellt wurde. »Andrea ist ein Mann, den man einfach gernhat, da hast du vollkommen recht.«

»Er hat sich den Schnurrbart abrasiert.«

»Ich weiß ...«

»Und er sieht ohne auch noch richtig gut aus.«

»Stimmt.«

»Was soll ich denn jetzt machen?«

»Mit der Liebe ist es wie mit dem Eis. Wenn man keine rechte Lust drauf hat, trödelt man rum, und es schmilzt, läuft einem über die Hände und tröpfelt aufs beste Hemd. Wenn man Lust darauf hat, schleckt man es schnell und gierig auf und genießt jeden Augenblick.«

Nonna nickte, und Livia umarmte sie fest.

»Was würde ich nur ohne dich tun, Livi?«

»Du bist die stärkste Frau, die ich kenne, Nonna. Und das wärst du auch ohne mich.«

Filippa lächelte. »Lass uns schlafen gehen! Vielleicht haben wir Glück, und wir träumen etwas Schönes ...«

Kapitel 16

»Wir machen unsere Eiswaffeln selbst?«

»Nur heute. Für einen Kunden, der sich das so gewünscht hat.«

(Waffelproduktion, Juni 2007)

Zutaten für 8 Waffeln:
80 g Eiweiß
80 g Mehl
80 g Puderzucker
80 g Butter
Vanille (Aroma oder Schote)

Eiweiß und Puderzucker schnell und fest verrühren, geschmolzene Butter abwechselnd mit dem Mehl dazugeben und so lange rühren, bis ein cremiger Teig entsteht.

Pro Waffel einen Löffel Teig auf ein warmes Waffeleisen geben, ein paar Minuten lang warten und dann noch warm herausnehmen und beispielsweise über eine kleine Schüssel legen, um zügig eine Waffel zu formen, bevor sie erkaltet.

Livia befand sich bereits seit einer Weile im Eislabor. Sehr früh hatte sie begonnen, die Eisvorräte aufzustocken. *Gusto Limone d'Amalfi* war fast aufgebraucht. Das war immer so, wenn es besonders heiß in Amalfi war. Nichts erfrischte so gut und nachhaltig wie prickelndes Zitroneneis, das hatten auch die Touristen für sich entdeckt. Livia machte das Arbeiten mit Zitronen sehr viel Spaß, besonders, weil sie im ganzen Eislabor einen so frischen Duft hinterließen, dass gute Laune quasi ein Muss war.

Es lief gut für ihre *Artigiani del Gelato*. Doch wem konnte sie das erzählen? Wem konnte sie voller Stolz berichten, dass sich ihre Gelateria sehr gut machte? Ihre Mutter und ihre Schwester hatten sich seit Papàs Tod vollkommen vom Eismachen distanziert. Livia vermutete, dass sie beide unbewusst dem Eis die Schuld gaben. Die Schuld – nicht nur für Papàs Tod, sondern auch für die vielen verpassten Momente in der Vergangenheit. Für Livia hingegen hatte es keine verpassten Momente gegeben, denn sie hatte sie alle erlebt. Sie hatte ihre perfekten Momente mit ihrem Papà gehabt, hier, im kleinen Eislabor, im hinteren Bereich der Gelateria. Sie konnte dem Eis gegenüber also keinen Hass empfinden, denn während es für ihre Mutter und Schwester der Grund für Distanz gewesen war, so war es für Livia die Basis ihrer Verbundenheit zu ihm gewesen. Sie hatten sich über das Eis verständigt, sie hatten über das Eis kommuniziert, und sie hatte ihren Vater deshalb auch nur halb verloren, denn seine Essenz, sein Wesen, seine Seele, die fand sie hier im Labor noch immer jeden Tag. Filippa verstand sie, und das machte Livias Leben ein ganzes Stück einfacher. Doch Nonna hatte klargemacht, dass sie einen Schlussstrich gezogen hatte. Sie hasste Eis nicht, ganz im Gegenteil, aber sie wollte auch nichts mehr direkt damit zu tun haben. Und so stand Livia allein da. Allein mit ihrem Eis. Da hatte sie ein ganzes Heer an Eissorten als beste Freunde und war doch allein.

Sie seufzte tief und räumte die ausgequetschten Zitronenschalen weg. Eine kleine Wunde am rechten Zeigefinger brannte wie Feuer. Sie steckte den Finger instinktiv in den Mund und lutschte daran. Er schmeckte nach Zitrone.

Als sie fertig aufgeräumt hatte, waren die Eismaschinen noch in vollem Gange. Das Geräusch von Motoren erfüllte den kleinen Raum sachte und untermalte dezent ihre Gedanken. Sie blickte sich um und sah aus dem Augenwinkel den Karton mit dem alten Waffeleisen, das sie – zugegeben – nicht mehr sehr oft benutzte. Aber vielleicht war heute so ein Tag, denn sie hatte Hunger, und ihr Magen zog sich voller Vorfreude zusammen, wenn sie an frische warme Eiswaffeln dachte. Kurzerhand suchte sie die Zutaten zusammen und machte sich ans Werk. Sie vermischte alles zu einem schönen dickflüssigen Teig und schloss das Waffeleisen an. Es würde eine Weile dauern, bis es heiß war. Während sie wartete, klopfte es an der Tür. Livia schaute auf die Uhr, und es war wohl schon Zeit für Kaffee bei Sal.

»Komm rein«, rief sie, denn es konnte nur Carolina oder Diletta sein.

Als jedoch ein Lockenkopf zögerlich hereinblickte, blieb Livia fast das Herz stehen.

»Oh …«, sagte sie und ließ vor Schreck den Löffel in den Teig fallen.

»Störe ich?«, fragte Mario, der bei Tageslicht fast noch schöner aussah als nachts. Sie hatte beinahe Angst, dass er sich wie eine Vision vor ihren Augen in nichts auflöste.

Livia musste sich räuspern, weil sie ihrer Stimme nicht so recht traute. »Überhaupt nicht.«

Er trat vorsichtig, mit der gleichen Ehrfurcht, die man beim Betreten einer Kirche gebieten würde, ein. Sein Blick schoss, wie beim ersten Mal im Labor, von einer Ecke zur nächsten. Er schien ehrlich fasziniert. Und das gefiel Livia. Er kam auf sie zu, umarmte sie kurz und küsste sie auf die Wange.

»Gestern war so ... und da dachte ich ...« Mario vollendete seine Gedanken nicht, aber er war da, bei ihr, und das war eine deutliche Aussage, fand Livia.

»Ja. Es ist schön, dass du gekommen bist.« Das Waffeleisen begann zu riechen, bekam sie am Rande mit.

»Brennt hier gerade etwas an?«, fragte er schnuppernd, aber mit einem Gesicht, als könnte er selbst kaum glauben, ausgerechnet in einem Eislabor nachzufragen, ob etwas anbrenne.

Livia drehte die Temperatur des Eisens herunter. »Ich wollte gerade Waffeln machen«, erklärte sie.

»Darf ich dabei zusehen?« Er rückte so nahe an sie heran, dass kaum ein Finger zwischen sie passte. Wie schaffte er es bloß, so gut zu riechen?, fragte sie sich und versuchte, ihre Beine daran zu erinnern, dass sie sich jetzt nicht in Pudding verwandeln konnten.

»Gerne«, sagte sie.

»Was ist in dem Teig denn alles drin?«, erkundigte er sich interessiert.

»Eiweiß, Puderzucker, Mehl, Butter, Vanille und ein Löffel.«

Mario lachte hell. »Jetzt weiß ich auch, was ich immer falsch gemacht habe.«

Sie fischte ebenfalls lachend den Löffel aus dem Teig und legte ihn in die Spüle. »Wir Eismacher haben allerlei Geheimzutaten.«

»Ja, den Eindruck habe ich auch.«

Livia nahm eine kleine Schöpfkelle aus der Schublade, prüfte noch einmal die Temperatur des Waffeleisens und schüttete genug Teig für eine Waffel auf die heiße gemusterte Fläche. Die Flüssigkeit begann sofort zu brutzeln und verströmte einen herrlich süßen und leckeren Duft. Zufrieden schloss sie das Waffeleisen.

»Hoffentlich werden sie auch gut. Ich mache nicht oft Waffeln.«

»Da würde ich mir keine Sorgen machen. Mir scheint, dass alles super wird, was du anpackst.«

Sie hörte die ehrliche Bewunderung in seinen Worten und fragte sich, was ihn dazu brachte, so über sie zu denken. Livia versuchte, sich selbst mit seinen Augen zu sehen. Doch sosehr sie sich auch anstrengte, sie sah nur eine zierliche, kurzhaarige Frau über dreißig, die mit der alten Schürze ihres Vaters ein ebenso altes Gerät bediente, um die Erinnerung an ihn am Leben zu erhalten. Sie klammerte sich an jede noch so kleine Möglichkeit, ihren Vater nicht ganz gehen zu lassen.

Livia öffnete das Eisen und legte die noch heiße, daher noch verformbare Waffel über eine kleine Schüssel und drückte die abstehenden Enden so an, dass sie sich an die Schüssel schmiegten. So konnte die Waffel erkalten.

Flink schüttete sie eine weitere Portion Teig auf das Waffeleisen. Wieder machte es *zisch*, wieder schoss der unvergleichliche Waffelduft in ihre Nase.

»Wie geht das, dass ich gerade erst gefrühstückt habe und jetzt schon wieder Hunger habe?«, fragte Mario erstaunt.

»Magie«, antwortete sie trocken.

Er lachte diesmal nicht, und sie spürte seinen forschenden Blick auf ihrer Wange, da er seitlich von ihr stand.

»Willst du es mal ausprobieren?«, bot sie an.

»Du würdest mich lassen?« Mario schien ehrlich erstaunt.

»Sollte ich besser nicht?« Während sie seine Antwort abwartete, nahm sie die weiche Waffel wieder vom Eisen und stülpte auch diese über eine Schale. Es kam keine Antwort, also trat sie einen Schritt zurück und streckte beide Hände mit der Innenfläche nach oben aus. »Forza, du bist dran!«

Mario nahm etwas zögerlich ihren Platz ein, griff nach der Schöpfkelle und schüttete die richtige Menge Teig auf die heiße Fläche. »Das war gut!«, lobte sie ihn.

»Du machst das hier so souverän, dass ich mir vorkomme wie ein Elefant im Porzellanladen.«

»So ein Unsinn«, wiegelte sie ab.

»Du hast keine Ahnung, oder?« Er lehnte sich an die Arbeitsfläche und verschränkte die Arme vor der Brust.

»Ahnung? Wovon?«

»Davon, wie erstaunlich und toll du bist.«

Sie wagte es nicht, ihm weiter in die Augen zu schauen, deshalb senkte sie den Blick und knetete die Enden der Schürze. »Die Waffel!«, fiel ihr ein, und sie konnte sie gerade noch retten.

Stumm arbeitete sie weiter. Ihr fiel nicht sehr viel ein, was sie auf so ein Kompliment erwidern konnte. Sie wollte ihm sagen, dass sie ihn auch toll fand. Dass sie toll fand, dass er sie toll fand. Doch der Moment war verflogen.

»Erzähl mir etwas über dich, Mario«, forderte sie ihn stattdessen auf. Sie musste mehr über ihn erfahren, um sich selbst zu beweisen, dass es ihn auch wirklich gab und er nicht nur ein Traum war.

Er zuckte mit den Achseln. »Ich bin ein Autoverkäufer aus Bernate.«

Sie nickte. »Wo liegt das?«

»Bei Como.«

Sie war fertig mit den Waffeln, zog den Stecker des Waffeleisens aus der Steckdose, ging rüber zu den Eismaschinen, die alle vier an der einzigen freien Wand des Labors standen und noch leise vor sich hin brummten. Sie öffnete die Erste davon und schaufelte etwas Zitroneneis in einen Waffelbecher. Ohne zu fragen, ob er denn Lust darauf hatte und Eis inzwischen etwas lieber mochte, reichte sie Mario einen Löffel und den Becher, den er auch gleich dankend annahm. Livia machte sich ebenfalls eine Portion.

»Und du verbringst hier deinen Urlaub?«

Er nickte und steckte den Löffel mit *Limone d'Amalfi* in den

Mund, was Livia als einen Sieg im Kampf gegen seine Eis-Aversion ansah. Sie wies aber nicht extra darauf hin. Wie bei einem Kind, das aus Versehen ohne Murren Gemüse gegessen hat, das es sonst hasste. »Ja, hier im *Fontana*«, antwortete Mario.

»Ganz allein?« Die Frage rutschte ihr einfach so heraus, und er schien zu erstarren, was ihr wiederum klarmachte, dass sie ins Fettnäpfchen getreten war.

Doch dann klopfte es laut an der Tür, und sie wurden unterbrochen. Was blieb, war eine seltsame Stimmung, der sie aber nicht auf den Grund gehen konnte. Denn in diesem Moment kam Diletta durch die Tür. Sie war bei Livia ja fast zu Hause und musste auf kein »Herein« warten. Mario zog sich noch tiefer in sich zurück. Livia sah ihn förmlich verschwinden und fühlte sich kurz und sehr heftig wie jemand, der an einem Abgrund stand und erfolglos versuchte, einen anderen Menschen vor einem Sturz zu bewahren.

»Buongior– « Diletta blieb wie angewurzelt stehen und gaffte Mario förmlich an, der die Waffel auf die Arbeitsfläche stellte und anschließend die Hand hob.

»Ich lass euch wohl am besten allein. Livia, wir sehen uns später, ja?«, sagte er, schob sich an Diletta vorbei, die noch immer mit offenem Mund dastand. Dann war er weg, und plötzlich war Livia kalt.

»Wer war das? Der Typ, über den du neulich mit Carolina gesprochen hast?«

Es wunderte Livia kein bisschen, dass Diletta bereits Bescheid wusste, da es selbstverständlich war, dass Carolina, Diletta und Livia mal abwechselnd, mal zusammen über alles sprachen, was sie beschäftigte. Da kam es schon mal vor, dass eine der drei zwar etwas verpasste, aber kurz darauf – auf welche Weise auch immer – auf den neuesten Stand gebracht wurde.

Livia fiel es schwer, sich zu konzentrieren. Sie dachte an Mario und an das übermächtige Gefühl, ihn zurückholen zu wollen. Sie hatte bei ihm immer den Eindruck, er könnte ihr jede Sekunde wieder für immer entgleiten. Als wäre er zwar da, aber nicht wirklich.

»Mario, ja«, sagte sie, um Diletta endlich zu antworten.

Diletta kam auf sie zu, legte eine Hand auf ihren Arm. »Alles in Ordnung?«

Livia schüttelte die Sorgen um Mario endlich ab. »Alles in Ordnung, ja, entschuldige, ich war nur gerade ein bisschen überrascht.«

»Was läuft denn mit diesem Mario?«

Livia zog die Achseln hoch. »Ich mag ihn.«

»Hm. Wenn er mit dir Eis machen durfte, dann musst du ihn schon wirklich *sehr* mögen. Du hättest ihn hier niemals hereingelassen, wenn er dir nicht wichtig wäre.«

»Das ist es ja gerade. Er ist mir viel zu wichtig, dafür, dass ich ihn kaum kenne. Das verwirrt mich.«

Diletta dachte nach, schien aber keine logische Erklärung zu finden. »Und ich dachte, du findest Rino interessant. Gestern in der Pizzeria sah alles so vielversprechend zwischen euch aus …«

»Es war ein wunderschöner Abend, und ich mag Rino sehr.«

»Aber?«

»Aber das habe ich dir doch gestern schon erklärt, Rino ist wie *Gusto Banana*. Man weiß schon vorher, was man bekommt und wie es schmecken wird: solide, bodenständig, schnörkellos.«

»Und langweilig.«

Livia nickte. »Genau. Ganz ehrlich: Wenn du die Wahl hättest zwischen *Banana* und *Gusto Torrone croccante*, wofür würdest du dich entscheiden?«

»Ist *Torrone* die Geschmacksrichtung mit dem Mandelkrokant?«

»Ja.«

»Davon bekomme ich Blähungen.«

»Ach, Diletta!« Livia stampfte empört mit dem Fuß auf.

»Hör zu, meine Süße, die Sache ist die: Du kannst nicht immer alles mit deinem Eis vergleichen, das geht nicht. Ein Mann ist keine Banane, er hat höchstens eine.«

Livia verdrehte die Augen und stöhnte genervt.

»Ist doch wahr! Und jetzt lässt du alles, aber auch alles so liegen und stehen, wie es ist, und kommst mit Carolina und mir mit zu Sal. Du brauchst Ablenkung, du gehörst unter Menschen. Das ist nicht gesund, wie viele Stunden am Tag du allein hier in diesem Labor verbringst.«

Das hatte Livia inzwischen so oft gehört, dass sie fast begann, auch daran zu glauben.

Kapitel 17

»Was passiert eigentlich, wenn ich heißen Amaretto über *Gusto Panna* gebe? Glaubst du, das schmeckt?« Livia kann ihre Experimentierfreude kaum bändigen. Alles, was mit Eis zu tun hat, bereitet ihr allergrößte Freude, und sie sucht nach neuen Kombinationen, neuen Rezepten. Sie sucht nach Wegen, um ihr Eis noch besser in Szene setzen zu können.

»Wenn Heiß auf Kalt trifft? Interessante Frage. Probier es doch einfach aus«, schlägt er vor.

(Fragen über Fragen, Oktober 2007)

Amaretto con Panna di Tramonti

4 cl Amarettolikör erhitzen, aber nicht zum Kochen bringen; 1 Kugel Gusto Panna (am besten mit Sahne aus Tramonti hergestellt) in ein bauchiges Glas geben und gleich die warme Flüssigkeit darübergießen. Verzehren, solange der Likör noch warm ist.

Als Livia unter dem großen roten Sonnenschirm vor Sals

Bar saß, klingelte ihr Handy. Sie suchte es in ihrer Handtasche und nahm es heraus. Sofort erkannte sie, dass es keine Nummer war, die sie gespeichert hatte. Ein kurzer Blick auf das Display zeigte ihr sogar, dass es sich um einen Anruf aus dem Ausland handeln musste. Carolina und Diletta schauten sie fragend an, aber Livia hob nur die Schultern. Sie war versucht, den Anruf wegzudrücken, doch dann ging sie ran.

»Pronto?«

»Livia?«

»Sì?«

»Ich bin's, Bernardo.«

Livia stand sofort auf und entfernte sich vom Tisch. Sie wollte auf keinen Fall, dass Carolina mitbekam, wen sie hier gerade am Apparat hatte. Der Name Bernardo war ein Tabu in Carolinas Gegenwart. Aber Bernardo war nicht nur Carolinas Ex-Freund, sondern auch Livias Cousin, und wenn er nach vielen Monaten des Schweigens mit ihr sprechen wollte, dann hatte das sicherlich einen triftigen Grund. Als Livia sicher war, dass Carolina sie nicht hören konnte, sprach sie weiter.

»Du, das ist gerade kein guter Moment ... Ist irgendetwas Dringendes oder Schlimmes passiert, oder kann ich dich später zurückrufen?«

»Natürlich. Nichts Schlimmes, keine Sorge.«

»Tut mir leid. Ich muss jetzt Schluss machen. Ich rufe dich später zurück, ja?«

»Grazie.«

Livia legte auf und schloss ganz kurz die Augen, um sich

zu fangen. Dann ging sie zurück zum Tisch, an dem ihre Freundinnen saßen.

»Wer war das?«, erkundigte sich Diletta.

»Ach, ein Lieferant, der während des Fahrens telefoniert hat, weshalb ich natürlich kein Wort verstanden habe.«

Das Thema »Lieferanten« oder »Boten« war so eines, über das sie sich pausenlos auslassen konnten. Dauernd kam Ware entweder gar nicht oder hoffnungslos zu spät. Inzwischen wunderten sie sich, wenn eine Lieferung ausnahmsweise mal pünktlich da war. Und Livia war unendlich erleichtert darüber, dass ihre Freundinnen sofort so darauf reagierten, wie sie es erhofft hatte, nämlich, indem sie anfingen zu schimpfen. Das war gut, das war sehr gut, und das Schimpfen lenkte von Bernardo ab. Während sie aber so tat, als rege auch sie sich über die Unpünktlichkeit der Lieferanten auf, kreisten ihre Gedanken um Bernardo und den möglichen Grund seines Anrufes.

Glücklicherweise kam Sal mit ihren dampfenden Tässchen. Er stellte sie gekonnt vor ihnen ab. Sie bekamen an diesem Tag in goldenes Papier gewickelte Schokodrops zum Caffè. Viel zu viele davon, die sie natürlich alle aufessen würden.

»Livia, kann ich später *Panna* holen?«, fragte Sal.

Sie wusste sofort, was gemeint war. Sal kaufte bei ihr sehr oft Eisbehälter voller *Gusto Panna*, weil er es in Kombination mit heißem Amarettolikör verkaufte. Vor vielen Jahren hatte Livia ihm davon erzählt, und er hatte es ausprobiert, und *Amaretto con panna di Tramonti* war zu einem Bestseller in der *Sal sul Mare* geworden.

»Ja klar. Du kannst gerne kommen.«

Er nickte und entfernte sich gleich darauf.

Jetzt waren die drei Freundinnen wieder allein, sofern man im Zentrum von Amalfi im Hochsommer von »allein« sprechen konnte. Rund um sie herum befanden sich bestimmt gerade Menschen zehn verschiedener Nationalitäten. Es war die Zeit der Kreuzfahrtschiffe, die im Hafen von Salerno hielten und Tagesausflüge an die Amalfiküste anboten. Es war irre, wie beliebt ihr kleines Städtchen in der ganzen Welt war. Livia hielt sich das oft vor Augen. Sie war unglaublich dankbar, hier zu leben.

»Und was gibt es bei euch Neues, ragazze?« Livia war gerade unbekümmert, und ihr steckte noch der Kuss mit Mario von gestern Abend in den Knochen. Sie wusste aber nicht, ob sie bereit war, ihren Freundinnen davon zu erzählen. Der Kuss war so kostbar, dass sie ihn aufbewahren wollte wie einen Schatz.

»Eigentlich wollte ich euch von Aldo erzählen. Ich glaube, er will mir einen Antrag machen.«

»Was?«, fragten Livia und Diletta wie aus einem Munde.

Livia wurde ganz mulmig zumute. Was, wenn Carolina wüsste, dass Bernardo gerade angerufen hatte? Livia hoffte inständig, dass das Telefonat nichts mit Carolina zu tun gehabt hatte.

»Ja ... ich kann mich natürlich auch täuschen, aber er wollte plötzlich, dass ich seinen Ring anprobiere. Er hat einen Silberring am kleinen Finger stecken. Und da dachte ich, dass er vielleicht meine Ringgröße herausfinden wollte. Was meint ihr?«

Diletta und Livia kicherten synchron.

»Das ist so typisch Mann, dass ich fast glaube, du könntest recht haben«, fand Diletta entzückt.

»Ja, das glaube ich auch. Aber wärst du denn dazu bereit, ihn zu heiraten? So lange seid ihr ja noch gar nicht zusammen.« Livia wollte keine Spielverderberin sein, aber sie zog es vor, Situationen genau zu analysieren.

Carolina senkte kurz den Blick. »Ich bin bereit, meinen Weg zu gehen, weil andere ihren ohne mich gegangen sind.«

Natürlich meinte sie damit Bernardo, das verstand Livia sofort. Und sie fand es unglaublich, dass Bernardo plötzlich so präsent war, als säße er direkt neben ihnen. Livia fragte sich, ob sie beginnen sollte, an Gedankenübertragung zu glauben.

»Aldo ist ein feiner Kerl«, sagte Diletta.

»Das ist er.« Carolina begann, mit dem Löffel Zucker aus dem Tässchen zu kratzen.

Livia lehnte sich zurück. Sie wollte so vieles sagen, doch ein Seitenblick von Diletta hielt sie zurück. Der Seitenblick bedeutete, dass sie Carolina jetzt gefälligst die Freude lassen sollte. Deshalb schwieg Livia. Der Zweifel darüber, ob Carolina tatsächlich vollständig über Bernardo hinweggekommen war, blieb aber. Livia verstand, dass Diletta wohl die gleichen Zweifel hatte wie sie, was eine eventuelle Hochzeit von Aldo und Carolina anbelangte.

»Sag mal, gibt es Neuigkeiten über Filippa und Andrea?«, wollte Diletta wissen und bemühte sich sehr geschickt darum, das Thema zu wechseln.

»Ich habe euch alles erzählt, was bisher geschehen ist.

Ich finde, Andrea geht genau richtig vor. Er versucht, das Eis langsam zum Schmelzen zu bringen. Und ich glaube, Nonna braucht genau das.«

»Und wie ist es mit dir? Was brauchst du?«, erkundigte sich Carolina sehr einfühlsam bei Livia.

Sie zog die Schultern hoch. »Ich glaube, ich brauche einfach mal einen Tag für mich.« Während Livia das sagte, merkte sie überrascht, dass es stimmte, und mehr noch, dass sie sogar dazu bereit war. Sie hatte seit Papàs Tod durchgehend gearbeitet. Vielleicht war es wirklich an der Zeit, sich eine kleine Auszeit zu nehmen – und wenn es nur ein Nachmittag auf der Vespa sein würde.

»Das klingt super. Du kannst es dir erlauben, und du hast es dir vor allem verdient.« Carolina zeigte sich begeistert, ebenso Diletta, die kräftig nickte und gleich darauf ihr langes schwarzes Haar richten musste, das ihr ins Gesicht gefallen war.

»Wisst ihr was? Ich glaube, ich mache das jetzt gleich.« Livia war sich sicher, dass sie es sich sonst anders überlegen würde. Also war es besser, sofort zu handeln.

»Ja, geh, Livi, wir zahlen deinen Espresso und grüßen Sal von dir, okay?«

Livia stand auf. »Danke, ihr Lieben. Ich rufe euch später an.«

Als Livia zu Hause ankam, traf sie natürlich Filippa in der Küche an, die sich anschickte, das Mittagessen vorzubereiten. Kochen war für Nonna nicht nur eine Pflicht, sondern auch eine Erfüllung, vielleicht aber auch eine Beschäftigungstherapie.

»Livi, hast du etwas vergessen?«, fragte Nonna und legte ihren Kochlöffel weg.

»Nein, keine Sorge. Ich nehme mir heute einfach nur mal frei und fahre irgendwohin ans Meer.«

»Dann musst du aber hiervon etwas mitnehmen, ja? Ich habe so viel gekocht …«, sagte Filippa bedauernd.

»Ich würde mir lieber ein Panino machen. Aber du kannst ja mit Andrea zu Mittag essen. Was meinst du, wie ihn das freuen würde!«

Filippa erwiderte nichts. Wahrscheinlich suchte sie nach Ausflüchten. Es sah nicht so aus, als würde sie welche finden.

»Wenn du möchtest, sage ich ihm Bescheid. Ich muss noch mal kurz in die Gelateria, er wird ja auch heute arbeiten, nehme ich an. Sicher steht er wie gewöhnlich an der Tür. Und es wäre ja wirklich schade um das ganze Essen, oder?«

»Ich kann es aufbewahren«, protestierte Nonna schwach.

»Du weißt aber auch selbst, dass es dann nicht mehr so gut schmeckt, wie wenn es frisch ist.«

»Das stimmt!«, pflichtete Filippa ihr bei.

»Gut, dann hole ich meine Badesachen und gehe gleich zu Andrea, um ihm Bescheid zu geben.«

»Na, von mir aus. Ich muss mich ja auch irgendwie für die Blumen revanchieren, nicht wahr?«

»Unbedingt!«

»Dann nur zu, Livi, ich belege dir inzwischen ein Brot, das du dann mitnehmen kannst.«

Lächelnd stieg Livia die Treppen nach oben und ging den Flur entlang, bis sie ihr Zimmer erreichte. Sie war mit ihrem kleinen Verkupplungsversuch sehr zufrieden. Amore konnte so schön sein. Livia überlegte, dass sie bei Mario wohl noch nicht über Liebe sprechen konnte. Sie hatte sich aber heftig in ihn verknallt, konnte sich jedoch noch nicht ganz fallen lassen, weil er manchmal den Eindruck erweckte, etwas zu verbergen. Jedes Mal, wenn sie ihm direkte und persönliche Fragen stellte, flüchtete er. Dass er trotzdem immer wieder zu ihr kam, bewirkte, dass sie weiterhin hoffte, es möge vielleicht doch Liebe draus werden.

Livia setzte sich auf ihr Bett, knetete die Hände. Wann war das das letzte Mal passiert, dass ein Mann sie so sehr beschäftigte? Irgendwann in der Pubertät? Sie hing schon ziemlich tief in dieser Sache drin, und sie bekam plötzlich Angst vor ihren eigenen Gefühlen. Es war sehr wahrscheinlich, dass nichts Gutes dabei herauskommen würde, zumal Mario ja ein Tourist und sein Aufenthalt in Amalfi ohnehin zeitlich begrenzt war. Livia musste aufpassen, dass ihr Herz nicht gebrochen wurde.

Kurzerhand griff sie nach ihrem Handy und schickte Rino eine WhatsApp-Nachricht, weil sich das irgendwie sicherer anfühlte, als sich unsterblich in Mario zu verlieben. Rino war da, greifbar. Das war eine ganze Menge wert, und sie wollte die Chance, ihn besser kennenzulernen, nicht einfach so wegwerfen. Sie schrieb ihm also ein kurzes »Ciao«, und er antwortete keine Minute später mit einem lachenden Gesicht. Greifbar, verlässlich.

»Wie sieht es aus mit dem Artikel?«, tippte sie flink.

»Ich bin dran, aber ich muss gestehen, dass ich ein bisschen angestaute Arbeit habe und gerade kaum nachkomme. Tut mir leid, dass du so lange warten musst.«

»Das ist gar nicht schlimm. Ich habe dich ja auch warten lassen.«

»Stimmt. Und jetzt musst du dafür bezahlen.« Er sandte ein zwinkerndes Emoji hinterher. »Spaß beiseite. Ich denke, nächste Woche sollte ich fertig sein.«

»Perfetto!«

Sie verabschiedeten sich voneinander, und Livia dachte über dieses kurze Gespräch nach, das sich so sorglos und unkompliziert gestaltet hatte, wie sie es von Rino kannte. Er war ein sehr lieber Mensch, und Livia nahm sich vor, das niemals zu vergessen.

Da sie das Handy gerade noch in den Händen hielt, wollte sie auch gleich Bernardo anrufen. Sie hatte ein seltsames Gefühl dabei und wusste nicht so recht, was sie erwartete.

Als er sich dann meldete, merkte sie, dass ihre Hände vor Nervosität schwitzten, geradezu so, als hinterginge sie Carolina mit diesem Telefonat. Es war für alle aus dem familiären und freundschaftlichen Umfeld nicht einfach gewesen, mit der Trennung der beiden umzugehen. Es gab in dieser Geschichte auch nur zwei Seiten. Entweder war man auf Bernardos oder auf Carolinas Seite. Und wo Livia stand, war ja klar.

»Hey, danke, dass du mich zurückgerufen hast.« Es lag ehrliche Verwunderung in Bernardos Stimme, als er den Anruf entgegennahm.

Ja, Livia konnte noch immer nicht damit umgehen, wie schlimm ihr Cousin sich ihrer besten Freundin gegenüber verhalten hatte. Aber Bernardo war eben auch der Cousin, der jahrelang mit ihnen in der *Artigiani del Gelato* gearbeitet hatte. Er war der Sohn der einzigen Schwester ihres Vaters, und lange hatte es so ausgesehen, dass sie die Eismanufaktur gemeinsam in die Zukunft tragen könnten. Doch dann hatte Livias Tante ihre Anteile an ihren Vater abgetreten, sodass er alleiniger Besitzer geworden war. Trotzdem hatte Bernardo weiter mit ihnen Eis hergestellt. Bis er dann eben gegangen war, von heute auf morgen.

»Ich habe kurz gezögert, das muss ich zugeben.«

»Das kann ich mir vorstellen.«

Er klang wie immer. Er klang wie der brüderliche Typ mit den breiten Schultern, den sie kannte und der nach dem Abitur angefangen hatte, sich für Eis zu interessieren, und bei ihrem Vater das Handwerk erlernt hatte. In vielerlei Hinsicht war Bernardo wie ein Fels. Schlimm genug, dass gerade er einfach so gegangen war.

»Na, jetzt hast du mich ja in der Leitung. Was gibt es denn?« Sie klang ein bisschen abweisend, das merkte sie schon selbst, aber sie konnte nicht so tun, als sei rein gar nichts passiert.

Er holte tief Luft. »Ich mache es kurz: Kann ich wieder bei dir arbeiten?«

»Was?« Ihr Gehirn ratterte, beeilte sich sehr. Trotzdem kam es nicht mit.

»Ich komme zurück. Ich komme nach Amalfi zurück.«

Diese Nachricht erschütterte sie so sehr, dass sie um eine Weile Bedenkzeit bat, da sie schlicht und einfach sprachlos war, denn wenn sie einerseits versucht war, sich diese Möglichkeit konkret vorzustellen, schloss ihre Freundschaft zu Carolina sie andererseits schon im Vorfeld aus.

Nachdem sie aufgelegt hatte, war Livia verwirrt, legte ihr Handy weg und stand vom Bett auf. Sie brauchte tatsächlich Zeit, um diese unerwartete Anfrage, von der sie sich aber nicht den Tag vermiesen lassen wollte, zu verarbeiten. Sie zog daher ihren Bikini an, packte ihre Badesachen, nahm den Helm aus dem Schrank und verließ ihr Zimmer. Heute würde trotzdem ein guter Tag werden, daran würde sie mit aller Kraft arbeiten.

In der Küche nahm Livia dankend das belegte Brot entgegen, das Filippa für sie zubereitet hatte, und küsste sie auf die Wange. »Vergiss Andrea später nicht!«

»Das werde ich ganz bestimmt nicht.«

Livia verließ das Haus, schloss die Tür hinter sich und ging die Stufen weiter hinab, bis sie die Straße erreichte, wo die alte Vespa in dem kleinen Abstellraum stand, der unter einer Treppe lag. Sie war etwas verstaubt, doch die hellblaue und weiße Lackierung strahlte und rostete nur an zwei Stellen leicht – das würde Livia aber irgendwann richten lassen. Den Motor hatte sie erst zu Beginn des Jahres komplett erneuern lassen, denn die Vespa war ihre einzige Möglichkeit, sich unabhängig und schnell fortzubewegen. Sie konnte es sich nicht leisten, dass die Vespa streikte.

Vorsichtig rollte sie mit ihrem Gefährt durch die Tür auf die Gasse und schwang ihr Bein über die nicht mehr ganz weiche Sitzbank. Sie trat auf den Kickstarter und hörte sofort das vertraute Rattern. Das fühlte sich unglaublich gut an. Die Sonne schien warm auf ihre Haut, die alte Patrizia winkte ihr aus dem Fenster zu. Und Livia glaubte kurz, wieder ein Teenie zu sein. Mit diesem beflügelnden Gefühl gab sie leicht Gas und tastete sich vorsichtig in Richtung Piazza Duomo, vorbei an den vielen kleinen Läden, die die Via Lorenzo D'Amalfi säumten. Wäre es möglich, sie würde Amalfi eine Liebeserklärung machen, vielleicht tat sie es aber bereits indirekt, indem sie jeden Tag ihres Lebens hier verbrachte.

Wie versprochen, suchte sie erst Andrea auf, der sie förmlich anstrahlte, als er sie kommen sah. Er stand im Schatten des Vordachs des *Palazzo La Fontana* und hielt ab und an die Tür auf, wenn Gäste kamen oder gingen. Er war der Pinselstrich, der das Gemälde perfekt machte, ohne ihn wäre der Palazzo nicht halb so schön, fand Livia.

»Buongiorno, Andrea, kannst du mir einen Gefallen tun?«

»Gerne.«

»Würdest du heute mit Filippa zu Mittag essen, vorne an unserem Tisch? Ich fahre ein paar Stunden weg, und ich möchte sie nur ungern allein essen lassen. Ist das für dich machbar?«

Er lächelte, und das sah ohne Schnurrbart herzerwärmend aus, denn endlich sah Livia ihn dabei. Endlich sah sie die Mundwinkel, die nach oben zeigten.

»Es wäre mir eine Ehre!«

»Sehr schön, dann wünsche ich euch viel Spaß.«

»Danke, Signorina Livia.«

Sie winkte ihm zu und ging die paar Schritte zu ihrer Gelateria. Elvira gab Bescheid, dass Sal da gewesen war, um *Panna* abzuholen, und Livia schlug sich an die Stirn. Das hatte sie vollkommen vergessen.

»Ach, Livia, und der Mann da vorne hat nach dir gefragt. Er sitzt jetzt schon eine ganze Weile hier und meint, er wollte auf dich warten, wenn du nicht da bist.«

Elvira trat einen Schritt zur Seite und machte den Blick frei auf den Tisch vorne rechts, in einer Ecke, die durch die Blumenkästen abgeschirmt und verhältnismäßig ruhig war. Am Tisch saß Mario, der sie still anlächelte. Vor ihm stand ein leerer Becher, in dem sich mit Sicherheit Eis befunden hatte.

Livia bedankte sich bei Elvira und ging wie von einem Seil gezogen auf ihn zu, obwohl sie noch Minuten zuvor voller Angst vor ihren Gefühlen fast beschlossen hatte, sich nicht auf ihn einzulassen.

»So ein Glück. Da plane ich, dich zu besuchen, und du nimmst dir den ersten freien Tag seit Jahren, hat man mir gesagt. Ich dachte, ich warte mal trotzdem auf dich, und siehe da, wie erhofft kommst du sogar an deinem freien Tag.«

Livia setzte sich unaufgefordert. »Du isst mein Eis?«

»Ich esse dein Eis, ja.«

»Warum das?« Ihre Stimme war wenig mehr als ein Flüstern, denn sie war sich inzwischen sicher, dass sie sich seine Gefühle für sie nicht eingebildet hatte. Er spürte es auch, dass zwischen ihnen etwas Großes war. Das wusste sie jetzt.

»Weil ich wissen möchte, wie man schmecken muss, um von dir abgöttisch geliebt zu werden.«

Sie hob den Becher hoch und roch daran. *Nocciola di Giffoni*. »Und? Hast du eine Antwort gefunden?«

Er schüttelte amüsiert den Kopf. »Ich suche noch immer und muss leider all deine Geschmacksrichtungen kosten.«

»Du Armer!«

Mario lachte, und Livia war verloren – schon wieder.

Kapitel 18

2 Löffel Honig
6 Löffel Grapefruitsaft
6 Löffel Zitronensaft
1 Kugel *Gelato al basilico*
Alles zusammen kurz gemixt, fertig!

(*Cocktail della libertà – Cocktail der Freiheit*, März 2008)

»Kommst du mit?«, fragte Livia Mario ohne Umschweife.

»Ja«, sagte er nur.

Sie war so übermannt von seiner spontanen Antwort, dass sie sich kurz zurücklehnen musste. Mario musterte sie interessiert, vielleicht sogar leicht besorgt. Doch wie sollte sie ihm erklären, dass ihr Herz vor Freude Kapriolen schlug, weil es ihm egal zu sein schien, wohin er mitkommen sollte. Vielleicht war das so, weil ihm nur wichtig war, mit ihr zusammen zu sein.

»Jetzt bist du aber mit den Gedanken ganz weit weg«, stellte Mario fest.

»Der Eindruck täuscht, denn ich war mit meinen Gedanken hier. Was hat dich eigentlich ausgerechnet hierher geführt?« Ihr fiel ein, dass sie noch nicht darüber gesprochen hatten.

Mario hob die Schultern, und Livia ertappte sich dabei, alles über ihn wissen zu wollen. Vom Geburtsort bis zur Lieblingsband interessierte sie alles. So war es ihr bisher noch mit keinem Mann ergangen. »Weißt du, meine Mutter hat hier in Amalfi vor vielen Jahren einen unvergesslichen Urlaub verbracht, und sie hat immer wieder davon erzählt. Sie hat sich dabei jedes Mal komplett in Erinnerungen verloren, die sie so bildhaft dargestellt hat, dass sie die Neugier in mir geweckt haben. Deshalb habe ich mir schon als kleiner Junge vorgenommen, mir das irgendwann mal persönlich anzusehen.«

»Und jetzt ist der kleine Junge ein großer Junge und erfüllt sich einen kleinen Traum. Hast du dir Amalfi so vorgestellt, oder bist du enttäuscht?«

»Enttäuscht? Wie könnte ich?« Er zeigte mit den Händen vage um sich, auf alles und auf nichts.

»Wie schön, wenn Eltern mit ihren Kindern über ihre schönsten Erlebnisse sprechen«, schwärmte sie und dachte dabei an ihren Papà, der ihr so viel über seine Lehrzeit zum Eismacher erzählt hatte.

Er nickte und lächelte, wirkte dabei ein bisschen melancholisch und, wenn möglich, noch schöner. Livia fragte sich, wie sich seine Locken wohl anfühlten. Der Gedanke war anziehend. Es war aufregend, so mit ihm in der *Artigiani del Gelato* zu sitzen. Das hatte sie noch nie getan, mit keinem Mann.

»Ich bin froh, dass ich hier bin, obwohl der Urlaub … mich ein halbes Vermögen gekostet hat.«

»Das kann ich mir vorstellen. Amalfi ist nicht gerade billig, vor allem nicht in der Hochsaison.«

»Nein, wirklich nicht. Aber jeden Euro wert.«

Er sah sie dabei so intensiv an, dass ihr ganz anders wurde.

»Wollen wir?«, fragte sie, weil sie sich nicht sicher war, wie lange sie es noch aushielt, ihn nicht zu berühren.

»Gerne.«

Sie standen beide auf, Livia nickte Elvira zu, der sie nach dem Barbesuch bei Sal schon Bescheid gesagt hatte, dass sie sich freinahm, und ging dann voraus zu ihrer Vespa, die sie seitlich am *Palazzo La Fontana* abgestellt hatte.

»Wir fahren hiermit?«, fragte Mario erstaunt.

»Sag jetzt nicht, dass du auch Vespafahren nicht magst. Es gibt Menschen, die eine Menge Geld dafür zahlen würden, auf einer Original-Vespa aus den 60er-Jahren an der Amalfiküste entlangfahren zu können.«

»Ich mag vier Räder lieber als zwei«, erklärte er trotzdem.

»Auch das werden wir richten, keine Sorge.«

Er hob ergeben die Augenbrauen.

Dann fiel Livia aber ein, dass sie nur einen Helm mitgenommen hatte. »Oh, kannst du kurz warten? Ich hole schnell einen zweiten Helm, okay?« Sie zögerte kurz, hatte wieder Bedenken, ihn danach nicht mehr anzutreffen. »Geh bitte nicht weg, va bene?«, bat sie ihn deshalb.

»Ich gehe nirgendwohin«, versicherte er. Und sie glaubte ihm.

Mario lehnte sich an die graue Hauswand des *Palazzo La Fontana* und sah mit seinen Shorts und dem sommerlichen T-Shirt, unter dem sonnengebräunte Haut hervorblitzte, so lässig und attraktiv aus, dass sich Livias Herzschlag wieder beschleunigte. Sie wusste nicht genau, in welche Richtung dieser Tag sich entwickeln würde. Sie wusste aber, dass es ein guter Tag werden würde.

Livia trennte sich widerwillig von ihm, betrat flink den Palazzo und begab sich vom Eingangsbereich in Richtung Hintertür, die direkt in ihr Labor führte. Sie hatte hier eigentlich nichts, das nicht zur Eismacherei gehörte, doch gab es da einen Karton, in dem sich ein paar Erinnerungsstücke ihres Papà befanden. Papà hatte sie immer hier aufbewahrt, und es war ihr nicht richtig erschienen, das nach seinem Tod zu ändern. Der Karton lag auf dem Boden des Schränkchens, in dem sie ihre Schürzen und T-Shirts aufbewahrte, falls ihre Kleidung bei der Eisherstellung doch Flecken abbekam. Sie hätte nicht gedacht, den Karton irgendwann mit einer so großen Freude im Herzen zu öffnen, doch heute war es so, und daran war nur Mario schuld. Der schöne Mario, der draußen auf sie wartete. Livia hob den alten Helm ihres Vaters aus dem Karton, und allerhand kleine Erinnerungsstücke kamen zum Vorschein. Dafür war aber jetzt keine Zeit, denn heute ... ja, heute wollte sie ausnahmsweise leben, statt immer nur zu arbeiten. Sie schloss also schnell wieder alles ab und eilte hinaus, ins Freie.

Sie sah Mario nicht gleich und ließ enttäuscht den weißen, nicht mehr ganz neuen Helm ihres Vaters sinken. Doch dann sah sie ihn. Er kam vom Sant'Andrea-Brunnen, wo er sich wohl die Haare nass gemacht hatte, denn Wasser tröpfelte leicht von seinen Locken.

»Da bist du ja«, sagte er und wischte sich mit einer Hand über Stirn und Augen, weil das Wasser ihm drüberlief.

»Hier ist dein Helm.«

»Danke. Ist der auch aus den 60ern?«

Jetzt war sie es, die die Schultern hochzog. »Neu ist er nicht. Er hat meinem Vater gehört.«

»Cool«, befand er und setzte ihn auf. »Geht es los?«

»Sì«, sagte sie voller Vorfreude und nahm ihren eigenen Helm von der Vespa, wo sie auch ihren Rucksack mit den Badesachen und dem Proviant abgelegt hatte. »Kannst du den nehmen?« Sie hielt ihm den Rucksack entgegen.

»Klar!« Er setzte den Rucksack auf.

Endlich schwang Livia ihr Bein über die Vespa, trat auf den Kickstarter und wartete, bis Mario sich hinter sie setzte. Sie sah nicht, ob er zögerte, denn sie schaute absichtlich nicht hin. Doch spürte sie sein Gewicht, als er sich setzte, die Wärme seines Körpers, als er näher rückte, die Stärke seiner Arme, als er sie um ihre Taille schlang, die Stoppeln seines Bartes, die ihre Schulter streiften, die Berührung seines Atems auf ihrem Haar. Sie schloss kurz die Augen, um diese Impressionen alle in sich aufzunehmen, denn sie war sich sicher, dass sie sie bis in alle Ewigkeit warm halten würden. Livia lehnte sich leicht – wie beiläufig – an ihn, weil sie nicht anders konnte. Sie wollte seine Nähe voll auskosten, denn sie hatte sehnsüchtig darauf gewartet. Obwohl das Motorengeräusch und das Stimmengewirr rundherum jeden Laut überdeckten, glaubte sie, sogar seinen Atem zu hören. Sein Herz hingegen spürte sie ganz sicher, es pochte an ihrem Rücken, und sie wünschte sich, dass es auch ein bisschen für sie schlug. Einen Moment lang glaubte sie, dass er sie enger an sich heranzog, doch es konnte auch daran liegen, dass er sich eine bequemere Sitzposition suchte. Livia atmete tief durch und war bereit, zu starten.

»Ich möchte am liebsten immer so mit dir zusammen sein«, flüsterte er ihr ins Ohr.

Sie musste dreimal ein- und ausatmen, bevor sie sich überhaupt rühren konnte, doch dann hob sie die Hand an seine Wange, die sie erstaunlich schnell fand, obwohl sie ihn hinter sich ja nicht sah. Er hauchte einen federleichten Kuss in ihre Hand, und obwohl es keineswegs einfach war, den Moment zu unterbrechen, der so wundervoll und perfekt war, gab sie endlich Gas, und ihr kleiner Ausflug konnte beginnen.

Livia rollte ganz langsam das kurze Stück Kopfsteinpflaster aus Amalfis Zentrum auf die Küstenstraße. Sobald sie den Asphalt erreichte, war der Blick auf das Meer, der in der Piazza Duomo von Gebäuden verdeckt war, endlich frei. Das Altstadt-Flair wich, als würde man durch ein magisches Tor gehen, dem unvergleichlichen Charme eines Küstenstädtchens am Mittelmeer mit Badegästen und Booten und Möwen und Sonnenschirmen, wenngleich der Verkehr und der Menschenandrang am Ende der Strandpromenade, wo es auf den Hafen zuging, eher an eine Großstadt erinnerten. Hier landete der Großteil der Autofahrer auf der Suche nach einem Parkplatz, hier legten Boote und Katamarane an, die nach Capri, Ischia, Salerno oder Sorrent übersetzten oder zur Smaragdgrotte fuhren, die sich zwischen Amalfi und Furore befand. Die Verkehrspolizisten sorgten dafür, dass alles sicher ablief.

Livia fuhr nicht zum Hafen, sondern geradeaus die Küstenstraße Richtung Norden entlang, direkt unter dem ersten Tunnel durch, der sich hinter dem *Palazzo La Fontana* befand. Das Gebäude reichte bis über die Straße, sodass weitere Zimmer des Hotels *La Fontana*, also alle die mit Meerblick, sich über dem Tunnel befanden und somit eine bizarre Konstruktion bildeten, unter der die Hauptverkehrsader verlief, die Amalfi mit dem Rest der Küste verband.

»Wo fahren wir eigentlich hin?«, fragte Mario.

»Lass dich überraschen!«, rief sie und hoffte, dass der Fahrtwind ihre Stimme nicht zu weit wegtrug.

Die Fahrt war ein bisschen wie ein Traum. Livia war eine erfahrene Fahrerin und kannte die Kurven zu ihrem Ziel fast auswendig – Mario aber nicht. Das bedeutete, dass er sich in jeder Kurve, und davon gab es nun wirklich reichlich auf der Strecke, noch stärker an ihr festhielt, weil er erst nach und nach herausfand, wie er sich am besten mit ihr mit bewegte. Die Mittelmeervegetation, die an der Steilküste hochkroch, bildete einen tollen Kontrast zum weiten Blau des Meeres, das an den spektakulärsten Stellen in kleine Badebuchten mündete.

Nach einigen Kilometern fuhr Livia, nachdem sie eine Brücke überquert hatten, rechts ran und brachte die Vespa so nah wie möglich an einer Felswand zum Stehen. Etwas umständlich stiegen sie und Mario, nicht ohne sich dabei selbst in die Quere zu kommen, ab. Leicht beklommen standen sie sich nun gegenüber, und die Vertrautheit und Nähe der Fahrt schien plötzlich übertrieben und fehl am Platz gewesen zu sein.

»Wir sind da«, sagte sie, um den peinlichen Moment zu überbrücken.

»Il Fiordo di Furore«, stellte er fest. Die Straßenschilder hatten es schließlich groß genug angekündigt, wo sie sich jetzt befanden. Mario ging vorsichtig – die Autos fuhren gezwungenermaßen auf der engen Straße sehr nah an ihnen vorbei – ein paar Schritte zurück zur Brücke, von der aus man landeinwärts auf eine Badebucht schauen konnte, die, eingekeilt zwischen zwei hohen Felswänden, geradezu paradiesisch wirkte. Er stand eine Weile lang still da und ließ wohl die Bilder auf sich wirken. Das Meer hatte hier einen smaragdgrünen Farbton, der das Naturspektakel nur noch schöner aussehen ließ.

»Komm mit!«, forderte sie ihn auf und wollte den Rucksack, den er den ganzen Weg über getragen hatte, an sich nehmen. Doch er schüttelte den Kopf. »Schon gut. So schwer ist er nicht.«

Sie dankte ihm und führte ihn zum Geländer der Brücke auf der Landseite. Zwischen dem Ende des Geländers und der anliegenden Felswand war gerade genug Platz, um durchzugehen zu einer schier endlosen Treppe, die längs der Felswand direkt zur Badebucht von Furore führte. Schweigsam und unter inzwischen sengender Hitze gingen sie im Entenmarsch die Stufen hinab und erreichten schon bald den nur fünfundzwanzig Meter breiten Kiesstrand.

Sie suchten sich ein Plätzchen ganz am Rand, zu Füßen der Steilwand, zwischen umgedrehten kleinen Fischerbooten. Livia breitete ihr Badetuch aus, befreite sich von ihrer Kleidung und setzte sich so auf das Tuch, dass auch Mario darauf Platz finden konnte. Auch er zog Shorts und T-Shirt aus. Er trug eine schwarze Badehose, die der Fantasie nicht viel Raum ließ. Sie schluckte.

»Kannst du Gedanken lesen? Hier wollte ich unbedingt noch hin, jetzt bist du mir zuvorgekommen.«

»Tja ... vor einer Lucibello kann man keine Geheimnisse verbergen«, sagte sie und bemühte sich, ihrer Stimme dabei etwas Geheimnisvolles zu verleihen.

»Gut zu wissen. Bist du oft hier?«

»Letztes Jahr im Herbst zum letzten Mal.«

»Okay. Also nicht oft.« Er lachte und bohrte seinen rechten Fuß unter eine Schicht Kieselsteine. Sie beobachtete ihn dabei und richtete den Blick dann über den kleinen Strand, der zwar gut besucht, aber nicht hoffnungslos überlaufen war wie eigentlich meistens.

»Nicht wirklich. Oft reicht mir der Gedanke, dass ich ans Meer könnte, wenn ich es denn wollte.«

»Ich würde jeden Tag an den Strand gehen, wenn ich hier leben würde.«

»Das sagt jeder.«

Er lachte. »Willst du ins Wasser?«

»Das war der Plan, ja.«

Er stand auf, ergriff ihre ausgestreckte Hand und half ihr

mit einem Ruck auf die Beine. Sie ließ ihn vorausgehen und beobachtete, wie er vorsichtig einen Schritt vor den anderen setzte, um sich nicht an den vielen spitzen Steinchen zu verletzen. Kaum war er im Wasser, tauchte er auch schon ein und machte ein paar große Schwimmzüge, bevor er prustend wieder auftauchte. Livia war ein Kind des Meeres. Die Zeit, in der sie als kleines Mädchen nicht im Eislabor gewesen war, hatte sie mit waghalsigen Sprüngen von der Hafenmole ins kristallklare Hafenbecken verbracht. Immer dort, wo man bis auf den Grund sehen und über die kleinen Stufen wieder auf die Mole klettern konnte. Problemlos hechtete sie also auch hier in Furore ins Wasser und ließ sich dann einfach nur schwerelos gleiten. Das Salz brannte in ihren Augen, das Gefühl von Freiheit war jedoch genauso grenzenlos wie früher. Und Livia war froh, dieses Gefühl, nach so langer Zeit, ausgerechnet mit Mario erleben zu dürfen.

Kapitel 19

Sgroppino mit *Limone d'Amalfi* und Pfefferminz

7 cl Prosecco
3 cl Wodka
1 Kugel *Limone d'Amalfi*
frische Pfefferminzblätter
Alles zusammen kurz gemixt, fertig!

(Geburtstagscocktail zum 45. von Domenico Lucibello, April 2008)

Einige Wochen zuvor im Norden

Mario lachte, denn er fand, dass er tatsächlich an einen Pinguin erinnerte mit seinem Frack, vielleicht lachte er aber auch eher aus Nervosität – so genau wusste er das nicht. Der Moment war wichtig, und das spürte er tief in seinem Inneren. Heute war die letzte Anprobe vor der Hochzeit, und er hatte Donato als Trauzeugen und besten Freund mitgenommen. Mario war im Leben immer eigenständig gewesen, doch in diesem Fall wollte er nicht allein sein. Die Meinung eines Freundes war ihm wichtig.

»Und? Wie sehe ich aus?«, fragte Mario, als er aus der Umkleide kam.

Der Verkäufer faltete entzückt die Hände, und Donato nickte anerkennend.

»Sehr, sehr schick.« Es lag viel Bewunderung in Donatos Worten.

»Jetzt passt wirklich alles wie angegossen. Und Sie sehen gar nicht steif und unbehaglich darin aus. Vielmehr wird Ihre natürliche Eleganz unterstrichen.«

Natürliche Eleganz? Der Verkäufer, ein magerer Mann mittleren Alters, war wirklich wortgewandt. Mario hatte ihn schön öfter gesehen. Mario hatte schon beim Aussuchen und beim Abstecken bemerkt, dass er immer die richtigen Worte fand. Er wünschte sich plötzlich, das auch zu können. Die punktgenaue Antwort war keine seiner Stärken.

»Danke«, sagte Mario, der an sich herunterblickte. »Die Schuhe drücken ein bisschen.«

»Oh, das legt sich. Die Schuhe sind aus feinstem Leder, das nachgibt und sich dem Fuß perfekt anpasst. Nehmen Sie sie mit, und laufen Sie sie ein. Ein paar Stunden daheim werden ausreichen. Das garantiere ich Ihnen.«

Mario nickte, er hatte das zigmal bei Antonietta miterlebt. Dass er das auch mal machen würde, hätte er nicht gedacht, zumal er am liebsten Sneakers trug, die – zugegeben – nicht die schönsten, dafür aber bequem waren.

Der Verkäufer sah sich alles noch einmal genau an, vom Gürtel bis zum Westenknopf. Er schien weiterhin zufrieden, ließ Mario ein paarmal auf und ab laufen und fragte: »Wollen Sie es sich nicht noch einmal überlegen und den Zylinder und den Stock doch mitnehmen?«

»Ich würde mich nicht damit wohlfühlen.«

»Wenn Sie möchten, können Sie den Zylinder selbstverständlich unverbindlich anprobieren. Nur, damit Sie sehen, wie alles zusammen wirkt.«

»Anprobieren kannst du das Ding doch«, mischte sich auch Donato in das Gespräch ein. »Ich verstehe nicht viel von Mode, aber ein Frack ohne Zylinder ist wie ein Ferrari ohne Rot.«

»So schlimm?« Mario musste grinsen. Donato war noch ein größerer Autonarr als er, und er verglich oft Situationen mit Modellen, was nicht immer hundertprozentig passen wollte. »Dann sei's drum. Probieren wir den Zylinder von mir aus an.«

Das Resultat der Anprobe war, dass Mario den Laden mit Stock und Zylinder verließ, die er, gut verpackt, wie sie waren, in den Kofferraum seines Autos lud.

»Hast du noch Lust, etwas zu trinken?«, fragte Mario Donato, weil er sich erkenntlich zeigen wollte. Immerhin war sein Arbeitskollege extra an einem freien Tag in die Stadt gefahren, um ihn zu begleiten.

»Klar, gerne.«

Mario schloss das Auto wieder ab und überquerte mit seinem Freund die Straße, denn gegenüber hatten sie eine kleine Bar entdeckt, die draußen Tische stehen hatte. Sie setzten sich an den erstbesten freien Tisch. Donato bestellte einen Sgroppino, Mario eine Cola.

Als die Bedienung mit den Gläsern kam, die sie vor ihnen abstellte, stießen Mario und Donato an.

»Auf deine Hochzeit!«, sprach Donato feierlich. Sein Lächeln war hinter dem Wochenbart versteckt, aber Mario kannte es so gut, dass er es sich dazudenken konnte.

»Auf meine Hochzeit.«

Sie tranken mit großen, durstigen Schlucken und stellten die Gläser wieder ab. Dann endlich lehnten sie sich entspannt zurück.

»Ich wusste gar nicht, dass Bräutigame beraten so anstrengend sein kann«, scherzte Donato.

»Wenn du vom Zuschauen schon fertig bist, stell dir bitte vor, wie es mir gerade geht.«

»Ich fühle mit dir. Gut, dass ich das Ganze schon lange hinter mir habe. Ich verstehe nicht, warum Hochzeitspaare es sich immer so schwer machen.«

Ja, das fragte sich Mario ebenso. Er hatte immer eine einfache Feier gewollt, doch irgendwie war daraus ein gigantisches Event geworden. »Ganz ehrlich, Donato, ich verstehe es auch nicht unbedingt. Antonietta ist zwar auch gestresst, aber sie ist gleichzeitig so glücklich mit den Vorbereitungen, dass ich ihr die Freude nicht vermasseln will.«

»Ja, schon. Bei mir war das nicht anders. Aber, wenn du es dir aussuchen könntest, wie würdest du feiern wollen?« Donato nahm wieder das Glas zur Hand und nippte daran.

Mario atmete tief ein, und der Baum, unter dessen Schatten sie saßen, roch wie bei einem Spaziergang durch den Wald intensiv nach abgefallenen Blättern und aufgewühlter Erde. »Mir würde eine standesamtliche Trauung mit, na, sagen wir mal fünfzig Leuten schon vollkommen reichen. Familie und beste Freunde und fertig. Danach ein kleines Büfett mit einer Band, die gute Musik spielt, und tanzen bis in die Nacht.«

»Klingt gut!«

»Ja ...«

»Vielleicht klappt es ja beim nächsten Mal.«

Sie lachten beide, doch so viel gab es gar nicht zu lachen, wurde Mario bewusst, deshalb trank auch er aus und rief nach der Bedienung, um zu bezahlen.

»Es ist normal, weißt du, dass man sich kurz vor der Hochzeit fragt, ob man wirklich das Richtige tut«, sagte Donato und sah ihn an. »Sogar am Altar habe ich mich das noch gefragt.« Er schüttelte den Kopf und lachte, geradeso, als hätte er die größte Absurdität des Jahres erzählt. »Doch als meine Frau mit ihrem weißen Hochzeitskleid den Gang entlanggekommen ist mit dem winzigen Strauß in der Hand, an dem sie sich festzuhalten schien, habe ich nur noch sie gesehen. Ihren Vater nicht, der sie, vermutlich stolz wie ein Pfau, geführt hat, die Gäste nicht, niemanden, verstehst du? In dem Moment hat sich die Achse meiner Welt komplett neu orientiert und auf sie fixiert. Meine Frau ist das Beste, das mir passieren konnte, und doch habe ich mich bis zum Schluss gefragt, ob ich sie bis ans Ende meiner Tage lieben und glücklich machen kann und ob *ich sie* überhaupt genug liebe.«

»Das heißt, du kannst diese Frage jetzt mit einem deutlichen Ja beantworten?« Mario zupfte am losen Faden seiner Jeans, die sich am Knie allmählich auflösten.

Donato dachte lange nach. So lange, bis das bisschen Eis, das in seinem Sgroppino übrig geblieben war, beinahe vollkommen geschmolzen war. »Nein, das kann vielleicht niemand mit Sicherheit sagen, oder? Aber für mich heißt es, dass ich es zumindest jeden Tag meines Lebens versuchen will. Das ist schon eine ganze Menge.«

Amalfi, in der Gegenwart

»Weil mein Cousin das jedes Jahr macht, wollte ich das früher auch unbedingt versuchen«, erzählte Livia.

Sie trieb mit Mario sanft im Meer, und es fühlte sich ein bisschen so an wie fliegen, schwerelos und elegant, und sie überlegte, dass sie, wenn sie es sich aussuchten könnte, eine Möwe sein wollte. Livia schob den unpassend poetischen Gedanken beiseite und erklärte Mario, was es mit dem Turmspringen in Furore auf sich hatte.

»Du wolltest also aus dreißig Metern Höhe in diesen winzigen Wasserspiegel hier unten springen?«

Jeden Sommer wurde in Furore ein Wettbewerb im Turmspringen veranstaltet. Von einer Vorrichtung, die auf der Wasserseite an der hohen Brücke angebracht war, wagten die besten Sportler dieser Disziplin Jahr für Jahr spektakuläre Sprünge in das tiefe Wasser zwischen den Felswänden, die immer enger werdend die kleine Badebucht am Fjord von Furore umgaben.

»Die Betonung liegt auf ›wollte‹«, erklärte sie sogleich. »Man hat mich umgestimmt, sagen wir es mal so.«

»Du hättest es trotzdem tun sollen, wenn du das wirklich wolltest«, fand er und näherte sich ihr, von einer Welle angeschoben.

Livia dankte der Welle stumm, denn sie sehnte sich nach einer weiteren Berührung. Wenn sie ehrlich war, dann tat sie das schon eine ganze Weile ununterbrochen. Ungefähr seit dem ersten Abend, an dem sie sich am Brunnen kennengelernt hatten, und nach den Küssen umso mehr.

»Manchmal macht man das, was richtig ist, und nicht das, was man will.«

»Ist das nicht feige?«

»Ich würde es eher vernünftig nennen.«

Er trieb wieder von ihr weg. Es fühlte sich an, als wenn man aus der Sonne in den Schatten trat.

»Vernünftig, vernünftig ... Manchmal kann man es nicht sein. Manchmal muss man tun, was das Bauchgefühl sagt.« Livia wunderte sich über den plötzlich so ernsten Tonfall von Mario.

»Da gebe ich dir absolut recht. Und mein Bauchgefühl sagt mir in diesem Moment laut und deutlich, dass ich etwas essen sollte.«

Sie schwammen gemeinsam ans Ufer und stiegen etwas umständlich aus dem Wasser, weil die Kieselsteine unter der Fußsohle piksten. Es war heiß geworden, so heiß, dass Livia nicht den Wunsch verspürte, sich abzutrocknen. Deshalb setzte sie sich auf ihr Badetuch. Er tat es ihr nach. Sie beobachtete einige Wassertropfen dabei, wie sie an seinem Bein herabrollten und zwischen die Steine tröpfelten. Livia hielt ihm ein Handtuch entgegen, das er ihr dankend abnahm und mit dem er sich über das Gesicht fuhr.

Noch immer wünschte sie sich eine Berührung, selbst eine zufällige wäre ihr recht gewesen. Doch etwas an seiner dezenten, aber bestimmten Zurückhaltung ließ sie erahnen, dass es die jetzt nicht geben würde. Er war da, aber doch irgendwie nicht ganz. Diese Widersprüchlichkeit schreckte sie jedoch nicht ab, sie machte sie eher noch gieriger nach mehr.

Livia nahm das belegte Brot aus dem Rucksack, zerteilte es beinahe in der Mitte und gab ihm die Hälfte. Er versuchte erst gar nicht, es abzulehnen. Das gefiel Livia, denn es zeigte einen gewissen Grad an Vertrautheit.

Mario lehnte sich mit dem Rücken entspannt an das umgedrehte Boot, das hinter ihnen lag, und biss in das Brot.

»Erzähl mir etwas von dir«, forderte er sie kauend auf.

Sie dachte eine Weile lang nach und schluckte. Sie fragte sich, was er wohl von ihr hören wollte. Dann ließ sie ihre Gedanken einfach treiben, so wie ihren Körper zuvor auf dem Meer. »Meine erste deutliche Erinnerung aus der Kindheit hat mit Eis zu tun«, begann sie.

Er lächelte unvermittelt, und diese spontane Geste verbreitete Wärme in ihrer Brust.

»Wurde dir Eis schon im Fläschchen verabreicht?«, fragte er augenzwinkernd.

Sie lachte selbst. »Es hat wohl nicht viel gefehlt.«

»Was ist es, was dich so sehr am Eis fasziniert?« Als er einen weiteren Bissen nahm, sah sie seine blitzweißen Zähne und wie aufregend sie mit seiner sonnengebräunten Haut kontrastierten.

Sie zuckte mit den Achseln und lehnte sich ebenfalls an das Boot. »Weißt du, Süßes assoziiert man meist mit Warmem, wie zum Beispiel einem Kuchen, der gerade aus dem Ofen kommt, oder heißer Schokolade, oder höchstens mit Bonbons oder Keksen. Man denkt nicht spontan an Gefrorenes, wenn man sich den Zuckerschock seines Lebens holen will. Und doch greift man zum Löffel und holt sich Eis aus der Gefriertruhe, wenn es einem besonders schlecht geht. Und man kauft dem quengelnden Bambino eine Kugel *Fior di Latte*, und schon ist Ruhe. Ich will da sein für jeden, der einen Moment Zuwendung und Zuspruch braucht und diese in einer Kugel Eis sucht.«

Er hörte auf zu kauen, und sie fragte sich, in welches Fettnäpfchen sie getreten sein mochte.

Seine Reaktion war so seltsam, dass sie einen Rückzieher machte. »Ich erzähle Unsinn. Hör gar nicht auf mich.«

Mario schluckte schwer. Als hätte er einen ganzen Stein durch die Kehle geschoben. Dann schüttelte er den Kopf. »Du erzählst ganz bestimmt keinen Unsinn, Livi. Alles, was du sagst, begeistert mich, du hast diese Fähigkeit, mich zu verzaubern. Mit jedem Wort.«

Livia versuchte, diese wunderschönen Worte sacken zu lassen, doch es gelang ihr nicht. Sie wartete weiter, doch selbst als sie ihr halbes Brot aufgegessen hatte, schwirrte sein Kompliment noch wie ein Glitterregen auf sie herab. Sie wagte es nicht, ihn anzusehen, denn er würde in ihren Augen etwas sehen, das Liebe sehr ähnlich war. Andererseits schien er gerade genug mit sich selbst beschäftigt zu sein. Er aß gedankenverloren, und Livia ließ es gut sein. Ab und an musste man Gedanken einfach freilassen.

Deshalb schloss sie die Augen und genoss die Sonne, die ihr ins Gesicht schien und ihr kurzes Haar fast schon gänzlich getrocknet hatte. Sie überlegte amüsiert, dass sie jetzt wahrscheinlich eine gewisse Ähnlichkeit mit einem Igel hatte, aber das war ihr egal. Manchmal waren die Äußerlichkeiten nicht annähernd so wichtig wie das, was sich tief im Inneren abspielte. Ihre Haut spannte etwas, da das Wasser weißliche Salzspuren auf ihr hinterlassen hatte. Wie hatte sie all das, was das Meer mit sich brachte, vermisst! Es reichte ihr im Augenblick, nur zu atmen und die Sonne auf der Haut zu spüren, denn der Moment war so perfekt, dass sie sogar die Stimmen der anderen Besucher der Badebucht komplett ausblenden konnte.

»Danke.«

Marios Stimme allerdings hörte und mochte sie.

»Hm?«, fragte sie. Sie öffnete ein Auge halb, um Mario anzusehen, doch die Sonne war jetzt so hell, dass sie selbst mit einem Auge blinzeln musste. Sie legte eine Hand an ihre Stirn, um die Helligkeit abzuschirmen, erkannte ihn jetzt besser. Er lag entspannt neben ihr, mit dem Rücken an das Boot gelehnt. Sein Brustkorb, der perfekt definiert und ein wenig behaart war, hob sich sachte, und das M seines Anhängers funkelte im Schein der Sonne.

Er drehte sich leicht zu ihr. »Danke dafür, dass du nicht nachbohrst und mich so sein lässt, wie ich im Moment sein kann und will.« Mario sah sie aufrichtig und fast ein bisschen verletzlich an.

Da lag so vieles in diesem einfachen, aber gleichzeitig kryptischen Satz. Wie das Meer, in dem sie eben geschwommen waren. Und so war das manchmal. Erst ließ man sich an der Oberfläche treiben, und nur, wenn man dem Meer vertraute, wagte man sich mit einem tiefen Atemzug in die Tiefen, die oftmals Dunkelheit, Abgründe und neue Welten, aber ab und an auch wertvolle Schätze verbergen konnten.

Livia nickte nur. Sie konnte sich nicht vorstellen, ihm irgendwie anders zu verstehen zu geben, wie verbunden sie sich trotz seiner bisweilen unnahbaren Art mit ihm fühlte. Doch natürlich begann sie, auch mehr über ihn wissen zu wollen. »Irgendwann wirst du etwas von dir preisgeben müssen, weißt du?«

Mario nickte, schien nicht weiter besorgt oder von ihren Worten gestört. Er legte sogar eine Hand auf ihren Bauch, ohne hinzusehen, denn auch er hatte die Augen geschlossen. Warm, aber leicht. Diese Geste war so vertraut, dass sie es kaum wagte, zu atmen. Ein Tropfen glitt ihre Wange entlang. Als Livia merkte, dass es eine Träne war, war sie schon heruntergetropft.

Kapitel 20

Eisbecher *Ciliegia di Bracigliano*

2 Kugeln *Ciliegia di Bracigliano*
1 Kugel *Fico del Cilento*
auf einem Chutney aus Kirschen und Feigen

(Neuer Eisbecher, Oktober 2009)

Es war später Nachmittag, als Livia und Mario mit der Vespa wieder Amalfi erreichten. In den heißesten Stunden des Tages wurde es zwangsläufig etwas ruhiger in dem quirligen Städtchen. Da es sich auf dem Küstenabschnitt zwischen der Metropole Neapel und der Hafenstadt Salerno befand, benahm auch Amalfi sich in vielerlei Hinsicht wie eine Großstadt, indem es unbegrenzt Touristen aus aller Welt aufnahm. Weil es aber sehr schnell eng wurde, versuchte Amalfi, sich auf dem arg beschränkten Lebensraum so viel Platz wie nur irgend möglich zu verschaffen, indem jeder noch so kleine Winkel ausgenutzt wurde. Geschäfte gab es zum Beispiel überall, sogar unter den Stufen, die zum Dom führten, oder in den kleinen ehemaligen Ställen, die sich in dem mittelalterlich anmutenden Durchgang befanden, der parallel zur Via Lorenzo D'Amalfi verlief. Überhaupt war ein Spaziergang durch Amalfis Gassen, die größtenteils aus steilen Treppen bestanden, mit einer Wanderung durch ein antikes Schloss zu vergleichen, in dem es ein Leichtes war, sich hoffnungslos zu verirren. Doch unerwartete Besonderheiten, wie etwa urtypische Restaurants, Enoteche, mit Blumen geschmückte Innenhöfe, Terrassen oder religiöse Symbole wie Madonnenstatuen in extra angefertigten Nischen, machten das labyrinthartig angelegte Straßennetz Amalfis zu einer wahren Wundertüte und zu einem Lebensraum, den es so nirgendwo anders gab.

Livia liebte es, hier zu leben. Was sie im Moment etwas weniger liebte, war es, sich nun, nach einigen wunderschönen Stunden mit Mario, wieder von ihm verabschieden zu müssen. Von seiner Wärme, die sie an ihrem Rücken spürte und die sie, da war sie sich sicher, gleich schmerzlich vermissen würde, wenn er abstieg. Vorsichtig rollte Livia zum *Palazzo La Fontana* und stellte die Vespa wieder an der Seite des Gebäudes ab, wo sie vor ihrer Abfahrt gewesen war.

Sobald die Vespa stand, stieg Mario ab. Und – *tada* – seine Wärme fehlte ihr sofort. Als hätte sie es nicht gewusst.

»Danke für den Ausflug«, sagte er, ließ den Rucksack von der Schulter gleiten und reichte ihn ihr. Sie nahm ihn entgegen und warf ihn sich über eine Schulter.

»Gerne. Ich wollte sowieso hin.« Innerlich rollte sie mit den Augen.

Wie dumm das geklungen hatte!

Mario lachte. »Keine Sorge, ich bilde mir nichts drauf ein.«

Das fröhliche Funkeln in seinen Augen gab Livia zu verstehen, dass er ihre Aussage nicht halb so blöd fand wie sie. Zum Glück!

Livia schluckte und lehnte sich, plötzlich ausgelaugt vom Meer und von der Sonne, an die Außenwand des Palazzo. »Das solltest du aber …«, gestand sie ihm leise.

»Ich weiß, und das tue ich auch«, erwiderte er und sah ihr dabei tief in die Augen.

Bei ihm war sie sich sicher, dass er nicht log. Genauso sicher war sie aber auch, dass er nicht alles sagte, was es zu sagen gab. Sie wollte das respektieren, obwohl es ihr immer schwerer fiel.

»Wie lange bleibst du eigentlich noch hier in Amalfi?« Diese Frage beschäftigte sie schon die ganze Zeit, denn auch damit musste sie sich auseinandersetzen. Es schien mit ihm alles nicht so einfach zu sein. Und doch wollte sie in diesem Moment nirgendwo anders und mit niemandem sonst sein.

»Ich weiß es noch nicht genau«, erklärte er.

Das reichte ihr nicht. Deshalb wartete sie noch einen Augenblick ab. Sie wartete darauf, dass er ihr zumindest einen Einblick in all das Unausgesprochene gab, das ihn umgab wie eine nebelige Aura. Doch es kam nichts. Ja, er war aufrichtig. Das erkannte Livia an seiner Körperhaltung, die ein gewisses Bedauern ausdrückte. Aber er blieb auf Distanz. Nicht distanziert genug, um ihre Gefühle daran zu hindern, an Stärke zu gewinnen, aber immerhin so distanziert, dass sie es nicht wagte, eine gewisse Grenze zu überschreiten.

Nachdem seine Hand heute warm auf ihrem Bauch gelegen und er sie damit direkt in den siebten Himmel gehoben hatte, empfand Livia diese Entfernung jetzt als verletzend.

»Na, wenn es dir wieder einfällt, dann weißt du ja, wo du mich finden kannst«, sagte sie deshalb und setzte sich auf ihre Vespa, die sie sofort anließ, um nach Hause zu fahren. Sie hatte später noch vor, in der Gelateria nach dem Rechten zu sehen, aber zuerst musste sie das Salz aus ihren Haaren und von ihrer Haut waschen.

»Lass uns das später besprechen, va bene?« Mario sah sie aufrichtig an. Deshalb nickte sie und war ein bisschen versöhnt mit ihm und seiner heimlichtuerischen Art.

Mit der Vespa brauchte sie keine fünf Minuten nach Hause. Sie war froh, dass sie keine weiten Strecken gehen musste, um alles, was ihr wichtig war, zu erreichen. Sie parkte ihr Gefährt und stieg die Treppen hoch, wo sie die Tür öffnete und eintrat.

Filippa sah fern.

»Nonna, ich bin da«, sagte Livia und stellte ihren Rucksack ab.

»Tesoro mio, wie war es? Wo bist du gewesen?« Filippa stellte den Fernseher leiser.

Livia ging von der Küche, in die man gelangte, wenn man durch die Haustür eintrat, durch zum Wohnzimmer, das sich gleich nebenan befand. Sie schaute durch die Tür und lächelte ihrer Nonna zu, die entspannt in ihrem Lieblingssessel saß. »Ich war baden, drüben am Fiordo«, erklärte sie achselzuckend. »Und wie ist es bei dir gelaufen? Du hast doch mit Andrea zu Mittag gegessen?«

Filippa klopfte auf die Couch neben sich. »Setz dich doch zu mir. Einen Moment lang nur, ja?«

Livia setzte sich nicht nur auf die Couch, sie legte sich sogar drauf, und zwar so, dass sie den Kopf auf Filippas Schoß legen konnte. Filippa legte dann auch gleich die Hand auf ihren Kopf, als wäre sie noch ein Kind. Das hatten sie früher oft gemacht, wenn sie zusammen fernsahen. Nonna fing auch sofort an, Livias Haare zu streicheln. Wäre Livia das nicht zu albern, würde sie sogar schnurren wie eine Katze.

»Weißt du, Nonna, ich war nicht allein am Meer.«

»So?«

Livia schloss die Augen. »Nein. Ich habe einen Mann kennengelernt, einen Touristen. Er ist witzig, freundlich, zuvorkommend, und er gefällt mir *so* gut!«

»Und warum klingst du dann alles andere als glücklich?«

»Weil ich nicht wirklich aus ihm schlau werde. Er lässt mich im Unklaren darüber, ob er so viel für mich empfindet, dass aus uns mehr als ein Urlaubsflirt werden könnte.«

»Dann musst du ihn das fragen, ganz direkt und ohne Umschweife.«

»Ja klar, Nonna, das ist nicht so einfach ...«

»Du sagst, er ist ein Tourist, du kannst es dir deshalb nicht leisten, diplomatisch oder schüchtern zu sein, sonst ist er eines Tages weg, und du bereust es dein Leben lang, ihn nicht gefragt zu haben.« Filippa hörte nicht auf, ihre Haare sanft zu streicheln. Dazu die Couch, das Kissen mit dem Duft nach einfachem Waschpulver und Nonnas Singsangstimme versetzten Livia in einen Zustand der totalen Entspannung, sodass sie fast dabei einschlief.

Sie wusste, dass Filippa recht hatte. Das änderte aber trotzdem nichts daran, dass direkte Fragen an den Mann stellen, den man mehr als nur mochte, ungefähr so leicht war, wie ein Eis daran zu hindern, in der Sonne zu schmelzen. Dennoch nahm sie sich vor, es zumindest zu versuchen.

»Also, wie ist Andrea so?« Livia wollte das Thema wechseln. Sie brauchte in diesem Moment ein wenig Abstand zu Mario.

Zum ersten Mal hielt Filippa in ihrer Bewegung inne und stoppte kurz ihre Hand.

»Er ist fabelhaft, ein Gentiluomo, ein Charmeur und sehr gut aussehend noch dazu.«

»Wow. Wer bist du, und was hast du mit meiner Nonna gemacht?« Livia kicherte und war extrem erleichtert.

»Niemand hat irgendetwas mit mir gemacht, aber ich bin an einem Punkt angelangt, an dem ich diesem netten Mann wirklich eine Chance geben möchte. Ich weiß nicht, ob ich verliebt bin oder es jemals sein werde. Um ehrlich zu sein, weiß ich kaum noch, wie sich das anfühlt. Doch bin ich bereit, dieses Gefühl zuzulassen, wenn es sich denn zeigen möchte.«

Livia setzte sich auf, sah Filippa an. »Ich mag Andrea wirklich. Er ist ein netter, guter Mann.«

»Ja, das ist er.«

»Und wenn ihr heiratet, wird er dann mein Nonno?«, fragte Livia augenzwinkernd.

Nonna Filippa gab ihr einen leichten Klaps auf den Arm.

»Das kannst du vergessen, so viel Gesprächsstoff werde ich Patrizia nebenan nie im Leben bieten!«

Sie lachten gemeinsam, bis ihnen die Tränen kamen.

Als Livia etwas später das Haus verließ, nachdem sie geduscht und sich frisch angezogen hatte, waren ihre Gedanken noch immer nicht geordnet, aber deutlich ruhiger. Sie hatte Carolina und Diletta geschrieben und um ein ausnahmsweise abendliches Treffen bei Sal gebeten. Statt Caffè würde es einen Aperitivo geben. Das war zwar ungewohnt, aber heute war Livia danach, ein bisschen aus den alten Gewohnheiten auszubrechen.

Carolina und Diletta saßen schon vor dem *Sal sul Mare* und hoben erfreut die Arme, um ihr zu winken, als sie darauf zusteuerte. Sie winkte zurück und ging etwas schneller, sodass ihr Rock heiter, fast wie einer Musik folgend, um ihre Beine schwang.

Livia erreichte den Tisch, setzte sich und küsste etwas umständlich sowohl Carolina als auch Diletta auf die Wange.

»Buon Dio! Ist das gesunde Sommerbräune, die ich da auf deinen Wangen entdecke?«, fragte Diletta sofort.

»Haha!« Livia rollte mit den Augen. »Ich war heute mal am Meer. Das soll man ruhig sehen.«

»Du musst endlich jemanden einstellen, der dir bei der Eisproduktion hilft«, bemerkte Carolina tadelnd.

Livia überlegte, dass das Leben manchmal äußerst seltsam war. Der Einzige, dem sie es erlauben würde, mit ihren Eismaschinen zu arbeiten, konnte ausgerechnet wegen Carolina bestimmt nicht in der *Artigiani del Gelato* arbeiten. Livia fiel ein, dass sie Bernardo noch eine Antwort schuldete. Es war nicht fair ihm gegenüber, ihn hinzuhalten.

»Ja, das werde ich demnächst in Angriff nehmen. Keine Sorge.«

Sal kam an den Tisch auf der Piazza, nahm ihre Bestellung auf und ging dann zügig zurück zur Bar.

»So, nun erzähl aber, was mit dir los ist. Dass irgendetwas nicht stimmt, ist offensichtlich«, forderte Diletta sie mit ihrer gewohnt direkten Art auf.

Und endlich konnte Livia ihren beiden Freundinnen alles über Mario erzählen, was sie wusste. Ihre Gefühle, vor allem aber ihre Zweifel und ihre Wünsche, über all das sprach sie mit ihnen, was unglaublich guttat. Sie redeten und berieten sich eine Weile lang, kamen aber auf keine Lösung außer der, dass Livia Mario am besten direkt ansprach.

»Livi, wir wollen nur, dass du glücklich bist. Und manchmal muss man Klartext sprechen, um sich das große Glück nicht entgehen zu lassen«, erklärte Diletta mit einfühlsamem Blick. Carolina nickte beipflichtend. Und Livia konnte ihren Freundinnen nur recht geben. Sie wollte also versuchen, den Rat, den auch Filippa ihr in ähnlicher Form gegeben hatte, zu befolgen. Livia überlegte auch kurz, ihre Mamma oder Schwester anzurufen, um ihnen von Mario zu erzählen, denn er war ihr wichtig genug. Doch dann verwarf sie den Gedanken wieder, weil sie das Gefühl hatte, die beiden beschützen zu müssen, um jegliche Art von Sorge, ja, sogar solche Dinge wie eine Männerbekanntschaft vor ihnen geheim zu halten, um sie nur nicht zu beunruhigen.

Carolina und Diletta mussten zurück in ihre Läden, und auch Livia trieb es nach einem Tag fast ganz ohne Eis in die Gelateria. Doch zuerst winkten sie Andrea zu, der am gewohnten Platz stand. Livia hob den Daumen und grüßte ihn kurz: »Andrea, du machst alles genau richtig. Nonna hat das Mittagessen mit dir heute sehr genossen. Weiter so!« Er freute sich offensichtlich und lief rot an. Vor dem *Palazzo La Fontana* verabschiedete Livia sich eilig von Carolina, Diletta und Andrea.

Livia betrat den Eingangsbereich des Palazzo, ging, wie immer, zur Hintertür, schloss auf und betrat ihr Labor. Es war spät, sie wollte aber dennoch sehen, wie viele Behälter Eis ihre Mitarbeiter heute verkauft hatten. Zuerst ging sie in den Kühlraum, um zu sehen, was fehlte. Schon auf den ersten Blick sah sie, dass nur noch ein *Gusto Ciliegia di Bracigliano* vorhanden war. Wie immer freute sie sich, da leere Eisbehälter einen guten Verkauf bedeuteten. Doch in diesem Fall war ihr auch bewusst, dass sie ein ganzes Jahr lang kein Kirscheis mehr produzieren würde, denn es gab keine frischen Früchte mehr. Sie hielt noch immer an der Philosophie ihres Vaters fest und verwendete nur Früchte der Saison. Die Qualität war ihr – nach wie vor – wichtiger als die Quantität.

Was für ein Tag, überlegte Livia bei sich. Und dann tat sie doch wieder das, was sie am besten konnte, das, was sie immer wieder auf den Boden der Tatsachen brachte: Sie begann mit der Eisproduktion.

»Pst, Andrea!«

Andrea drehte sich um. »Signora Diletta, Signorina Carolina?«

»Andrea, Sie müssen uns helfen!«, sagte Diletta, und auch Carolina nickte mit Nachdruck.

Die jungen Frauen schienen etwas nervös zu sein und blickten immer wieder in Richtung Glastür. Andrea war irritiert. Was hatte er verpasst? Livia war gerade erst in der Gelateria verschwunden.

»Wenn ich es denn kann, dann gerne. Aber wobei?«

»Da gibt es so einen Touristen im Hotel«, erklärte Carolina und zeigte mit den Augen und den Augenbrauen in Richtung Palazzo, »und der hat unserer Livia ordentlich den Kopf verdreht.«

Ja, das war Andrea nicht entgangen. Er hatte gesehen, wie sie heute mit der Vespa weggefahren und dann Stunden später wieder zurückgekommen waren. »So wie Sie das sagen, Signorina Carolina, scheint irgendwo ein Haken zu sein?«

Diletta ergriff wieder das Wort: »Livias Erzählungen nach zu urteilen, hat er etwas zu verbergen. Wir sind uns nicht sicher, was es denn sein könnte, aber wir möchten nicht, dass sie verletzt wird. Sie ist zum ersten Mal nach der Unglücksnacht damals wieder mit dem Kopf woanders. Es wäre verheerend, wenn sich dieser mysteriöse Mann als irgendwie problematisch herausstellen würde. Verstehen Sie?«

»Ja, ich verstehe, doch ich sehe nicht, was ich damit zu tun habe.« Andrea dachte von sich nicht, einer von der langsamen Sorte zu sein, doch er konnte sich nicht vorstellen, wie er behilflich sein könnte. Er mochte die Signorina Livia sehr, fast so, als wären sie blutsverwandt, doch er hatte kein so inniges Verhältnis zu ihr, dass er mit ihr über ihre Herzensangelegenheiten sprechen würde. Über seine, ja, aber das war etwas anderes.

»Andrea, Sie gehen im Hotel *La Fontana* ein und aus, tags wie nachts ...« Diletta war etwas näher an ihn herangerückt.

Er nickte, denn das stimmte, da er ja im Palazzo lebte.

»Sicherlich könnten Sie, wenn Sie es denn wollten, an der Rezeption den Buchungsvorgang zurückverfolgen, um einige Informationen über diesen Mann herauszufinden. Es scheint nämlich, als ginge er recht sparsam damit um, Details über sich selbst zu verraten.«

Andrea begann zu verstehen.

Das Hotel *La Fontana* war seit einem gefühlten Leben sein Zuhause, doch die Privatsphäre der Gäste war für ihn immer ein Tabu gewesen. Er glaubte, dass es nichts Wertvolleres gab. Trotzdem nickte er erneut. Für die Famiglia Lucibello würde er alles tun, denn er hatte sein Herz an Livia und Filippa verloren, wenn auch auf nicht annähernd vergleichbare Weise.

Kapitel 21

»Stört es dich eigentlich nicht, dass ich dir beim Eismachen immer über die Schulter schaue, Papà?«

Er schüttelt den Kopf. »Um ehrlich zu sein, du bist die einzige Person, bei der es mich nicht stört.«

»Warum ausgerechnet ich?«

Er hält inne. »Weil du so bist wie ich.«

Ja!, denkt sie. So ist es tatsächlich.

(Gespräche, Februar 2010)

Livia war vertieft in die Eisproduktion, als Elvira mit wippendem Pferdeschwanz ins Labor kam.

»Livia, ein Gast fragt nach dir«, sagte sie.

»Gibt es Probleme?«

Elvira hob die Schultern und die Augenbrauen. Dann ging sie eilig wieder. Livia blieb zurück und versuchte, die Hoffnung zu unterdrücken, es könnte sich wieder um Mario handeln. Ein rationaler Teil von ihr wusste, dass er über den Hintereingang gekommen wäre. Doch Hoffnung war hartnäckig und widersetzte sich jeglicher Logik. Also nahm Livia mit Herzklopfen ihre Schürze ab und ging über den Flur in den kleinen Bereich, in dem die Eistheke stand, dann direkt durch die große, offene Fensterfront ins Freie. Elvira fing ihren fragenden Blick ein und zeigte auf einen Tisch.

Ein bisschen war Livia enttäuscht und schickte die verdammte Hoffnung zum Teufel. Andererseits war sie aber erfreut, denn der Mann, der nach ihr gefragt hatte, war Rino. Und sie mochte ihn nach wie vor sehr gern. Sofort hatte sie ein schlechtes Gewissen, denn sie hatte nicht viel getan, um ihm für sein Interesse an der Eismanufaktur zu danken.

Rino stand auf, als er Livia kommen sah. Sie ging auf ihn zu und umarmte ihn zur Begrüßung herzlich. Der Duft seines Aftershave drang ihr angenehm in die Nase.

»Hallo, Livia!«, sagte er lachend.

»Mio Dio, ich glaube, ich bin keine gute Freundin«, sagte sie bedauernd und schuldbewusst.

»Oh, da bin ich ganz anderer Meinung!«, protestierte er. »Falls dich das tröstet, fühle ich mich gerade auch ein bisschen verlegen, weil ich einfach so gekommen bin, ohne dir vorher Bescheid zu geben. Störe ich dich?«

»Überhaupt nicht. Ich bin nur gerade dabei, die Eismaschinen anzuwerfen. Magst du kurz mit mir mitkommen, damit ich das erledigen kann?«

»Wenn das für dich in Ordnung ist?«

»Ist es!«

»Na, dann …«

Livia ging vorsichtig und Slalom laufend durch die gut

besetzten Tische wieder zurück ins Labor, während Rino ihr folgte.

»Tu einfach so, als wäre ich gar nicht da!«, schlug er vor und stellte sich an den Arbeitstisch.

»Keine Sorge, ich bin gleich fertig. Also, was führt dich zu mir?«

Rino räusperte sich. Livia war zwar ein bisschen von der Eisproduktion abgelenkt, aber sie merkte, dass er nervös war. Sie wusste nicht, warum, und hoffte, dass sie nicht irgendwie unbewusst abweisend auf ihn wirkte. Unhöflich wollte sie ganz sicher nicht sein.

»Willst du den offiziellen oder den inoffiziellen Grund?«, fragte er ziemlich leise.

Livia blickte zu ihm auf. Sie war sich nicht sicher, aber er schien mit ihr zu flirten. Er hatte die Hände in seinen Hosentaschen vergraben und stand mit überkreuzten Beinen da, doch es waren seine Augen, die am meisten signalisierten, dass er sie necken wollte, denn sie leuchteten an diesem Abend besonders.

»Äh … beide?« Livia wog Zucker ab und versuchte gleichzeitig, der Situation Herr zu bleiben.

»Gut. Also, ich wollte dir einerseits den Entwurf meines Artikels über deine Gelateria zeigen, und andererseits wollte ich dich sehen. Ich dachte, da wäre etwas zwischen uns gewesen. Täusche ich mich?«

Puh. Das nannte Livia mal Klartext sprechen! Hätte Mario doch nur einen Funken dieser Offenheit! Sie war kurz so abgelenkt von ihren Gedanken, dass sie etwas Zucker verschüttete. Und Rino wartete noch immer auf eine Antwort.

Um die Situation noch komplizierter zu machen, trat auch noch Elvira ein und sagte: »Livia, da sucht schon wieder jemand nach dir!« Dann ging sie wieder.

Livia stand mit dem Zucker in der Hand da und war sich bewusst, wie sehr Rino darauf wartete, dass sie etwas erwiderte. Doch kam ihr kein einziges Wort über die Lippen.

Doch Rino ließ sich nichts anmerken. »Du bist beschäftigt. Weißt du was? Ich rufe dich später einfach an. Okay?«

»Rino, es tut mir leid, aber hier geht gerade tatsächlich alles drunter und drüber, und ich ...«

Er hob die Hände. »Mein Fehler! Ich hätte nicht einfach so kommen sollen.« Rino ging auf sie zu, küsste sie auf die Wange und ging.

Livia knallte die Zuckerpackung auf den Tisch, verschüttete noch mehr davon und ärgerte sich ungemein über den bescheuerten Ablauf dieses Treffens. Eine Sekunde hätte es gebraucht, um zu antworten. Eine Sekunde hätte Rino aus der Ungewissheit geholt. Stattdessen hatte sie ihn ohne eine Antwort gehen lassen. So war sie nicht. So wollte sie nicht sein. Es war alles Marios Schuld. Hätte sie ihn nie kennengelernt, dann hätte sie Rino innerhalb einer Sekunde glücklich machen können.

Und jetzt musste sie auch noch nach draußen und sehen, wer schon wieder nach ihr gefragt hatte. Reichlich genervt ging sie trotzdem wieder raus und blickte sich um. Sie sah aber niemanden, der irgendwie so aussah, als hätte er nach ihr gefragt. Sie wartete eine Weile ab, ob irgendwer auf sie zukam, ging dann aber zurück ins Labor, als niemand sich meldete.

Dort stand, lässig gegen die Arbeitsplatte gelehnt, Mario.

Sie erschrak und fluchte leise.

Ihre Nerven lagen blank.

Sie sagte nichts zu ihm, ging stumm an ihm vorbei zurück zur Packung Zucker, weil sie noch daran zu knabbern hatte, dass er nachmittags nicht auf ihre Frage nach seiner Abreise geantwortet hatte. Sie wog wieder etwas davon ab, da sie aber so viel verschüttet hatte, reichte es nicht, deshalb musste sie eine neue Packung holen. Doch noch bevor sie das Papier der alten zusammenknüllen konnte, reichte Mario ihr schon die nächste. Livia nahm sie ihm schroff ab. Er war weiterhin still. Also blieb ihr nichts anderes übrig als weiterzuarbeiten.

Die gewohnten Handgriffe beruhigten sie. Der Atem ging fast wieder normal. Sie schaltete die erste Maschine ein. Die zusammengemischte Flüssigkeit begann, sich im Kühltopf in Bewegung zu setzen. Der Motor brummte dezent. Zeit, die Nächste zu füllen. Mario reichte ihr diesmal die Milch. Sie wagte es noch immer nicht, ihn anzusehen. Sie war auf einmal so wütend. Sie fand es ja selbst übertrieben, aber je stärker das Gefühl, desto heftiger die Reaktion. So war Livia.

»Ich werde bis mindestens nächsten Montag bleiben. Als ich vorhin gesagt habe, dass ich es nicht genau weiß, wie lange ich hier sein werde, war es tatsächlich so. Ich versuche gerade, meine Ferien ein bisschen zu verlängern, um noch ein paar Tage dranzuhängen.«

Livia öffnete alle Milchbehälter und schüttete den Inhalt

in die nächste Eismaschine. Es war Mittwoch. Das war nicht viel Zeit. »Warum?«

Er nahm die Behälter nach und nach von der Arbeitsfläche und stellte sie in die tiefe Spüle, wo sie ausgewaschen werden mussten. »Hm?«

»Warum versuchst du, noch länger zu bleiben?«

»Ja, warum wohl …?« Er stellte ihr weitere Packungen Zucker hin.

»Mario, ich brauche von dir jetzt klare Aussagen. Das hier ist kein Spiel mehr für mich, verstehst du?« Sie stand vor ihm und suchte seinen Blick. Zuerst schossen seine Augen hin und her, doch dann sah auch er sie direkt an.

»Ich brauche mehr Zeit, Livi. Einfach nur mehr Zeit.«

Er hatte Livi gesagt. Es brach ihr das Herz, diesen Kosenamen hier in ihrem Labor von Mario zu hören. Sie musste schlucken, um sich einigermaßen wieder zu fangen. Trotzdem brachte sie kein Wort heraus.

Endlich legte er eine Hand an ihre Wange. Es war nur eine leichte Berührung, aber sie haute Livia förmlich um. Sie lehnte sich mit all ihrem Herzen, ihrer ganzen Seele und ihrer aufkeimenden Liebe hinein. Sogar die Augen schloss sie. Sie sehnte sich so sehr nach einem Kuss von ihm, dass sie vor Sehnsucht sogar schon seine Lippen auf ihren zu spüren glaubte. Seinen Geschmack, seine Zunge. Ihr Atem ging schneller. Er streichelte ihre Wange und stillte schließlich ihre Sehnsucht, indem er seine Lippen leicht und sanft auf ihre legte. Ohne es bewusst zu steuern, umarmte sie ihn fest. Sie drückte sich an ihn und hatte die Gewissheit, nicht mehr ohne die Wärme seines Körpers leben zu wollen. Sie war schwer verliebt, so viel stand fest. Aber auch er zeigte sich alles andere als gleichgültig, denn er streichelte sie während des Kusses über die Schultern, die Arme, im Nacken, geradeso, als wollte er ihren ganzen Körper erkunden.

Schweren Herzens beendete Livia den Kuss, weil sie fürchtete, vom Personal entdeckt zu werden, und sie wollte sich ihnen nicht als knutschende Chefin zeigen. Sie zog es vor, wenn manche Dinge privat blieben.

Sie sahen sich stumm ein paar Augenblicke lang liebevoll an, doch dann sprach Mario: »Kommst du am Freitag mit mir ins *Ristorante Miracolo*?«

Diese Frage kam so unerwartet, dass Livia blinzeln musste. Sie kannte nur ein Restaurant, das so hieß.

»Meinst du das in Positano?« Ihr Herz flatterte plötzlich vor Aufregung.

Er nickte, und sein Gesicht verwandelte sich, er hatte jetzt ein spitzbübisches Lächeln. »Sissignora!«

»Da muss man Ewigkeiten vorher reservieren …«

»Schon passiert.«

»Das ist sauteuer.« Livia wusste, dass dieses Restaurant, das besonders wegen seines atemberaubenden Meerblicks bekannt war, vorwiegend von den Reichen und Schönen besucht wurde.

»Meine Kreditkarte ist bestens darauf vorbereitet.«

»Meinst du das ernst?«

Mario nickte und lächelte. Er sah so glücklich aus, dass Livia ganz sentimental wurde.

»Wieso willst du da mit mir hin?«

»Weil ich unbedingt ein Selfie auf der Terrasse schießen

möchte, aber meinen Selfiestick vergessen habe. Du kannst doch fotografieren?«

Sie boxte ihn in den Arm. »Jetzt bitte die ernste Version.«

»Ich möchte mich für die letzten Tage entschuldigen, in denen ich offenbar Unruhe in dein Leben gebracht habe. Es ist und war niemals meine Absicht, dich in irgendeiner Weise zu stören oder aus dem Gleichgewicht zu bringen.«

»Weißt du, ein Limoncello bei Sal hätte es auch getan …«

»Nein. Besondere Menschen verdienen ein besonderes Dankeschön.«

Dem wollte sie im Moment nichts entgegensetzen. Sie wollte ihm diese Chance geben. Ein Dinner im *Miracolo* war ein wirklich großes Ding. Wenn er Wort hielt, dann waren sie einen bedeutenden Schritt weiter. Wohin der Schritt führen würde, war aber eine ganz andere Frage, da seine Zeit in Amalfi ohnehin zeitlich begrenzt war. Was sie letztendlich aber davon abhielt, sich von Mario zu lösen, war die Aufrichtigkeit, mit der er ihr begegnete. Sie glaubte an ihn.

»Ich muss die Eisproduktion zu Ende bringen«, sagte sie schließlich seufzend.

Sie erwartete fast, dass er sich, wie so oft, aus dem Staub machen würde. Daran war sie inzwischen gewöhnt. Doch er tat diesmal genau das Gegenteil, er blieb nämlich. Er blieb und machte mit ihr Eis, bis ihnen fast die Augen zufielen. Und das bedeutete Livia die Welt.

Andrea betrat die Cartiera der Signorina Carolina wie besprochen. Obwohl die Sonne schon lange untergegangen war, herrschte im Laden noch reger Betrieb. Nicht oft hatte er dieses Geschäft betreten, aber er wusste, wie voll es war: Karten, Blöcke, Bilder, Tagebücher, Postkarten, Lesezeichen, Briefpapier und, und, und, wohin das Auge nur reichte. Dass die Fülle an Ware aus dickem Amalfi-Papier, das im Gegensatz zu normalem Papier aus Baumwolle und nicht aus Holz bestand, potenzielle Käufer nicht erschlug, sondern neugierig machte, war Carolinas Verdienst, wie Andrea wusste. Er sah sie oft genug durch die Vitrinen neue Ware gekonnt und geschickt arrangieren. Sie verstand ihr Handwerk. Aber das taten sie alle drei, die Ladenbesitzerinnen des *Palazzo La Fontana*. Und wenn es auch irgendwie ein bisschen erhaben klang, so war Andrea doch stolz auf die drei jungen Frauen, die er hatte heranwachsen sehen.

Doch jetzt war er mit dem Kopf ganz woanders. Was er eben herausgefunden hatte, stimmte ihn eher traurig, sogar ein bisschen besorgt.

»Kommen Sie, Andrea!« Carolina winkte ihn zu sich durch und schob ihn in ihr winziges Hinterzimmer, das geradezu überquoll.

»Danke, Signorina Carolina. Die Signora Diletta kommt auch gleich. Im Vorbeigehen habe ich ihr Bescheid gesagt, dass wir hier auf sie warten.«

»Das ist gut. Konnten Sie denn etwas herausfinden?«

Er nickte, doch bevor er etwas sagen konnte, trat Diletta ein.

»Hallo, Andrea. Nun sagen Sie schon, was gibt's Neues?«, forderte Diletta ihn auch sofort auf.

»Ich konnte einen Blick auf das Buchungsprogramm werfen. Wie er heißt und woher er kommt, habe ich mir genau aufgeschrieben.« Andrea nahm das gefaltete Blatt aus seiner Hosentasche und reichte es den beiden Frauen, die das Geschriebene kurz überflogen.

»Perfekt. Dann können wir gleich schauen, ob er Social Media Accounts hat. Da findet man eine ganze Menge heraus«, bemerkte Carolina.

»Ja, nun, ich hätte noch ein paar weitere Informationen …«

Die beiden Frauen sahen ihn aufmerksam an. »Der Gast hat bis zum nächsten Montag gebucht.«

Carolina und Diletta nickten erwartungsvoll. »Und weiter?«

Andrea seufzte. Er fühlte sich unwohl in seiner Haut, da er es nicht mochte, die Nase in das Leben anderer zu stecken, weil er selbst größten Wert auf seine Privatsphäre legte. Doch in diesem Fall ging es um das Wohl der Signorina Livia. Das änderte alles. »Und weiter steht als Zusatzinformation bei der Buchung dabei, dass es sich um keinen gewöhnlichen Urlaub handelt.«

»Sondern?«

»Sondern um Flitterwochen.«

Es wurde so still im kleinen Zimmer, dass man sicher eine Stecknadel hätte fallen hören können. Carolina und Diletta waren wie versteinert. Und es tat ihm im Herzen weh, dass er Bote schlechter Nachrichten sein musste.

»Der Kerl ist verheiratet?«, fragte Diletta und machte dabei ein angeekeltes Gesicht.

»Eine Ehefrau scheint nicht dabei zu sein«, erklärte Andrea, der diese Information von Anna hatte, die das Zimmermädchen in dem Stockwerk war, wo Mario sein Zimmer hatte.

»Nein? Das ist ja noch kranker ...«, fand Carolina.

»Das gefällt mir nicht!« Diletta sprach aus, was sie alle drei dachten.

Zaghaftes Klopfen ließ sie aufschrecken. Obwohl Andrea wusste, wer kam, war er nicht darauf vorbereitet gewesen, das Klopfen so bald schon zu hören.

Carolina öffnete wenig überzeugt.

Filippa trat ein. »Was ist denn das hier für ein kurioses Treffen?«, fragte sie, wobei sich eine Sorgenfalte auf ihrer Stirn zeigte. Andrea sah sie an und war nur umso mehr davon überzeugt, dass es das Richtige war, sie einzuweihen. Sie würde wissen, was jetzt zu tun war.

Kapitel 22

»Papà, schau mal, Dilettas Eltern schicken diesen Limoncello hier aus dem Laden. Du sollst ihn probieren, weil der gerade neu im Sortiment ist.«

Sie hält ihm einen Becher hin.

»Na, er wird wohl nach Limoncello schmecken.« Er nippt wenig überzeugt daran. Doch dann hält er inne, nimmt noch einen Schluck. »Livi, frag doch drüben bitte nach, ob sie mir mal die Flasche zeigen können. Dieser Limoncello schmeckt tatsächlich ganz besonders.«

(*Gusto Limoncello*, April 2011)

Andrea war sehr stolz darauf, wie ruhig und besonnen Filippa sich die ganze Geschichte über ihre Enkelin Livia und diesen Mario anhörte, ohne mit der Wimper zu zucken.

»Wir müssen Livia warnen!«, fand Diletta.

»Besser gleich als zu spät. Er wird ihr sonst das Herz brechen«, pflichtete Carolina ihr bei.

Filippa hatte noch gar nichts gesagt.

»Was denkst du darüber, Filippa?«, sprach Andrea die Frau seiner Träume ganz direkt an.

Sie blinzelte, als kostete die Konzentration auf diese Frage sie gerade eine ganze Menge Kraft. »Livia ist eine erwachsene Frau. Wir werden gar nichts tun und die Daumen drücken, dass dieser Mann ganz schnell Amalfi verlässt und bald nur noch eine warme Erinnerung für meine Enkelin bleibt. Wenn wir jetzt einschreiten und ihr diese Geschichte vermasseln, machen wir alles kaputt, auch das gute Gefühl und das Herzklopfen. Wenn wir ihr die Wahrheit sagen, vergiften wir auch das Schöne, das sie jetzt erlebt.«

»Er wird ihr das Herz brechen. Ich meine, er ist verheiratet. Oder verlobt. Oder, was auch immer«, wiederholte Carolina.

»Wir würden ihr das Herz brechen. Der Mann wird vielleicht einfach von der Bildfläche verschwinden, ohne Drama, ohne Demütigung. Ich möchte nicht, dass sie jemals erfährt, vom ersten Mann, für den sie endlich tiefe Gefühle entwickelt hat, hintergangen worden zu sein. Wir wissen zu wenig, um uns einzumischen. Lasst sie machen. Ich vertraue Livia.«

Der Raum war so eng, dass es langsam unerträglich heiß wurde. Andrea begann zu schwitzen, aber er wollte den wichtigen Augenblick nicht unterbrechen.

»Ich fühle mich nicht wohl dabei …«, jammerte Carolina.

Filippa nahm ihre Hand und lächelte sie aufmunternd an. »Ihr seid die besten Freundinnen, die Livia sich wünschen kann. Aber lasst sie diesen Weg jetzt allein gehen.«

»Gut. Ich werde Livia nichts sagen, aber ich tue das nur äußerst ungern«, erklärte Diletta.

Doch es blieb dabei: Livia würde von ihnen nichts über Marios Flitterwochen erfahren.

Als sie das kleine Hinterzimmer in Carolinas Cartiera verließen, atmete Andrea auf. Er führte Filippa aus dem Geschäft. Draußen blieben sie stehen.

»Danke, dass du mich informiert hast, Andrea«, sagte sie und sah ihm dabei in die Augen.

Rund um sie herum flanierten Gäste aus aller Welt, während Andreas Welt direkt vor ihm stand. Er liebte diese kleine, zierliche Frau so sehr, dass es begann wehzutun. »Ich würde alles für dich tun«, flüsterte er, weil er sich plötzlich vor seiner eigenen Courage fürchtete.

Sie nahm seine Hand. »Ich weiß nicht, womit ich deine Zuneigung verdient habe, aber ich beginne, sehr froh darüber zu sein.« Sie lächelte, und Andrea schmolz dahin.

»Möchtest du noch ein bisschen spazieren gehen?«, fragte er hoffnungsvoll.

Filippa nickte. »Ja, das möchte ich!«

Er bot ihr den Arm an, um sich unterzuhaken, und sie schob ihren sofort darunter. In einem engeren Kontakt, als es jemals zwischen ihnen gegeben hatte, gingen sie um den *Palazzo La Fontana* herum, nahmen den gewölbten Durchgang, gingen dann unter dem Tunnel hindurch und über die Straße, um die Piazza Flavio Gioia zu erreichen. Sie setzten stumm einen Fuß vor den anderen, folgten dem Strom, den Sternen oder einfach nur ihrem Instinkt, der sie letztendlich auf die Mole führte, die gleich in der Nähe der Piazza vom Festland über das Meer führte.

Am Ende der Mole blieben sie stehen. Filippa lehnte sich an die Balustrade und atmete tief ein. Andrea sah sie einfach nur an und bewunderte ihre natürliche Anmut.

»Wann warst du das letzte Mal im Meer, Andrea?«

Die Frage war so unerwartet, dass er leicht verwirrt den Kopf schüttelte. »Ich kann es gar nicht mehr sagen. Irgendwann habe ich einfach aufgehört, in meiner Freizeit an den Strand zu gehen.«

»Mir geht es genauso. Und ich frage mich einfach, warum. Werden wir tatsächlich alt, lieber Andrea? Ist das so, wenn der Körper nach und nach verrostet?«

»Wir werden nicht alt, wir werden reifer. Unsere Prioritäten ändern sich.«

»Ich finde, das Meer sollte immer eine Priorität im Leben haben.«

»Dann lass uns zusammen das Leben genießen, liebste Filippa. Lass uns ein Boot mieten und uns kopfüber in die Wellen stürzen. Mit dir an meiner Seite würde ich es tun. Jeden Tag.«

Filippa lachte, und es klang so unerwartet schön, dass sein Herz einen Schlag lang aussetzte.

»Weißt du, was das Erschreckende an deinem Angebot ist? Dass ich es fast wagen würde«, sagte sie jetzt sehr viel ernster.

»Muss ich mich damit begnügen? Mit einem ›fast‹?« Er hob eine Hand an ihre Wange und fuhr mit dem Daumen über ihre weiche Haut. Seine Fingerspitzen berührten ihr

Haar. Sie sah wunderschön aus. Liebe kannte kein Alter, das wusste er jetzt.

»Ich habe Angst, Andrea. Seit dem Tod meines Sohnes reiße ich mich gerade so zusammen. Ich habe den Eindruck, dass jede noch so kleine Veränderung mich in tausend kleine Stücke zerbrechen lassen könnte. Noch einen Verlust könnte ich nicht überstehen. Was, wenn wir streiten und du mich alleinlässt? Was, wenn wir merken, dass wir nicht zusammenpassen? Dann muss ich mein Herz zusammenflicken – schon wieder –, und das schaffe ich nicht noch einmal.«

Andrea musste seine Rührung wegblinzeln und dachte bei sich, dass er ein Romantiker geworden war. Dann nahm er sie fest in den Arm. »Hörst du mein Herz?« Sie legte sich jetzt erst richtig in die Umarmung und nickte dann. »Es ist stark genug für uns beide.«

»Ach, Andrea …« Sie schmiegte sich vertrauensvoll an ihn.

Er küsste sie auf den Kopf und sah dabei auf das Meer, das sich vor ihnen erstreckte. Es war ruhig und bewegte sich kaum. Mehr brauchte er nicht.

Langsam löste sich Filippa von ihm. Sie war etwas kleiner als er und schaute von unten herab zu ihm auf. Ihr Blick war aus ihren wunderschönen blauen Augen klar und fest. Sie sagte nichts, und er beugte sich zu ihr herab, hauchte einen angedeuteten Kuss auf ihre Wange. Diese leichte Berührung reichte schon aus, um ihm eine Gänsehaut über den Rücken zu jagen. Er fühlte sich so lebendig wie schon lange nicht mehr.

»Wie wäre es mit ... einem Drink?« Er sagte einfach das Erstbeste, was ihm einfiel, da er spürte, dass sie unruhig wurde, er aber noch nicht bereit war, sie gehen zu lassen, jetzt, wo er sie endlich gefunden zu haben schien.

»Drink?«

»Ja. Einen ganz kleinen nur. Und dann begleite ich dich nach Hause.«

»Ach, warum eigentlich nicht?«

Gemächlich schlenderten sie zurück zur Piazza Flavio Gioia, überquerten den offenen Platz, auf dem es auch an diesem Abend nur so von Autos wimmelte, um den Bürgersteig zu erreichen. Von dort aus gingen sie langsam weiter die Strandpromenade entlang zur ersten Bar, die schöne weiße Tische auf dem breiten Bürgersteig aufgestellt hatte. Sowohl Fußgänger hatten Platz als auch Barbesucher, die entspannt auf den kleinen Strand unterhalb der Promenade oder direkt auf das fast endlos große Meer schauen wollten. Andrea rückte Filippa den Stuhl zurecht, dann erst setzte er sich. Es war ungewohnt, hier mit ihr zu sein.

»Das fühlt sich gerade etwas seltsam an, oder?« Filippa lachte verlegen.

Auch er lachte, da er den Eindruck hatte, das könnte die Verlegenheit überspielen. »Für mich fühlt sich das gerade eher wie ein wahr gewordener Traum an«, gab er dann zu.

»Oh, Andrea, du Charmeur!« Sie griff nach seiner Hand, drückte sie kurz und blickte sich dann fragend um. »Sag mal, was bestellt man eigentlich, wenn man abends auf einen Drink ausgeht?«

Er zog die Schultern hoch. »Einen Limoncello?«

Sie machte ein zweifelndes Gesicht. »Wirklich?«

Andrea hatte keine Ahnung, dachte aber, dass man mit dem für Amalfi so typischen Zitronenlikör nicht viel falsch machen konnte. »Unbedingt!«

»Na, dann sei es drum!« Viel selbstsicherer und wieder etwas mehr wie die Filippa, die er kannte, rief sie nach einer Bedienung und bestellte für beide Limoncello.

Wenig später stießen sie an, mit ihren hohen kalten Schnapsgläsern, in denen sich der zitronengelbe Alkohol befand, der ihnen schon bald im Rachen und dann im Magen brennen würde.

Andrea war glücklich, endlich glücklich.

Wenige Wochen zuvor im Norden

»Du siehst alles andere als glücklich aus, Mario!«, nahm Donato ihn auf den Arm.

»Das kommt vom Alkohol.« Mario zeigte auf sein leeres Schnapsglas. Wie es sich gehörte, trank er an seinem Junggesellenabschied deutlich zu viel. Aber das war das letzte Glas, er kannte sich ja, wenn er nicht sofort damit aufhörte, würde sein Magen bald rebellieren – das musste wirklich nicht sein.

»Komm mit!«, forderte Donato ihn auf und zerrte ihn gleich mitten auf eine leere Tanzfläche des Klubs, in dem er und weitere Freunde diesen Abend für Mario organisiert hatten. Ein Stuhl wartete auf ihn.

»Donato, du hast jetzt nicht wirklich eine Stripperin angeheuert, oder?« Mario konnte sich nichts Schlimmeres vorstellen.

Donato hob zweimal schnell hintereinander die Augenbrauen und grinste von einem Ohr zum anderen. »Setz dich, du Bräutigam!«

Mario fluchte stumm ein ganzes Wörterbuch an bösen italienischen Schimpfwörtern hoch und runter und versuchte, das Grölen der ganzen Bande zu ignorieren. Es wurde dunkel im Raum, ein einziger Scheinwerfer ging an und war, natürlich, auf ihn gerichtet. Fast zeitgleich setzte eine orientalisch anmutende Musik über Lautsprecher ein. Mario sah nicht viel, das Scheinwerferlicht blendete ihn. Doch dann spürte er etwas Weiches an seiner Schulter, gleich darauf erreichte ihn ein angenehmer Duft. Eine Bauchtänzerin. Und sie war so unglaublich gut aussehend, dass seine Freunde zuerst gar keinen Laut von sich gaben, um dann bewundernd zu applaudieren.

Die erste halbe Minute war Mario die Nähe zur Tänzerin so unangenehm, dass er versucht war, aufzustehen. Da sie sich aber nicht entkleidete, sondern es beim Tanzen beließ, fing er an, sich zu entspannen. Er sah sich ihre meist weichen und nur manchmal ruckartigen Bewegungen sogar sehr gerne an. Wenn sie sich ihm näherte, um den Tanz noch sinnlicher zu gestalten, ließ er es zu, atmete den betörenden Duft ihrer Haare ein und spielte ganz einfach mit, ohne dabei jemals die Grenzen zu überschreiten. Er begann, sich frei und übermäßig glücklich zu fühlen, was er sehr rational auf den Alkohol schob. Je mehr die Frau tanzte, umso mehr Spaß wollte auch Mario haben, denn morgen würde für ihn der Ernst des Lebens beginnen. Noch einmal richtig auf den Putz hauen, das war doch der Sinn eines Junggesellenabschieds, oder? Er stand auf, noch bevor er sich selbst daran hindern konnte, und bewegte sich mit im Takt der Musik. Ihm war klar, dass er dabei nicht halb so anmutig aussah wie die Tänzerin, aber das war ihm egal. Die Tänzerin lächelte geheimnisvoll und streckte ihre Hand nach ihm aus. Er nahm sie und ließ sich ein bisschen von ihr führen. Er machte sich keine Sorgen darüber, wie er dabei aussah. Er winkte seine Freunde auf die Bühne, die auf nichts anderes gewartet zu haben schienen. Sie johlten begeistert. Die Tänzerin war erstaunlich souverän darin, alle zu unterhalten, sich dabei aber nur sehr selten berühren zu lassen. Als die orientalische Musik irgendwann banaler Discomusik wich, war sie auch sehr schnell von der Tanzfläche verschwunden. Zuerst bemerkte man ihr Fehlen sehr stark, doch dann waren Mario und seine Bande so ausgelassen, dass sie schon bald alle verschwitzt tanzten, bis sie nicht mehr konnten.

»Mamma mia, das war die beste Party seit Langem!«, sagten seine Freunde, die sich nach und nach verabschiedeten. Am Ende waren sie nur noch zu zweit: Mario und Donato.

Erschöpft setzten sie sich an die Bar und baten um Wasser.

»Ich bin einfach zu alt für so was«, beklagte sich Donato und trank ein großes Glas aus.

Mario lachte. Er war ausgelassen und hatte seinen besten Freund bei sich sitzen. Das tat gut, und das war schön.

Etwas weiter von ihnen entfernt kam eine Frau an die

Theke, die Mario, trotz anderer Kleidung, sofort als die Tänzerin identifizierte. Er winkte ihr spontan zu und bat den Barkeeper, ihr von ihm etwas zu trinken zu spendieren.

»Bene, wenn ich möchte, dass meine Frau mich heute noch ins Haus lässt, sollte ich wohl besser gehen«, sagte Donato und verabschiedete sich schon bald.

Auch Mario rief sich ein Taxi, ging vor die Tür und merkte erst dann, dass er vollkommen vergessen hatte, Donato zu fragen, wie er sich das mit dem Bezahlen gedacht hatte. Sein Arbeitskollege hatte irgendetwas gesagt wie: »Wir machen das schon.« Doch so richtig detailliert hatten sie das nicht besprochen.

Bevor er Donato anrief, wollte Mario sehen, ob er an der Bar vom Barkeeper Informationen bekommen konnte, also ging er noch einmal zurück. Doch die Bar war gerade nicht besetzt, sondern nur noch von der Tänzerin besucht.

»Haben Sie etwas vergessen?«, fragte sie freundlich.

»Ähm ...« Die ganze Geschichte mit dem Bezahlen erschien ihm geradezu absurd, um sie mit ihr zu teilen.

Sie lachte. »So genau wollte ich es gar nicht wissen.« Sie stand auf. »Schönen Abend noch. Und alles Gute für den morgigen Tag.«

Der morgige Tag. *Peng*. Wie ein Schlag in die Magengrube traf ihn das ganze Gewicht der Gewissheit, dass er nicht ein Mal während des Abends an seine Hochzeit gedacht hatte. Und das war schon schlimm genug. Noch viel schlimmer war aber, dass Antonietta ihm auch kein einziges Mal in den Sinn gekommen war. Den ganzen Abend lang nicht.

Kapitel 23

»Zitronen und Zitronatzitronen, Zitronatzitronen und Zitronen. In Amalfi wächst praktisch nichts anderes«, sagt er beim Nach-Hause-Fahren und mit prüfendem Blick auf die meist terrassenförmig angelegten Zitronenplantagen, die hie und da mit Zitronatbäumen aufgelockert werden.
»Ich habe gehört, dass man die zwei Früchte sogar gekreuzt hat.«
»Stimmt, Livi. Ich habe die Frucht gesehen. Sieht aus wie eine dickere, blassere Version der Zitrone.«
»Und wie heißt die dann?«
»Keine Ahnung. *Limonecedro* vielleicht?«
Sie sehen sich an. Ein einvernehmliches, wissendes Lächeln folgt.

(*Gusto Limoncedro*, November 2008)

Die Möwen kreisten wie jeden Tag über Amalfi und stritten sich lautstark mit den Schwalben und Tauben. Livia gehörte zum Team Möwen, da sie am wenigsten Dreck hinterließen und weil sie das Meer ebenso sehr liebten wie sie. Sie mochte es, wenn sie in den frühesten Stunden verkündeten, dass es Tag wurde, und sie fand es schön, von den Schreien der Vögel geweckt zu werden. Weniger mochte sie es, wenn sich die Stimme des dicken Loreto hinzugesellte, der sehr früh anfing, im nicht weit entfernten Laden seinen frisch gefangenen Fisch anzupreisen.

»Peeeeesce fresco, peeeeesce fresco!«, rief er in einem ganz eigenen Takt, und wenn Livia das am Morgen für mehr als zehn Minuten mit anhörte, zog sich nicht nur Loretos E lang, sondern auch ihre Ohren. Glücklicherweise vergaß er ab und an, dass er seinen Fisch loswerden musste, und sang stattdessen. Das war dann ganz angenehm.

Ihre Nachbarin Patrizia ließ sich von Loreto immer Sardellen in ihren aus dem Küchenfenster schwingenden Einkaufskorb legen, den sie mithilfe einer Schnur hinunterließ, um ihn dann gefüllt wieder hochzuziehen. Filippa hingegen zog es vor, persönlich bei ihm vorbeizuschauen, da sie sich ihren Fisch lieber selbst aussuchte. Loreto war der Fischverkäufer der Einheimischen. Ihm vertrauten sie. Deshalb nahmen alle aus der näheren Nachbarschaft seine frühmorgendliche Rufe in Kauf.

Livia war aufgewachsen in dieser Routine, in diesem Mikrokosmos, und sie liebte es sehr. Doch oft genug brachte irgendetwas Unerwartetes ihre Routine aus dem Gleichgewicht. An diesem Tag war es ein sehr früher Anruf von Bernardo, der ja noch auf eine Antwort von ihr wartete.

»Ich habe extra früh angerufen, weil ich weiß, dass du um diese Uhrzeit schon aufstehst«, erklärte er. »Und weil ich dich später nicht beim Arbeiten stören wollte.«

Livia streckte sich im Bett, bis die Knochen knackten, und gähnte erst mal ausgiebig. »Ich bin heute etwas später dran …«

Dazu sagte er nichts. Doch dann fragte er: »Hast du nachgedacht?«

»Ja. Und nein.«

Er lachte kurz und war ihr dadurch wieder so vertraut wie vor seiner Abreise. »Wie ich das jetzt am besten deute, erklärst du mir auch?«

»Ach, Bernà, wärst du doch niemals hier weg, Mensch! Du hast so viel kaputt gemacht. Wie soll ich das alles Carolina erklären deiner Meinung nach, hm? Und wieso willst du jetzt plötzlich wieder zurück? Ich meine, eigentlich geht es mich nichts an, aber ich möchte bitte verstehen, was in dir vorgeht.«

»Hattest du niemals das Bedürfnis, die Welt zu sehen und Amalfi den Rücken zu kehren? Niemals? Nicht eine Sekunde?«

»Nein.« Das konnte sie getrost so sagen.

»Nun, ich schon. Ich dachte, die Welt dreht sich, und ich bleibe immer am gleichen Punkt. Ich dachte, ich verpasse das Leben. Ich musste sehen, was außerhalb Amalfis passiert. Ist das so falsch?«

»Daran ist nichts falsch, nein. Es ist nicht, was du gemacht hast, sondern wie. Du hast meine beste Freundin fast von heute auf morgen verlassen.«

»Ich habe Carolina nicht verlassen, ich habe sie gebeten, mitzukommen, und sie hat sich dagegen entschieden.«

Livia schwieg. Sie merkte, dass Bernardo argumentieren

konnte, wie er wollte. Sie würde trotzdem immer auf Carolinas Seite stehen, denn Livia hatte sie gesehen, als sie wegen ihm am Boden zerstört gewesen war. Das konnte sie einfach nicht vergessen.

»Okay, ich verstehe schon«, sagte er. »Ich möchte dich in keine schwierige Situation bringen. Mach dir keine Sorgen, ich werde schon etwas finden. Ich dachte einfach, dass die *Artigiani del Gelato* meine erste Wahl ist und bleibt, aber ich muss mich wohl mit einer Alternative begnügen. Das ist in Ordnung. Ich bin bereit, für meine Fehler zu bezahlen.«

»Heißt das, du kommst trotzdem nach Amalfi zurück?«

»Ja, ich habe bereits gebucht.«

Livia schloss die Augen – das schrie geradezu nach Ärger. Sie musste Carolina wohl oder übel vorwarnen, aber wie? Na, sie würde das wohl mit Diletta besprechen. Sie hatten sich schon als junge Mädchen versprochen, sich immer die Wahrheit zu sagen, selbst wenn es keine schöne war, und Livia hatte immer nach diesem Prinzip gelebt.

»Bernardo, bitte, mach Carolina das Leben nicht noch einmal schwer, okay? Sie hatte es wirklich nicht leicht nach deiner Abreise und ist erst seit ein paar Monaten wieder glücklich. Lass nicht zu, dass deine Rückkehr sie erneut aus der Bahn wirft. Das hat sie nicht verdient.«

»Dass wir uns über den Weg laufen werden, wird sich leider nicht vermeiden lassen.«

»Sie hat jetzt einen Freund.«

»Ich weiß …«

Natürlich wusste er das. Amalfi war winzig, jede Mauer, jeder Winkel hatte Ohren und Augen. Seine alten Schulfreunde, seine Mutter, irgendwer hatte es ihm bereits erzählt.

Es blieb Livia nichts anderes übrig, als sich ein bisschen wehmütig von ihrem Cousin zu verabschieden. Sie hatte richtig gehandelt, und nur das war wichtig. Die Freundschaft zu Carolina und Diletta war ihr heilig. Wenn sie sich nicht gegenseitig beschützten, wer dann?

Livia legte das Handy weg und machte sich fertig. Nonna Filippa schlief noch, also verließ Livia zeitig das Haus. Sie erreichte den *Palazzo La Fontana* in nur wenigen Minuten und blieb ein paar Sekunden lang davor stehen, weil er am Morgen, wenn die Sonne die oberste Fensterreihe und das Dach erstrahlen ließ, besonders schön aussah. Ihr Blick wanderte zu ihrer Gelateria, richtete sich aber gleich danach auf Dilettas *Casa del Limone*, die bereits geöffnet hatte, was ungewöhnlich war. Livia ging gleich darauf zu und betrat den Laden schließlich. Belebender Zitronenduft empfing sie.

»Hey, buongiorno. Was machst du denn schon hier?«

Diletta wendete sich ihr zu, ihr langes Haar schwang in der Bewegung mit. »Livi, hi!« Diletta kam auf sie zu und küsste sie auf die Wange. Auch ihr Haar roch nach Zitrone. »Weißt du noch, die Melannurca-Kekse, die wir vor ein paar Tagen bei Sal probiert haben? Ich habe sie mit Zitronenfüllung herstellen lassen. Heute wird geliefert, und ich möchte abends, wenn es nicht mehr so heiß ist, ein kleines Event mit Verkostung halten. Das bedarf aber einiger Vorbereitung, deshalb bin ich schon hier. Was hältst du davon?«

»Superidee. Kann ich dir irgendwie behilflich sein?« Livia überlegte kurz, das Telefonat mit Bernardo zu erwähnen, aber Diletta war gerade so in ihre Vorbereitungen vertieft, dass es Livia nicht fair fand, sie ausgerechnet jetzt mit dieser neuen Sorge zu belästigen. Das musste Livia verschieben.

»Wenn du abends vorbeikommen würdest, wäre das super. Zum Herumreichen oder einfach nur als seelischer Beistand. Wenn du von der Gelateria wegkannst, natürlich nur.«

»Klar, ich werde da sein.«

»Danke, Livi.«

»Na, ist doch selbstverständlich!«

»Und wenn du magst, dann bring doch Mario mit, damit wir ihn auch besser kennenlernen können«, schlug Diletta vor.

»Oh ja, cool.« Livia war plötzlich um Worte verlegen, denn sie verabredete sich nie so richtig mit Mario. Eigentlich erschien er meist irgendwann und ging dann ebenso planlos wieder, so wie es ihm passte. Aber das ließ ihn nicht gut dastehen, und Livia wollte nicht, dass Diletta schlecht von ihm dachte. Andererseits war Livia auch ein bisschen selbst daran schuld, dass sie mit Mario kaum einen Schritt weiterzukommen schien. Sie musste es lernen, ihm besser zu vermitteln, wie sich sie ihre Beziehung vorstellte.

Livia verabschiedete sich also nickend von Diletta, ohne weiter auf Mario einzugehen, und betrat den *Palazzo La Fontana*. Dort zögerte sie an der Stelle, an der es zum Hotel und zur Rezeption ging. Was, wenn sie Mario einfach eine Nachricht hinterließe? Den Gedanken verwarf sie aber sofort, denn er erschien ihr banal, und banal wollte sie nicht sein. Während sie an der Glastür zum Hotel stand und überlegte, sah sie ihn. Sie war so überrascht, dass sie instinktiv zur Seite trat und sich hinter der Wand versteckte, doch sie war zu neugierig, um ihn von dort aus nicht heimlich zu beobachten. Mario hatte sein Handy am Ohr und sprach. Seine Gestik verriet, dass es kein ruhiges Gespräch war, denn er ging auf und ab, während er mit dem freien Arm ausladende Bewegungen machte. Mario war gewohnt leger und sommerlich gekleidet, mit T-Shirt, Shorts und Flipflops, und doch war etwas an ihm anders als sonst. Je mehr sie ihn beobachtete, desto fremder erschien er ihr. Das Gefühl war so unangenehm, dass sie es vorzog, wegzuschauen. Doch das machte es nicht besser, denn sofort begannen Fragen in ihrem Kopf herumzuschwirren wie dicke schwarze Fliegen. Wer war am anderen Ende der Leitung? Warum war er so früh schon auf?

Die Wahrheit war, dass sie noch immer nicht viel von ihm wusste. Es ging einfach nicht weiter mit ihnen. Und allmählich wurde ihr klar, dass wahrscheinlich nur sie an ein Weiter dachte. Das Einzige, das nicht zu ihrer Schlussfolgerung passte, war das Abendessen im *Ristorante Miracolo*. Er musste doch etwas für sie empfinden, wenn er sie in eines der romantischsten Restaurants der Küste einlud! Livia massierte sich die Schläfen und beschloss, ihn zur Rede zu stellen. Sofort! Doch als sie wieder durch die Glastür schaute, war er nicht mehr da. Der Moment war vorbei. Sie hatte ihn verpasst.

»Signorina Livia?«

Sie schrak zusammen. »Buongiorno, Andrea! Ich ...« Jetzt fiel ihr gar nichts ein, was sie als Ausrede sagen konnte.

Er musste sich seinen Teil denken, hatte sie doch gerade noch förmlich am Glas geklebt.

»Hatten Sie nach mir Ausschau gehalten?«

»Ja …« Nein, kein bisschen, aber sie beschloss einfach, so zu tun, als ob.

»Nun, hier bin ich.« Er lächelte und sah noch immer anders aus als sonst, ohne seinen Schnurrbart und mit dem Funken Freude in seinem Gesicht, in seinen Augen, die ihn inzwischen immer begleitete.

»Ja …« Verdammt! Ihr Kopf war leer, ihr fiel keine Ausrede ein. »Heute Abend hat Diletta drüben in der *Casa del Limone* eine Degustation. Ich dachte, du könntest mit Filippa kommen.« Nun hatte sie einfach das Erstbeste gesagt, was ihr eingefallen war, um sich keine Blöße zu geben.

»Das ist eine sehr gute Idee, danke. Ich werde Filippa fragen.«

Livia nickte zufrieden. Andrea nickte zufrieden. Und es war nichts mehr zu sagen. Deshalb winkte sie und ging direkt weiter in ihr Eislabor, wo sie sich einsperrte und ihre Gedanken ebenso kreisen ließ wie die Eismasse in den Maschinen. Sie wartete instinktiv auf ein Klopfen. Das kam auch, aber nicht von der erhofften Person, sondern von Carolina, die sie zum Caffè bei Sal abholen wollte. Zum ersten Mal seit Beginn der Tradition verzichtete Livia aber darauf, was bei ihrer Freundin zuerst Ungläubigkeit, dann aber Verständnis hervorrief. Das glaubte Livia zumindest Carolinas Gesichtsausdruck zu entnehmen, aber sie machte sich darüber keine Gedanken. Carolina war die verständnisvollste Person, die Livia kannte.

Livia machte eine einzige Pause, zur Mittagszeit mit Nonna Filippa, die eine so appetitanregende Lasagne mitgebracht hatte, dass sogar die Gäste der Gelateria hungrig schnupperten und sich zu ihnen beiden, die wie gewöhnlich an Nonnas Lieblingstisch saßen, umdrehten. Livia gehörte nicht zu den Frauen, denen sich bei Problemen wie durch Magie der Magen verschloss. Sie konnte immer essen.

»Ist bei dir alles in Ordnung, Livia?«, fragte Nonna irgendwann, da Livia kaum etwas sagte und ihren Gedanken nachhing.

Livia winkte ab. »Bernardo hat mich angerufen. Er kommt zurück und will bei mir arbeiten.« Spontan hatte sie beschlossen, von ihren persönlichen Sorgen abzulenken und mit Nonna dieses Thema anzuschneiden.

Filippa legte die Gabel weg und kaute ganz langsam, bis sie endlich schlucken konnte. Bernardo war ebenfalls Filippas Enkel, und sie war, wie alle anderen, nicht gerade glücklich über seine übereilte Abreise gewesen. »Und was hast du ihm gesagt?«

»Dass ich, wenn überhaupt, erst Carolinas Einverständnis brauche.«

Filippa nickte und schloss kurz die Augen. »Man kann nicht immer alles von einer Freundschaft abhängig machen. Ich verstehe zwar, was du meinst, aber du musst auch mal zuerst an dich und deine Bedürfnisse denken.«

Livia war so überrascht von dieser Antwort, dass sie nur am Rande wahrnahm, wie Andrea sich zu ihnen gesellte und auch ein dickes Stück Lasagne bekam. Sie nickte ihm abwesend zu und machte ihm am kleinen runden Tisch Platz.

»Ich soll ihn also einstellen und Carolinas Leben noch mal auf den Kopf stellen? Einfach so?«

»So habe ich das nicht gesagt. Ich hätte es einfach gerne, dass du zuerst überlegst, ob du Bernardo als Hilfe gebrauchen kannst, und dann erst daran was Carolina davon halten könnte. Ich wette, du hast zuerst an Carolina und dann an dich gedacht, nicht wahr?«

Livia zog die Schultern hoch. »Ja, natürlich. Was ist denn daran falsch, wenn man Freundschaft als wichtig betrachtet? Wir sind füreinander da, wir beschützen uns gegenseitig, und wir sind vor allem ehrlich zueinander. Das ist für mich entscheidend. Deshalb werde ich Bernardo sicher nicht einstellen, wenn es Carolina stört. So, ich bin fertig. Danke fürs Essen, Nonna. Andrea, weiterhin guten Appetit.«

Livia stand auf und ging. So war sie eigentlich nicht, aber heute war sie zum Zerreißen angespannt und musste einfach für sich sein. Sie nahm sich eine Kugel *Limoncedro* im Becher und ging damit wieder ins Eislabor. Sie mochte den leicht herben Geschmack der Zitronatzitrone und das Erfrischende der Zitrone. Das Prickelnde weckte ihre Sinne und machte sie ganz allgemein endlich lockerer.

Ja, Mario war sicherlich der Mann, in den sie sich verliebt hatte, ohne irgendetwas über ihn und sein Leben im Norden zu wissen. Und das begann eine richtig große Sorge zu werden.

Kapitel 24

»Was mischst du denn da zusammen, Papà?«

Livia blickt auf die Zutaten und erkennt auf den ersten Blick, dass das keine Geschmacksrichtung wird, die sie in der *Artigiani del Gelato* schon im Programm haben. Baiser, Karamell, Krokant, Honig. Ihr läuft schon vom Zusehen das Wasser im Mund zusammen.

»Lass dich überraschen.«

»Ich mag doch keine Überraschungen ...«

»Diese Art von Überraschung schon. Vertrau mir.«

Sie vertraut ihrem Papà wie keinem anderen und freut sich unglaublich, als sie zu ihrem Geburtstag *Gusto Livia* geschenkt bekommt.

(*Gusto Livia*, Juni 2012)

Als Livia abends das Eislabor verließ, fühlte sie sich ganz wirr im Kopf. Sie hatte vor allem *Gusto Livia* hergestellt, und das war immer etwas komplexer als bei anderen Geschmacksrichtungen, da ihr Papà das Rezept niemals verraten hatte und Livia immer fand, dass sie das Eis nie so perfekt hinbekam wie er. Lange hatte sie überlegt, es aus dem Sortiment zu nehmen. Aber viele Kunden fragten explizit danach, also versuchte sie es immer weiter, es ebenso perfekt wie ihr Papà hinzubekommen.

Ihre Armbanduhr sagte ihr zwar, dass es kurz nach 21 Uhr war, aber sie kam sich vor, als hätte sie einen Jetlag, als folge ihre innere Uhr einer anderen Zeit. Sie merkte, dass sie frische Luft brauchte, und war auch froh, als sie nach draußen kam und tief einatmen konnte. Es war warm, nicht mehr zu heiß, und sie füllte ihre Lunge mit Sauerstoff. Der Tag war seltsam gewesen. Mario tat ihr nicht gut. Allein den Gedanken zu formulieren, kostete sie schon Anstrengung und Widerwillen. Denn gleichzeitig sehnte sie sich nach ihm. So sehr, dass sie sich wie ein Magnet fühlte, der verzweifelt nach seinem Gegenstück suchte.

Livia blickte hinüber zur *Casa del Limone* ihrer Freundin. Lichterketten schmückten den Eingang des Ladens, und es standen schon mindestens zehn Gäste dort. Also gab Livia sich einen Ruck, richtete ihre Tasche auf der Schulter und ging die paar Schritte zu Dilettas Laden. Diletta sah sie sofort und kam auf sie zu.

»Schön, dass du es geschafft hast.« Livia bekam einen Kuss auf die Wange. Diletta nahm ihre Hand, führte sie zu einem umgedrehten großen Holzfass, auf dem sie schöne zitronenförmige Teller angerichtet hatte, auf denen die Kekse lagen. Einen davon nahm Diletta und hielt ihn Livia hin. »Nimm dir welche. Wie ich dich kenne, hast du noch gar nicht zu Abend gegessen.«

Zu Abend aß Livia nur sehr selten. Sie vergaß es meist. »Ich dachte, ich soll dir helfen, und jetzt bedienst du mich?«

»Ja. Und ich mache es gern. Außerdem besteht ja jetzt kein so großer Andrang. Also, entspann erst einmal, va bene? Und trink etwas. Du trinkst ja kaum. Irgendwann kippst du mal um, und was dann, hm?«

»Mio Dio, Diletta, gib schon her!« Sie tat genervt, wenn sie aber ehrlich war, dann liebte sie diese Art von Zuneigung und Fürsorge. Livia nahm dankend das große Glas mit selbst gemachter Limonade entgegen und ging näher an das Holzfass, um ablegen zu können. Tasche, Kekse und Glas, das war zu viel auf einmal.

»Livi, ciao!«

Livia drehte sich um und sah Carolina auf sich zukommen. Das obligatorische Küsschen auf die Wange folgte.

»Hey, du siehst ja blendend aus!« Livia bestaunte ihre hübsche Freundin, die ein neues Kleid anhatte.

»Danke! Aldo kommt später vorbei, und ich dachte, ein bisschen Make-up kann nicht schaden.«

Livia bekam sofort ein schlechtes Gewissen. Sie kam sich vor, als hätte sie Carolina hintergangen, und wünschte, Bernardo hätte sie niemals angerufen. Sie blickte sich um und überlegte, ob das wohl der richtige Zeitpunkt war, um Carolina vom Anruf zu erzählen, doch der Abend war traumhaft, die Kulisse der Piazza del Duomo perfekt. Sie musste nicht wirklich jetzt mit Carolina darüber reden. Aber spätestens morgen würde sie es tun. Das versprach sie sich selbst. »Du bist auch ohne Make-up wunderschön!«, fand Livia.

Carolina machte eine wegwerfende Handbewegung. »Danke, Livi, aber ich glaube, ich bekomme schon Falten.«

Livia verschluckte sich an ihrem Keks und musste schnell trinken. »So ein Unsinn. Bei dir muss man mit einer Lupe danach suchen.«

Carolina lachte und zog dann die Schultern hoch. »Aldo mag mich sowieso so, wie ich bin.«

»Das ist schön, und ich liebe ihn dafür. Wichtig ist aber nur, dass du dich so magst, wie du bist!«, sagte Livia voller Überzeugung. Carolina war wunderschön, doch in ihrer Teeniezeit hatte sie mit ihrem Gewicht zu kämpfen gehabt, und das schien sie nie loszulassen.

»Du sagst es!« Carolina hob ihre Hand, und Livia schlug nur zu gerne ein.

Diletta, die natürlich die perfekte Gastgeberin an diesem zitronigen Abend war, gesellte sich zu ihnen. »Was verpasse ich hier gerade?«

»Nichts!«, antworteten Carolina und Livia wie aus einem Munde. Dann mussten sie wieder lachen, und Diletta ging augenrollend weiter.

»Sag mal, kommt dein Mario noch?«, wollte Carolina wissen.

»Wohl eher nicht«, gab Livia zu.

Darauf fiel Carolina nichts ein, aber sie legte ihre Hand auf Livias. Eine Weile lang aßen Livia und Carolina dann schweigend die Kekse, die toll schmeckten und auch bei den Gästen gut ankamen, da die meisten ein oder mehrere Päckchen kauften. Nebenan verlief der Eisverkauf in der Arti-

giani del Gelato weiter, und die Cartiera von Carolina war auch noch geöffnet, wie meist im Sommer.

»Wir sind echt phänomenal, weißt du das?«, fragte Livia Carolina. »Sieh dir an, wie gut unsere Läden laufen. Manchmal vergesse ich, wie stolz wir auf uns sein können.«

»Wer ist hier stolz auf wen?«, fragte Filippa, die sich mit Andrea in diesem Moment zu ihnen gesellte. Der Andrang war jetzt wirklich groß, sodass Livia, die zur Arbeit geboren zu sein schien, unruhig wurde. Sie sah, dass Diletta und ihre Mitarbeiterin nicht nachkamen, und bat Filippa darum, ihre Tasche zu nehmen, dann ging sie zu Diletta an die Kasse.

»Soll ich hier übernehmen?«, fragte sie ihre Freundin, die dankbar aufblickte.

»Würdest du?«

»Na klar.«

»Danke, das mach ich irgendwann wieder gut.« Und schon war sie weg und bat ihren Mann Ezio, noch mehr Kekskartons zu holen.

Livia kannte Dilettas Kasse sehr gut, weil sie schon oft hier gestanden hatte, wenn ihre Freundin besondere Verkaufsabende organisierte. Also begann sie schon beim ersten Paar, sicherlich Amerikaner, routiniert zu kassieren. Dann folgten Franzosen, dann wieder Amerikaner, ab und an Italiener, und wieder Amerikaner. Livia liebte es, wie bunt gemischt die Besucher der Amalfiküste waren. Sie hatte sogar einmal versucht, bei sich drüben in der *Artigiani del Gelato* eine internationale Statistik anzulegen, um herauszufinden, welche Eissorten von Touristen aus welchem Land am meisten gekauft wurden. Sie hatte es etwa zwei Tage lang geschafft, diese Zahlen zu notieren, aber dann gab sie es auf. Alles konnte sie tatsächlich nicht allein schaffen. Aber die Eisvorlieben der verschiedenen Nationalitäten interessierten sie noch immer sehr.

»Unglaublich! Ist dir deine Arbeit nicht genug, dass du auch die anderer übernimmst?«

Livia blickte erstaunt auf. Wer war denn hier bitte so anmaßend? Etwas überrascht und zugleich beruhigt merkte sie, dass es sich um Rino handelte, und entspannte sich sofort wieder. Er hielt drei Kekspäckchen in den Händen, die er bezahlen wollte. Sein Gesichtsausdruck war aufgeschlossen und heiter. Also lächelte auch Livia.

»Tja, was soll ich sagen? Amalfi braucht mich!« Flink gab sie die Beträge ein und kassierte.

»Das sehe ich …« Kurz stand er unentschlossen da. »Ich bin noch eine Weile draußen«, sagte er dann vage.

»Okay, ich werde versuchen, dir noch Ciao zu sagen.«

»Gut, dann bis eventuell später.«

Sie winkte ihm und musste sich schon wieder um die nächsten Kunden kümmern.

Viele Kekspäckchen später löste Ezio sie ab, und sie war wirklich dankbar darüber. Sie war tatsächlich müde.

Draußen tummelten sich noch immer viele Gäste, die fleißig Kekse probierten. Sie hob Diletta den Daumen entgegen, die ihren Blick suchte. *Tolle Idee*, sollte das heißen, und Diletta verstand, denn sie lächelte sie glücklich an. Livia suchte die Grüppchen ab, sah Filippa und Andrea, gesellte sich zu ihnen, die sich angeregt unterhielten.

»Endlich, Livi, gut, dass du kommst, andernfalls hätte

ich dich geholt. Du musst ja total erschöpft sein. Irgendwann ist mal Schluss.«

»Ja, Nonna, keine Sorge. Ich mach jetzt auch Schluss.«

»Bene!«

Nonna Filippa schien nur darauf gewartet zu haben, dass Livia ihren Posten an der Kasse verließ, weil sie ihr die Tasche zurückgab und gleich darauf mit ihrem Andrea ging. Livia wunderte sich, ob sie nun ein festes Paar waren, aber dann sagte sie sich selbst, dass es nicht immer eine Definition brauchte. Sie sahen zusammen glücklich aus, und nur das zählte, und es war vollkommen egal, ob sie ein festes, ein loses oder gar kein Paar waren.

Livia sah Carolina und Aldo, die sich angeregt unterhielten, und sie freute sich, dass ihre Freundin verliebt war. Doch diese Liebe zwischen ihr und Aldo hätte es nie gegeben, wenn Bernardo nicht gegangen wäre. Livia fragte sich, warum das Schicksal manchmal derartige Umwege gehen musste. Doch dann ließ sie diese Überlegungen sein, denn sie fühlte sich beobachtet. Sie spürte einen Blick, konnte die Richtung aber nicht ausmachen. Als Rino sich zu ihr gesellte, verstand sie, dass der Blick von ihm gekommen sein musste.

»Feierabend?«, fragte er.

»Noch nicht ganz. Ich muss noch Eis machen«, antwortete sie.

Rino riss erstaunt die Augen auf.

»War nur Spaß«, erklärte sie gleich. »Das war's für mich für heute.«

»Ich vergesse immer, wie witzig du sein kannst …«

Livia lachte und lehnte sich an die Wand des *Palazzo La Fontana*. Diletta hatte leise Musik angemacht, und es war so angenehm vor ihrem Laden, unter den Lichterketten und umgeben vom Zitronenduft überall. Amalfis Sommernächte waren die besten. Und heute wollte auch Livia sich einen Teil davon gönnen. Sie fühlte sich noch immer beobachtet und fragte sich, wie Rino das anstellte, wo er doch direkt neben ihr stand mit seiner kleinen Papiertasche mit Zitronenkeksen.

»Ich bin mit Freunden da. Wir wollen noch eine Kleinigkeit im *Smeraldino* essen. Hast du Lust?« Er sah sie hoffnungsvoll an.

Sie hatte so große Lust auf Normales, ja, warum nicht, auch darauf, im *Smeraldino*, dem schönen Strandrestaurant am Hafen, frischen Fisch mit Freunden zu essen. Doch da war dieser verdammte Blick, den sie auf sich spürte und der nicht von Rino kommen konnte, da er gleich neben ihr stand. Sie war sich sicher, dass sie beobachtet wurde, und sie wusste jetzt auch, von wem. Und es machte sie ganz wild, dass dieser Jemand nicht einfach zu ihr kam und einen normalen, schönen Abend mit ihr verbrachte. Dieses Gefühl, dass Mario irgendwo stand und ganz genau sah, was sie hier machte, war übermächtig und bedeutete für sie, dass sie entweder dabei war, den Verstand zu verlieren, oder aber, dass das, was sie verband, stärker war als alles.

Sie hasste es, Rino erneut zu enttäuschen. Doch sie lehnte ab. »Sei mir nicht böse, aber ich bin wirklich zu müde.«

»Das verstehe ich«, sagte er. In Wirklichkeit sah Livia

ihm aber an, dass er nicht wirklich verstand, was er bei ihr falsch machte. Er machte nichts falsch, das war die Antwort. Sie machte alles falsch. Aber das war eine andere Geschichte. Er küsste sie freundlich, aber mit etwas Bedauern auf die Wange, winkte und ging. Und Livia lehnte sich erneut an die Mauer des Palazzo, die sie stützte mit ihrer soliden Bauweise. Viele Menschen waren um sie herum, dennoch fühlte sie sich plötzlich allein.

»Ich kann das nicht mit ansehen, du bist ja regelrecht erschöpft. Komm, ich begleite dich nach Hause.« Wie aus dem Nichts tauchte Mario neben ihr auf. Und ganz egal, wie müde sie war, es war, als hauchte er ihr mit seinem Erscheinen neue Lebenskraft ein. Ihr Herz machte einen erfreuten Sprung, und sie stieß sich von der Mauer ab. Sie hatte recht gehabt, ihr Gefühl hatte ihr klar und deutlich gesagt, dass er in der Nähe war und sie beobachtete. Ein kleines Detail, ja, aber sie freute sich so sehr darüber, als hätte er ihr eben seine Liebe gestanden, und das, obwohl sie den ganzen Tag sehr klar darüber nachgedacht hatte, wieso es besser war, sich von ihm fernzuhalten.

Er nahm ihr, ohne zu fragen, die Tasche ab. »Mamma mia, ich kenne ja viele Workaholics, aber du schlägst sie alle um Längen.«

»Bist du hier, um mit mir zu schimpfen?«

Er roch so gut, dass ihr ganz schwindelig wurde. Sie war verliebt, seine Nähe ließ ihre Nervenbahnen flirren. Es gab kein Entrinnen.

Er hielt einen Moment inne. »Es gibt tausend Gründe, warum ich hier bin. Schimpfen gehört nicht dazu.«

»Nenn mir einen.«

Mario warf sich ihre Tasche über die Schulter und sah damit albern aus. Das machte ihr nichts aus. Ihr Herz schlug auch für seine alberne Version.

»Sorge um deine Gesundheit?«

»Einen Besseren!«

»Eifersucht?«

»Der gefällt mir!«

Er rieb sich mit der freien Hand die Stirn. »Mir weniger. Darf ich fragen, wer der Mann war, der den ganzen Abend wie ein Hündchen um deine Aufmerksamkeit gebettelt hat?«

»Fragen darfst du natürlich. Eine Antwort musst du dir aber erst verdienen.«

Mario nickte, schien sogar teilweise amüsiert.

»Hey, Livia, möchtest du uns jemanden vorstellen?« Diletta und Carolina hatten Mario natürlich gesehen und ihre Chance gewittert. Livia war sogar froh darum, dass sie sich einmischten, denn sie wollte, dass ihre Freundinnen ihn endlich offiziell und mit Handschlag kennenlernten. Mario fühlte sich dadurch realer an.

»Das sind meine besten Freundinnen Diletta und Carolina. Ragazze, das ist Mario.«

Livias Freundinnen verbargen gar nicht, wie neugierig sie waren, doch sie rissen sich zusammen und tauschten nur ein paar unverfängliche Sätze aus. Beide waren sie ein bisschen argwöhnisch, was sie auch deutlich zeigten. Livia nahm ihnen das nicht übel. An deren Stelle hätte sie vermutlich ähnlich reagiert. Auf Mario hingegen war sie ziemlich stolz, denn er präsentierte sich als der lockere, ungezwungen charmante Kerl, der er war. Livia beobachtete ihn genau und freute sich, dass er so gut in ihre Welt zu passen schien. Dann fiel ihr aber ein, dass er ihre kleine Welt ohnehin schon sehr bald verlassen würde und nur das Hier und Jetzt zählte.

Wenig später verabschiedeten sie sich von Carolina und Diletta und überquerten die Piazza.

»Du hast nette Freundinnen«, fand Mario.

»Ja, die besten. Wie sieht es mit dir aus? Hast du auch so gute Freunde?«

»Klar. Besonders einen. Donato heißt er. Wir arbeiten zusammen. Er ist etwas älter als ich und wirklich weise, wenn er sich anstrengt.«

»Ich würde ihn auch gern kennenlernen.« Das rutschte ihr einfach so heraus. Natürlich war das totaler Unsinn. Sie würde keinen richtigen Einblick in seine Welt bekommen.

Statt einer Absage bekam Livia aber einen kleinen Hoffnungsschimmer, denn Mario blickte auf seine Armbanduhr. »Ich weiß nicht, ob er noch rangeht, aber wir können es versuchen. Wie wäre es mit einem Videoanruf? Mehr kann ich leider nicht bieten.«

Kapitel 25

»Papà, wann wusstest du, dass du für immer mit Mamma zusammen sein wolltest?«

Er stellt die Milch weg, die er gerade vom Regal genommen hat. »Das war so ziemlich genau nach unserem ersten Kuss.«

Livia denkt, dass sie noch nie etwas Romantischeres gehört hat.

»Du meinst, man weiß es dann einfach?«

»Oh ja!«

(Gespräche, August 2013)

»Sollen wir uns kurz hier hinsetzen?« Livia zeigte auf das kleine Friggitoria-Restaurant, wo das Menü ausschließlich frittierte Gerichte beinhaltete und das sich nur wenige Meter von ihrer Wohnung befand. »So im Gehen lässt es sich wohl nicht so gut telefonieren, oder?«

»Gerne!«, sagte Mario.

Sie suchten sich einen Tisch. Wie die meisten Lokale in Amalfi hatte auch dieses Tische mitten auf dem Weg stehen.

»Wenn es dir nichts ausmacht, hole ich mir etwas zu essen. Kann ich dir etwas mitbringen?«, erkundigte sich Livia bei ihm. Es war ein Selfservice-Restaurant, wo man sich am Tresen die Speisen holen konnte, die in Papiertüten serviert wurden. Da Livia in unmittelbarer Nähe wohnte, wusste sie, dass nur bestes Öl verwendet wurde, da es nie aufdringlich danach roch. Deshalb holte sie sich hier gerne Fisch.

»Bleib du ruhig sitzen. Ich mach das. Was magst du?«, bot Mario an und reichte ihr ihre Tasche.

»Fisch, bitte. Aber nur, wenn ich mich dann revanchieren darf.«

Er zwinkerte ihr zu und ging in das Lokal, während Livia versuchte, die Hitzewelle zu überleben, die sein Zwinkern in ihr ins Rollen gebracht hatte.

Die Bedienung winkte ihr von drinnen zu. Sie kannten sich flüchtig. Und Livia sah ihr förmlich an, dass sie sich fragte, wer Mario wohl sei. Vielleicht würde Livia ihr das irgendwann erzählen, wenn sie es selbst besser wusste.

Livia musste nicht lange warten. Er kam schon nach fünf Minuten mit einem Tablett, Getränken und zwei Tüten Frittiertem, Fisch für sie, Pommes für ihn. Er setzte sich und zeigte auf das Erfrischungsgetränk. »Ist das nach deinem Geschmack, oder magst du lieber Wasser?«

»Das passt wunderbar, grazie!«

Livia schoss der Duft nach warmem Fisch verlockend in die Nase, sodass sie sofort danach griff und sich die Zunge an einem Calamaro verbrannte. Sie hatte wohl größeren Hunger, als ihr aufgefallen war.

Auch Mario kämpfte mit einer dampfend heißen Portion

Pommes. Sie sahen sich an und fingen gleichzeitig an zu lachen.

»Tut mir leid, ich hatte solchen Hunger!«, erklärte sie.

»Oh, ich finde, du bist erfrischend unkompliziert.«

Sie mochte es, wenn er ihr Komplimente machte. Mehr als ein dankbares Lächeln bekam sie aber nicht zustande. Seine Nähe war ohnehin schon aufregend genug.

»Sollen wir Donato anrufen? Das Essen ist jetzt sowieso zu heiß.«

»Ja klar! Gerne.«

Er nahm sein Handy aus der Tasche, fuhr mit dem Finger auf dem Display entlang und begann einen Videoanruf. Er beugte sich leicht zu ihr, damit sie auch mit auf das Handy schauen konnte. Es klingelte ein paarmal, dann wurde schon abgehoben.

»Hey!«, meldete sich Donato.

Livia fand ihn auf den ersten Blick sympathisch. Er hatte ein etwas rundlicheres Gesicht, einen leichten Bart und etwas zu lange Haare.

»Hey, störe ich? Hier wollte dich nur kurz jemand kennenlernen.«

Mario drehte das Handy noch etwas mehr zu Livia hin, sodass sie beide für Donato gut sichtbar waren. Donato hingegen schien auf einer Couch zu liegen und kniff die Augen leicht zusammen, wie um seinen Blick zu schärfen.

»Bist du die Eismacherin?«, fragte Donato Livia direkt.

Ihr Herz setzte einen Schlag lang aus, denn wenn er von ihr wusste, dann hieß das, dass Mario ihm von ihr erzählt hatte. Das war unerwartet, aber schön zu wissen. Das bedeutete etwas. Das bedeutete viel.

»Die bin ich wohl ... Ich hoffe, du magst Eis lieber als Mario.«

»Oh, ich habe einen sehr unkomplizierten Geschmack: Ich mag alles.«

»Klingt gut, dann freue ich mich auf einen Besuch von dir. Wann immer du magst. Mein Eis ist nämlich wirklich gut, weißt du?«

»Ja, das glaube ich. Ich habe schon viel darüber gehört.«

Livia warf Mario einen Seitenblick zu, den er geflissentlich ignorierte.

»Wie und wo habt ihr euch kennengelernt?«

Donato kratzte sich am Kopf. »Wir sind Arbeitskollegen und konkurrieren jeden Monat um den Posten des besten Autoverkäufers des Monats.«

»Und wer gewinnt öfter?«

Mario zeigte mit dem Zeigefinger auf sich. Donato tat das Gleiche. Sie lachten.

»Verstehe, blöde Frage. Donato, sag mir bitte doch etwas, was ich unbedingt über Mario wissen muss!«, bat Livia.

Die Stimmung änderte sich schlagartig. Mario erstarrte fast, und Donato setzte sich auf. Er dachte nach. »Es ist sicher von Vorteil, wenn du weißt, dass er allergisch auf Meeresfrüchte reagiert.«

Das war alles? Livia war erleichtert, sie hatte den Eindruck gehabt, dass etwas ganz Schlimmes kommen würde.

Livia winkte Donato zum Abschied. Mario beendete den

Videoanruf nach einem kurzen Gruß. Und dann war sie wieder allein mit ihm, dem Fisch und den Pommes.

»Donato ist nett, ich verstehe, warum du so gut mit ihm befreundet bist.«

»Ja, er ist ein feiner Kerl.«

»Du magst Eis nicht, du bist allergisch auf Meeresfrüchte … was muss ich noch wissen?«

Er lachte und steckte sich eine Pommes in den Mund, die er zuvor in Ketchup getaucht hatte. »Zu viel Alkohol schlägt mir auf den Magen.«

»Weichei!«, neckte sie ihn.

Wieder lachte er, und ihrem Herzen schienen gleichzeitig Flügel zu wachsen. Sie mochte es so sehr, wenn er lachte. Sein ganzes Gesicht erhellte sich dabei, und seine wunderschönen Augen bekamen einen ganz besonderen Glanz. Sie wollte ihn so oft wie möglich zum Lachen bringen. Sie wollte ihn am liebsten jeden Tag zum Lachen bringen. »Gar nicht«, protestierte er augenzwinkernd.

»Du hast ihm von mir erzählt?« Das war ihre nächste Frage, wobei sie die Antwort eigentlich schon kannte.

Mario wurde schlagartig ernst. Doch dann hob er den Blick und hielt ihren ganz fest. Amalfi, das Essen vor ihnen und die spazierenden Touristen verschwanden. Sie sah nichts mehr davon, nahm nichts mehr wahr. Es gab in diesem Moment nur Mario, der sie mit seinem Blick hielt. »Natürlich habe ich ihm von dir erzählt …«, sagte er und unterbrach den Augenkontakt.

»Warum?« Livia war an einem Punkt, an dem sie Gewissheit brauchte. Einen Hoffnungsschimmer. Einen Halm, an dem sie sich festhalten konnte.

Mario zog die Schultern hoch. »Ich erzähle ihm immer, wenn mir Schönes widerfährt.« Jetzt sah er sie wieder an. Er kaute auf seiner Unterlippe, rieb sich die Hand am Hosenbein. Er war verlegen, während sich Livia auf der Stelle noch mehr in ihn verliebte. Es war zwecklos, dagegen anzukämpfen.

Livia musste sich räuspern, um überhaupt ein Wort herauszubekommen. Ihre Kehle war plötzlich so trocken wie das Gestein der Steilhänge der Küste.

»Empfindest du mich als etwas Schönes? Manchmal denke ich ehrlich gesagt, dass du mich nicht sonderlich gut leiden kannst und von dir wegstoßen willst.«

Erschrocken sah er auf, dann zog er den Stuhl näher an Livia heran. Sie konnte seinen unvergleichlichen Duft riechen und seinen Atem spüren. So nah waren sie sich viel zu selten, wie sie fand. Seine Nähe benebelte sie geradezu, und sie versuchte, sich zusammenzureißen.

»Das darfst du niemals denken.«

»Was darf ich niemals denken?« Sie konnte gerade keinen klaren Gedanken fassen.

»Dass ich dich nicht leiden kann.«

»Warum nicht?«

»Weil das Gegenteil der Fall ist.«

»So?« Sie zog die Augenbrauen hoch. Er drehte ihren Stuhl in seine Richtung, sodass sie sich jetzt gegenübersaßen. Ihre Beine zwischen seinen. Er legte die Arme auf ihre

Stuhllehne, und dort, wo sie sich berührten, brannte ihre Haut. Livia stand wie unter Strom.

»Komm schon, Livi, du weißt, dass da mehr ist, oder? Du weißt, dass du mein letzter Gedanke vor dem Einschlafen und der erste nach dem Aufwachen bist. Du weißt, dass ich von dir träume, von dir und deinem kalten, klebrigen Eis, von dir und deinen Augen, die so blau sind, dass das ganze verdammte Meer sich demütig davor verneigt. Du weißt es, ich weiß es.«

Livia musste sich daran erinnern, zu atmen. Sie konnte nichts sagen, nichts denken, nur fühlen.

Wer den ersten Schritt wagte, das konnte Livia nicht genau sagen. Doch ihre Hände gruben sich in seine weichen Locken, seine Hand wanderte an ihren Hals, an die delikate Stelle unter dem Ohr, ihr Oberkörper neigte sich ihm entgegen, seine Lippen näherten sich ihren, ihr Mund öffnete sich leicht für ihn. Endlich, endlich durfte sie ihn wieder spüren, endlich, endlich küssten sie sich erneut. Ihr Herz schlug ihr bis in den Hals, sie ließ sich nur noch von ihrem Instinkt leiten. Er schmeckte nach Ketchup und nach Cola, und sie hatte den Eindruck, dass seine Lippen aus Samt waren. Selten hatte sie einen so leidenschaftlichen und gleichzeitig weichen Kuss erlebt. Als er sehr langsam und vorsichtig versuchte, den Kuss zu beenden, hörte sie sich selbst laut seufzen, wie ein Baby, das noch nicht ganz satt war. Der Laut ihrer eigenen Stimme brachte sie einigermaßen wieder ins Hier und Jetzt. Sie öffnete die Augen und sah ihn an. Er lächelte und streichelte ihren Nacken. Sie legte die Stirn an seine Brust.

»Wow …«, sagte sie.

An den Bewegungen seines Brustkorbs merkte sie, dass er lachte. »Ich nehme an, damit war der Kuss gemeint?«, fragte er leise.

Sie nahm die Stirn von seiner Brust, setzte sich aufrecht hin, bemühte sich um ein bisschen Contenance. »Was glaubst du denn?«

»Ich glaube, dass wir zusammen bombastisch sind.«

Ja. Das war mal ein kluger Gedanke, wie sie fand.

»Hast du noch Zeit? Ich möchte dir etwas zeigen«, sagte sie.

»Was ist mit dem Essen?«, fragte er und zeigte darauf.

»Das nehmen wir mit!«

Sie packten alles zusammen, er nahm wieder ihre Tasche und folgte ihr.

Livia stieg die ersten von zweihundertsechsunddreißig Stufen empor. Sie hatte sie mal gezählt. Sie würde Mario in die unübersichtlichen Treppendurchgänge der Stadt führen und dabei seinen Orientierungssinn prüfen. Im Dunkeln waren die vielen aufeinanderfolgenden Stiegen fast unheimlich, da sie nur schwach beleuchtet waren. Die steilen Gassen erinnerten an ein mittelalterliches Labyrinth. Livia hatte natürlich keine Probleme damit, sich hier zurechtzufinden. Das lag aber daran, dass sie mit diesen Stufen aufgewachsen war. Denn die Einheimischen lebten in den teilweise sehr antiken Häusern, die direkt auf Fels gebaut waren und sich demnach dem Verlauf des Steilhangs angepasst hatten. An Dilettas Haustür waren sie zum Beispiel gerade vorbeigegangen. Nicht selten hatten auch kleine, sehr charakteristische Restaurants, Bistros oder Läden in dieser verzweigten Innenstruktur des Städtchens Platz gefunden, wie etwa das *Vicoletto*, das seine Tische in einem unerwartet luftigen Hof aufgestellt hatte.

Livias Ziel war aber ein anderes.

»Wir sind da!«, verkündete sie und blieb an einer Haustür stehen.

»Schön! Und jetzt muss ich nur dem roten Faden folgen, um wieder ins Hotel zu kommen.«

»Du hattest einen dabei?«

»Zum Glück!«

»Verdammt ...« Sie grinste, mochte seine Art von Humor, mochte ihn und überhaupt alles an ihm.

Livia schloss auf, und es folgte, natürlich, eine weitere, schier endlose Treppe, die in die oberste kleine Wohnung führte. Auch diese Tür schloss sie auf.

»So, da wären wir.«

»Du wohnst aber nicht hier ...«, stellte Mario fest.

»Nein, nein. Das ist die Wohnung meiner Schwester. Ab und an vermietet sie sie an Freunde oder Touristen. Ich habe einen Schlüssel, um immer mal wieder nach dem Rechten zu sehen. Du hast mich schon mal nach Hause begleitet, weißt du noch. Dort lebe ich mit Filippa, meiner Nonna.«

Er nickte.

»Das Beste hast du aber noch nicht gesehen. Komm mit!« Livia öffnete das Balkonfenster und führte Mario auf den großen Balkon, auf dem auf einer Seite in einem Terrakottatopf ein Zitronenbaum wuchs, auf der anderen Seite eine farbenfroh blühende Bougainvillea. Der Balkon war so gelegen, dass man gleichzeitig auf Amalfi, das Meer und in den Himmel blicken konnte. Ein schöneres Plätzchen gab es kaum.

Mario blickte sich um. Er war angetan, das sah Livia ihm an.

»Dafür nimmt man dann wiederum gerne tausend Stufen in Kauf.«

»Zweihundertsechsunddreißig.«

»Kontrollfreak.«

Sie wollte protestieren. Aber eigentlich hatte er ja recht.

Mario stellte sich an das Geländer. Livia beobachtete ihn aus einer gewissen Distanz und wusste sofort, dass dieses Bild sich für immer in ihr Gehirn brennen würde. Er sah atemberaubend schön aus. Seine Locken bewegten sich leicht im Wind, die Sterne funkelten, der Mond warf ein mystisches Licht auf ihn. Vielleicht erlebte sie hier gerade einen Traum, denn die Wirklichkeit war nur selten so perfekt.

Kapitel 26

»Das ist wirklich gewagt.« Mehr fällt Livia dazu nicht ein, während sie ihrem Papà dabei zusieht, wie er der Schokoladeneismasse Peperoncino hinzufügt.

»Mach dir keine Sorgen. *Cioccolato al Peperoncino* wird der Sommerhit 2013.« Er ist sich so sicher.

»Und das nur, weil Peperoncino als Aphrodisiakum gilt?«

»Ganz genau!«

(*Cioccolato al Peperoncino*, Juni 2013)

Mario drehte sich um, geradeso, als hätte er ihren Blick gespürt. »Lass uns essen«, schlug er vor.

»Hilfst du mir, den Tisch und die Stühle rauszutragen? Das geht ganz schnell.«

»Natürlich!«

Der kleine Tisch war aus Holz und nicht besonders schwer. Die Stühle hingegen waren aus Gusseisen, und Livias Schwester liebte sie besonders, weil es Erbstücke waren. Wenn die Wohnung nicht bewohnt war, stellten sie die Balkonmöbel ins Wohnzimmer. Livia fand sogar eine Kerze, die sie geschwind anzündete.

Livia und Mario setzten sich und aßen endlich. Je mehr sie aber aßen, desto hungriger schien Livia zu werden. Ihn in einer so alltäglichen Situation zu erleben, hatte etwas fast Surreales. Er passte so gut in ihr Leben, eckte nirgendwo an, fügte sich harmonisch in jede Situation.

Mario warf sich gerade die letzte Pommes in den Mund und knüllte die braune Papiertüte zusammen. »An was denkst du?«, fragte er und leckte sich den Finger ab, bevor er etwas trank.

»Daran, dass du perfekt in mein Leben passt.« Hatte sie zu dick aufgetragen? Und wenn schon! Das war ihr egal. Sie musste jetzt exakt das sagen, was sie dachte.

»Komm her!«, sagte er und klopfte sich auf den Schoß.

Livia stand auf, setzte sich vorsichtig auf seine Beine und legte ganz automatisch die Arme um ihn. Sie berührte seine Locken. Er legte seine Arme hingegen um ihre Taille und sah sie aufmerksam an. »Du hast mein Leben ein bisschen auf den Kopf gestellt. Doch je mehr ich es aus diesem neuen Blickwinkel betrachte, umso besser gefällt es mir«, erklärte er und fasste sie leicht am Kinn.

Livia wartete gar nicht erst ab, dass er sie wieder küsste. Sie tat es einfach selbst. Zaghaft nur. Und er erwiderte den Kuss ebenso sanft. Unterbrach ihn immer wieder, bis er irgendwann so etwas wie: »Du bist wunderschön!« hauchte.

»Ich?«, fragte sie spontan und überrascht.

Er hielt ebenso überrascht inne. »Ja, natürlich du. Weißt

du das denn nicht?« Mario streichelte ihren Rücken, und sie kam sich so klein in seinen Armen vor.

Sie zog die Schultern hoch. »Ich habe zwei wunderschöne Freundinnen, da gehe ich leicht unter.«

»Nichts gegen deine Freundinnen, aber du bist ... einfach ... Wow. Deine Schönheit ist nicht von dieser Welt. Ich könnte schwören, du stammst von Elfen ab.«

»Elfen?« Sie kicherte, als wäre sie ein Teenager und nicht eine erwachsene Frau.

»Ja!« Er sah sie hilflos an. »Du bist so schön, und mein Respekt vor dir könnte nicht größer sein.« Seine Stimme, die ein wenig rau war, verriet, wie ernst er es meinte und wie schwierig es für ihn war, sich ein bisschen verletzlich zu zeigen.

»Danke, das hat noch niemand zu mir gesagt.«

Er sah ihr wieder tief in die Augen, und dann küsste er sie erneut. Dieser Kuss war aber anders. Er schmeckte nach mehr. Und Livia verlor sehr bald die Kontrolle über ihr Handeln. Ihre Finger wanderten unter sein Shirt, und sie merkte aufgeregt, dass ihre Berührungen bei ihm eine Gänsehaut verursachten. Mario stöhnte kaum wahrnehmbar und lehnte sich mit geschlossenen Augen etwas zurück. Sie drückte ihre Lippen auf die Stelle, wo sein T-Shirt in einem V-Ausschnitt endete.

»Zieh es aus«, bat sie ihn leise.

Mit einer schwungvollen Bewegung zog er es sich über den Kopf und warf es achtlos über ihren Stuhl. Sie fuhr ihm zart mit den Fingerkuppen über die Haut. Doch sie wollte mehr, deshalb stand sie auf und hob ihm die Hand entgegen. Er nahm sie, stand selbst auf und folgte ihr in die Wohnung und dann ins Schlafzimmer.

Nach einem weiteren intensiven Kuss begann sie, ihr eigenes Oberteil auszuziehen. Es hatte einen seitlichen Reißverschluss, den sie aufzog. Das Top war so eng anliegend, dass sie keinen BH tragen musste. Deshalb stand sie wenig später bloß vor ihm und bedeckte mit den Händen ihre Brüste.

»Du machst mich sprachlos«, flüsterte er ihr ins Ohr und berührte, küsste und streichelte sie überall. Sie ließ ihre Arme sinken und war überwältigt von den starken Gefühlen, die durch ihren gesamten Körper fuhren und sich nicht etwa entluden, sondern an Intensität sogar noch zunahmen.

»Ich möchte mit dir schlafen«, flüsterte sie gegen seine Brust. Sie zog ihren Rock, ihre Unterwäsche und ihre Sandalen aus. Jetzt hatte sie kein einziges Geheimnis mehr vor ihm. Sie wollte mit ihm schlafen, ja. Und zum ersten Mal sagte sie das so offen zu einem Mann. Sie wollte komplett mit ihm vereint sein. Noch nie in ihrem Leben hatte sie so etwas empfunden. Es ging nicht um Sex, es ging darum, ihre Seelen endlich verschmelzen zu lassen, und sie konnte es gar nicht erwarten.

Doch er zögerte.

Sie merkte, dass ihr Atem sehr viel schneller ging als seiner, und das war ihr plötzlich peinlich. Mario setzte sich auf die Bettkante.

»Komm, setz dich zu mir«, bat er sie. »Ich möchte mit dir alles richtig machen.«

Und sie bedeckte wieder ihre Brüste, die ihr jetzt unpassend nackt erschienen. »Ich gefalle dir nicht?« Sie hasste es, wie verunsichert sie klang.

»Was redest du denn da? Du gefällst mir so gut, dass ich jede Sekunde mit dir genießen und nicht wie im Rausch über dich herfallen will. Ich habe mich nach diesem Moment gesehnt, seit du am Brunnen Selbstgespräche geführt hast. Lass dich von mir erkunden und erforschen, lass mich meinen Traum auskosten.«

Bei seinen gefühlvollen Worten begann ihr Herz wieder, vor Glück Kapriolen zu schlagen.

Mario kletterte auf das Bett und legte seinen Kopf auf das Kissen.

»Darf ich dich ausziehen?«, fragte sie ihn noch immer leicht verlegen.

Er biss sich auf die Lippe, schloss die Augen und nickte leicht.

Danach verloren sie sich komplett ineinander. Rational denken konnte Livia kaum, dennoch kristallisierte sich ein Gedanke immer deutlicher aus ihrem Strudel aus Emotionen heraus. Livia war bewusst, dass sie gerade die schönste Nacht ihres Lebens erlebte, und der riesige Mond, der sich in Amalfis Meer spiegelte, schien ihr seinen Segen zu geben.

»Du hast recht«, schwärmte Filippa, »der Mond ist heute unglaublich schön!«

Andrea war froh, Filippa mit auf die Dachterrasse des *Palazzo La Fontana* genommen zu haben. An diesem Abend waren nur wenige Gäste anwesend, sodass sie fast ungestört waren und ausgestreckt auf den Liegen die Sterne zählen und den Mond bewundern konnten.

»Er ist nicht halb so schön wie du, mia cara.«

Filippa sah ihn amüsiert an. »Das ist zwar eine Lüge, aber ich freue mich trotzdem über das Kompliment.«

Andrea überlegte, ob das vielleicht der richtige Moment sein könnte. Der richtige Moment, um den Ring aus der Tasche zu holen und ihr endlich an den Finger zu stecken. Er wartete schon so lange darauf.

»Bist du sicher, dass du nicht in Schwierigkeiten kommst, wenn wir hier oben liegen, um in den Himmel zu schauen?«, fragte sie zum wiederholten Mal. Filippa wollte erst gar nicht raufkommen. Sie hatte sich nervös erkundigt, ob man das so einfach dürfe.

Nun, so einfach durfte man das natürlich nicht, aber er tat es. Seine Kollegen, die eigentlich keine waren, wussten auch nichts von seinem Status als Besitzer des Palazzo und des Hotels, aber sie drückten ein Auge zu, weil sie ihn als harmlos und unauffällig einstuften. Darauf hatte er schließlich auch hingearbeitet. Seine Unauffälligkeit hatte es ihm ermöglicht, in der Anonymität zu leben, die er sich immer gewünscht hatte. Doch je mehr er aus seiner Bescheidenheit heraustrat, umso weniger gefiel es ihm, dorthin zurückzukehren.

Er setzte sich auf. »Liebste Filippa, ich darf das nicht nur, ich habe sogar ein Recht darauf.«

Sie wandte sich ihm mit einem Gesichtsausdruck zu, der erst Unverständnis zeigte, dann aber warme Zuneigung. »Ich denke auch, dass du ein Recht darauf hast. Du bist ein so aufopferungsvoller Mitarbeiter dieses Hotels! Und vielleicht auch derjenige, der hier am längsten von allen beschäftigt ist, oder?«

Andrea wunderte sich nicht darüber, dass Filippa nicht verstand, dass sie seinen Satz anders interpretierte, als von ihm beabsichtigt. Doch er wollte das richtigstellen. Es sollte keine Geheimnisse zwischen ihnen geben. »Ich meine das ein bisschen anders, Filippa.«

Sie schien am Tonfall seiner Stimme zu bemerken, dass Andrea etwas Wichtiges zu sagen hatte, denn auch sie setzte sich auf. Die Liegen standen so nah nebeneinander, dass ihre Beine sich berührten. »Muss ich mir Sorgen machen, Andrea?«

Er schüttelte den Kopf, wobei sein Scheitel ihm in die Stirn fiel. »Selbstverständlich nicht, mia cara. Aber vielleicht solltest du wissen, woher ich komme.«

»Aus dem Inland doch?«

»Nein, dieses Gerücht habe ich selbst in Umlauf gebracht damals.«

»Das hast du aber sehr geschickt angestellt, wenn es sich so hartnäckig hält. Aber warum das Ganze?«

»Weißt du, mia cara, es gibt sehr viele Menschen, die an das glauben, was sie glauben wollen. Und vielleicht habe ich das einfach nur sehr gut ausgenutzt.«

»Ich muss gestehen, ich verstehe kein Wort. Kannst du nicht direkt sagen, was dir auf dem Herzen liegt?«

Andrea berührte Filippa sanft am Knie. »Ich komme ursprünglich aus der Toskana, weißt du?«

Filippas Augen weiteten sich. »Das glaube ich dir nicht,

das kann nicht sein, du sprichst akzentfrei, das kann kein Mensch aus der Toskana.« Filippa spielte auf den starken toskanischen Dialekt an, der das C einfach in ein H verwandelte und somit sehr charakteristisch und auffällig und zudem mit Leichtigkeit einzuordnen war.

»Dass ich kein Toskanisch spreche, habe ich nur meiner Nonna zu verdanken. Sie hatte zwar recht grobe Methoden, am liebsten hat sie mir das Ohr lang gezogen, aber letztendlich hat es etwas genutzt«, erklärte er.

»Was verbirgst du noch vor mir, Andrea?«

Der Versuch, Filippas Gemütszustand zu erraten, missglückte. Ihr Gesicht zeigte keine Emotion. Jetzt war er es, der sich fragte, wie viel sie verbarg.

»Ich bin der einzige Sohn, habe keine Geschwister«, fuhr er fort. »Und meine Eltern waren Stoffhersteller. Große, traditionsreiche Stoffhersteller.«

»Weiter!«, forderte Filippa auf. Sie hatte noch immer den undurchschaubaren Ausdruck einer strengen Professorin.

»Nun, man könnte wohl sagen, dass ich wohlhabend bin«, gestand er.

Sofort wurde ihr Ausdruck weicher. »Ach, Andrea. Du musst wegen mir doch keine Geschichten erfinden, mio caro. Ich mag dich so, wie du bist.«

Ihm wurde warm ums Herz. Er hatte sich oft vorgestellt, jemandem zu erzählen, wer er wirklich war. Filippas liebevoller Blick war anders als alles, was er in seiner Fantasie als mögliche Reaktion durchgespielt hatte. Er nahm ihre Hand. »Ich könnte dich niemals anlügen. Ich heiße Andrea Pucci, geboren in Florenz.« Andrea fischte seinen Ausweis aus der

Brieftasche. »Ich bin alleiniger Besitzer der Pucci Tessuti.« Er zeigte ihr eine Visitenkarte. »Mir gehört außerdem der *Palazzo La Fontana*. Wenn du möchtest, zeige ich dir die notarielle Bescheinigung.«

Filippa sah sich abwechselnd die Visitenkarte und den Personalausweis an. Sie hatte noch immer nichts gesagt. Und ihm fiel plötzlich auch nichts mehr ein, was er noch hinzufügen könnte. Er fühlte sich gerade ein bisschen leer, nachdem er ein so großes Geheimnis, das er lange mit sich herumgetragen hatte, gelüftet hatte.

»Das verstehe ich nicht, Andrea. Ich meine, sollte das alles wirklich stimmen, dann begreife ich nicht, wieso um alles in der Welt du dein Leben an einer Hoteltür verbracht hast, wenn du in Prunk hättest leben können? Wieso Amalfi? Warum der *Palazzo La Fontana*?«

»Die Antwort auf all diese Fragen bist du, immer nur du.«

Filippa stand so plötzlich auf, dass Andrea ein wenig erschrak. Die Frau seiner Träume erreichte mit nur wenigen Schritten das Geländer, das die Dachterrasse umgab. Sie hielt sich daran fest. Er war ihr sofort gefolgt, legte nun eine Hand auf ihre Schulter. Sie war so zierlich, und er wollte sie beschützen, an sich ziehen und an seinem Herzen spüren.

»Ich frage dich noch einmal, Andrea. Warum hast du dich an eine Hoteltür gestellt, statt als wohlhabender Geschäftsmann in Florenz zu leben?«

»Weil man von der Hoteltür aus am besten auf deine Gelateria blicken konnte.« Andrea drehte sie sanft in seine Richtung, hob ihr Kinn an, sodass sie ihn ansehen musste. Er sah, dass ihre Augen verdächtig glänzten. »Ich wollte da sein, im Falle eines Falles. Ich habe für den Moment gelebt, in dem du mich endlich siehst. Nicht Andrea, den Pförtner, sondern den Mann Andrea. Ich wusste nicht, ob er kommt. Aber ich habe gewartet, und meine Geduld wurde belohnt.«

»Das glaube ich dir nicht, Andrea. Was du erzählst, ist ein Märchen, und ich glaube nicht an Märchen.«

»Das kann nicht sein, mia cara. Alle glauben an Märchen. Was denkst du, warum alle beim ersten Kuss Herzklopfen haben?«

Filippa antwortete natürlich nicht darauf, also tat er es. »Weil sie nicht wissen können, ob der Partner sich in einen Frosch verwandelt. Deshalb die große Anspannung.«

Filippa verdrehte leicht die Augen. Ihre Mundwinkel hoben sich etwas, sie konnte es nicht verhindern, und Andrea sah, dass sie sehr bemüht versuchte, nicht zu lachen.

»Andrea Pucci, du bist ein Narr!«, sagte sie endlich.

Andrea lehnte sich erleichtert an das Geländer, denn er spürte, dass die Anspannung von ihr abzufallen begann.

»Gut, dann bin ich eben ein Narr, aber zumindest einer, der dir die besten Stoffe der Welt beschaffen kann, aus denen du ganze Schränke voller Blusen schneidern lassen wirst.«

»Du meinst also, Märchen können wahr werden, hm?«

Weil er spürte, dass der Moment gekommen war, nahm er den Ring aus seiner Tasche und hielt ihn in den schwachen Mondschein. »Geliebte Filippa, möchtest du die Königin meines Herzens werden?«

Erschrocken und erstaunt hielt sie sich die Hand über den Mund. Und es kam und kam keine Antwort von ihr …

Kapitel 27

»Ordnung ist alles, Livi«, erklärt er, während er im Labor Staub wischt.
»Aha. Und das sagt der unordentlichste Mensch auf dem Planeten, wenn man Mamma glauben möchte?«
Papà lacht. »Kann sein, dass ich zu Hause nicht immer alles an den richtigen Platz stelle. Aber hier, Livi, muss alles immer an dieselbe Stelle. Merk dir das!«
Sie nimmt mental Notiz davon, ohne es bewusst zu merken.

(Gespräche, Februar 2015)

Livia band Mario eine Schürze um, und er lehnte sich vertrauensvoll an sie, während sie sich auf die Fußspitzen stellte und seinen Nacken küsste.

»So wird das nichts«, sagte er leise.

Livia riss sich zusammen. »Du hast recht!«

Mario hatte sie in der letzten Nacht gebeten, noch mal zusammen mit ihr Eis herstellen zu dürfen. Die Bitte hatte sie gewundert, denn er war ja noch immer der, der Eis nicht sonderlich mochte. Er hatte dann aber erklärt, dass er noch besser verstehen wollte, wie ihre Welt aus Gelati aussah, was sie bei der Eisherstellung empfand, wie sie sich dabei bewegte. Es schien so, als wollte er tatsächlich Teil ihres Lebens werden. Wie das funktionieren sollte, diesen Gedanken traute Livia sich nicht, zu Ende zu denken, denn Mario musste wieder zurück nach Hause, weg aus Amalfi, weg von ihr. Sie hatte noch nie eine Fernbeziehung gehabt, aber zum ersten Mal wünschte sie sich, es zu versuchen.

»Also, was muss ich als dein Assistent tun?«, fragte er übertrieben fröhlich und tatkräftig.

»Regel Nummer eins: Du darfst mich nichts fragen.«

Kurz schaute er verwirrt, dann lachte er. »Wie jeder gute Assistent!«

»Genau!«

»Dann bringe ich dir jetzt einfach alle Zutaten, und du mischst?«

Die Frage war wohl eher rhetorisch, denn Mario fing schon an, die Zutaten aus den Regalen zu nehmen und auf die Arbeitsfläche zu stellen. Milch, Sahne, Zucker. Das war gut, das war die Basis ihrer Gelati. Wieder wunderte es Livia, wie natürlich und selbstsicher er sich hier, im Knotenpunkt ihres Lebens, bewegte. Das Eislabor konnte sicherlich einschüchternd auf jemanden wirken, der sich nicht mit der Eisherstellung auskannte. Obwohl Livia und ihr Papà immer versucht hatten, die Zutaten und Behälter sehr ordentlich zu lagern, so sammelte sich doch allerhand Material an, sodass man sich leicht davon erschlagen fühlen konnte. Die blitzblank geputzten verchromten Arbeitsflächen waren hingegen so sauber, dass man sich darin spiegeln konnte, und erinnerten mit ihrer Sterilität vielleicht sogar ein bisschen an einen Operationssaal. Doch dann sah man die drei Eismaschinen, und der Eindruck verflog, die Idee eines sterilen Ortes ohne Seele erschien gleich wieder absurd.

Livia konzentrierte sich wieder auf Mario, der ihr neben den Grundzutaten auch weiße Schokolade und Himbeeren gebracht hatte. Jetzt sah er sie herausfordernd an.

»Ich habe keinen Gusto mit diesen Zutaten«, erklärte sie ihm. Und sie fand, er sah mit der Schürze zum Anbeißen aus. Als hätte er ihren Gedanken erraten, sah er sie kurz an und grinste.

»Dann erfinden wir doch einfach einen neuen Gusto!«

Livia lehnte sich an die Arbeitsfläche und verschränkte die Arme vor der Brust. »Lieber nicht. Eis ist für mich immer eine große Sache, ich spiele nur ungern damit, sei mir nicht böse.«

»Ich spiele nicht«, antwortete er einfach nur und sah sie lange an.

Die Antwort, das spürte Livia, bezog sich nicht nur auf eine neue Eissorte, sondern auf alles andere: ihre gerade erst aufblühende Beziehung, die *Artigiani del Gelato*, Amalfi, seinen Urlaub und sie beide.

Sie nickte und fühlte sich plötzlich ein bisschen schutzlos. So war das manchmal mit starken Gefühlen: Sie bewegten etwas in der Tiefe und machten, dass ein Schmerz, eine Erinnerung, die man mit aller Macht versuchte, unten zu halten, plötzlich an die Oberfläche kam.

Mario kam mit wenigen großen Schritten auf sie zu, legte sanft eine Hand auf ihren Arm. »Habe ich etwas Falsches gesagt?«

Livia schüttelte den Kopf. »Nein, du machst alles richtig.«

Sehr unpassend kamen ihr die Tränen, und sie konnte nicht mal sagen, warum. Es gelang ihr aber, nicht zu weinen.

»Livi, sagst du mir bitte, was los ist?«

Sie zog die Schultern hoch, hob eine Hand. »Das kann ich dir gar nicht so genau sagen. Du bewegst viel in mir«, gestand sie ihm. Es fiel ihr nicht leicht, ihm das zu erklären. Manchmal zog sie es vor, Dinge für sich zu behalten.

»Ist das nicht gut?«

»Ja, irgendwie schon, gleichzeitig aber nicht.«

Er kam noch näher an sie heran, so nah, dass ihre Beine sich berührten. Mario stand ihr gegenüber und legte seine Hände an ihre Schultern. »Erklär es mir. Bitte.«

Sie schluckte, nickte dann. »Du erfüllst mich so dermaßen mit Gefühlen, dass dabei ganz automatisch auch all das hochkommt, was mich in meinem Leben sehr bewegt hat.«

»Okay. Und was genau bewegt dich so sehr, dass du dabei fast weinen musst?«

Hilfe suchend blickte Livia sich in ihrem kleinen Labor um, all die Schutzmauern, die sie rund um ihr Herz gebaut hatte, um diesen Raum überhaupt wieder betreten zu können, begannen zu wanken. Ihr war noch immer nicht klar, was genau Mario getan hatte, um diese Schleuse zu öffnen, aber sie verspürte jetzt das Bedürfnis, ihm vom schrecklichsten Tag ihres Lebens zu erzählen. Doch wie fand man dafür die Worte? »Meine erste klare Erinnerung an dieses Eislabor liegt lange Zeit zurück, ich muss wohl drei oder vier Jahre alt gewesen sein. Ich habe mit meinem Papà über Bitterschokolade und Kaffee gesprochen, weiß aber nicht mehr genau, wie das Gespräch endete.« Livia machte undefinierte Handbewegungen, so als könnte jede Geste das richtige Wort herbeibringen. »Ich hatte die volle Aufmerksamkeit meines Vaters, und er gab mir immer das Gefühl, wichtig zu sein. Er hörte mir zu, er schenkte mir seine Zeit, wir unterhielten uns über Eis, aber es war immer wie eine Metapher für das Leben, verstehst du? Eis war für uns beide der Zufluchtsort, die heile Welt, die Sprache unseres Herzens. Und so haben wir zusammen hier jeden Tag verbracht. Wir haben Eis gemacht, Eis probiert, Eis verkauft. Wie haben uns dadurch aber abgekapselt, was wir gar nicht bewusst wahrgenommen haben, zumindest ich nicht. Für mich war es nur wichtig, mit ihm zusammen zu sein und von ihm zu lernen. Fast so, als wüsste ich schon damals, dass er früh von uns gehen würde. Fast so, als wüsste ich, dass ich nicht lange genug Zeit haben würde, um alles von ihm zu lernen.«

»Er ist gestorben?«, fragte Mario einfühlsam.

Livia nickte und sah ihn an. »Ja, vor knapp einem Jahr.«

»Wie ist das passiert?«

»Es war ein Herzinfarkt. Er hatte mir freigegeben. Nein, er hatte mich dazu genötigt, mir freizunehmen. Ich wollte keine Ferien, schon gar nicht in der Hochsaison, doch er hat darauf bestanden. Im Nachhinein denke ich, dass er mir zeigen wollte, dass ich auch außerhalb der Gelateria ein erfülltes Leben haben sollte, was natürlich absurd ist, denn er konnte ja nicht wissen, dass er schon bald sterben würde, und bis zu dem Zeitpunkt waren wir uns beide einig gewesen, dass es ein erfülltes Leben nur im Eislabor geben konnte.«

Mario streichelte immerzu ihren Arm, und sie war ihm unglaublich dankbar dafür, dass er nicht versuchte, seine Anteilnahme mit Worten auszudrücken, denn im Moment wollte sie nichts hören, da der Lärm, der in ihr tobte, laut genug war. »Ich habe ihn gerade noch eine Sekunde lebend erwischt. Vor meinen Augen ist er zusammengebrochen und wahrscheinlich gleich gestorben. Ich habe das letzte Jahr meines Lebens damit verbracht, mich zu fragen, wie ich das hätte verhindern können. Warum habe ich auf ihn gehört und gerade in der stressigsten Zeit des Jahres Urlaub genommen? Habe ich die Herzmassage auch richtig gemacht? Das sind so die Fragen, die mich quälen. Vor allem aber quält mich die Tatsache, dass ich manchmal richtig wütend auf meinen Papà bin, weil er mich nicht ausreichend auf all das vorbereitet hat.« Livia zeigte mit ausgebreiteten Armen um sich.

»Oh, hier muss ich dir aber widersprechen: Er hat dich besser vorbereitet als menschlich irgendwie möglich. Du managst hier im Alleingang die erfolgreichste Eismanufaktur Amalfis und merkst es kaum.«

»Aber ich weiß noch lange nicht alles …«, protestierte sie.

»Das ist nicht wahr, Livi. Sieh dich an! Du bist perfekt in dieser Rolle, Eis ist dein Leben, dein wahr gewordener Traum. Du weißt alles über Eis, was es zu wissen gibt.«

»Aber ich kann das nicht mehr mit Papà teilen. Ich vermisse es so sehr, mich mit ihm darüber auszutauschen. Und selbst Nonna, die das hier alles erst gegründet hat, hat sich komplett zurückgezogen.«

»Ich weiß, es ist nicht dasselbe, und ich habe keine Ahnung von Eis, aber du kannst mir darüber alles erzählen, was du willst«, bot er aufrichtig an.

Sie wollte ihn daran erinnern, dass er Amalfi und ihr Leben schon bald verlassen würde, und dann … Doch stattdessen lächelte sie tapfer, denn sie wusste, dass Mario diesen Platz, der da in ihrem Herzen leer stand, perfekt ausfüllen konnte. Und allein schon diese Gewissheit machte es einfacher, die Leere erst mal zu ertragen.

»Hör zu«, sagte er jetzt sehr viel ernster. »Was die Zukunft bringt, kann niemand so genau sagen. Aber jetzt bin ich hier, und ich möchte von dir lernen, wie du von deinem Papà gelernt hast. Das ist das, was wir haben, das ist vermutlich das, was sich dein Papà für dich gewünscht hätte. Er wusste, dass du sein Lebenswerk stolz und konsequent fortsetzen würdest. Deshalb ist er sicherlich in Frieden gegangen.«

Sie ließ die Worte auf sich wirken und überlegte, dass sie es vermutlich kaum ertragen hätte, diese oder ähnliche Aussagen von irgendjemand anderem zu hören. Doch Mario besaß das richtige Einfühlungsvermögen, oder er hatte einfach Glück und hatte die richtigen Tasten gedrückt.

Livia atmete tief durch, und es fiel ihr bereits ein gutes Stück leichter. Sie blickte zu Mario auf, der sie aufmerksam ansah.

»Du hast Amalfi gebucht, um einen schönen Urlaub zu verbringen, und bist in den Strudel des Dramas der Lucibellos geraten. Vielleicht kannst du im Reisebüro eine Rückerstattung einfordern?«

Mario lachte laut, doch gleich darauf wurde er ernster. »Weißt du, ich mag die Lucibellos, vor allem aber eine, weil sie mir auf ihre ganz eigene Weise geholfen hat, mich selbst zu finden.«

»Vor allem hat sie dich dazu gebracht, Eis zu essen.«

Er hob mit übertriebener Gestik einen Daumen. »Dieser Punkt geht eindeutig an dich.«

Livia lächelte ihn an, Mario hob die Hand an ihr Gesicht und zog sie an sich, legte sanft die Lippen auf ihre. Er küsste sie zart und wie man es von jemandem erwarten würde, der verliebt war. Das beflügelte Livia geradezu, doch er ließ nicht zu, dass der Kuss noch leidenschaftlicher wurde. Zärtlich, aber bestimmt trennte er sich wieder von ihr.

»In diesem Raum«, er zeigte um sich, »darf es nur Gelati

geben! Alles andere, Amore und Passione, muss anderswo stattfinden«, sagte er bestimmt und ließ sie stehen.

Sie beobachtete ihn dabei, wie er weitere Zutaten auf die Arbeitsfläche stellte, dann bat er sie mit einem Fingerzeig dazu, zu ihm zu kommen. Gemeinsam schauten sie auf die zusammengetragenen Zutaten.

»Weiße Schokolade und Himbeeren? Was soll das werden?«, fragte sie erheitert.

»Das hier soll unser Gusto werden!«, verkündete er erfreut.

»Aha!«, sagte sie amüsiert. »Und wie soll der heißen?«

Entrüstet sah er sie an. »*Gusto Amore*, naturalmente!«

Sie schüttelte lachend den Kopf. »Ich weiß nicht. Weiße Schokolade und Himbeeren zu kombinieren, ist sehr gewagt.«

»Soso. Livia Lucibello soll zum ersten Mal aus ihrer Komfortzone treten und macht einen Rückzieher?«

»Ha!« Livia zeigte mit dem Finger auf ihn. »Du wagst es, mich auf meinem Terrain herauszufordern?« Sie versuchte, ihrer Stimme einen strengen Ton zu geben, was ihr aber ordentlich misslang, denn eigentlich war sie positiv überrascht von Mario. Er wusste ganz genau, wie er sie aus der Reserve locken konnte.

»Sissignora!«

»Ach ja? Dann warte mal ab. Du wirst staunen!« Jetzt hatte er ihren Kampfgeist geweckt. Weiß und rot. Cremig und leicht körnig. Das musste sie schlau balancieren. Während sie überlegte, bemerkte sie seinen Blick. Sie glaubte, Faszination darin zu lesen. Sie selbst aber fand sich gerade gar nicht faszinierend. Wenn es etwas gab, wovor sie großen Respekt hatte, dann waren es neue Kombinationen. Aber ganz automatisch begann sie, gleichzeitig die weißen Schokoladentropfen abzuwiegen. *Gusto Cioccolato bianco* war bereits in ihrem Sortiment vorhanden, doch überlegte sie, ein bisschen mehr Schokolade als sonst zu verwenden, denn andernfalls würde die leichte Säure der Himbeere zu dominant werden. Aus dem Augenwinkel nahm sie wahr, dass Mario etwas neben ihr auf dem Arbeitstisch abstellte und dann leise wieder einen Schritt zurückging. Es war ein Topf, sah sie überrascht. Genau das, was sie jetzt brauchte, um die Schokotropfen mit Sahne zu schmelzen. Sie suchte verwundert seinen Blick, und er zwinkerte ihr aufmunternd zu. Bisher hatten sie natürlich nicht von Liebe gesprochen – dazu war ihre Beziehung einfach noch zu jung –, doch diese Vertrautheit in ihrem kleinen Labor war ziemlich nahe dran an einem *Ti amo*, wie sie fand.

Livia schmolz auf ihrem kleinen Herd die Schokolade und begann, die Himbeeren zu waschen, abzutupfen und dann klein zu schneiden. Für *Gusto Lampone* pürierte sie die Früchte eigentlich. Das wollte sie diesmal aber anders machen. Wieder reichte ihr Mario dezent einen Topf, den sie genau in diesem Moment brauchte. Sie war aber zu konzentriert, um sich darüber zu wundern, wie er erneut erraten hatte, was sie brauchte. Zu den klein gehackten Himbeeren gab sie etwas Honig, Zucker und eine Prise Zimt, dann kochte sie alles auf. So lange, bis die Konsistenz etwas fester wurde.

Sie ging dann hinüber zu einer ihrer Eismaschinen,

schüttete Milch, Sahne und alle weiteren Zutaten hinein, um dann den Motor zu starten.

»Du siehst so anziehend aus, wenn du Eis machst«, flüsterte Mario.

Dieser Satz brachte sie wieder zurück auf den Boden, den sie während der Eiszubereitung irgendwie verlassen hatte. »Und ich finde, dass die Schürze dir total gut steht«, neckte sie ihn.

Er kam ein paar Schritte auf sie zu. »Na, ich finde hingegen, dass du am besten aussiehst, wenn du gar nichts anhast.«

Seine Worte jagten ihr eine Gänsehaut über den Rücken. Sie konnte nichts erwidern, weil es in diesem Moment an der Tür klopfte.

Diletta schaute durch die Tür, doch wieder hätte Livia gerne auf Caffè bei Sal verzichtet. Als Diletta Mario erblickte, verfinsterte sich ihr Gesicht schlagartig. Es verletzte Livia, ihre Freundin so feindselig zu erleben.

»Buongiorno! Lust auf Caffè, ihr zwei Turteltäubchen?«, sagte Diletta aber dann heiter, und Livia fragte sich, ob sie sich den seltsamen Gesichtsausdruck ihrer Freundin nicht nur eingebildet hatte.

»Also, ich passe.« Mario hob die Hände. »Ich muss ohnehin ins Hotel und ein paar Dinge erledigen. Geht ihr nur. Wir zwei sehen uns dann später, ja?«

Livia nickte, war aber eigentlich gar nicht so glücklich über Marios Abgang. Sie verabschiedete sich trotzdem tapfer von ihm, holte tief Luft und fragte sich, wie sie denn bitte ohne ihn die Zeit überstehen sollte. »Ich brauche hier noch eine Weile. Sobald ich fertig bin, komme ich zu euch rüber«, sagte sie dann zu ihrer Freundin und zeigte auf die summenden Eismaschinen.

Diletta hob beide Hände. »Keine Eile, wir warten gerne.«

Kapitel 28

»Brauchen wir wirklich *Gelato al Prosecco*, Papà?« Sie sieht ihm zweifelnd bei der Eisherstellung zu.
Er zieht die Schultern hoch. »Keine Ahnung. Ausprobieren möchte ich es auf jeden Fall.«

(Juli 2016 – in diesem Sommer werden in der *Artigiani del Gelato* ungefähr 240 Eisbehälter von *Gelato al Prosecco* verkauft)

Livia spazierte später mit Carolina und Diletta hinüber zum *Palazzo Sant'Andrea*, um ihren gewohnten Espresso bei Sal zu trinken. Doch nichts war wie sonst. Livia war so unverschämt glücklich, dass ihre Füße kaum den Boden zu berühren schienen. Alles, was Livia sah, machte sie glücklich: die Sonne, der Himmel, der Dom mit der Menschenschlange, die über die sechzig Stufen bis zur Piazza reichte, die unebenen antiken Pflastersteine, die unzähligen Touristen. Ja, all das machte sie heute mal wieder richtig froh, am Leben zu sein.

»Ich habe mit ihm geschlafen!«, hörte sie sich selbst sagen und konnte es kaum glauben.

»Was?«, schrien Diletta und Carolina. Vor Schreck waren die beiden stehen geblieben, sodass Livia noch einmal umdrehen musste.

»Was ist denn mit euch los? Ihr erzählt mir immer von euren schönen Nächten, dann tue ich es auch mal, und ihr werdet plötzlich prüde?« Diletta und Carolina tauschten einen flinken Blick miteinander aus, der Livia nicht entging. »Ragazze, alles in Ordnung?«

»Natürlich, Livi, alles in Ordnung. Ich denke, wir waren nur etwas überrascht. Du sprichst sonst mit uns nicht über Sex«, erklärte Carolina.

Da hatte sie allerdings recht. »Ach so ... Ich dachte schon, ihr verheimlicht mir etwas.« Livia lachte, ihre Freundinnen nicht. Die Stimmung war seltsam, und Livia begriff nicht, warum. Vielleicht die Hitze, überlegte sie.

Sals Bar war gerappelt voll, sie mussten warten, bis andere Gäste bezahlten und aufstanden, um einen Tisch zu ergattern. Trotzdem kam Sal, kaum dass sie sich gesetzt hatten, um sie herzlich zu begrüßen. Er hatte wieder neue Kekse dabei. Diesmal waren es unverschämt leckere Schokoladenkekse, die sie sofort aufaßen.

»Der Mann kennt uns einfach zu gut«, erkannte Diletta.

»Er kennt uns aber nicht gut genug, um zu wissen, dass er uns am besten eine ganze Packung Kekse hinstellen sollte.«

Sie lachten und machten Platz für die Tässchen, die Sal schon brachte und aus denen es intensiv nach Caffè roch.

»Habt ihr euch wieder beruhigt?«, fragte Livia ihre Freundinnen.

Die beiden grinsten und nickten.

»Was hat er denn gesagt, wie er sich das vorstellt weiterhin? Gibt es eine Zukunft, oder wird eure Story mit seiner Abreise enden?«, wollte Diletta wissen.

»Wir haben dieses Thema noch nicht angesprochen«, gestand Livia und glaubte dann, wieder einen nervösen Blick ihrer Freundinnen aufzufangen. »Aber er führt mich heute Abend aus, ins *Miracolo*. Ich glaube, dass es etwas Ernstes werden könnte.«

»Du meinst jetzt aber nicht das *Ristorante Miracolo* in Positano, oder?« Ungläubig riss Diletta die Augen auf.

»Doch!« Triumphierend hob Livia die Faust. Sie freute sich, und was wäre eine so große Freude, wenn man sie nicht mit den besten Freundinnen teilen könnte.

»Mamma mia! Das ändert ein paar Dinge ...«, murmelte Carolina etwas verwirrt.

»Das denke ich auch«, fand Livia. Sie hoffte so sehr darauf, dass es mit ihnen weitergehen würde. Und das war das erste Mal, dass sie so fühlte. Bisher hatte sie immer nur versucht, jeden Sommerflirt schmerzlos zu beenden.

Carolina und Diletta schwiegen kurz und tranken ihren Caffè. Carolina konzentrierte sich gleich danach mit ihrem Löffel auf den Zucker, der, wie immer, im Tässchen zurückgeblieben war.

»Livia, wir müssen über etwas mit dir sprechen«, sagte Diletta dann.

»Genau«, pflichtete Carolina ihr bei.

Livia erkannte ihre Freundinnen heute kaum wieder. »Sagt mal, seid ihr heute irgendwie komisch, oder spinne ich? Was ist denn los?«

Diletta blickte wieder zu Carolina, und Livia wurde das Gefühl nicht los, dass die beiden ihr etwas verheimlichten.

»Alles in bester Ordnung«, versicherte Carolina ihr. »Aber wir kennen deinen schlechten Geschmack in Sachen Kleidung. Deshalb fühlen wir uns dazu verpflichtet, dir für diesen tollen Abend ein Outfit auszusuchen.«

Livia blickte an sich herab. »Wieso? Was stimmt nicht mit meinem Outfit?« Das waren ja ganz neue Töne.

»Sie betonen deine Weiblichkeit nicht ideal«, erklärte Diletta, die fast nur kurze, figurbetonte Kleider besaß.

»Na, vielleicht habe ich einfach keine Weiblichkeit, die betont werden will?« Livia zeigte auf ihre eher kleine Brust.

»Unsinn. Ich bringe dir später ein Kleid von mir vorbei, das dir perfekt passen wird und deine beneidenswert blauen Augen betont.«

Livia gab sich augenrollend geschlagen. Es brachte erfahrungsgemäß nicht viel, mit Diletta zu diskutieren. »Dann bring es meinetwegen vorbei ...«

Diletta klatschte begeistert in die Hände. »Das mache ich!«

Carolina legte ihre Hand hingegen auf Livias. »Sei trotzdem vorsichtig, was deine Gefühle für diesen Mann angeht, ja? Bei Touristen weiß man nie, ob die Liebelei eine Zukunft haben kann. Hier in Amalfi schlägt das Herz einfach höher.«

»Mach dir keine Sorgen, mia cara.« Livia gab Carolina einen Kuss auf die Wange.

»Ich glaube, ich spinne. Unsere Livi wird ins *Miracolo* ausgeführt!«, freute sich Diletta dann doch plötzlich. »Das schreit aber jetzt geradezu nach einem Prosecco, oder?«

Das ließ sich Sal, den sie herbeiriefen, nicht zweimal sagen. Er brachte Prosecco in so hohen Gläsern, dass Livia nur vom Hinsehen ganz schwindelig wurde.

»Salute!«, rief er begeistert, als Livia, Carolina und Diletta die Gläser leicht aneinanderklirren ließen.

Die seltsame Stimmung war wie weggeblasen. Endlich konnte Livia sich einfach nur freuen. Wenn sie die Freude aber mit Diletta und Carolina teilen konnte, dann verdoppelte sie sich sofort. Sie liebte ihre Freundinnen so sehr und dankte dem Himmel dafür, ihre Schicksale miteinander verknüpft zu haben. Ein Leben ohne ihre Ragazze war für Livia unvorstellbar.

Wenige Wochen zuvor im Norden

Hätte man Mario vor Jahren noch gefragt, wie er sich sein Hochzeits-Outfit vorstellte, hätte er sicher geantwortet, dass er es einfach und praktisch liebte. Und jetzt stand er am Tag seiner Hochzeit im Frack und mit Zylinder und Stock vor dem Spiegel und fragte sich ernsthaft, wie das passieren konnte. Obwohl er objektiv sehr gut in seinem Outfit aussah, so war es doch meilenweit davon entfernt, ihn authentisch wirken zu lassen. Er erkannte sich nicht wieder. Ihm fehlten auch seine Locken, die er – Antonietta zuliebe – vom Frisör mit Gel hatte bearbeiten lassen, sodass davon kaum noch eine Spur zu sehen war.

»Nun lächle doch mal, Mario!«, forderte seine Mutter, die es sich nicht hatte nehmen lassen, ihm – wie die Tradition es verlangte – beim Anziehen zu helfen.

Mario war nervös, der Fotograf, der schon den ganzen Morgen Bilder schoss, trug auch nicht gerade dazu bei, seine Nerven zu entspannen. Mario versuchte sich aber seiner Mamma zuliebe an einem Lächeln. Sie tat so, als glaubte sie an die Echtheit dieses Lächelns, er tat so, als sei es echt gewesen.

Wie viel Lüge musste so eine Hochzeit eigentlich ertragen? Es machte Mario ganz wirr im Kopf, dass alles rein äußerlich nach Plan lief, aber innerlich total gegen seine eigentlichen Prinzipien ging. Dieser Widerspruch, den er während der Vorbereitungen nur erahnen konnte, war jetzt ein so klarer und deutlicher Begleiter, dass er ihn fast sehen konnte.

»Ja, jetzt kurz den Blick nach oben«, forderte der Fotograf ihn auf.

Mario tat es, aber er war nicht dabei, nicht mit dem Herzen und nicht mit dem Kopf. Er dachte an Antonietta und war sich plötzlich sicher, dass sie diesen Moment gerade voll auskostete und genoss, irgendwo im selbst ausgesuchten Hotelzimmer, zusammen mit ihrer Mutter, die bestimmt nicht weniger begeistert war. Aber nicht etwa, weil ihre Tochter einen ehrlichen und liebevollen Mann abbekommen hatte, sondern weil Antonietta schön aussah, weil sie das beste Kleid hatte und das Fest im tollsten Hotel stattfinden würde. Gerade gut genug für das enorme Ego von Loretta.

»Möchtest du etwas trinken, Mario?«, fragte seine Mutter besorgt. »Du bist ein bisschen blass, amore mio.« Sie legte ihre warme Hand auf seine Wange, und Mario musste sich tatsächlich setzen. Er war übermannt von so vielen Fragen und derartig widersprüchlichen Gefühlen.

Seine Mutter kam eilig mit einem Glas Wasser aus der Küche, setzte sich neben ihn auf das Bett. Der Fotograf hatte den Anstand, sich dezent zurückzuziehen.

»Habe ich dir eigentlich schon einmal erzählt, dass dein Papà am Altar umgekippt ist? Vor meiner Ankunft?«

Mario schüttelte den Kopf. »Nein, diese kleine Anekdote habt ihr mir sehr geschickt vorenthalten.«

Seine Mamma zog die Schultern hoch. »Du, ich glaube, wir haben sie nur einfach vergessen, weil der Rest des Tages dann so schön war, dass der kleine Zwischenfall nicht mehr wichtig war. Bis gerade eben. Als du so blass geworden bist, musste ich plötzlich wieder daran denken.«

Mario nickte und trank das Glas Wasser leer.

»Mach dir keine Sorgen, amore mio. Das ist ganz normal. Es wird alles wundervoll werden.«

Er wollte seiner Mutter glauben. Sie hatte, wie so oft, die richtigen Worte gefunden, um ihn aufzubauen.

»Dann packen wir es an!« Endlich stand Mario vom Bett auf, das seine Mutter sofort wieder glatt strich. Diese Geste kam ihm so bekannt vor, dass er lächeln musste. Manche Dinge änderten sich nie.

»Dein Papà ist übrigens spät dran.« Seine Mutter zeigte anklagend auf ihre gute Armbanduhr.

Marios Papà hatte die Aufgabe bekommen, zusammen mit Donato das Mietauto zu holen, mit dem er zur Kirche fahren sollte. Der Rest der Gäste würde in der Kirche warten, Antonietta und Loretta hingegen aus dem Hotel ebenfalls zur Kirche gefahren werden. Mit einer Limousine oder einem Rolls-Royce – das hatte seine zukünftige Ehefrau ihm noch nicht verraten. Vermutlich wollte sie ihn überraschen, da die Autos so ziemlich das Einzige des ganzen Drumherums gewesen waren, an dem er wirklich Interesse hatte.

Um ehrlich zu sein, war Mario fast erleichtert über die Unpünktlichkeit seines Vaters, weil sie ein paar Minuten mehr für ihn selbst brachte.

»Sie werden schon gleich kommen, keine Sorge«, beruhigte er seine Mutter, die es sicherlich viel weniger brauchte als er, beruhigt zu werden.

»Eigentlich kommt die Braut ja zu spät«, erklärte sie.

»Ach, darüber würde ich mir nicht den Kopf zerbrechen. Ich bin mir fast sicher, dass Antonietta auf sich warten lassen wird.«

»Du sagst das so spöttisch, Mario. Eine Frau will an ihrer Hochzeit perfekt aussehen. Das braucht halt seine Zeit.«

Er zog gleichgültig die Schultern hoch. »Ich wollte nicht spotten, ich finde es nicht weiter schlimm«, erklärte er und fragte sich, warum er so geklungen haben mochte. Doch er kam nicht dazu, sich die Frage zu beantworten, weil er von der Straße aus lautes Hupen hörte. Seine Mamma rannte zum Balkon, hüpfte vor Freude und kam wieder zurück. »Er ist da! Es geht los!«

Das war auch das Zeichen für den Fotografen, der plötzlich wieder anfing, wie wild Bilder von ihm, dem Auto, seiner Mutter und überhaupt von jedem Winkel und Lebewesen im näheren Umfeld zu schießen.

Es wurde Sturm geklingelt, was seiner Mamma noch mal mehr Energie zu geben schien, denn sie lief rot an und war insgesamt so hibbelig wie ein aufgeregter Hund. Sie machte auf, Donato kam rein, lief direkt zu Mario und umarmte ihn fest.

»Es wird ernst«, sagte er und sah ihm tief in die Augen.

Mario nickte, doch statt sich zu freuen, fühlte er sich wie ein Soldat, der an die Front musste.

Gemeinsam verließen sie die Wohnung, stiegen alle – mehr oder weniger umständlich – ins Auto, das er sich – ausnahmsweise – selbst ausgesucht und an seinem Arbeitsplatz ausgeliehen hatte.

»Über was unterhält man sich denn nun am besten auf dem Weg zur Hochzeit?«, fragte sein Papà, der mit Mamma hinten saß, fröhlich in die Runde.

»Ich enthalte mich als einziger Unverheirateter. Das müsst ihr mir schon sagen«, versuchte Mario, locker zu bleiben.

Donato fuhr bedacht, aber zielsicher in Richtung Kirche, und Mario wünschte sich sehnlichst ein bisschen Verkehr. War denn auf gar nichts mehr Verlass? Nicht mal auf den Verkehr in der Stadt? Mario brauchte noch einen Moment, um sich zu sammeln. Doch wie so oft bekam er bei dieser Hochzeit nicht das, was er so dringend benötigte, denn sie kamen zügig an der Kirche an, die er kaum wiedererkannte. Sie war so prunkvoll geschmückt, dass vermutlich selbst die Agnellis verwundert eine Augenbraue heben würden.

»Madre Santa!«, hauchte seine Mamma ehrfürchtig. Mario war sich sicher, dass sie sich gerade bekreuzigte.

»Da mag wohl jemand gelbe Rosen«, witzelte Donato. Aber Mario hörte heraus, dass auch er beeindruckt war.

»Schade, dass die Blumen danach entsorgt werden müssen«, überlegte hingegen sein sehr viel pragmatischerer Papà laut.

Donato fuhr auf den weitläufigen Parkplatz neben der Kirche.

»Noch kann ich den Motor starten und dich zum nächsten Flughafen fahren«, erklärte Donato bitterernst. »Du könntest sehr knapp eine Flucht schaffen.«

Sie lachten alle, weil es offensichtlich ein Witz sein sollte. Dann schlug die Stimmung um. Es war nichts Sichtbares, doch Mario spürte instinktiv, dass die Menschen, die mit ihm im Auto saßen, ihn tatsächlich nicht verurteilen würden, wenn er die Hochzeit im letzten Moment absagen würde.

Mario schloss die Augen und ließ die letzten Wochen noch einmal Revue passieren. Wollte er diese Hochzeit wirklich?

Kapitel 29

Livia schämt sich ein bisschen. Das Eis schmeckt so gar nicht. Sie muss es entsorgen.

»Weißt du, wie oft ich beim Erlernen des Handwerks Eis weggeschüttet habe? Mindestens einmal pro Woche. Wenn man die Perfektion erreichen will und sich nicht mit dem Mittelmaß zufriedengibt, kann das schon mal passieren. Ich bin weiterhin unglaublich stolz auf dich.«

(April 2017)

Livia stand vor ihrem Kleiderschrank und starrte hinein, als befände sich darin ein schwieriges Rätsel, das sie lösen musste. Kein einziges Kleidungsstück erschien ihr geeignet und elegant genug für einen Abend im *Ristorante Miracolo*. Sie spürte, dass dieses Date mit Mario wichtig war und einen Wendepunkt in ihrer Beziehung darstellte, dementsprechend wollte sie auch etwas Wichtiges tragen. Diletta hatte sich glücklicherweise davon überzeugen lassen, dass sie nicht die gleiche Größe hatten, so war Livia ein Kleid ihrer Freundin erspart geblieben. Bei aller Liebe, Livia waren Dilettas Kleider wirklich zu kurz. Doch nun wusste sie absolut nicht, wo sie auf die Schnelle ein angemessenes Outfit ausfindig machen sollte. »So ein Mist!«, rief Livia.

»Hast du mich gerufen, Livi?«, kam es aus der Küche. Filippa eilte bereits herbei, schaute aus dem Flur in Livias Zimmer.

»Ich habe dich nicht gerufen, Nonna. Ich habe nur geflucht, weil ich nichts anzuziehen habe.«

»Ach, das ewige Dilemma ...«

»Mehr als ein Dilemma ist das gerade ein richtiges Drama.«

»Kann ich dir behilflich sein?« Nonna Filippa trat ganz ins Zimmer und setzte sich auf Livias Bett.

Livia zog die Schultern hoch. »Ich werde schon noch etwas finden. Nonna, hör gar nicht auf mich, ich bin nur so aufgeregt, dass ich keinen klaren Gedanken fassen kann.«

»Darf man denn wenigstens wissen, mit wem du dich triffst?«

Livia hatte Nonna schon etwas über Mario erzählt, wenn auch nicht wirklich viel. »Mit diesem Touristen, Mario, weißt du noch?«

»Ja. Verstehe. Ist er dir wichtig?«

Livia knetete sich die Hände, hielt dann inne, seufzte. »Ja ...«

»Dann warte, ich glaube, ich habe etwas für dich!« Nonna stand auf, ging in ihr Zimmer und war ein paar Minuten später mit einer hübschen Schachtel wieder zurück. »Du kannst es haben, wenn es dir gefällt.«

Livia legte die rosafarbene Schachtel ohne Aufschrift auf

ihr Bett, öffnete sie neugierig und legte den Deckel beiseite. »Ein Kleid?«, fragte Livia und hob es an den feinen Trägern aus dem Karton. Es war wunderschön, aus leichtem, sommerlich gelbem Stoff, mit Spitze überzogen und am tiefen Ausschnitt mit schwarzen Pailletten besetzt. Es war figurbetont, aber nicht gewagt. Eigentlich das perfekte Kleid. »Das habe ich noch nie an dir gesehen.« Livia hielt es an sich. Sie und Filippa hatten die gleiche Figur, Livia wusste instinktiv, dass es ihr wie angegossen passen würde.

Filippa wiegelte ab. »Das hat Nonno mir mal geschenkt.«

Livias Augenbrauen hoben sich verwundert. »Mein Nonno? Das hätte ich ihm gar nicht zugetraut. Wann denn?«

»Das weiß ich nicht mehr so genau«, gab sie zu. »Es gab da so einige Dinge, wegen denen er mich um Verzeihung bitten musste.«

Livia setzte sich zu ihrer Nonna mit aufs Bett und sah auf ihre Füße. Sie überlegte, wie viel Filippa wohl erlebt haben mochte, von dem sie nicht die leiseste Ahnung hatte. Aber das war in Ordnung, Livia musste nicht alles wissen, denn sie liebte ihre Nonna genau so, wie sie war – auch ohne jedes ihrer Erlebnisse aus der Vergangenheit zu kennen.

»Nonna und ihre Geheimnisse ...«, zog Livia sie auf und streckte sich auf dem Bett aus, sodass ihr Kopf auf dem Kissen lag.

Nonna folgte ihrem Beispiel, und so starrten sie einige Augenblicke lang Kopf an Kopf an die Decke.

»Geheimnisse ...«, flüsterte Nonna. »Jeder hat Geheimnisse, Livi, selbst Andrea.«

Livia schüttelte ganz entschieden den Kopf. »Das kann gar nicht sein.«

»Oh doch. Und jetzt muss ich sehen, ob ich damit klarkomme, denn er hat mich gefragt, ob ich seine Frau werden will.«

»Was?« Livia hatte sich schlagartig aufgesetzt und blickte jetzt auf Filippa hinab, die noch immer ausgestreckt an die Decke schaute.

»Mio Dio! Ich sterbe gleich vor Freude!«, schrie Livia voller Glück.

Filippa lachte. »Bitte nicht. Ich könnte dich eventuell als Trauzeugin gut gebrauchen. Das werden wir sehen.« Filippa stand auf, küsste Livia auf die Wange, die verdattert das zu verarbeiten versuchte, was ihre Nonna ihr gerade offenbart hatte, dann ging sie. Nie im Leben hätte sie gedacht, dass sie und Filippa sich eines Tages gleichzeitig verlieben könnten, doch wollte Livia das als gutes Omen deuten, wenn das Schicksal es so regeln wollte, dass sie zum selben Augenblick glücklich sein durften.

Das Kleid lag über der Stuhllehne. Die Pailletten funkelten verführerisch im Schein der Lampe. Sie stellte sich damit vor ihren Spiegel. Eigentlich war Gelb nicht ihre Farbe, eigentlich mochte sie längere Kleider, eigentlich war sie kein Fan von Vintage, aber dieses Kleid wollte getragen werden. Also probierte sie es an. Es fiel ihr perfekt über die Hüften, betonte ihren schönen Rücken und ließ ihre Haut, die in Furore ein wenig Farbe abbekommen hatte, dunkler und sonnengebräunter erscheinen. »Es ist wundervoll!«, flüsterte sie und glaubte, noch nie in ihrem Leben so zufrieden gewesen zu sein.

Livia war fertig geschminkt und angezogen, verabschiedete sich von Nonna, die ihr gerührt hinterhergewunken hatte, lächelte Patrizia zu, die beinahe aus dem Fenster fiel, um sie auch gut genug zu sehen, und legte die geringe Distanz von der Via Lorenzo D'Amalfi bis zur Piazza del Duomo in einem Zustand totaler Euphorie zurück. Sie trug ihr kleines Handtäschchen und eine Sommerjacke bei sich, war voller Erwartung auf den Abend und freute sich so sehr auf Mario, dass ihr beinahe schwindelig wurde.

Livia hatte sich kurz zum Outfit-Check mit Diletta und Carolina verabredet, deshalb steuerte Livia vor dem *Palazzo La Fontana* zunächst Carolinas Cartiera an, wo die beiden schon auf sie warteten. Diletta war entzückt vom gelben Kleid und fotografierte Livia mit dem Handy. »Ich will mal sehen, ob ich herausfinden kann, aus welchem Jahr es tatsächlich stammt. Vermutlich zwischen 1985 und 1990«, erklärte sie. Carolina hingegen umarmte Livia mehrmals, versicherte ihr, wie fabelhaft sie aussähe, war aber seltsam zurückhaltend. Da Livia mit dem Kopf aber bereits bei Mario war, achtete sie nicht weiter darauf.

»Meldest du dich nach dem Restaurantbesuch?«, wollte Diletta wissen.

»Ich werde es versuchen«, versprach Livia und verabschiedete sich von ihren Freundinnen.

Livia ging in Richtung Eingang des *La Fontana*, wo heute ausnahmsweise ein anderer Pförtner Dienst hatte und nicht

Andrea. Sie ließ sich die schwere Glastür aufhalten und kam sich beim Betreten des hohen Eingangs zum ersten Mal vor wie ein Filmstar. Sie hatte mit Mario abgemacht, dass sie an der Rezeption nach ihm fragen würde, sobald sie da war, und das wollte sie gerade tun, als jedoch Andrea auf sie zukam. Er trug keine Uniform, sondern einen Anzug, der sommerlich und luftig aussah. Sie kannte sich nicht besonders gut mit Stoffen aus, aber das helle Material sah teuer aus, schmiegte sich auch besonders vorteilhaft an seinen erstaunlich gut gebauten Körper. Er grüßte sie galant.

»Signorina Livia, Sie sehen bezaubernd aus«, sagte er, nahm mit einer Selbstsicherheit, die sie so von Andrea nicht kannte, eine Blume aus einer Vase und überreichte sie ihr.

»Danke, Andrea, du aber auch. Der Anzug ist unglaublich, ich glaube, ich habe noch nie einen so tollen Stoff gesehen.«

Er blickte etwas verlegen an sich herunter. »Bester Stoff aus der Toskana, hat man mir gesagt.«

Livia dachte an Filippas Worte zurück und begann tatsächlich zu begreifen, dass auch Andrea vermutlich viel zu erzählen hatte. Aber das musste warten, denn ihr Abend war für Mario reserviert.

Wie auf Kommando tauchte auch er auf, obwohl sie ihn noch nicht hatte rufen lassen. Er trug sommerliche, lange Leinenhosen, und sie sah ihn zum ersten Mal in einem Hemd statt im T-Shirt. Dass Andrea sich verabschiedete, bekam Livia zwar mit, recht viel mehr aber nicht, denn Mario kam lächelnd auf sie zu, und der Rest der Welt schien zu verschwinden.

»Hey«, sagte sie, und er küsste sie auf den Mundwinkel, was sie noch sinnlicher fand als einen echten Kuss.

Er nahm beide Hände von ihr und hob ihre Arme, ging dabei ein bisschen auf Distanz. »Du bist wunderschön«, fand er. »Ich wünschte, *ich* hätte dir diese Blume gegeben«, erklärte er bedauernd und zeigte auf die Rose.

Sie lächelte. Er war sehr ernst an diesem Abend. Ob er wohl auch spürte, dass dieses Rendezvous wichtig für sie als Paar war?

»Hast du Hunger?«, fragte er, sichtlich bemüht, sie aus der Reserve zu locken.

»Ein bisschen«, antwortete sie wahrheitsgemäß.

»Dann lass uns gehen«, schlug er vor.

Er nahm ihre Hand, verschränkte seine Finger mit ihren. Sie mochte das, wie er ganz offen zeigte, dass sie zusammengehörten.

Der Page brachte ihnen Marios Auto, in das sie etwas umständlich einstiegen, weil Amalfi nicht für Autos gemacht war. Zu wenig Platz, zu viele Menschen, keine richtigen Straßen. Doch sie brauchten das Auto, um in das etwas weniger als zwanzig Kilometer entfernte Positano zu gelangen. Mario stellte das Navi ein und fuhr los.

»Schönes Auto«, sagte sie bewundernd und um sich blickend.

»Danke. Jetzt bist du ein bisschen in meiner Welt, weißt du? Es fühlt sich ungewohnt, aber gut an, dich hier neben mir sitzen zu haben.« Er legte eine Hand auf ihr Bein, spielte abwesend mit dem Spitzenstoff ihres Kleides. »Ich mag dieses Kleid. Es steht dir fantastisch. Mir wäre beinahe das Herz stehen geblieben, als ich dich im Foyer erblickt habe.«

»Ging mir nicht anders ... Sag mal, hast du deine Kette eigentlich verloren? Du trägst sie gar nicht mehr.«

»Ja. Sie war plötzlich weg«, erklärte er vage.

»Wie schade.«

Er wiegelte ab. »Es war nur eine Kette.«

Der dichte Abendverkehr am berühmtesten Küstenabschnitt Kampaniens erforderte eine Weile Marios ganze Konzentration, zumal die Straße kurvenreich und eng und hauptsächlich von ahnungslosen Touristen befahren war. Er musste viel bremsen und schalten, schien aber in keinem Moment besonders gestresst vom Fahren, ganz im Gegenteil.

»Du fährst gerne, oder?«

»Ja, ich liebe es. Ich könnte ununterbrochen fahren.«

»Das trifft sich gut, ich fahre nämlich saumäßig schlecht. Ich habe einfach viel zu selten Gelegenheit dazu.«

»Irgendwann bringe ich es dir ein bisschen besser bei.«

Sie ließ diesen Satz auf sich wirken. *Irgendwann*, das lag in der Zukunft. Livia fasste Mut. »Siehst du eine Möglichkeit, dass aus uns etwas Ernsteres werden könnte als ein Urlaubsflirt?«, fragte sie ihn ganz direkt.

Mario blickte kurz zu ihr herüber. »Keine Sekunde lang habe ich dich als Urlaubsflirt betrachtet, Livi. Ich weiß nicht genau, wie wir das machen werden, aber ganz sicher möchte ich dich weiterhin in meinem Leben haben.«

Sie konnte nicht anders, als zu lächeln.

Vor dem Restaurant in Positano, längs der Straße, waren Parkmöglichkeiten für die Gäste vorhanden, sodass sie gleich das Auto abstellen konnten. Mario half ihr beim Aussteigen, nahm wieder ihre Hand und führte sie zum Eingang. Das Restaurant, an dem sie schon zigmal vorbeigefahren war, sah schon von außen teuer, gehoben und wunderbar aus. Mario öffnete die Tür, ließ ihr den Vortritt, und gemeinsam betraten sie den Innenbereich. Ein Kellner empfing sie.

»Buonasera, was kann ich für die Signori tun?«, erkundigte er sich freundlich und ein bisschen gestikulierend.

»Ich habe einen Tisch für Rubano reserviert«, erklärte Mario.

Livia nahm mental Notiz von seinem Nachnamen, den sie, das fiel ihr jetzt erst auf, noch nicht kannte.

Der Kellner prüfte die Reservierung, führte sie dann auf die traumhafte Terrasse, wo sie mit Abstand den besten Tisch hatten. Sie konnten über ganz Positano blicken, das mit der abendlichen Beleuchtung traumhaft aussah.

»Ich bin beeindruckt«, sagte sie und konnte den Blick nicht vom Meer, vom gesamten Ausblick abwenden.

»Darauf bilde ich mir jetzt eine ganze Menge ein. Immerhin bist du ein Kind dieser Küste.«

»Das bin ich. Daran sattsehen werde ich mich wohl aber nie.« Sie ließ die hübsch an die Steilküste geschmiegten Häuschen Positanos noch eine Weile auf sich wirken. »Ich danke dir so sehr für diese Einladung. Es bedeutet mir viel, heute Abend mit dir hier zu sein.«

Das gedämpfte Licht auf der Terrasse und der Schein

der Kerze auf ihrem Tisch zauberten einen ganz besonderen Ausdruck auf Marios Gesicht. Er sah sie so intensiv an, dass sie den Blick abwenden musste.

»Wer hätte das gedacht ... die Eismacherin und der Autoverkäufer.«

»Klingt wie ein schlechter Film.« Sie lachte.

Der Kellner kam, nahm die Bestellung entgegen, und sie mussten nicht lange auf die Vorspeise, die teils aus rohem, teils aus gekochtem Fisch und Gemüse bestand, warten.

Livia hatte die kurze Wartezeit genutzt, um sich auf der Terrasse umzusehen. Die Kundschaft bestand geradezu vollständig aus Paaren, die sich leise und angeregt unterhielten, dabei das Essen, die Atmosphäre, den Sommer und das Leben an sich genossen. Livia erreichten die verschiedensten Düfte: Fisch, Trüffel, frisches Brot. Wein, Fleisch, Käse. Es war wie ein Strudel bester Impressionen, die sie hungrig und neugierig auf ihr Essen machten.

Sie wollte gerade diesen Eindruck mit Mario teilen, als eine viel zu laute Stimme, die so gar nicht in dieses Restaurant oder in diesen Abend ganz allgemein passte, sie hochschrecken ließ.

»Sieh an, sieh an«, sagte diese Stimme, die zu einer jungen, gut aussehenden Frau gehörte, die plötzlich an ihrem Tisch stand.

Livia suchte in ihren Erinnerungen nach einem Hinweis, ob sie diese Frau kannte, die aber, zugegebenermaßen, kaum auf sie als vielmehr auf Mario blickte.

Livia wollte Mario gerade fragen, ob er die Frau kenne, doch es reichte, ihn anzusehen, um zu begreifen, dass sie mehr als nur flüchtige Bekannte waren. Mario war förmlich versteinert. Livia hasste es, ihn so zu sehen.

»Was tust du hier, Antonietta?«, fragte er sie.

»Oh, störe ich dich etwa?« Sie war fuchsteufelswild, Livia spürte und sah das.

»Antonietta …« Mario klang ein bisschen verzweifelt.

»Wie lang ist das noch mal her, dass du vorm Altar standest? Lange hast du ja nicht gebraucht, um das zu vergessen.«

Altar? Dieses Wort traf Livia wie ein Pfeil mitten ins Herz. Sie hatte noch die Kraft, Marios Blick zu suchen. Das Entsetzen, das sie in seinen Augen las, gab ihr den Rest.

Kapitel 30

Casino di Gelato – Chaotischer Eisbecher

3 Kugeln Eis nach Wahl
3 verschiedene Soßen
3 verschiedene Toppings
Panna montata

(Mai 2018)

Wie in Trance verließ Livia das Restaurant, in dem sie noch vor einer halben Stunde gehofft hatte, den schönsten Abend ihres Lebens zu verbringen. Mario rief nach ihr, aber das war ihr egal. Sie musste hier weg, und zwar sofort. Auf der Straße hatte sie kein Problem, ein vor dem Restaurant stehendes Taxi zu finden, in das sie einstieg, um sofort die größtmögliche Distanz zwischen sich und Mario zu bringen.

Er war verheiratet.

Es war so schrecklich, dass sie den Gedanken kaum ertrug.

»Geht es Ihnen gut, Signorina?«, fragte der Taxifahrer, auf den sie überhaupt nicht geachtet hatte.

»Ja, danke, ich muss nur so schnell wie möglich nach Amalfi zurück«, strengte sie sich an zu erklären. Sie arbeitete hart daran, nicht vor ihm in Tränen auszubrechen.

»Nessun problema.«

Zum Glück fuhr er gleich los, und zum Glück war er keiner von der Sorte, die unbedingt eine Unterhaltung von ihr zu erwarten schien. Trotzdem war es die längste halbe Stunde ihres Lebens. Sie musste allein sein. Sie musste verarbeiten, was gerade passiert war. Doch als sie in Amalfi ausstieg und den Fahrer bezahlte, überkam sie ein so heftiges Gefühl der Leere, dass sie davon überzeugt war, keinen einzigen Schritt gehen zu können. Sie brauchte einen Schluck Wasser und beschloss, dorthin zu gehen, wo sie sich am sichersten fühlte: in ihr Eislabor.

Palazzo La Fontana, mit seiner stabilen, schnörkellosen Bauweise, erhob sich groß und fest vor ihr. Allein der Anblick gab ihr schon die Zuversicht, dass alles gut werden würde – irgendwann. Nur war dieser Moment gerade so weit entfernt, dass er schier unerreichbar erschien. Wie war es nur möglich, dass sie sich so sehr in einem Menschen getäuscht hatte? Wie erbärmlich war es, dass Livia zum Urlaubsflirt eines vermutlich verheirateten Mannes geworden war?

Livia schämte sich in Grund und Boden und hasste sich dafür, die ganzen Signale, dass etwas mit Mario nicht stimmte, nicht gesehen zu haben. Oder vielleicht hatte sie

sie gesehen, aber nicht wirklich ernst nehmen wollen, was sogar noch schlimmer war.

Was sollte sie jetzt nur tun? Sie fühlte sich so verloren, so allein. Und wie immer in schwierigen Momenten vermisste sie ihren Papà so sehr, dass sich ihr Magen schmerzvoll zusammenkrampfte.

Sie stand noch immer vor dem *Palazzo La Fontana*, allein inmitten von glücklichen Urlaubern. Während ihr Leben gerade erneut zu einem hässlichen Stillstand gekommen war, kam es für die, die sie umgaben, offensichtlich gerade erst in Fahrt. Livia war wie benommen. Sie blickte sich um, wunderte sich, dass der Dom noch immer dort stand, wo er immer war, mit seiner so wundervollen detailreichen Fassade.

»Signorina Livia ...?« Eine Stimme erreichte sie aus der Ferne. Erst schwach nur, dann immer lauter. Livia blinzelte und erkannte, dass Andrea mit ihr sprach und sie sanft am Arm rüttelte. »Geht es Ihnen gut?«

Livia versuchte es mit aller Kraft, aber sie bekam kein Wort über die Lippen. Sie fürchtete auch, dass sie, wenn sie erst einmal etwas sagte, keinen Halt mehr finden würde, doch den brauchte sie im Moment. Deshalb nickte sie nur. Doch dann sah sie besser in Andreas Gesicht. Irgendetwas stimmte nicht. Das erkannte sie sofort.

»Ich war mit Filippa verabredet. Aber sie kommt nicht, antwortet weder auf meine Anrufe noch auf mein Klopfen an der Haustür. Wissen Sie, wo sie sein könnte?«

Andrea versuchte offensichtlich, seine Stimme und seine Emotionen zu kontrollieren, aber seine Sorge war für Livia so greifbar, dass sie sich sofort auf sie übertrug.

Sie schüttelte leicht den Kopf. »Nein, eigentlich müsste sie zu Hause sein. Lass uns nachsehen, ob sie eventuell eine Nachricht hinterlassen hat.«

Andrea nickte, und sie gingen los. Doch nach nur wenigen Schritten begannen sie, getrieben von einer schrecklichen Vorahnung, die sie bis in ihr Innerstes spürten, zu laufen. Atemlos kamen sie vor dem Haus an. Patrizia stand am Fenster. »Livia, bei euch riecht es so komisch. Hat Filippa etwas anbrennen lassen?«, fragte sie.

Das gab Livia den Rest. Nie im Leben würde ihre Nonna etwas anbrennen lassen. Es musste etwas passiert sein. Livia sprang die Stufen bis zur Haustür nach oben, nahm mit zittriger Hand die Schlüssel aus ihrem Täschchen und versuchte so angestrengt, den Schlüssel ins Schlüsselloch zu stecken, dass er ihr aus der Hand fiel. Andrea hob ihn auf und öffnete mit ruhiger Hand die Tür. Er war ein Fels, er war ein Held, und Livia war dankbar, dass gerade er hier mit ihr war.

Sie begannen schon von der Haustür aus, nach Filippa zu rufen. Es kam keine Antwort. Patrizia hatte recht, es roch verbrannt. Sie eilten in die Küche. Livia sah Filippa sofort. Sie lag neben dem Küchentisch. Auf dem Herd stand irgendetwas Verkohltes. Andrea kümmerte sich darum.

Livias Herz klopfte ihr bis in den Hals, Bilder von vor einem Jahr traten vor ihre Augen. Aber sie konnte Nonna jetzt nicht auch noch verlieren. Sie kniete sich sofort neben Filippa und rief sie. »Nonna, Nonna, Nonna!« Livia klang dabei wie ein verzweifeltes Kind.

»Sie atmet«, stellte Andrea fest, der nun ebenfalls neben

Filippa kniete. Er hatte seine Jacke ausgezogen und ihren Kopf sanft daraufgelegt. Ob Livia wohl jemals einen Mann finden würde, der sie ebenso sehr liebte wie Andrea Filippa? Livia hatte geglaubt, ihn gefunden zu haben, und dann ... Entschlossen schob Livia jeden Gedanken an Mario beiseite und konzentrierte sich wieder voll und ganz auf Filippa.

Nonnas Hände waren eiskalt, Livia versuchte, sie zu wärmen.

»Ich muss einen Krankenwagen rufen«, beschloss Andrea und blickte sich vermutlich nach einem Telefon um.

In diesem Moment merkte Livia aber, dass sich Filippas Augenlider bewegten. Es war erst ein leichtes Flattern, dann folgten aber entschlossenere Bewegungen. Filippa öffnete die Augen schließlich ganz.

»Nonna ...«, es lag so viel Erleichterung in diesem Wort. »Ich bin's, Livia. Erkennst du mich?«

»Was ist denn das für eine Frage? Natürlich erkenne ich dich, Livi. Was ist passiert? Wieso liege ich am Boden?«

Abgesehen davon, dass Filippas Stimme belegt klang wie nach einem langen Schlaf, wirkte sie so weit klar. Die Erleichterung darüber war enorm, und Livia konnte kein Wort sagen.

»Filippa, leg dich doch erst einmal auf die Couch, komm, ich helfe dir auf. Was passiert ist, wissen wir auch nicht, aber du musst wohl recht lange bewusstlos gewesen sein. Ich versuche schon eine ganze Weile, dich zu erreichen.«

Livia beobachtete erleichtert, wie Andrea Nonna aufhalf und versuchte, sich selbst zu sammeln. Sie zitterte, der

Schreck saß tief. Sie lehnte sich an die Küchenzeile und legte ihr Gesicht in beide Hände. Dieser Abend war ein wahr gewordener Albtraum, doch Nonna ging es gut. Das zählte mehr als alles andere.

Andrea hatte Filippa geholfen, sich hinzulegen. Er fragte sie immer wieder, ob sie wisse, welcher Tag heute sei, wie sie heiße, wo sie wohne. Zum Glück konnte Filippa die Fragen immer richtig beantworten. Livia sah sich das alles vom Türrahmen aus an. Andrea entschuldigte sich bei Filippa und kam auf Livia zu.

»Sie scheint zwar in Ordnung zu sein, dennoch möchte ich, dass sie im Krankenhaus genau untersucht wird. Filippa hat zwar mit den Augen gerollt, aber sie ist auch einverstanden.«

»Das ist gut.« Livia hatte versucht, ebenso souverän zu klingen wie Andrea, der die Situation im Griff hatte. Ihre Stimme war aber nicht viel mehr als ein Krächzen gewesen.

»Signorina Livia, es geht ihr gut. Machen Sie sich keine Sorgen. Ich bin bei Ihnen und werde Sie nicht allein lassen. Va bene?«

Seine Fürsorge trieb ihr die Tränen in die Augen. Die Enttäuschung über Mario steckte ihr in den Knochen, die Angst, auch ihre Nonna zu verlieren, ebenso. Livia fühlte sich gerade so schwach wie ein Fisch auf heißem Sand. Daher nickte sie nur.

»Ich wünschte nur, wir kämen schneller ins Krankenhaus als mit dem Krankenwagen«, überlegte Andrea laut. Die Küstenstraße war eng, und oft kam man besser mit einem Privatauto als mit dem sehr viel größeren Krankenwagen voran.

Wie auf Kommando folgte lautes, heftiges Klopfen an der Haustür. »Livia?«, rief da jemand.

Sie erkannte diesen Jemand sofort und war wieder wie gelähmt. Mario, wie konnte er es wagen? Das war einfach alles zu viel für sie, denn sie konnte nicht glauben, wie dreist und unverschämt er war. Was fiel ihm ein, hierherzukommen?

Während Livia sich diese Fragen stellte, öffnete Andrea, der ganz Herr der Lage war, die Tür.

»Junger Mann, haben Sie ein Auto?«, fragte er Mario.

Verdattert nickte Mario.

»Dann fahren Sie uns doch bitte schnell ins Krankenhaus.«

»Ins Krankenhaus? Ist etwas mit Livia?«

Mit Genugtuung nahm sie wahr, wie panisch Marios Frage geklungen hatte. Sollte er sich ruhig Sorgen machen, der Mistkerl!

Andrea erklärte Mario die Situation flink, und er nickte verständnisvoll. »Ich muss aber erst Livia finden«, protestierte Mario, als Andrea gleich losfahren wollte.

»Oh, dabei kann ich Ihnen sogar behilflich sein. Sie steht da hinten im Flur«, erklärte Andrea.

Mario brauchte nur wenige Schritte, um sie zu erreichen. Sofort versuchte er, ihre Hand zu nehmen, doch sie schlug sie weg.

»Du glaubst doch jetzt nicht wirklich, dass du hier einfach so aufkreuzen kannst?«, fragte sie ihn giftig.

»Livi, ich kann …«

»Wenn du jetzt *ich kann das erklären* sagst, schreie ich so laut, dass deine Ohren bluten! Von mir aus kannst du uns mit Nonna ins Krankenhaus fahren. Danach möchte ich dich nie wiedersehen!«

Mario wich einen halben Schritt von ihr zurück. Sein verletzter Gesichtsausdruck setzte der ganzen bizarren Geschichte die Krone auf. Er war verletzt? Ha! Livia ließ ihn einfach stehen und bereitete Filippa auf den Krankenhausbesuch vor.

Wenige Wochen zuvor im Norden

Donato trommelte mit allen Fingern auf das Lenkrad. Das war aber auch das einzige Geräusch im Auto. Mario war sich nicht sicher, ob Sekunden oder Minuten vergangen waren, denn er war erstarrt. In ihm arbeitete es jedoch. Er sah, wohin die Gewissheit ihn trug, ihm war aber noch nicht klar, wie er sie erreichen würde. Seinen Eltern und Donato rechnete er es sehr hoch an, dass sie ihm die Zeit ließen, die er brauchte, um die vielleicht schwerste Entscheidung seines Lebens zu treffen. Sie atmeten und warteten. Worauf, das schien inzwischen allen klar. Im Auto waren die drei Menschen, die ihn am besten auf der ganzen Welt kannten. Aus diesem Grund war es wohl nicht notwendig, ihnen etwas zu erklären.

Nur musste es jetzt irgendwie weitergehen. Also fasste Mario Mut. »Ich … ich kann das nicht!«

»Bist du dir sicher, Mario?«, wollte Donato wissen.

»Ja! Hast du mein Handy wie besprochen eingesteckt, Mamma?«

»Ja, hier!« Sie reichte es ihm, und sein Vater begann, leise zu fluchen.

Mario konzentrierte sich auf das Handy, war aber so benommen von der Größe seiner Entscheidung, dass er Donato bitten musste, es zu bedienen. Mario hasste es, Antonietta wehtun zu müssen. Er fühlte sich elend, gleichzeitig jedoch wie von einer Last befreit.

»Du hast eine eingegangene Nachricht«, informierte Donato ihn. »Von Antonietta«, erklärte er noch genauer.

Mario war nahe daran, in Tränen auszubrechen. Wahrscheinlich hatte sie ihm ein Küsschen oder einen schönen Spruch geschickt. Und er stand kurz davor, ihr das Herz zu brechen. Am liebsten würde er Donato bitten, einfach Gas zu geben, um für immer zu verschwinden, doch so war Mario nicht. Er stand immer zu seinen Taten.

»Lies vor«, bat er also Donato.

Donato protestierte nicht, maulte nicht. Das war nur einer der Gründe, warum er der beste Freund war, den man sich vorstellen konnte. Er räusperte sich. »Es tut mir leid, ich kann dich nicht heiraten«, las er. Seine Stimme verriet die Ungläubigkeit über die Aussage des Satzes, den er gerade gelesen hatte.

»Das hat sie geschrieben?«, fragte Mario sicherheitshalber. Das war sicher kein Moment für Scherze, aber so genau konnte er es nicht wissen, da er sich noch nie mit Donato in einer vergleichbaren Situation befunden hatte.

»Wie undankbar!«, schimpfte Marios Vater. Dann bemerkte er wohl wieder, wie absurd seine Feststellung war, und entschuldigte sich.

Mario lehnte den Kopf an die Kopfstütze und schloss die Augen. »Wir wollten es nicht wahrhaben, aber wir haben es beide gewusst: Wir sind nicht füreinander bestimmt.«

»Und das fällt dir am Tag deiner Hochzeit ein? Au!« Schon wieder sein Papà. Diesmal hatte Marios Mamma ihn vermutlich in den Arm geboxt.

»Du hast recht, Papà. Das ist unverzeihlich.« Mario fand sich im Moment selbst ziemlich lächerlich.

»Soll ich ihr irgendetwas antworten?«, fragte Donato.

»Nein, danke, das mache ich später selbst.«

Donato nickte. »Dann werde ich jetzt mal den Gästen und dem Pfarrer Bescheid geben.«

Es war keine Frage. Das rechnete Mario ihm – zusammen mit einer Million anderer Dinge – sehr hoch an. Irgendwann würde er es wiedergutmachen. Das versprach er Donato, doch der zog die Schultern hoch. »Formalitäten sind meine Spezialität«, sagte er.

Donato stieg aus und erledigte all das, was es so zu erledigen gab, wenn eine Hochzeit zwei Minuten vor der Trauung abgesagt wurde. Das war dann auch der Moment, in dem Mario mit aller Wucht erreichte, was hier gerade passierte. Am Ende seiner Kräfte, beugte er sich nach vorne, legte seinen Kopf auf die verschränkten Arme und begann zu weinen. Seine Mutter fuhr ihm von der Rückbank aus über den Rücken, und sein Vater ... ja, der fluchte.

Kapitel 31

Gelato Matcha für 8 Personen

4 Eier
250 ml Sahne
150 g Puderzucker
4 g Matcha (Pulver)
4 Löffel Milch

(September 2019)

Marios Auto erschien Livia gar nicht mehr so schön wie zuvor, als sie damit gemeinsam nach Positano zum Restaurant gefahren waren. In nur wenigen Stunden hatte sich Livias Leben um einhundertachtzig Grad gedreht. Nichts stimmte mehr, nichts war mehr am richtigen Platz. Sie hatte sich so weit wie irgend möglich von Mario, der am Steuer saß, distanziert und klebte förmlich in der Beifahrertür, doch sein Duft lag ihr trotzdem in der Nase. Verführerisch wie eh und je. Nur, dass sie ihn inzwischen gar nicht leiden konnte. Nein, das stimmte so auch nicht, denn sie konnte den Duft sehr wohl leiden – leider. Noch waren ihre Sinne nicht dazu bereit, Mario zu hassen. Diesen Verräter.

Nervös blickte sie immer wieder auf die Rückbank, um sicher zu sein, dass es Nonna auch gut ging, und um sich ein wenig von Mario abzulenken. Statt krank erschien Filippa eher genervt. Sie rollte ständig mit den Augen, was an sich ein gutes Zeichen war, erklärte pausenlos, dass es ihr gut ginge, und bat, sie nicht alle zwei Sekunden danach zu fragen. Zum Glück hatte Andrea mit seiner Besonnenheit eine ausgleichende Wirkung auf Filippa. Sie waren wirklich ein perfektes Paar.

»Du bist so still, Livia. Mach dir keine Sorgen. Es geht mir gut«, erklärte Nonna.

Livia blickte aus dem Autofenster und beobachtete das Meer, auf dem sich der Mond atemberaubend spiegelte. »Ich werde es versuchen«, antwortete sie. »Aber ich werde erst wieder erleichtert aufatmen, wenn ein Arzt mir erklärt, warum du ohnmächtig auf dem Küchenboden lagst.«

»Ach, bambina mia, das klingt dramatisch, wie du das sagst.«

»Wie soll ich es denn sonst sagen, Nonna?«

Livia spürte etwas Warmes auf ihrem Bein. Es war Marios Hand, die sie sofort abschüttelte.

Nonna hatte das natürlich gesehen, denn sie fragte sofort: »Habt ihr beiden euch gestritten?«

Mario räusperte sich, Livia suchte nach den richtigen Worten, die sie jedoch nicht fand. Lügen wollte sie nicht, Nonna unnötig beunruhigen auch nicht, und da wurden die Optionen tatsächlich knapp.

»Ich habe einen Fehler gemacht …«, setzte Mario an.

»Ha!«, machte Livia.

»Ach so, verstehe«, gab Nonna zurück, »du hast herausgefunden, dass er verheiratet ist.«

Das Auto machte einen Ruck, weil Mario das Lenkrad erschrocken herumriss. Doch er hatte es gleich wieder unter Kontrolle.

»Was? Woher wusstest du das?«, fragte Livia schockiert.

»Ich bin nicht …«, versuchte Mario eine Erklärung.

Alle redeten durcheinander, bis Nonna laut wurde: »Livi, es ist doch egal, dass wir alle Bescheid wussten. Die Frage ist doch eher, warum der junge Mann statt bei seiner Ehefrau lieber bei dir ist.«

Livia wollte am liebsten schreien. Sie traute ihren Ohren kaum. »Nonna, wen meinst du genau mit *wir*?«

»Na, mich, Andrea, Diletta und Carolina.«

»Moment, das heißt also, dass keiner von euch es für nötig gehalten hat, mich vorzuwarnen, mir die Augen zu öffnen? Hm? Niemand?«

»Livi, ich bin nicht …«

»Mario, ich würde sagen, du hast die Chance verpasst, Klartext zu sprechen. Ich will kein Wort von dir hören. Du hast mich so verletzt, so tief enttäuscht, dass ich dir noch nicht einmal ins Gesicht schauen kann.«

Viel lauter als beabsichtigt hatte Livia das eben gesagt. Sie hatte all ihren Frust in ihre Worte gesteckt, und das schien gesessen zu haben. Betretenes Schweigen machte sich im Auto breit, und es tat Livia nicht leid. Dass Carolina und Diletta, ihre zwei besten Freundinnen, ihr das verschwiegen hatten, das war zu groß und zu hässlich, um es jemals wieder vergessen zu können. Sie fühlte sich, als hätte sie nicht nur die Liebe ihres Lebens, sondern gleichzeitig auch ihre Freundinnen für immer verloren. Ihr fehlte jeglicher Halt. Und Livia erkannte, dass Eis tatsächlich nicht alles war. Eis füllte eben nicht jede Lücke. In dieser Hinsicht hatte Filippa recht gehabt.

Verdammt, Livia erkannte schockiert, dass ihr heiße Tränen über das Gesicht liefen. Sie fühlte sich so allein.

»Ich bin nicht verheiratet, Livia.«

Der Satz füllte die Stille im Auto, doch er änderte nichts an Livias großer Enttäuschung und daran, dass das Gesicht der jungen Frau, die ihnen im Restaurant eine Szene gemacht hatte, alles gesagt hatte, was es zu sagen gab.

»Das interessiert mich nicht mehr, Mario.«

Nach weiteren schweigsamen Minuten kamen sie endlich am Krankenhaus in Ravello an. Livia stieg mit Nonna aus und führte sie zur Notaufnahme. Inzwischen hatte Filippa etwas von ihrer Schlagfertigkeit verloren, sie sah müde aus, und die Sorge um sie war für Livia wieder angewachsen. Ein Pfleger kam ihnen mit einem Rollstuhl entgegen. Andrea hatte im Krankenhaus angerufen, um Bescheid zu geben, dass sie kommen würden, und tatsächlich hatte sich das Personal darauf eingestellt.

Livia nahm Nonnas Hand und ging langsam neben ihr her, während der Pfleger den Rollstuhl in die Notaufnahme schob.

»Sie haben Glück«, erklärte der junge Mann, »im Moment ist es ruhig. Sie werden gleich untersucht.«

»Danke, das ist eine gute Nachricht.« Livia war erleichtert. Die Aussicht auf stundenlanges Herumsitzen war tatsächlich nicht verlockend.

Während Livia die Formalitäten erledigte, nahm der Pfleger Nonna mit in die Untersuchungsräume. Als Livia fertig war, fiel die Anspannung so plötzlich von ihr ab, dass ihr kurz schwindlig wurde. Sie setzte sich in den Warteraum und atmete durch, bis das leichte Zittern in ihren Beinen aufhörte.

»Reiß dich zusammen, Livia, sonst landest du bald selbst in einem Krankenhausbett!«, schimpfte sie mit sich selbst und lehnte den Kopf an die Wand.

»Dann ist das mit den Selbstgesprächen also tatsächlich eine Angewohnheit?« Mario setzte sich mit einer Selbstverständlichkeit neben sie, die sie wieder wütend machte. Er hielt ihr einen dampfenden Becher entgegen. Der erste Impuls war der, den Becher aus Marios Hand zu schlagen. Doch sie hatte den ganzen Abend kaum gegessen, viel zu oft fiel das Essen bei Livia aus. Hunger oder Durst hatte sie auch jetzt nicht, aber sie musste auch an ihre Gesundheit denken. Also nahm sie den Becher widerwillig an und trank daraus. Es war viel zu heißer, viel zu süßer Tee aus dem Automaten, sie genoss jedoch jeden einzelnen Schluck.

»Danke«, sagte sie. Immerhin war sie ein wohlerzogener Mensch. »Wo ist Andrea?«

»Er wollte mal sehen, ob er die Ärzte zufällig kennt, die gerade Dienst haben.«

Sie nickte. Andrea brauchte wohl Beschäftigung. Das verstand sie, und sie machte sich auch um ihn Sorgen. Obwohl er gewohnt ruhig und besonnen reagiert hatte, war natürlich auch er erschrocken gewesen, als er Filippa bewusstlos am Boden hatte liegen sehen. Ein warmes Gefühl der Zuneigung machte sich in ihrer Brust breit, aber auch nur so lange, bis ihr wieder einfiel, dass auch Filippa und Andrea sie hintergangen hatten.

»Also, danke noch mal fürs Herfahren. Du brauchst natürlich nicht auf uns zu warten. Wir kommen dann schon irgendwie hier wieder weg.«

»Ich werde nirgendwo hingehen.«

»Doch. Deine Hilfe war für uns sehr wichtig, und dafür danke ich dir, aber jetzt möchte ich, dass du gehst.« Livia bemühte sich, ihrer Stimme die nötige Autorität zu verleihen. »Du solltest nach deiner Frau, Freundin, Verlobten oder was auch immer sehen. Sie sah ja nicht so glücklich aus vorhin.« Sie war nicht sehr stolz auf sich und ärgerte sich ein bisschen, dass sie sich die letzten Sätze nicht verkniffen hatte. Andererseits sollte er schon wissen, wie sehr er sie verletzt hatte.

»Ex-Verlobte«, berichtigte er. »Sie wollte versuchen, mich zurückzuerobern, wusste von dem schon seit Monaten reservierten Dinner und ist einfach gekommen.«

»Das wird ja immer schlimmer. Du hast mich zum Dinner, das erst für dich und sie gedacht war, ausgeführt? Das ist so abartig, dass ich gleich brechen muss.«

»Livi …« Er nahm ihre Hand. Livia sah ihn an. Das Flehen, der Schmerz in seinem Blick brachte sie fast um, doch sie musste stark bleiben. Noch einmal würde sie nicht auf ihn hereinfallen. Entschlossen schüttelte sie seine Hand ab.

Just in diesem Moment kam Andrea auf sie zu. »Signorina Livia, das wird dauern. Ihr wurde gerade Blut abgenommen. Die Resultate werden auf sich warten lassen. Der diensthabende Arzt schlägt vor, sie über Nacht hierzubehalten. Filippa ist müde, sie nickt immer wieder ein.«

»In Ordnung, ich bleibe selbstverständlich bei ihr«, erklärte Livia sich sofort bereit.

Andrea trat voller Unbehagen von einem Fuß auf den anderen, dann räusperte er sich. »Sie hat *mich* gebeten zu bleiben. Und sie verlangt nachdrücklich, dass Sie, Signorina Livia, nach Hause fahren.«

»Oh!« Das hatte Livia nicht erwartet. Sie hatte gedacht, für Nonna wichtig zu sein. Auch in diesem Fall hatte sie sich wohl getäuscht. Wie war das möglich, dass ihre Welt gerade in tausend Stücke zerfiel? Was hatte sie die ganzen letzten Jahre über nur falsch gemacht, um jetzt vor einem Trümmerhaufen zu stehen? Livia schaffte es beim besten Willen nicht, irgendetwas anderes zu erwidern. Sie war fertig mit der Welt. Am Rande bekam sie mit, wie Andrea und Mario Nummern austauschten. Danach ging Andrea, und Livia fühlte sich wie ein Ballon, dem jegliche Luft entwichen war.

Mario setzte sich wieder neben sie, doch obwohl sie noch immer in ihn verliebt war, wollte sie, dass er ging. Sie brauchte Abstand von ihm, um sich zu fangen, um zu verstehen, was passiert war und wie sie damit umgehen sollte.

»Ich fahre dich nach Hause«, bot er an.

»Ich möchte nicht nach Hause.«

»Wohin möchtest du dann? Ich fahre dich überallhin.«

»Mario, ich muss allein sein.«

»Streiche mich bitte nicht aus deinem Leben. Ich habe vielleicht Fehler begangen, aber meine Gefühle zu dir sind echt.«

»Das reicht irgendwie nicht, Mario. Du hättest mich niemals in solch eine Situation geraten lassen sollen, wie wir sie im Restaurant erlebt haben. Das war demütigend, ist dir das klar?«

»Ja. Und es tut mir leid. Die Wahrheit ist, dass ich selbst überrumpelt wurde von dem, was zwischen uns ist.«

»Oh, tut mir leid, dass ich dein Leben durcheinandergebracht habe.« Sie packte so viel Ironie in diesen Satz, wie sie nur konnte.

»Mein Leben war vor unserem Kennenlernen schon durcheinander. Das hat nichts mit dir zu tun. Vor Wochen war ich noch davon überzeugt, Antonietta – meine Ex-Verlobte, die du bereits kennengelernt hast …«

»Worauf ich sehr gerne verzichtet hätte …«

»… zu heiraten.«

»Wie trostlos, wie erbärmlich, wie schrecklich!« Sie hielt es nicht mehr auf dem unbequemen, harten Plastikstuhl im Wartezimmer aus, deshalb stand sie auf, blinzelte in die viel zu helle Neonlampenbeleuchtung und verließ eilig das Krankenhaus, das in der Notaufnahme so leer war, dass jeder ihrer Schritte auf dem Linoleumboden deutlich zu hören war. Ebenso deutlich wie Marios, die ihren sofort folgten.

»Livi, so hör mir doch bitte einfach zu. Tu es für uns. Bitte!«

Ihr war danach, ihn anzuschreien, damit er begriff, dass es kein »Uns« gab. Doch allein die Tatsache, dass er hier bei ihr und nicht bei Antonietta war, widerlegte ihre These sofort.

»Na gut. Ich höre.« Sie verschränkte die Arme vor der Brust und spürte dabei die Pailletten ihres Kleides, des wunderschönen gelben Filippa-Kleides, das sie sich in diesem Moment am liebsten vom Leib gerissen hätte, so lächerlich kam sie sich darin vor.

»Wir haben uns getrennt, wenige Minuten vor der geplanten Trauung. Einvernehmlich, denn wir hatten schon länger Probleme, die wir immer nur unter den Teppich gekehrt haben. Als es wirklich ernst wurde, ist uns beiden klar geworden, dass wir nicht zusammenpassen. Antonietta ist sofort zu ihrer Mutter gezogen, ich bin in der gemeinsamen Wohnung geblieben. Das war alles nicht einfach. Weder für sie noch für mich. Deshalb ist sie allein weggeflogen, und ich hatte noch die Hochzeitsreise, die ich für Amalfi gebucht hatte. Da wir beide sowieso für die am Ende geplatzte Hochzeit schon Unsummen ausgegeben hatten, wollte ich zumindest die schon bezahlte Reise nutzen. Um wieder auf die Beine zu kommen, um nachzudenken, um mein Leben wieder in die Hand zu nehmen. Ganz sicher war ich nicht nach Amalfi gekommen, um mich zu verlieben. Das war keine Option, und ich habe nie im Leben an diese Möglichkeit gedacht. Dann setzte ich mich eines Abends, als es mir echt beschissen ging, weil ich mich für den größten Idioten der Weltgeschichte hielt, an einen Brunnen und traf dich ...«

»Ende der Geschichte?«

»Nein, verdammt. Das war der Anfang der Geschichte, denn obwohl ich mit allen Mitteln versucht habe, dir fernzubleiben, weil ich dich und mich selbst schützen wollte, weil ich es für unmöglich hielt, so knapp nach einer geplatzten Hochzeit schon wieder dazu fähig zu sein, jemanden zu lieben, hat es mich immer wieder zu dir getrieben. Zu dir, Livi, dem schönsten, mutigsten, liebevollsten Geschöpf, das mir jemals über den Weg gelaufen ist. Ich habe weiß Gott gegen meine Gefühle für dich angekämpft. Zwecklos, denn ich liebe dich. Ich kann nichts dagegen tun. Es tut mir leid, dass ich dir meine Vergangenheit verschwiegen habe, aber sie schien mir nicht wichtig, weil ich für mich bereits einen Schlussstrich gezogen hatte. Und, um fair zu sein, auch ich weiß nichts über deine vergangenen Beziehungen.«

»Weil es da nichts zu wissen gibt, ganz einfach.«

»Was soll ich tun? Ich bin nicht perfekt, Livi. Aber du machst mich ein Stück weit perfekter mit deinem Eis, deiner ganzen fabelhaften Welt, von der ich so gerne ein Teil wäre. Ich möchte für dich da sein, ich möchte dich stützen, unterstützen und lieben, vor allem lieben. Kannst du mir verzeihen?«

Ein Krankenwagen fuhr vor, ohne Sirene, nur mit Blaulicht. Vielleicht war der Notfall doch kein Notfall, vielleicht war es für den Notfall aber auch zu spät.

Livia fror, vor Erschöpfung ging sie beinahe in die Knie. Wie viel Uhr es war, konnte sie nicht sagen. Sie wusste gerade so vieles nicht. Aber eines wusste sie ganz bestimmt. »Verzeihen vielleicht, irgendwann, aber ich kann dir nicht vertrauen. Es tut mir leid.«

Kapitel 32

»Livi, du bist bereit.«

»Wofür?«

»Du bist bereit für die Leitung der *Artigiani del Gelato*.«

»Unsinn, Papà. Ich bin noch lange nicht so weit ...«

Doch er sieht sie nur liebevoll an, in seinen Augen ein friedlicher Ausdruck.

(Januar 2019)

Es war Nacht, aber die Großstadt schlief noch lange nicht. Das pulsierende Leben Salernos ging jedoch gänzlich an Livia vorbei, die den Kopf an die Autoscheibe gelehnt und die ganze Fahrt von Ravello bis nach Salerno nichts gesagt hatte. Rino hatte auch nichts gefragt. Er war einfach nur gekommen, um sie abzuholen, als sie ihn darum gebeten hatte. Ja, sie hatte Mario verletzen wollen, der machtlos zugesehen hatte, wie sie in Rinos Wagen gestiegen war. Doch sein getroffener Gesichtsausdruck hatte Livia nicht die gewünschte Genugtuung geben – ganz im Gegenteil.

»So, wir sind da«, erklärte Rino und hielt am Bürgersteig.

»Ich weiß wirklich nicht, wie ich dir danken soll, Rino.«

»Das musst du nicht. Wir sind doch Freunde, und Freunde sind füreinander da, oder?«

Sie fragte sich, ob sie ihn andersherum mitten in der Nacht, ohne ein Wort der Erklärung, von A nach B gefahren hätte. Die Antwort, die sie sich auf diese Frage gab, ließ sie heftig erröten. Sie musste ihm einfach sagen, was geschehen war. Das war sie ihm schuldig. »Es sind ein paar Dinge passiert, die mir den Boden unter den Füßen weggezogen haben. Meine Nonna war bewusstlos, ich hatte ein Date mit einem Mann – und seiner Fast-Ehefrau – und habe auch noch erfahren, dass meine besten Freundinnen von der Fast-Ehefrau wussten, es aber nicht für nötig gehalten haben, mich zu warnen.«

Rino rieb sich die Stirn, drehte sich etwas in ihre Richtung. »Das ist tatsächlich eine ganze Menge auf einmal.«

Sie nickte und fühlte sich dabei so klein, dass sie glaubte, um einen halben Meter geschrumpft zu sein. »Ich bin eigentlich nicht so. Noch nie habe ich mich geschlagen gegeben. Ich habe immer weitergemacht.«

»Und jetzt hast du einfach mal die Notbremse gezogen. Ich finde das keineswegs schwach, sondern sehr stark von dir und sehr vernünftig.«

Seine Worte wärmten sie von innen. »Du bist ein feiner Kerl, Rino.« Sie war ihm so dankbar, dafür, dass er einfach da war, ohne irgendetwas zu verlangen.

»Weißt du, Livia, ich will ganz ehrlich zu dir sein. Eine

Zeit lang habe ich geglaubt, in dich verliebt zu sein. Jetzt erkenne ich aber sehr deutlich, dass ich keine romantischen Gefühle für dich habe. Ich mag und bewundere dich jedoch aus tiefstem Herzen. Und ich bin da und werde da sein, wann immer du mich brauchst.«

Livia sah zu ihm und merkte, wie sie lächelte. »Ich bin so froh, dass du das sagst. Es geht mir genauso. Heute verliere ich eine ganze Menge, aber ich gewinne auch einen neuen Freund, den ich in meinem Leben nicht mehr missen möchte.«

»Das klingt gut!«, sagte er und strahlte. Dann hob er die Hand und bat sie mit dieser Geste, einzuschlagen, was sie auch tat. Doch dann umarmte sie ihn spontan, und er umarmte sie zurück. Solide und fest.

»Grazie«, flüsterte sie ihm ins Ohr.

Er löste sich von ihr, sah sie an und zwinkerte ihr zu. »So, aber jetzt wird es Zeit für dich, ins Bett zu gehen!«

»Ja, ich glaube, du hast recht.« Sie schälte sich aus dem Autositz, öffnete die Tür und stieg aus. Er tat dasselbe, kam zu ihr, und gemeinsam gingen sie zur großen Haustür des Mehrfamilienhauses, vor dem sie die ganze Zeit über mit dem Auto gestanden hatten. Die Sommernacht war schön frisch, Livia konnte durchatmen, aber ihr war auch etwas kalt in Filippas gelbem Sommerkleid. Doch jetzt war sie ja bald an ihrem Ziel.

»Ich warte noch, bis man dir aufmacht«, erklärte Rino.

»Danke, du bist der Beste.«

Er grinste. »Ach, übrigens, falls du Zeit hast, schau doch bitte in dein E-Mail-Postfach, ich habe dir den Text geschickt, den ich gerne veröffentlichen würde. Auch das Foto. Sobald ich dein Okay habe, geht alles online, va bene?«

Sie nickte und klingelte dann.

»Sì?« Eine verunsicherte Stimme ertönte nach einer Weile verschlafen und misstrauisch in der Gegensprechanlage. Sie klang mechanisch, aber gleichzeitig so vertraut, dass Livia schlucken musste.

»Mamma, ich bin's«, antwortete Livia.

»Mio Dio, Livia, komm hoch!«, kam atemlos zurück. Dann erklang das typische Surren des Türöffners.

»Na, das ging ja ganz unkompliziert. Ich gehe dann«, erklärte Rino, der still dabeigestanden hatte.

Livia sagte nichts mehr, umarmte ihn nur noch einmal fest. Dann betrat sie das Haus, in dem sie schon eine ganze Weile nicht gewesen war. Die Vorfreude, die sich heftig in ihr regte, zeigte ihr deutlich, dass der Entschluss, hierherzukommen der richtige gewesen war. Livia war gerade dabei, durch die Tür ins Hausinnere zu schlüpfen, als Rino sie noch einmal rief.

»Ja?« Sie drehte sich um, sah Rino am Auto stehen.

»Alles wird gut werden«, sagte er.

Sie hob den Daumen, winkte noch einmal und ging.

Oft hatte sie ihre Mamma hier noch nicht besucht, also waren ihr das Treppenhaus, die wenigen Geräusche und Gerüche nicht vertraut. Es erschien ihr noch immer absurd, dass Mamma nicht mehr mit bei Nonna in Amalfi wohnte. Doch gerade in dieser Nacht begann sie, Verständnis dafür zu entwickeln. Mamma lebte in einer Wohnung im dritten Stock. Livia zog es vor, nicht den Aufzug zu nehmen, sie ging zu Fuß und hörte das beruhigende Aufschlagen der Sohlen ihrer Sandalen auf den harten Marmor. Ihr Atem ging etwas schneller, aus einer Wohnung war ein Fernseher zu hören. Anhand der Stimme, die zu einem bekannten Moderator gehörte, konnte Livia darauf schließen, welche Sendung gerade angesehen wurde. Es erschien ihr fast wie ein Eindringen in die Privatsphäre der Familien, die hier wohnten, doch es ließ sich nicht vermeiden.

»Livi …« Ihre Mamma kam ihr verängstigt entgegen, und fast tat es Livia schon wieder leid, dass sie ihre Mutter um diese unmögliche Uhrzeit in Sorge versetzte. Mamma befühlte im Flur vor ihrer Wohnungstür Livias Arme, Livias Gesicht. »Bist du heil, bist du ganz, ist alles in Ordnung, ist etwas passiert? Warum hast du mich nicht angerufen? Komm rein, komm rein!«

Mammas Pyjama kannte Livia, aber die Frisur war anders als sonst. Kürzer. Es brach Livia das Herz, dass sie diese alltäglichen Dinge nicht mehr mitbekam. Es tat noch mehr weh, wenn sie sich vor Augen führte, dass sie selbst daran schuld war, denn Mamma hatte sie die ersten Monate über mit unzähligen Nachrichten pro Tag über alles auf dem Laufenden gehalten. Nachrichten, auf die Livia nur sporadisch geantwortet hatte. Und irgendwann war aus sporadischen Nachrichten ein schwarzes Loch aus Unbekanntem geworden. Warum nur? Livia konnte es sich kaum erklären, denn in diesem Moment sehnte sie sich so sehr nach ihrer Mamma, dass es sie beinahe zerriss. Die Umarmung folgte auch prompt, und sie fühlte sich beschützt, als wenn nichts und niemand ihr mehr wehtun könnte. Diese Umarmung war die beste auf der ganzen Welt. Sie war voller Liebe, Verständnis, Vertrauen.

Livia schniefte. Sie weinte schon wieder. Eigentlich war sie nicht nahe am Wasser gebaut, aber wenn die Schleusen sich öffneten, bekam Livia sie nur schwer wieder zu.

Mamma führte sie zur Couch ins kleine Wohnzimmer, half ihr, sich zu setzen, hielt sie wieder im Arm. Mamma roch wie immer, das war gut. Sie fühlte sich auch so weich an, wie Livia es in Erinnerung hatte. Ihre Hand auf ihrem Rücken war angenehm und gab ihr Kraft.

»Willst du mir sagen, was passiert ist, hm?«, fragte Mamma sanft.

»Es tut mir leid, Mamma, dass ich dich nach Papàs Tod so schlecht behandelt habe, dass ich nicht verstanden habe, warum du von allem Abstand gebraucht hast. Ich habe es vermasselt. Es tut mir so leid. Ich liebe dich, Mamma.«

»Ach, Livia, ich dich doch auch, und du brauchst dich bei mir wegen nichts dergleichen zu entschuldigen. Ich habe meinen Ehemann verloren, aber du deinen Papà. Das ist schlimm. Und jeder hat die Trauer eben anders verarbeitet. Das bedeutet aber nicht, dass wir uns deshalb weniger gernhaben und schätzen.«

Sie weinten jetzt beide. Es tat noch immer so weh, dass Papà sie so früh verlassen hatte. Sein Fehlen war wie ein Loch, über das ab und an Gestrüpp wuchs, sodass es nicht zu sehen, aber eben immer noch da war.

»Ich glaube, ich brauche eine Auszeit. Meinst du, Papà wäre mir böse, wenn ich die *Artigiani del Gelato* für eine Woche schließen würde?«

Mamma schüttelte vehement den Kopf. »Papà war immer mit allem einverstanden, was du ihm vorgeschlagen hast. Und er wäre es auch in diesem Fall. Wenn du eine Auszeit brauchst, dann nimm sie dir.«

»Mamma, glaubst du, ich bin schuld an seinem Tod?«

Ihre Mutter hielt in der Bewegung inne, hob ihren Kopf am Kinn hoch, sodass Livia ihr direkt ins Gesicht sehen musste. Das weiche, liebevolle Gesicht ihrer Mamma, es war so schön, so beruhigend. »Das ist Unsinn, und das weißt du. Niemand hätte Papàs Tod verhindern können, vermutlich nicht einmal ein Arzt. Das muss dir klar werden, Livi. Schuldgefühle sind wie Gift und verhindern eine Heilung. Lass dich nicht darauf ein. Niemals.«

Livia ließ sich weiter von ihrer Mamma halten.

»Du kannst hierbleiben, wenn du möchtest.« In Mammas Stimme schwang so viel Hoffnung mit.

»Ja, Mamma. Ich möchte bei dir sein.«

Mamma umarmte sie fester.

Dann erzählte Livia von Filippa, ihrer Sorge um deren Gesundheit und von Andrea. Sie ließ nichts aus. Auch über Mario sprach Livia die halbe Nacht. Über den Verrat ihrer Freundinnen. Über Rino, der zu einem guten Freund geworden war. Sie ließ nichts aus. Und Mamma hörte zu, urteilte nicht, nickte, sagte ihre Meinung.

Es war Morgengrauen, als sie sich entschlossen, sich hinzulegen und zu versuchen, ein paar Stunden zu schlafen. Danach wollten sie sofort zu Filippa, und Livia musste mit dem Personal die Woche Auszeit besprechen. Die Gelateria sollte geschlossen bleiben, sie konnten sich bezahlten Urlaub nehmen. Es war natürlich geschäftlich gesehen nicht gerade ein kluger Schritt, gerade in der Hochsaison zu schließen, aber zum ersten Mal war Livia das nicht so wichtig. Zum ersten Mal war ihr ihr Wohlergehen wichtiger als alles andere.

Livia hatte noch nie in dieser Wohnung übernachtet, sie kam sich ein bisschen fremd vor, was dazu führte, dass sie zunächst, trotz überwältigender Müdigkeit, nicht einschlafen konnte. Mamma hatte die Ausziehcouch frisch bezogen, die Bettwäsche roch wie immer und doch ein bisschen anders. Livias Gedanken begannen wieder, um Filippa zu kreisen, dann um Mario, den sie liebte und gleichzeitig ein bisschen hasste. Doch sie spürte gerade selbst, dass unausgesprochene Worte zu Problemen führen konnten. Sie war ihrer Mutter gegenüber auch nicht gerade fair gewesen. Menschen machten Fehler.

Um sich abzulenken, checkte sie ihre Mails und fand Rinos Nachricht. Sie öffnete sie und hatte zwei Dateien im Anhang. Sie klickte zuerst auf das Bild. Auf ihrem Handy kam es zwar nicht ideal rüber, aber das Foto, das Rino wohl unbemerkt von ihr geschossen haben musste, entzückte sie sofort. Livia stand im Eisverkauf und hielt eine Eistüte mit *Cioccolato* über den Tresen. Auf der anderen Seite streckte ein kleines Kind, das von einer Frau, vermutlich der Mutter, hochgehoben worden war, den kleinen Arm in Richtung Eistüte. Ein Sonnenstrahl traf genau auf Livias Gesicht und ließ sie wunderhübsch aussehen. Das Kind war nur von hinten zu sehen, aber Livia war sich sicher, dass es gerade gelächelt hatte.

Eis war magisch. Und Livia konnte mit ihrem Eis den Gemütszustand von Menschen ändern. Der Gedanke war wundervoll und warm und ließ sie ein bisschen mit dem verkorksten Tag Frieden schließen.

Livia speicherte das Foto und öffnete gleich darauf die zweite Datei, die den von Rino geschriebenen Text enthielt.

Die Eisfee von Amalfi

Die Amalfiküste, das weiß die ganze Welt, ist ein Wunder der Natur. Steilhangküsten wechseln sich ab mit atemberaubenden Badebuchten, die von türkisem Meer berührt werden. Sattgrüne Mittelmeervegetation, aufgelockert von bunten Blüten verschiedenster Art, bildet einen einzigartigen Rahmen nicht nur für den Sommerurlaub. Hält man in Amalfi, ist ein Spaziergang im Ortszentrum ein Muss. Die Piazza Duomo, die vom Amalfi-Dom dominiert wird, heißt Gäste aus aller Welt willkommen. Stolz und erhaben blicken *Palazzo Sant'Andrea* und *Palazzo La Fontana* wie großmütige Nonni auf das bunte Treiben herab. Und im *Palazzo La Fontana* hat die Famiglia Lucibello vor drei Generationen den idealen Platz gefunden, um sich ihrem Lebenswerk zu widmen: der Eismanufaktur *Artigiani del Gelato*.

Livia Lucibello, die jetzige Besitzerin, hält die perfekte Balance zwischen Tradition und Innovation. Sie versteht es wie keine andere, das am Leben zu erhalten, was den Vorgängern aus ihrer Famiglia wichtig war, und das Neue, das sie mit Feingefühl einarbeitet, wie eine Selbstverständlichkeit wirken zu lassen. Livia Lucibello ist das Herz der *Artigiani del Gelato*. Sie macht ihre Gelateria zu dem, was sie ist, ob mit einem Lächeln, einer neuen Eissorte oder einem fein abgestimmten Eisbecher. Ein Besuch bei ihr hinterlässt einfach ein gutes Gefühl, denn alles, was sie tut, beinhaltet eine kleine Portion Magie.

Meine Empfehlung: *Gusto Cioccolato*. Noch nie habe ich ein vergleichbar leckeres Schokoladeneis probiert. Es zergeht auf der Zunge, und es macht glücklich. Provare per credere.

Livia musste zweimal lesen. Noch nie hatten sie Worte über ihre Arbeit mehr berührt. Und endlich konnte sie, nach einem Tag, der eine echte Tragödie gewesen war, im Frieden mit sich selbst einschlafen.

Kapitel 33

»Und selbst wenn ich eines Tages nicht mehr da sein werde, wirst du mich immer in den kleinen Dingen finden, die wir miteinander geteilt haben, in den Eissorten, in der Liebe zum Handwerk, im Summen der Eismaschinen. Ich werde für dich da sein, wenn auch nicht mehr in der gleichen Form. Und vergiss niemals, Livi: Evviva il gelato – sempre!«

Livia ließ sich von ihrer Mamma nach Amalfi fahren, nachdem sie sich eine Woche lang von ihr hatte schamlos verwöhnen lassen. Es war ein Tag wie aus dem Bilderbuch, die Sonne schien wohlwollend auf das azurblaue spiegelglatte Meer, das sich wie nirgendwo sonst in Italien geschmeidig und pittoresk an die Küste schmiegte. Im roten Cinquecento ihrer Mamma Rita kam Livia sich auf der Amalfiküstenstraße vor wie ein lebendig gewordenes italienisches Klischee, oder, besser noch, wie eine Diva aus den Fünfzigerjahren, die einen Film dreht, durch den die ganze Welt sich in Italien verlieben soll. So oder so gab es sicherlich Schlimmeres, als mit einem roten Fiat im Sommer diese Straße entlangzufahren und dabei lässig den Arm aus dem

Auto hängen zu lassen, während der Fahrtwind mit den Haaren spielte und das Autoradio die richtige musikalische Untermalung bot.

Livia seufzte wohlig. »Vermisst du das alles kein bisschen, Mamma?«, fragte sie und zeigte um sich.

»Doch. Nur war mir das bisher nicht aufgefallen.«

»Du solltest öfter kommen. Wirst du das tun?«

»Natürlich werde ich das!«

Das war gut, denn Livia brauchte ihre Mutter – das wusste sie jetzt. Livia lehnte sich entspannt zurück und schloss die Augen. Es war ein angenehmes Gefühl, sich fallen zu lassen und die Kontrolle für eine Weile abzugeben.

»Glaubst du, Papà hätte es auch so gemacht? Hätte er deiner Meinung nach die Gelateria in der Hochsaison eine Woche lang geschlossen, wenn es darauf angekommen wäre?«

Rita schüttelte den Kopf. »Nein, das hätte er nicht. Aber er hat dir beigebracht, es besser zu machen als er. Das war sein Ziel, deshalb warst du jeden Tag mit ihm im Eislabor.«

Livia nickte. Irgendwie musste sie damit zurechtkommen, dass diese Verantwortung auf ihr lastete. Sie blickte auf die Uhr. Ja, sie waren pünktlich. Es fehlten nur noch einige wenige Kilometer bis nach Amalfi. Und sie wollte zur verabredeten Uhrzeit da sein, denn sie hatte zunächst einen wichtigen Termin bei Sal.

Rita parkte, sie stiegen beide aus und gingen gemeinsam in Richtung Ortszentrum. Während Rita weiterging, um Filippa zu besuchen, hielt Livia bei Sal. Sie sah ihre

Freundinnen schon von Weitem, und sie konnte nicht leugnen, dass der Anblick sie erfreute.

Sal schaffte es, noch vor ihr am Tisch zu sein. Er breitete beide Arme aus, und Livia ließ sich nur zu gerne umarmen.

»Ohne dich ist Amalfi nur halb so schön«, sagte er sehr ernst und trieb ihr mit seinen Worten fast die Tränen in die Augen. Er rückte ihr galant den Stuhl zurecht und entfernte sich ohne weitere Worte.

Es war ungewohnt, nicht gleich stürmisch und ausgelassen von Diletta und Carolina begrüßt zu werden. Sie fremdelten ein wenig, nachdem sie wegen des Verrats von Livia ausgeschimpft worden waren. Doch es waren noch immer ihre besten Freundinnen, das rief sich Livia ins Gedächtnis.

»Ich bin nicht mehr böse auf euch«, erklärte Livia also sofort. Es stimmte zwar noch immer, dass beide ihr eine wichtige Information über Mario vorenthalten hatten, aber andererseits hatten auch Filippa und Andrea es gewusst und nicht für nötig gehalten, sie einzuweihen. Die gesamte Geschichte mit Mario war so verworren, dass sie niemandem, außer Mario selbst, die Schuld dafür geben konnte, wenn sie am Ende verletzt worden war.

»Wir wollten dir ganz sicher nichts verheimlichen ...«, setzte Diletta an. Doch Livia wiegelte ab. War das jetzt noch wichtig? Für sie eigentlich nicht, beschloss Livia.

»Apropos verheimlichen ... Carolina, du solltest wissen, dass Bernardo mich angerufen hat.«

»Ich weiß. Er ist seit ein paar Tagen in Amalfi.«

»Wie du siehst, bin ich keinen Deut besser. Ich weiß es schon eine ganze Weile, habe aber immer die Gelegenheit verpasst, es dir zu sagen. Vielleicht war ich zu sehr mit mir selbst beschäftigt, vielleicht war ich auch einfach nur feige. Ich hätte es dir sagen sollen, so viel steht fest. Es tut mir leid, dass ich dich nicht vorgewarnt habe.«

»Ja, das hättest du eventuell tun sollen, Livi. Andererseits muss ich es einfach auch selbst lernen, mit Bernardo umgehen zu können.«

»Ich habe noch nicht mit ihm gesprochen, aber es könnte sein, dass ich ihn einstelle. Seine Hilfe könnte ich gut gebrauchen.«

Carolina zog die Schultern hoch. »Das ist dein gutes Recht …«

Livia fand, dass sich dieses Treffen noch immer komisch anfühlte. Sie sprachen zwar miteinander, aber wie durch einen Filter. Und Diletta hatte überhaupt noch nicht viel gesagt.

Sal brachte den Caffè und unverschämt lecker aussehende Kekse, die er auf den kleinen runden Tisch stellte. Eine Weile lang hingen sie ihren eigenen Gedanken nach und beschäftigten sich mit ihren Tässchen. Dann durchbrach Diletta aber das Schweigen. »Ezio und ich haben beschlossen, dass wir uns an einen Spezialisten wenden wollen.« Und der Satz reichte aus, um die dunkle Wolke, die sich auf ihre Freundschaft gelegt hatte, wegzublasen, sodass die Sonne wieder ungehindert darauf scheinen konnte.

»Hast du schon jemanden gefunden?«, erkundigte sich Livia sofort.

»Ja, es gibt einen sehr Guten in Salerno. Er wurde mir

von meiner Frauenärztin empfohlen. Wir haben schon einen Termin.«

»Wie fühlst du dich dabei?«, wollte Carolina wissen.

»Ich weiß es offen gestanden nicht. Dass wir etwas tun müssen, ist klar. Ob das hier der richtige Weg ist, wird sich zeigen.«

»Du kannst auf uns zählen. Wir begleiten dich, wenn du das möchtest«, schlug Livia vor und suchte Carolinas Blick, die zustimmend nickte.

»Danke, ihr Lieben. Aber Ezio kommt mit, es geht ja nicht nur um mich. Aber jetzt machen wir uns endlich daran, diese Kekse zu essen!«

Livia und Carolina lachten, und keine Minute später waren die Kekse auch schon weg.

Livia schlenderte zusammen mit ihren Freundinnen zum *Palazzo La Fontana*. An der Glastür stand nicht Andrea, sondern ein anderer, ihr unbekannter Pförtner. Dinge änderten sich, Menschen änderten sich. Er war durchaus freundlich und zuvorkommend, aber er war einfach nicht Andrea. Und manchmal wusste man instinktiv, dass man manche Menschen einfach nicht ersetzen konnte. Deshalb hatte Livia auch zugestimmt, mit Mario zu sprechen. Sie hatte zwar eine Woche Abstand zwischen sich und das schiefgelaufene Dinner in Positano gebracht, aber wie sie es auch drehte und wendete, Mario war noch immer die perfekte Besetzung, wenn es um ihr Herz ging.

Er erwartete sie ganz oben auf der Dachterrasse des Hotels, die, wie Livia wusste, wunderschön war. Sie hatte ein paarmal an Privatfeiern dort oben teilgenommen, und der Ausblick war atemberaubend. Sie fuhr mit dem Fahrstuhl hoch. Die Dachterrasse war kaum besucht, es war sehr heiß, die meisten Besucher verbrachten diese Tageszeit am Meer. Livia entdeckte Mario also sofort, er hatte sich einen schattigen Platz gesucht und lehnte mit dem Rücken zu ihr am Geländer. Sein Blick war auf das Meer gerichtet. Livia konnte nicht verhindern, dass sie nervös wurde. Aber es war eine freudige, erwartungsvolle Nervosität, die sie an schöne Dinge erinnerte. Sie hatte ihn fast schon erreicht, als er sich umdrehte. Sein Gesichtsausdruck veränderte sich sofort, als er sie sah. Er erstrahlte geradezu und kam auf sie zu.

»Ich habe dich vermisst«, sagte er sofort und küsste sie auf die Wange.

Sie ließ es zu, weil sie in den letzten Tagen an sich gearbeitet und sich bewusst dazu entschlossen hatte, es Mario nicht weiter übel zu nehmen, dass er ihr einen wichtigen Teil seiner nahen Vergangenheit verschwiegen hatte. Und die Berührung bewegte vieles in Livia, sodass sie sich kurz an ihn lehnte, um sich zu fangen. »Ich dich auch«, gab sie zu, denn nur die Wahrheit würde sie weiterbringen. So viel stand fest.

»Sollen wir uns kurz setzen?« Mario zeigte auf die Stühle, die unter dem Sonnenschirm aufgereiht waren.

Livia nickte und ging ihm voraus.

Als sie sich gegenübersaßen, ergriff Livia wieder die Nervosität. Sie knetete ihre Hände.

»Amalfi ist ohne dich und dein Eis trist und farblos«, erklärte er. Da Sal zuvor etwas Ähnliches gesagt hatte, begann Livia, es wirklich zu glauben. »Niemand sollte dich dazu bringen, egal, wieso, dass du dich aus deinem Laden zurückziehst. Ich kann dir nicht sagen, wie leid es mir tut, dass ich der Grund dafür bin.«

»Du warst vielleicht der Auslöser, aber eine Auszeit war schon lange fällig. Also müsste ich dir theoretisch fast danken.«

»Es tut mir leid«, wiederholte er, und Livia glaubte an seine Aufrichtigkeit.

»Solltest du nicht schon wieder daheim sein?« Livia war bemüht, das Thema zu wechseln. Sie wollte dieses Treffen nicht in eine einzige Schuldzuweisung verwandeln. In ihrer Zeit bei Mamma hatte Livia diesen Punkt längst überwunden. Die Distanz zu Mario, aber auch zu allem anderen hatte ihr gutgetan und ihr die Möglichkeit gegeben, in ihrem Gefühlschaos aufzuräumen. Livia wusste jetzt, dass Mario ihr zu wichtig war, um ihn wegen eines einzigen Fehlers an den Pranger zu stellen.

Er nickte. »Eigentlich, ja. Aber ich konnte nicht gehen, ohne das mit uns zu klären. Zum Glück hat Andrea mir ein Zimmer zur Verfügung gestellt. Ich hätte mir die Woche sonst nicht leisten können, da ich jetzt sozusagen arbeitslos bin. Wusstest du das, dass Andrea das ganze Gebäude gehört?«

»Ich weiß es auch noch nicht sehr lange, Nonna hat es mir erst letzte Woche erzählt. Es scheint, als hätte jeder so seine Geheimnisse. Aber was ist mit deiner Arbeit passiert?«

Mario zog die Schultern hoch, und Livia erlebte ihn zum ersten Mal zerbrechlich und verunsichert. Sie hatte das Bedürfnis, seine Hand zu nehmen, tat es und erhielt einen dankbaren Blick von ihm. »Mein Arbeitgeber war nicht sehr glücklich, als ich um die Woche Urlaubsverlängerung gebeten habe.«

»Du hättest gehen sollen!«

»Ohne das hier mit dir zu klären? Niemals.«

»Was möchtest du denn klären?«

»Ich habe mich in dich verliebt.«

Livia schluckte. Es war schön, ihn das sagen zu hören.

»Natürlich hatte ich das nicht geplant. Antonietta hat mich während meiner Zeit hier regelrecht mit Anrufen bombardiert. Während sie in ihrem einsamen Urlaub gemerkt hat, dass sie wieder zu mir zurückwollte, ist bei mir das Gegenteil passiert. Ich hatte mich sofort emotional von ihr gelöst. Du musst mir glauben, dass es aus war, bevor ich dich kennengelernt habe.«

»Ich glaube dir.« Glauben war eine Entscheidung. Entweder, man war gewillt, es zu tun, oder eben nicht. Livia hatte keinen Grund, ihm seine Version nicht abzunehmen. »Aber warum hast du mir nichts von deiner geplatzten Hochzeit gesagt?«

»Weil du mich sofort mit anderen Augen gesehen hättest. Du hättest mir vermutlich nicht die Chance gegeben, dich kennenzulernen, dich lieben zu lernen. Das konnte ich nicht riskieren.«

Das stimmte wohl. »Und was nun?«

Er klopfte mit beiden Händen auf seinen Schoß. Livia folgte seiner Einladung und setzte sich. Sofort schlang sie die Arme um seinen Hals, vergrub ihre Nase darin und sog seinen immer wieder betörenden Duft ein. »Und nun muss ich leider zurück nach Hause.«

»Was wird aus uns werden, Mario?«, fragte sie und blickte ihm ins Gesicht.

Er gab keine Antwort, sondern küsste sie. Es war ein wundervoller tiefer Kuss, der nach Abschied schmeckte.

»Ich werde wiederkommen. Das verspreche ich dir. Ich weiß noch nicht, wann und wie, aber das mit uns, das kann nicht aufhören.«

Es war nur ein Strohhalm. Doch Livia beschloss, sich daran festzuhalten.

Kapitel 34

Im Norden, ein paar Wochen später

Mario war mit Donato an den Comer See gefahren. Er hielt es in der Wohnung nicht mehr aus, die Decke fiel ihm förmlich auf den Kopf. Er hatte gehofft, am See durchatmen zu können, aber das Wasser erinnerte ihn viel zu sehr an das Meer und machte ihn nur noch trauriger. Er vermisste Livia in einem Ausmaß, das er nicht für möglich gehalten hätte. Zumal er nun auch noch arbeitslos war und somit noch mehr Zeit zum Nachdenken hatte. Natürlich war es sein Ziel, ganz zu Livia zu ziehen. Er versuchte deshalb, so schnell wie möglich eine sichere Brücke nach Amalfi zu bauen, doch er wusste noch nicht, wie. Er musste diesmal alles richtig machen, so viel stand fest. Deshalb hatte er zunächst einmal die Wohnung gekündigt und suchte nun nach einem Nachmieter, der idealerweise auch seine Möbel übernahm. Es blieb aber die Frage, wie es beruflich mit ihm weitergehen sollte, denn er hatte durch die Kosten der geplatzten Hochzeit auch Schulden abzubezahlen, und von Amore allein konnte leider niemand leben.

Mario spazierte mit Donato an der Promenade entlang und wagte einen Blick auf die Eisdiele, die sich dort befand und in der sich Antonietta erst vor Monaten ein Eis geholt hatte. Das erschien ihm so weit weg, fast so, als gehörte diese Erinnerung zu einem ganz anderen Leben. Das Eis hingegen ließ ihn sofort an den Sommer mit seinen tausend Farben und Livia denken.

»Ich wette, das Eis hier schmeckt nicht halb so gut wie Livias«, behauptete Mario.

Donato rollte mit den Augen.

»Ich langweile dich mit ihr, hm?«

»Aber nein, wie könnte es mich jemals langweilen, pausenlos von einer Eismacherin aus Amalfi zu hören, die ich nicht kenne, von der ich aber so viel gehört habe, dass ich schon alles im Schlaf und rückwärts aufzählen kann?«, fragte er augenzwinkernd.

Mario war zwar nicht fröhlich in letzter Zeit, aber er musste lachen. Donato hatte ja recht. »Komm, wir setzen uns an die Bar da vorne«, schlug er vor und ging mit seinem besten Freund direkt dorthin.

Sie setzten sich. Es war Spätsommer und nicht mehr wirklich warm, doch die Sonne schien, wenn auch nur verhalten. Sie bestellten etwas Warmes zum Trinken.

»Ich habe gekündigt«, erzählte Donato so unerwartet, dass Mario blinzeln musste.

Er hatte schon verstanden, aber er musste sich trotzdem versichern, dass es sich hier nicht um ein Missverständnis handelte. »Du hast was?«

»Gekündigt. Ich will dort nicht mehr arbeiten, weil ich

es nicht in Ordnung finde, wie sie mit dir umgesprungen sind.«

»Bist du verrückt? Deshalb kündigt man doch nicht.«

»Doch. Deshalb, und weil es endlich an der Zeit ist, sich einen lang gehegten Traum zu erfüllen. Ich mache mich selbstständig.«

»Wieso wusste ich nichts von diesem Traum?«

Donato hob die Schultern und machte der Bedienung Platz, die die Getränke brachte.

»Als was willst du dich selbstständig machen?«

»Mit einer Autovermietung. Das klappt aber nur, wenn ich ein Zweitbüro im Süden eröffne. Das funktioniert sonst nicht, viele buchen Autos im Norden und wollen dann im Süden abgeben, oder andersherum. Allein kann ich das nicht von hier aus managen.«

Mario begann zu verstehen. »Du könntest demnach einen Partner brauchen?«

Donato sah ihn mit schelmischem Lächeln an. »Du hast es begriffen.«

Amalfi, ein Monat später

Livia und Bernardo hatten sich die letzten zwei Stunden voll auf die Herstellung von *Gusto Cioccolato* konzentriert. Seit Rinos Veröffentlichung des Textes auf all seinen Kanälen war diese Geschmacksrichtung zum unschlagbaren Bestseller geworden. Sie hatte noch mehr Arbeit als sonst und war erleichtert, Bernardo eingestellt zu haben. Carolina war nicht gerade glücklich darüber, das wusste Livia natürlich.

Manchmal meldete sich Livias schlechtes Gewissen auch sehr laut, aber sie war gerade dabei, zu lernen, sich selbst und ihre Bedürfnisse auch einmal an erster Stelle zu sehen.

Ein Klopfen an der Tür ließ Livia und Bernardo aufblicken. Diletta kam herein. »Bist du so weit?«

»Hm?«

»Na, wegen der Einweihung.«

Das hatte Livia natürlich vergessen. Seit Tagen lagen ihre Freundinnen ihr wegen einer Einweihungsparty in den Ohren. Livia wusste schon gar nicht mehr, was für ein Laden schon wieder eröffnete. Aber sie wollte natürlich dabei sein. Amalfitaner waren gastfreundlich, und es gehörte dazu, bei Neueröffnungen kurz Ciao zu sagen.

»Du, ich habe hier alles im Griff«, sagte Bernardo zu Livia.

Richtig, er hatte alles im Griff, und Livia konnte sich Pausen gönnen. Das war der Grund gewesen, warum sie ihn eingestellt hatte. Ab und an musste sie sich das noch ins Gedächtnis rufen.

Livia nahm die Schürze ab, wusch sich die Hände und verabschiedete sich von Bernardo.

Der *Palazzo La Fontana* war wie immer der feste Rahmen für Livias Alltag, aber ihr fehlte Andrea an der Glastür. Er arbeitete nicht mehr und hatte sich als Besitzer des Palazzo und des Hotels geoutet. Er war zusammen mit Filippa, bei der Typ-2-Diabetes diagnostiziert worden war, in eine Suite im Hotel *La Fontana* gezogen. Sie hatten jetzt eine Köchin, die sich exklusiv um Filippas Ernährung kümmerte. Filippa hasste sie – natürlich –, aber sie liebte ihr neues Leben auch.

Wie immer war Livia vom bunten Treiben auf Amalfis Piazza Duomo begeistert. Sie liebte ihr kleines Städtchen am Meer jeden Tag ein bisschen mehr.

Carolina wartete an der Ecke des *Palazzo La Fontana* auf sie. Sie küsste Livia auf die Wange. »Du riechst nach Bernardo!«, behauptete sie.

Livia rollte mit den Augen. Carolina erwähnte Bernardo ungefähr zwanzigmal am Tag, und Livia wettete, dass die beiden irgendwann aneinandergeraten würden. Was dabei herauskommen würde, das stand in den Sternen. Mit Aldo jedenfalls ging sie nicht mehr ganz so oft weg wie noch zu Beginn ihrer Beziehung. Zum vermuteten Heiratsantrag war es nie gekommen.

Carolina und Diletta nahmen Livia in die Mitte, sie hakten sich bei ihr unter und zogen mit ihr wie Prinzessinnen durch die Via Lorenzo D'Amalfi, vorbei an den bunten Läden mit den Ladenbesitzern, die ihnen fröhlich zuwinkten. Livias Herz war heute so leicht. Patrizia, Livias alte Nachbarin, mit der sie jetzt oft zu Mittag aß, warf ihr aus dem Fenster eine Kusshand zu.

»Wo ist denn dieser neue Laden?«, wollte Livia wissen.

»Ganz vorne, gegenüber der Schule«, informierte Diletta sie. Dann hielt sie kurz an. Livia und Carolina blickten sich nach ihr um. Und sie wussten es, noch bevor Diletta es voller Freude herausposaunte: »Ragazze, wir haben es geschafft! Ich bin schwanger.«

Livia und Carolina kreischten vor Freude und schockierten ein amerikanisches Rentnerehepaar, das sich eilig von ihnen distanzierte.

Noch viel glücklicher und beschwingter schritten sie weiter in Richtung Schule. Als sie ihr Ziel erreichten, standen schon einige Besucher vor dem neuen Laden. Livia las, was auf dem Schild stand. *Autonoleggio MD*. Ach herrje, eine Autovermietung. Das interessierte Livia gleich null, aber es war sicherlich ein wichtiger Service für Amalfi-Touristen. Und da sie schon einmal da war, wollte Livia natürlich den Besitzern alles Gute wünschen.

Carolina und Diletta nahmen sie rechts und links an der Hand und zogen sie förmlich zum Laden. Sie schoben sich durch die kleine Menschenmenge, und Livia war ehrlich gesagt etwas genervt von ihren Freundinnen, die sie einfach so gegen die Menschen stoßen ließen.

»Hey!«, rief sie. Etwas zu laut, wie sie an den neugierigen Blicken der anderen Besucher bemerkte.

Dann teilte sich die Menge wie im Film, so erschien es Livia zumindest, und der Blick ins Ladeninnere wurde frei. Sie sah ihn, und fast zeitgleich hob er den Blick.

Mario.

Er stand sofort auf und kam auf sie zu. Doch Livia war nicht in der Lage, sich zu bewegen. Dio sa, wie sehr sie an ihn gedacht hatte, wie oft sie nachts wach gelegen und sich vor Sehnsucht in den Schlaf geweint hatte. Sie hatten seit seiner Abreise jeden Tag miteinander gesprochen und von einer gemeinsamen Zukunft geträumt. Sie hatten Pläne gemacht, sie hatten Wünsche besprochen, viel Hoffnung investiert, doch niemals einen konkreten Plan laut ausgesprochen, sich schon so bald wiederzusehen.

Dass er jetzt in diesem Laden stand, fand sie so aufregend und verwirrend zugleich, dass sie sich ernsthaft fragte, ob sie Halluzinationen hatte. Sofort setzte er sich in Bewegung und kam auf sie zu.

»Livia«, sagte er rau, als er sie erreicht hatte.

Sie zwang sich, regelmäßig zu atmen.

»Überraschung!«, rief er erfreut und hob sie hoch.

»Die ist dir gelungen. Ich glaube, ich werde gleich ohnmächtig. Was machst du hier, und warum hast du nichts gesagt?«

»Weil ich dein hübsches, schockiertes Gesicht sehen wollte. Ich habe wochenlang heimlich daran gearbeitet, und jetzt bin ich endlich hier. Für immer. Komm, ich zeige dir meinen Laden.« Er nahm ihre Hand und führte sie herum.

»Deinen?« Ihre Stimme klang schrecklich. Wie eine betrunkene Möwe.

»Ja. Ich habe beschlossen, hier in Amalfi zu leben und zu arbeiten.«

»Wie das denn und warum?«

Er zog augenzwinkernd die Schultern in die Höhe. »Weil ich das Meer hier besonders toll finde?«

Sie rollte mit den Augen. »Du weißt schon, wie ich das meine. Du bist also hier, fest, für immer und hast alles aufgegeben, was du hattest?«

»Sieht so aus.«

Er führte sie zur Tür seines Ladens, zeigte auf das Schild, das darüber hing, und auch auf die Zitronen, die unter dem Schild über der Tür hingen.

Autonoleggio MD. MD?

»Für was steht MD?« Sie musste es wissen.

»Mario und Donato. Das ist eine lange Geschichte, die ich dir in aller Ruhe erzählen werde.«

Sie hob beide Hände vor den Mund, weil zu sacken begann, was hier gerade passierte. Sie war so glücklich, dass sie schreien mochte. »Du bist verrückt!«

»Nach dir, ja! Seit der Nacht am Brunnen. Und ich habe inzwischen die Traditionen von Amalfi studiert.«

»Die Traditionen?« Sie war verwirrt. Und glücklich.

»Ja. Es soll hier die Tradition der Zitronen über der Tür geben, unter denen man die Frau küssen muss, die man liebt.«

»Das macht man mit dem Mistelzweig, Mario!«

»Mistelzweig? So ein Unsinn. In Amalfi küsst man sich unter Zitronen.«

Und dann führte er sie unter die Tür und küsste sie. Die Welt verschwand um Livia herum. Sie hatte sich so sehr gewünscht, eine Möglichkeit zu finden, Mario für immer nach Amalfi kommen zu lassen. Und inzwischen hatte er offensichtlich selbst daran gearbeitet, den Umzug zu ermöglichen. Mario war der Mann ihres Lebens, und, ja, sie küsste ihn vor all den anderen Bewohnern Amalfis, die wie Livia die Sonne im Herzen und das Meer in den Augen trugen.

Grazie mille

Dieses Buch widme ich allen Papàs, die viel zu früh gegangen sind, allen voran aber meinem.

Ein ganz, ganz großes Grazie geht auch an das beste Agentinnen-Team, das man sich als Autorin wünschen kann, Anoukh und Maria, die immer an mich glauben, besonders, wenn ich selbst an mir zweifle.

Danke, liebe Louisa, für all die tollen Ideen, Ratschläge, Anmerkungen und Vorschläge, ohne die dieses Buch sicher nur halb so schön geworden wäre.

Danke, Maria Marsicano, dass ich auf meinen Recherchetrips in Amalfi immer bei dir im Zimmer mit Blick auf den Dom schlafen durfte.

Ach, und übrigens, falls sich jemand fragt, ob Amalfi wirklich so schön ist, wie man sagt, antworte ich: »Schöner. Amalfi ist tausendmal schöner.«

Meine lieben Leserinnen und Leser,

während meiner Aufenthalte in Amalfi habe ich mich unsterblich in dieses ganz besondere Küstenstädtchen verliebt. Das Meer, die spektakulären Steilhänge, die Gassen und die allgegenwärtigen Zitronen, aber auch der Dom mit seiner so speziellen Fassade haben es mir angetan. Ich freue mich bei jedem Besuch wieder aufs Neue darauf, etwas Unerwartetes zu entdecken, denn Amalfi hat auch versteckte Seiten, die gerade deshalb umso authentischer wirken.

Meine Absicht war es deshalb, auch die Protagonistinnen und Protagonisten dieser Geschichte authentisch zu gestalten. Nur ist es bei Romanfiguren bei mir immer so: Je echter sie wirken, umso schwieriger kann ich mich von ihnen trennen. Ich frage mich zum Beispiel, wie Mario sich wohl in Amalfi eingelebt haben mag und ob Livia endlich gelernt hat, in ihrer Gelateria mehr zu delegieren. Haben Filippa und Andrea sich getraut? Wie hat Carolina Bernardos Rückkehr verarbeitet? Und Diletta? Wie läuft ihre Schwangerschaft?

Fragen über Fragen, die mich beschäftigen und letztendlich nur zu einer Antwort führen: Ich muss zurück nach Amalfi und nach dem Rechten sehen. Und natürlich werde ich berichten …

A presto,
Roberta

Leseprobe

Kapitel 1

Auf dem Rückflug nach Hause bestand Velia immer auf den Fensterplatz. Und wenn sie ihn nicht schon vorab buchen konnte, dann bat sie ganz ungeniert im Flugzeug ihre Sitznachbarn um einen Platztausch. Da konnte sie sehr erfinderisch werden. Denn sie musste einfach am Fenster sitzen. Aus unzähligen Gründen, die zusammengefasst einen ergaben: Der jedes Mal aufs Neue gewagte Anflug auf Neapel! Spektakulär, einzigartig und vielleicht sogar ein bisschen gefährlich.

Sie konnte sich nicht dran stattsehen. Wenn der Flieger sich mit einer aufregend tiefen Kurve über die Stadt senkte, geriet sie immer und immer wieder ins Schwärmen. Dann entdeckte sie den Golf mit dem Vesuv im Hintergrund, die tausend Farben, Schattierungen von Blau, Blauer, Türkis. Hell, wie Marechiaro, der famose Stadtteil. Oder schwarz. Wie mare nero, nach Lucio Battistis unvergessenem Lied. Je nach Wetter und Stimmung. Das Meer war launisch. Wie eine Diva. Oder sanft wie ein Flüstern. Das kam ganz drauf an. Auf den Mond, die Sonne, den Wind, den Vesuv. Ja, auch auf ihn.

Keine andere Stadt hieß ihre Gäste vielfältiger willkommen. Mit dem unendlich großen Hafen, den modernen

Hochhäusern, den antiken palazzi. Pulsierendes Leben, wohin das Auge reichte. Bunt, einheitlich, gemischt, entschlossen.

Das alles hatte sie vermisst. Obwohl sie gar nicht lange weg gewesen war.

Sie seufzte. Wohlig und wissend zugleich.

»Schön, nicht?«, sagte ihre Sitznachbarin, die ebenso gebannt schief über Velias Schulter aus dem Fenster blickte.

»Ja …«

»Ich fahre zweimal jährlich hierher. Ischia. Die Thermen sind mein Lebenselixier. Haben Sie auch Urlaub?«

Velia schüttelte den Kopf. »Nein. Ich lebe hier.«

»Oh, Sie Glückliche!«

Velia mochte ihre Sitznachbarin plötzlich sehr. All diejenigen, die in und an Neapel mitsamt den Inseln ebenso viel Schönheit entdecken konnten wie sie, hatten von vornherein gleich tausend Punkte gewonnen. Sie verzieh der nicht mehr ganz jungen Dame neben sich augenblicklich das Schnarchen von zuvor und das aufdringliche Parfum. Sogar die fast meterhoch toupierten Haare. Sie war jetzt eine Schwester. Eine amo-Napoli-Schwester.

Das Flugzeug landete holpernd auf der Bahn, sodass eine weitere Konversation nicht möglich war. Velia fand, dass es die nun gar nicht mehr brauchte. Sie hatten sich alles gesagt, was es zu sagen gab.

Der Pilot bedankte sich über Lautsprecher bei den Fluggästen und Velia dankte stumm ihm, weil ihrer Meinung nach alle Piloten, die einen derartig tiefen Anflug nicht nur sicher, sondern auch elegant schafften, Helden waren. Da hatte sie schon ganz anderes erlebt.

Als sie aus dem Flieger stieg, empfing sie die gewohnte Wärme und der Geruch nach all dem, was sie so sehr liebte. Es fühlte sich an wie eine Mischung aus Sonne, Meer und Himmel und Velia hätte schwören können, dass sie all diese Dinge nur hier in Neapel so definiert riechen konnte.

Velia ließ sich gemeinsam mit den anderen Reisenden mit dem Bus zum Hauptgebäude transportieren und folgte routiniert den Wegweisern zur Gepäckausgabe. Sie hatte aber wie immer nur Handgepäck dabei, sodass sie bereits ein paar Minuten später vor dem Haupteingang des Flughafens stand, wo lautes Hupen, Rufen und noch lauteres Trillern eines Verkehrspolizisten sie empfing. Neapels Pulsschlag war zu spüren. Irgendwo unter Velias Fußsohlen. Und sie wusste, dass ihr Herz, nach ein paar Minuten Akklimatisierung, diesem Rhythmus folgen würde.

Sie blickte auf ihr Handy, das sie bereits wieder eingeschaltet hatte. Ihre Freundin, Piera, hatte versprochen sie abzuholen. Aber Piera war vergesslich ...

Velia ging ihre Nachrichten durch. Von Piera war nichts dabei.

»Hey, Fremde!«, hörte sie aber dann und erkannte eindeutig die Stimme ihrer Freundin. Sie war unbemerkt herangefahren – oder vielmehr war ihr verrosteter FIAT Panda im ununterbrochen zäh fließenden Strom von Autos wohl untergegangen – und hielt ihr nun die Autotür auf.

Velia stieg wortlos ein, nachdem sie den Beifahrersitz

von allerhand Müll befreit hatte, und schlug die Beifahrertür zu.

»Wie war der Flug?«, erkundigte sich Piera.

»Gut.« Velia begann zu entspannen. Lehnte sich etwas zurück. Spürte dabei deutlich eine Sprungfeder im Kreuz, was die Entspannung gleich wieder in die entgegengesetzte Richtung jagte.

»Sehr gesprächig. Wie immer.«

»Tut mir leid.« Sie brauchte einfach ein paar Minuten, um richtig anzukommen. Und dafür, sich nicht übermannt zu fühlen, weil sie gerade vor Stunden noch in einer ganz anderen Welt gewesen war. Sie konnte gar nicht mehr zählen, wie viele Kulturschocks sie bisher verarbeitet hatte. In beide Richtungen.

»Schon gut. Wie geht es Niklas?«

Niklas, das war ihr Freund. Niklas, das war der Grund, warum sie immerzu in einem Flieger saß. Niklas, das war der Mann, in den sie sich vor Jahren verliebt hatte. Niklas, das war derjenige, der sie andersherum fast nie in Neapel besuchte, weil er nicht vom Hof wegkonnte – so der offizielle Grund. Der eigentliche Grund war das neapolitanische Chaos, das er nicht mochte. Nein, er hasste es, um ehrlich zu sein. Dafür liebte er aber sein Vieh. Und vor allem liebte er die Ruhe auf seinem Hof in Bayern.

Zwei Welten, die sich – baboom – anzogen, kollidierten und gegeneinander krachten, nur um sich dann abzustoßen. In einem nie enden wollenden Zyklus.

»Es geht ihm gut. Wir haben ein Kalb zur Welt gebracht«, antwortete sie auf die Frage ihrer Freundin.

»Romantisch.«

»Ja. Irgendwie schon.«

»Wer braucht schon Kerzenschein und Champagner, wenn er ein Kalb zur Welt bringen kann?«

Velia zog die Schultern hoch. Sie brauchte wirklich nicht viel Schnickschnack. »Das Kalb heißt Velia.«

Piera lachte laut. »Du meine Güte ...«

Jetzt lachte auch Velia. Und dann tauchten sie ein in Neapels verrücktes Verkehrschaos. Das war der Moment, in dem sie wirklich daheim ankam. Und Niklas mitsamt dem Kalb rückte auf einmal ganz weit weg. Weiter als jeder unerreichbare Traum.

Piera schmiss sie praktisch aus dem fahrenden Auto, als sie am palazzo angekommen waren, in dem Velia noch mit ihren Eltern lebte.

»Ruf mich an!«, rief Piera ihr zu. Dann war sie auch schon weg. Auf dem Weg zur Arbeit im Fitnessstudio. Ihre Freundin war Zumba-Lehrerin. Und sie ging voll in ihrem Beruf auf.

Velia hatte es da schon schwerer. Im Moment jobbte sie eher. Mindestens einmal im Monat flog sie für mehrere Tage zu Niklas. Das tolerierte auf Dauer kein Arbeitgeber. Aber sie brauchte das Geld für die Flüge. Und ...es war einfach anstrengend.

Alles.

Sie öffnete die Haustür, fuhr mit dem Fahrstuhl in den vierten Stock, ging durch den Flur, hörte aus den Wohnungen Stimmen, das Klappern von Geschirr, Musik. Es war alles vorhanden. Bunt gemischt. Und welch ein Kontrast zur Ruhe, die bei Niklas immer herrschte. Man hörte höchstens die Kühe dort, oder das Pfeifen des Windes. Das war aber auch schon alles.

Sie steckte den Schlüssel in die Wohnungstür, als diese aber auch schon aufgerissen wurde. Von ihrer Mutter.

»Da bist du ja!«, freute sie sich und nahm sie kurz in den Arm. Sie roch nach Chlorbleiche, war ein richtiger Fan von dem Zeug und verwendete das Mittel zu jedem Zweck. Und das nicht zu knapp. »Hattest du einen guten Flug?«

»Ja, danke.«

»Und Nicola geht es gut?«

Niklas, korrigierte sie ganz automatisch, inzwischen aber stumm. Sie hatte es aufgegeben, ihre Mutter darauf hinzuweisen, wie ihr Freund richtig hieß. Und sie hatte es aufgegeben, sich gegen die immer gleichen Fragen zu wehren.

»Es geht ihm sehr gut, danke. Er sendet dir und papà viele Grüße!«

Das stimmte nicht. Er sendete nie Grüße. Aber das konnte sie ihrer Mutter so kaum sagen, oder? Sie würde es nicht verstehen, dass er einfach nicht daran dachte. Oder keinen Sinn darin sah. So genau hatte Velia das noch nicht raus. Eines aber war klar: Niklas war neapolitanische Familiendynamik suspekt. Und das zu ändern war Velias Plan. Es haperte nur noch ein bisschen an der Umsetzung. Ein bisschen sehr.

»Wann kommt er denn mal wieder nach Napoli?«

Auch diese Frage wiederholte ihre Mutter bis zum Abwinken oft. Nur gab es dazu keine Antwort. Niklas hatte nicht vor zu kommen. Und ehrlich gesagt, fragte sich Velia oft, wie es nur möglich war, dass er damals, vor drei Jahren, die Einladung seines besten Freunds akzeptiert hatte, ihn nach Italien zu begleiten, um irgendein Fußballspiel live im San Paolo Stadium anzusehen. In diesem Zusammenhang hatte sie ihn kennengelernt. Ein Blick auf den blonden, großen Schönling hatte ihr gereicht, um sich unsterblich in ihn zu verlieben. Zu der Zeit arbeitete sie an der Rezeption des Hotels, das er und sein Freund gebucht hatten. Eines hatte zum anderen geführt und seit dem Moment waren sie und Niklas ein Paar, wenn auch auf Distanz.

»Er kommt bestimmt ganz bald«, sagte sie deshalb in der Hoffnung, ihre Mutter möge es dabei belassen.

»Na schön … Kann ich dir noch irgendwie helfen? Ich muss nämlich gleich los.«

»Arbeit?«

Velias Mutter hatte immer zu tun. Mal putzte sie irgendwo, oder kaufte für jemanden ein, oder bügelte, oder passte auf Kinder auf. Nicht selten auch das meiste davon auf einmal.

»Ja. Ach, apropos Arbeit …«, ihre Mutter ging zum Telefontisch rüber und suchte die Notizen durch, »hast du in der Pizzeria die Nummer vom Festnetz angegeben?«

»Ja.« Das machte Velia manchmal. Wenn sie nicht unbedingt immer und überall erreichbar sein wollte. »Wieso?«

»Ein gewisser … Leonardo hat hier angerufen und ausgerichtet, dass sie dich am … also morgen, nicht brauchen.«

»Was? Wieso denn nicht?«

»Das hat er nicht gesagt …«

»Ach, Mist! Ich brauche das Geld.«

Ihre Mutter warf ihr einen mitleidigen Blick zu, nahm ihre Schürze ab und gab ihr einen Kuss auf die Wange. »Ruf doch mal an. Vielleicht habe ich ganz einfach nur was falsch verstanden. Wäre ja nicht das erste Mal.« Und schon war sie weg.

Velia legte ab, ging auf ihr Zimmer, warf sich aufs Bett und vermisste Niklas, spürte fast körperliche Schmerzen, wenn sie an ihn und die Geborgenheit dachte, die sie bei ihm hatte.

Sie rief ihn an.

»Hi, Schatz!«, meldete er sich.

Ihr Herz machte einen Satz. Sie liebte es, wie er das sagte. Glücklicherweise war ihr Deutsch hervorragend. Sie hatte am sprachwissenschaftlichen Gymnasium sehr gute Noten in diesem Fach gehabt. Ehrlich gesagt hätte sie zu der Zeit nie gedacht, diese Sprache mal zu brauchen, um mit ihrem Freund zu kommunizieren. Aber … so war das Leben manchmal, nicht?

»Hi. Ich bin wieder daheim. Was machst du so?«

»Das Übliche.«

Sie hörte die Kühe im Hintergrund. Also war er vermutlich im Stall.

»Wie geht es Velia?«

»Sie macht sich gut. Ist schon total fit.«

Sie seufzte.

»Was ist, Schatz?«

»Ich vermisse dich …« Sie wollte nicht kindisch sein.

Und schon gar nicht nerven. Aber manchmal war es kaum auszuhalten, nicht bei ihm zu sein.

»Ich dich auch. Du weißt, es könnte anders sein. Schöner …«

Sie wusste, was er damit meinte. Er hatte ihr schon eine Million Mal vorgeschlagen, zu ihm zu ziehen. Ganz. Ohne Hin und Her.

»Ja, ich weiß …« Was war es nur, das sie immer wieder davon abhielt, diesen entscheidenden Schritt endlich zu wagen?

»Du denkst darüber nach?«

»Das werde ich.«

»Ich muss Schluss machen. Ich liebe dich.«

»Ich dich …«

Er hatte schon aufgelegt.

Velia sank ins Kissen. Entschloss sich aber dann doch dazu, die Sache mit ihrem Arbeitgeber zu klären. Der meldete sich auch sofort.

»Velia, ja, hallo … Also, hör zu … du arbeitest gut und bist bei den Gästen beliebt. Gar keine Frage. Aber du bist mir einfach zu oft weg. Um es kurz und schmerzlos zu machen: Ich habe eine neue Aushilfe gefunden. Du brauchst gar nicht mehr zu kommen.« Das war das, was sie zu hören bekam.

»Merda!«, rief sie laut, nachdem sie aufgelegt hatte. Sehr laut.

War das jetzt ein Zeichen des Schicksals? Wollte es ihr damit sagen, endlich für immer nach Deutschland auszuwandern? Um ... Landwirtin zu werden? Sie und Niklas und die Kühe.

Sie schnappte nach Luft. Spürte einen Anflug von Panik.

Das war nicht das, was sie wollte. Nicht zu hundert Prozent.

Aber was war es dann? Sie wollte Niklas nicht aus ihrem Leben streichen. Aber, was tat er konkret, um ihr in dieser Situation zu helfen? Um ihr entgegenzukommen?

Nicht viel, musste sie sich eingestehen. Und das war deutlich zu wenig.

• • •

Niklas stieg aus seinen Gummistiefeln, an denen eine ganze Menge Dreck haftete, und ging barfuß ins Haus. Im kleinen Nebenhaus wohnte er schon seit Jahren, während seine Eltern mit der Großmutter noch immer im Haupthaus lebten. Ohne deren Hilfe ließe sich ihr großer Betrieb aber auch gar nicht bewirtschaften.

Er strich sich durchs Haar und merkte, dass auch an seinen Händen so etwas wie Dreck haftete. Unsichtbarer Dreck, der nicht gerade sonderlich gut roch, wie Velia wohl behauptet hätte. Und sie hätte ihn jetzt darum gebeten, die Hände zu waschen. Also tat er es. Aus einem Pflichtgefühl auf Distanz heraus. Er war kein Dreckspatz oder so. Das gar nicht. Vielmehr verhielt es sich so, dass er es nicht anders kannte. Auf einem Hof wurde man halt mal schmutzig. Wo käme er denn da hin, wenn er jedes Mal mit Seife und Wasser hantieren würde, nachdem er das Vieh berührte? Und er duschte ja zweimal am Tag. Morgens, um richtig wach zu werden, und abends, um einen Trennstrich zwischen sich und die Kühe zu ziehen.

Er schüttelte den Kopf. Lächelte sogar. Weil Velia trotzdem irgendwie da war, wenn sie auch erst abgereist war. Sie war in seinen Gedanken. Immer. Das war einerseits gut. Andererseits aber gar nicht. Denn dass sie dauernd präsent war vor seinem inneren Auge, sorgte auch dafür, dass er sie dauernd vermisste. Und er wollte seine Freundin nicht immer nur vermissen. Er wollte sie vor allem bei sich haben. In seinem Bett. An seinem Tisch. Aber auch bei seinen Kühen.

Verlangte er zu viel?

Das fragte er sich oft.

Es machte ihm Angst, dass er sich in seiner Beziehung ständig Fragen stellen musste. Oft fühlte es sich nicht richtig an, dass er mit Velia zusammen war. Und das machte ihm zu schaffen. Denn er war der Meinung, dass sich bei einem Paar alles richtig anfühlen musste. Jedes noch so kleine Detail. Wie sollte man sonst dem Alltag trotzen?

Niklas trocknete sich die Hände ab, machte Musik an, setzte sich auf die Couch, nahm das Kissen und drückte es an seine Brust.

Es roch nach Velia.

Er ließ den Kopf nach hinten fallen.

Das war alles nicht gut.

Ganz ehrlich? Niemals hätte er gedacht, sich so heftig in die Italienerin zu verlieben. Ja, es war gerade ihr quirliges, vulkanisches Temperament, das er so sehr zu schätzen gelernt hatte. Dieses Brodeln. Dieses Feuer. Er wusste natürlich, dass ihre italienischen Charaktereigenschaften brutal mit seinen gut deutschen kontrastierten. Sie waren wie der Tag und die Nacht. Wie Feuer und Wasser. Der Mond und die Sonne. Genau so.

Und eigentlich passte sie nicht. Nicht in sein Leben. Nicht in seinen Hof. Er dachte mit einem Lächeln auf dem Gesicht an das erste Mal, an dem Velia bei ihm Dampfnudeln mit Vanillesoße gegessen hatte. Als Hauptgericht, wie es bei ihnen üblich war.

»Ihr fangt mit der Nachspeise an?«, hatte sie überrascht gefragt.

Damals hatte er ihre Überraschung als charmant, süß und anziehend unbeholfen empfunden.

Aber heute ... heute sah er schwarz. Wie immer eigentlich, wenn Velia abreiste.

Er stand seufzend auf.

»Willkommen, du bescheuerter Velia-ist-weg-Blues!«, schimpfte er laut und begab sich in die Küche. Dort machte er den Kühlschrank auf und holte den Provola-Käse hervor, den seine Freundin mitgebracht hatte. Sie brachte ständig irgendetwas mit. Meist Essbares.

Er setzte sich an den Tisch, schnitt eine Scheibe Käse ab und aß ihn so, ohne Brot, ohne alles.

Mh, lecker!

Und vielleicht passte sie doch, seine Velia ...